De volta a Taipei

Abigail Hing Wen

De volta a Taipei

Abigail Hing Wen

Tradução
Glenda D'Oliveira

Copyright © 2022 by Abigail Hing Wen
Copyright da tradução © 2022 by Editora Globo S.A.

Todos os direitos reservados. Nenhuma parte desta edição pode ser utilizada ou reproduzida — em qualquer meio ou forma, seja mecânico ou eletrônico, fotocópia, gravação etc. — nem apropriada ou estocada em sistema de banco de dados sem a expressa autorização da editora.

Título original: *Loveboat Reunion*

Editora responsável **Paula Drummond**
Assistente editorial **Agatha Machado**
Preparação de texto **Ana Beatriz Omuro**
Diagramação **Renata Vidal**
Projeto gráfico original **Laboratório Secreto**
Revisão **Isabel Rodrigues e Giselle Brito**
Ilustração de capa **Mayumi Takahashi**
Design de capa **Renata Vidal**

Texto fixado conforme as regras do Acordo Ortográfico da Língua Portuguesa (Decreto Legislativo nº 54, de 1995)

CIP-BRASIL. CATALOGAÇÃO NA PUBLICAÇÃO
SINDICATO NACIONAL DOS EDITORES DE LIVROS, RJ

W492v

    Wen, Abigail Hing
        De volta a Taipei / Abigail Hing Wen ; tradução Glenda D'Oliveira. - 1. ed. - Rio de Janeiro : Globo Alt, 2022.   (Férias em Taipei)

        Tradução de: Loveboat reunion.
        ISBN 978-65-88131-69-5.

        1. Romance americano. I. D'Oliveira, Glenda. II. Título. III. Série.
22-79841   CDD: 813
                                  CDU: 82-3(73)

Gabriela Faray Ferreira Lopes - Bibliotecária - CRB-7/6643

1ª edição, 2022

Direitos de edição em língua portuguesa para o Brasil adquiridos por Editora Globo S.A.
R. Marquês de Pombal, 25
20.230-240 – Rio de Janeiro – RJ – Brasil
www.globolivros.com.br

Para meus filhos

XAVIER
SHOW DE TALENTOS E LEILÃO DO BARCO DO AMOR
TEATRO NACIONAL, TAIPEI
08 DE AGOSTO

Quando sua vida se resume a uma série de desastres e fracassos, é difícil acreditar que algo vá dar certo para você. Mas agora estou nos bastidores, atrás de cortinas de veludo, observando enquanto Sophie tenta vender meu mural para uma plateia de duas mil pessoas em um leilão. Um tipo estranho de esperança palpita no meu peito.

— Agora, para o último item da noite...

Sophie gesticula em direção a minha pintura de dragão, pendurada bem no alto do painel que cobre toda a extensão do palco, de um lado a outro. Um ventilador faz com que o dragão flamule e voe como se tivesse ganhado vida. É todo feito de tons de verde: como grama molhada, penas de pavão, o oceano e menta. Como as montanhas de Taiwan e o frescor da sombra de uma árvore frondosa.

Ao menos era isso que eu tinha em mente quando o pintei.

— Este dragão é obra de um estudante anônimo do campus de Chien Tan. — O microfone amplifica a voz

De volta a Taipei 7

de Sophie para um borrão de rostos na plateia. Ela arruma uma mecha do cabelo escuro, que está preso com uma presilha prateada, deixando seu pescoço à mostra.

— Notem as incontáveis nuances nas escamas. O poder das asas...

De alguma forma, a descrição de Sophie o faz parecer real — enquanto durante toda minha vida meu Ba me disse para não desperdiçar meu tempo com arte. Em certa ocasião, derreteu meus pastéis até virarem uma poça sobre minha escrivaninha e os deixou lá até endurecerem. Mas, neste verão, criei coragem e voltei a desenhar. Este dragão é a maior obra que já fiz. Jamais me senti tão exposto, é muito pior do que se eu saísse correndo pelado pelo palco.

— Ouvi alguém dizer três mil dólares taiwaneses? — prossegue Sophie.

Para minha surpresa, várias plaquinhas brancas são levantadas na escuridão da noite.

Cem dólares americanos por um borrão feito de pastéis verdes, azuis e dourados.

— Seis mil? Doze mil? Imaginem este dragão impressionante resguardando os corredores de seu escritório!

Sophie nasceu para ficar à frente de uma plateia. Os números vão crescendo, me deixando tonto com a rapidez. Eu não acreditava que alguém estaria disposto a pagar mais do que cem dólares pela pintura. Agora, há várias pessoas dispostas a pagar setecentos.

Oitocentos.

Novecentos.

Na marca de mil dólares americanos, Sophie tem três concorrentes. Estico o pescoço para ver quem são. A escuridão encobre uma mulher de pé na varanda, um homem ao fundo e outro mais para o lado. Inacreditavelmente, suas placas ainda estão levantadas.

Quando chegamos aos cinco mil dólares americanos, o homem mais ao canto sai da disputa.

— E vendido por duzentos mil dólares taiwaneses! — exclama Sophie. — Para o homem de casaco branco. Obrigada, senhor, e meus parabéns! Por favor, venha me encontrar no palco logo após o espetáculo para buscar o seu mural.

O aplauso faz o piso reverberar sob meus pés. Por pouco não subo ao palco para tentar seguir a luz do holofote enquanto ela procura pelo homem que acabou de gastar mais de seis mil dólares americanos por meu dragão anônimo — quase a soma de todos os outros itens vendidos no leilão. Um mecenas? Ou apenas alguém que gostou do que viu?

O holofote para em um homem de casaco e calça brancos como a neve. Ombros e cabeça eretos, com uma postura militar familiar. Ele volta a se sentar, levantando a mão de maneira modesta como reconhecimento ao aplauso recebido.

Espera, sei quem ele é.

É Ba.

LISTA DE PERSONAGENS

PARTICIPANTES DO BARCO DO AMOR

Campus de Chien Tan
Xavier Yeh (Xiang-Ping)
Sophie Ha (Bao-Feng)
Ever Wong (Ai-Mei)
Rick Woo (Kuang-Ming)
Marc Bell-Leong
Spencer Hsu
Debra Lee

Campus de Ocean
Emma Shin
Bert Lanier
Priscilla Chi
Joella Chew
Jasmine Chew

FAMÍLIA YEH

Chao-Xiang Yeh (Ye-Ye): avô de Xavier
Ako Yeh: Tia-Avó Um
Yumiko Yeh: Tia-Avó Dois
Jasper Yeh (Ja-Ben) (Ba): pai de Xavier
Lynn Noel Yeh (Chun-Hwa) (Ma): mãe de Xavier
Edward Yeh: irmão mais novo de Jasper, tio de Xavier
Rose Chan: Tia Três
Lily Yeh-Abebe: Tia Quatro
Lulu Chan: prima
Lin-Bian Yeh: prima
Gloria Yeh-Abebe: prima
Xiang-Ping "Xavier" Yeh

FAMÍLIA WOO/HA

Sophie Ha
Rick Woo
Camilla: mãe de Sophie
Kevin, Steve, Dave, Kai: irmãos de Sophie
Tia Claire
Tio Ted
Seus filhos: Fannie, Felix, Finn

1
SOPHIE
AEROPORTO INTERNACIONAL DE TAIWAN TAOYUAN
9 DE AGOSTO

Você é mais inteligente que *noventa e nove por cento do planeta. Da última vez que chequei, isso inclui a maioria dos garotos vivos. Então por que você não vai fazer seus* próprios *milhões de dólares?*

A voz de Ever ressoa na minha cabeça enquanto a vejo dar o beijo de despedida do século no meu primo Rick. Eles estão vestindo tons complementares de azul, parados em frente a um painel que anuncia a chegada de filhotinhos de pandas peludos ao Jardim Zoológico de Taipei na próxima semana — uma pena que não estaremos mais aqui para vê-los.

Debra, Laura e mais um grupo de jovens usando roupas confortáveis e chiques estão trocando contatos e fazendo promessas de se falarem por vídeo semanalmente. Jurando que nossa viagem de imersão cultural de verão significa que seremos amigos para sempre. Todos se apressam para plantar as últimas sementes na esperança de que floresçam na forma de romances.

Eu não faço isso. Estou riscando os garotos da minha vida pelos próximos quatro anos, quando estarei na Universidade de Dartmouth. Talvez para sempre.

E por boas razões.

O Barco do Amor, para mim, foi um DE-SAS-TRE.

Eu me atirei em cima de Xavier Yeh, filho do CEO da Folha de Dragão, Jasper Yeh, porque achava que era meu dever me casar com um homem rico e sustentar minha mãe e quatro irmãos. Em vez disso, acabei com o coração despedaçado, minha reputação pulverizada e um olho roxo graças a um babaca — e fiz coisas terríveis pelas quais jamais me perdoarei. Cheguei ao fundo do poço, para dizer o mínimo.

Então, Ever causou uma virada cataclísmica no meu mundo. *Então por que você não vai fazer seus próprios milhões de dólares?*

Agora, vou estudar em Dartmouth. Posso traçar meu próprio futuro! Talvez todas as outras garotas já estejam cansadas de saber que têm esse poder, mas eu não sabia. Agora tenho uma segunda chance de alçar voo, e o céu é o limite.

Só espero não acabar me sabotando.

Como fiz com Xavier.

— Estamos iniciando o embarque para a primeira classe do voo para Los Angeles — anuncia a voz de uma mulher pelo alto-falante.

Eu me encaminho para a área de espera e pego o celular para checar os e-mails da universidade pela primeira vez no verão inteiro. Minha tela inicial é minha foto favorita, comprada faz anos aqui mesmo em Taipei — lanternas brancas de papel flutuando na escuridão da noite. Mergulho em uma confusão de e-mails: de amigos, de encerramento do ensino médio… então uma mensagem de Dartmouth me salta aos olhos, recebida um mês atrás.

De volta a Taipei 13

RE: AÇÃO NECESSÁRIA — SEGUNDO AVISO

Meu coração congela por um segundo.

— Ei, Xavier! Vai se juntar aos plebeus aqui? — pergunta Marc Bell-Leong.

Olho para cima. Claro. Xavier Yeh está se dirigindo até nós, casual em sua delicada camisa preta com fios prateados. Refinadamente discreto sem sequer tentar ou se importar: este é Xavier. Os cabelos pretos ondulados caem sobre os olhos. Ele puxa a mochila laranja da Osprey sobre os ombros e ajeita o caderno de desenho sob o braço.

— O que aconteceu com o jatinho particular? — indaga Marc. Eu nem sabia que Xavier tinha um, e fico feliz de não ter descoberto antes. *Oooh, Xavier, vamos dar uma volta em Paris!* Eu teria me comportado como uma idiota ainda maior.

Por sorte, Xavier não é o tipo que julga as pessoas. Estamos numa boa. E já o superei.

O sorriso que ele abre é forçado.

— Meu pai está querendo me mandar à força para uma escola em Massachusetts, então vou pegar o próximo voo para Los Angeles. Me ofereceram um bico para desenhar o cenário de uma peça de teatro.

Ele afunda na poltrona a meu lado.

— E aí, Sophie.

— Oi, Xavier. — As articulações dos dedos dele estão brancas contra o caderno em seu colo, sujas de azul do giz pastel. Franzo a testa. — Tudo bem?

— Tudo. Só… não acredito que o verão já acabou. — Ele tira balas embrulhadas em papel com o desenho de coelhos brancos do bolso e me oferece uma, depois gesticula com a cabeça para meu celular. — Não precisa parar o que está fazendo por minha causa.

Chupo a bala à base de leite enquanto passo os olhos pelo e-mail da universidade.

Prezada aluna,
O prazo para inscrição na cadeira de Introdução à Inteligência Artificial já venceu, e até o presente momento não recebemos o pagamento da taxa de inscrição...

Sinto um buraco se abrir no meu estômago e engulo em seco.

— Merda.

— O que foi? — Xavier pergunta.

— Perdi um prazo. Não sabia que tinha que pagar uma taxa, e agora estou na lista de espera da minha matéria mais importante. — Eu deveria ter prestado mais atenção em Dartmouth e seu funcionamento, mas, em vez disso, desviei meu foco tentando impressionar Xavier.

— Que droga. Mas é só uma matéria, né?

— Não sei! Tenho uma bolsa especial para mulheres na área de tecnologia, e tem um monte de exigências. Se eu perder essa bolsa, minha mãe não vai conseguir bancar minha faculdade. — Eu teria que trancar... e depois, o quê? Não posso dar mole. Não posso me permitir cometer mais erros e ver meu futuro ir permanentemente pelo ralo.

Meus dedos tremem enquanto me inscrevo na lista de espera.

— Meu número é duzentos e trinta e um! Preciso dar um jeito de entrar nessa matéria.

— Queria poder ajudar — diz Xavier.

Ever está escaneando a passagem no portão. Rick já foi.

— O embarque para o meu primeiro voo já começou. — Me levanto, pegando a bolsa. — Cuidado lá em Los Angeles. E boa sorte!

— Espera, Sophie. — A mão de Xavier se fecha ao redor do meu punho.

Ele está me fitando com aqueles olhos castanho-escuros que veem tudo e todos, de uma maneira que faz meu estômago revirar. É aterrorizante deixar que alguém enxergue você até o âmago sem saber o que estão vendo. No caso de Xavier, ele já viu o que há de pior em mim.

— Eu... vou te ver outra vez?

Ele me solta, mas a pergunta me espanta. Tanta coisa deu errado entre nós. Por que nos veríamos outra vez?

Nunca estive em Los Angeles. Foi minha tia Claire quem pagou pela viagem a Taiwan.

— Não acho que eu vá visitar Los Angeles tão cedo...

— Bom, depois que eu finalmente conseguir o controle da minha poupança, talvez eu possa visitar você. Todo mundo. New England no outono é incrível. As folhas todas mudam de cor. Posso dar uma passada em Dartmouth em um fim de semana, quem sabe?

Então ele quer me visitar?

Uma esperançazinha estúpida se agita dentro de mim, um desejo que não posso alimentar. Não quando tenho que dedicar cada grama de energia emocional à faculdade.

E o coitado do menino rico tem que esperar receber acesso à *poupança* para poder pegar o jatinho e visitar os amigos? Ugh. Problemas regados a champanhe caro, os dele.

Colocá-lo dentro dessa caixinha pelo menos ergue um muro necessário ao redor do meu coração.

— Embarque aberto para Los Angeles — anuncia a mulher no alto-falante.

— Você precisa embarcar. — digo, e Xavier me envolve em um abraço que faz aquela centelha de esperança traiçoeira lampejar. Eu me desvencilho e me viro para ir embora.

Então paro ao avistar um sujeito familiar aproximando-se de nós, flanqueado por dois homens de uniforme azul-marinho, cabelos prateados e um blazer chique também azul-marinho.

O homem que comprou o mural de Xavier ontem à noite.

— Ah, merda, Xavier. Seu pai está aqui.

2
XAVIER

Ba vem em minha direção como um jato, flanqueado por dois enormes guarda-costas. O cabelo está cortado de maneira tão meticulosa e tão rente que poderiam ralar queijo nas pontas espetadas — o que condiz com seu temperamento comigo. Amigos do programa de verão se viram para olhá-lo. Sei que é um figurão. Esteve na capa da *Forbes Ásia* três vezes desde que assumiu o comando da Folha de Dragão, a empresa que meu bisavô fundou há mais de cem anos. O logotipo da companhia está até bordado no bolso das camisas dos guarda-costas: o ideograma que parece uma árvore e significa "folha", meu sobrenome 葉, cercado por uma grinalda composta por um dragão esguio. Ouvi dizer que é o dia de maior orgulho na vida de um segurança, motorista, ou seja lá quem for, quando ganha o direito de vestir o emblema do império Yeh.

Mas não para mim.

Me levanto de maneira cautelosa, segurando o caderno contra o peito como se fosse um escudo. Passei a manhã sentado no gramado de Chien Tan com o objeto, fazendo uma última tentativa com meus pastéis desgastados de me agarrar aos sentimentos que tive lá. Meus desenhos estão mudando. O rosto que assombrou minhas páginas durante a maior parte do verão mudou. Pela primeira vez, não estou desenhando Ever Wong. Ela escolheu Rick, não a mim, e abri mão do que sentia por ela. Estou enxergando as coisas de modo diferente agora, mas foi muito difícil chegar nesse ponto, que é tão frágil quanto fios de seda.

Não é algo em que eu queira que Ba interfira.

— Aonde você pensa que vai? — Meu pai agarra meu braço como um torno. — Devia estar a caminho de Boston para começar as aulas.

Todos ficam em silêncio, e faço uma careta.

— Já disse. Estou indo para Los Angeles.

Ba arranca o caderno das minhas mãos, movendo-se tão depressa que não passa de um borrão. Antes que eu me dê conta do que está acontecendo, o bloco se choca contra meu rosto.

— Para! — Sophie grita. — O que diabos você está fazendo?

Pontos brancos flutuam na minha visão. Minha cabeça é tomada por um zumbido. Todos os demais já estão se afastando, desviando o olhar, apressando-se para embarcar, para o caso de a merda que é minha vida ser contagiosa.

Os ombros de Ba sobem e descem enquanto ele rasga meu caderno ao meio. Entrega os restos ao segurança, que os atira na lata de lixo. Páginas cheias de tudo que vi o verão inteiro, que transferi da minha alma para meus dedos e então para aquelas folhas.

Perdidas.

Os olhos de Ba são sombrios ao me fitar. Uma respiração curta e raivosa faz meu peito tremer. Quero feri-lo em resposta.

Imaginei — *fantasiei sobre* — o que poderia machucá-lo mais: se perdesse todo o seu dinheiro. Se a reputação da família fosse pelo ralo. Se eu o amarrasse a uma cadeira de metal, impotente e desamparado, enquanto o socasse no estômago sem parar.

Só que jamais conseguiria dar um único soco se dependesse daqueles seguranças.

Seda da cor de tangerina lampeja na minha visão periférica. A ponta dos dedos de Sophie roçam meu cotovelo, um gesto de apoio que me ancora — então ela ainda está aqui. Fico surpreso, para falar a verdade. Sophie infernizou depois que terminamos, embora também tenha passado por sua própria cota de dificuldades. Não sei bem se confio nela — ou, pelo menos, em nós dois e no desastre que éramos juntos —, mas nosso relacionamento não está arruinado. Ainda assim, não sei se a quero aqui, não agora.

— O que você quer de mim? — pergunto a Ba.

— Coloquei você em um programa de verão junto com alunos que vão para Yale, Harvard, Berkeley, Oxford. Durante esse período inteiro, era para você estar aprendendo mandarim com eles. Mas, em vez de estudar, foi isto que você fez. — Ele gesticula para a lata de lixo. — Agora quer ir para Los Angeles? Pois bem. Vai entrar no nosso jato junto com Bernard, e Ken-Tek e Ken-Wei aqui vão levá-lo direto para um colégio que convenci a aceitar você. Harvard-Westlake. Arrumei um apartamento para você lá, onde vai terminar o último ano do ensino médio.

Mas que merda é essa? Ele quer que eu repita o ensino médio?

— Sua prima Lulu também está cursando o último ano da escola. É muito estudiosa. Você vai seguir o exemplo dela. Chega de garotas, chega de festas. E *vai* se formar.

Ensino médio *de novo*?

— Prefiro vender o corpo — rosno.

— Você *tem* que *aprender* a ler. — Ele não reage ao que digo. Nunca reage. — Quando eu tinha a sua idade, já agendava minhas reuniões em três continentes. Gerenciava um departamento inteiro da Folha de Dragão. O seu primo é pupilo do seu tio Edward desde os treze anos.

Ele estala os dedos e os guarda-costas avançam na minha direção. Sei o que vem em seguida. Recuo. Meu punho acerta o nariz de um deles. Meu pé arranca um grunhido do segundo. Mas tudo termina em um instante. Sou faixa preta em Taekwondo, mas Ba tem tricampeões mundiais como seguranças. Eles agarram meus braços com punhos que mais parecem grilhões de ferro, um de cada lado.

Olho com ódio para Ba.

— Você traz dois guarda-costas para dar conta de um filho só?

— Xavier, quer que eu chame alguém? — O rosto de Sophie estampa medo. Ela está segurando o celular.

— Agradeço a sua preocupação, mas não há necessidade — Ba responde de maneira concisa.

— Xavier? — Ela olha para mim. A área de espera está deserta, exceto pela funcionária que cuida do portão, cujo rosto está virado para o outro lado, o que significa que ela foi informada sobre o que está acontecendo. No entanto, Sophie permaneceu comigo.

O restante da cena se desenrola na minha cabeça: chamamos os seguranças do aeroporto, Ba faz um movimento com a mão e os espanta. Com o emblema dos Yeh no peito ou não, a porra da ilha inteira está no bolso dele.

— Está tudo bem, Sophie. — Forço minha voz a permanecer firme. Ela tem muita coragem, na verdade. Ninguém enfrenta Ba. Todos beijam o chão por onde ele anda. Lambem o chão, se precisarem. Mas não quero que ela testemunhe coisas que ninguém deveria testemunhar. — Você precisa embarcar agora.

Os olhos dela estão sombrios de preocupação.

— Eu... Eu ligo quando aterrissar.

Os seguranças já estão me levando antes mesmo de ela terminar de falar. Seus punhos cortam a circulação dos meus braços. Marcham comigo pelo corredor. Para quem olha de fora, não parece nada de mais. É como se eu tivesse torcido o tornozelo e eles estivessem ajudando. Mas terei hematomas pela manhã. Um lembrete de quem está no comando.

Por enquanto.

Porque, dentro de dois dias, minha poupança estará sob meu controle. Estarei à frente do meu destino, e então contratarei os meus próprios guarda-costas para manter os dele longe.

Só mais dois dias, e Ba não vai mais poder me tocar.

Ele vira no corredor e os Ken me levam junto. Viro o rosto para olhar o portão de embarque para Los Angeles. Sophie ainda está me observando, o celular de prontidão. Queria que ela pudesse desver tudo o que viu. Devo parecer tão fraco e estúpido aos olhos dela.

Então uma cafeteria bloqueia meu campo de visão e ela desaparece.

Os sapatos de Ba fazem ruídos rascantes contra o chão.

— O que você pode fazer sem um diploma de ensino médio, Xiang-Ping?

— Vou fazer arte.

Ele solta um bufo de desdém.

— Arte não dá dinheiro. Até Shakespeare tinha a rainha para pagar os *scones* e a geleia que comia.

Ele sabe de tudo. Se eu pudesse colocar todo o meu conhecimento dentro de um círculo, ele poderia desenhar outros dez ao redor do meu, como um alvo.

Mas ele está errado. Seis mil vezes errado.

— Arte *pode* dar dinheiro, sim. — Imito seu tom de voz calmo, embora tudo dentro de mim queira anunciar toda a verdade irônica pelos alto-falantes do aeroporto. — Sabe o mural de dragão em que você gastou toda aquela grana? Acontece que fui *eu* quem pintou.

Assovio o efeito sonoro de um míssil caindo, terminando com o impacto no chão. Quem vai rir por último agora, meu velho? Levanto o queixo e fixo meu olhar no dele — aguardando a verdade acertá-lo com mais força do que eu jamais poderia fazer.

— Xiang-Ping, você é tão ingênuo. Se eu não interferisse, seus rabiscos teriam sido vendidos a preço de banana. Eu sabia que o mural era seu. É o mesmo dragão na proa do barco do seu avô; a foto dele está na nossa sala desde antes de você nascer. Comprei aquilo para nos poupar da vergonha.

A verdade *acertou* seu alvo. Meu estômago.

— E, até você se formar, congelei sua poupança.

— É o quê?

— Isso mesmo, Xiang-Ping. — Ele sorri.

— Você… Que mentira! Está documentado. — A poupança é *minha*. — Você não pode fazer isso!

— Mas fiz.

— Ma deixou a poupança para mim antes de *morrer*. — Avanço para ele, querendo arrancar a arrogância do seu rosto à força. Mas os grilhões nos meus braços apertam a ponto de serem insuportáveis. Meus punhos cerram no ar, impotentes. De repente, estou suando; ar gelado sopra de uma saída de ventilação, um lembrete de que não tenho nem mesmo o poder de impedir que o ar bagunce meus cabelos. — Foi o último desejo dela! É *você* quem está sempre falando em respeitar a memória dela. Ma pediu aos advogados para aprontarem os documentos enquanto estava no *hospital*.

— E se ela ainda estivesse conosco, estaria tão decepcionada quanto eu. Então meus advogados anularam os papéis.

Ba é bilionário por várias razões, mas uma delas, tenho certeza, é por cada uma das células tão preciosamente resguardadas em seu corpo estarem focada em um objetivo:

Xeque-mate.

— Forme-se, Xiang-Ping — declara Ba calmamente, como se não soubesse que acabou de detonar uma granada na minha vida. — Forme-se no ensino médio como o restante do mundo. *Tente* se tornar alguém útil. Então... e só então... vai receber o seu dinheiro.

3
SOPHIE

Fico preocupada com Xavier durante todo o voo de volta aos Estados Unidos. A vermelhidão ficando estampada em seu rosto. O pai basicamente o sequestrando! E, principalmente, aquela fúria impotente no rosto dele — como pude julgar Xavier por seus problemas de menino rico? Eu não ia querer ter um pai como o dele nem que me dessem todo o dinheiro desse mundo.

Assim que o avião aterrissa em Los Angeles e volto a ter sinal no celular, ligo para Xavier. Ouço chamar, mas depois a ligação cai na caixa postal.

Pressiono o celular contra a orelha enquanto o avião desacelera.

— Oi, sou eu. Só ligando para ter certeza de que está tudo bem. Espero que você esteja seguro. Me avisa se eu puder ajudar ou se você quiser conversar.

Desligo. O pai dele chegaria a machucá-lo? A isolá-lo dos amigos? Se Xavier está vindo para cá, será que eu deveria denunciar o que aconteceu?

Mando uma mensagem:

> Só checando se você está bem.
> Se quiser conversar, tô aqui.

Um minuto depois, o alerta de mensagem toca. O celular escorrega dos meus dedos, e tenho que procurá-lo debaixo da poltrona à minha frente antes de poder ler a resposta.

> Tudo certo valeu

É como se alguém tivesse tomado minhas rédeas e me puxado para trás. *Opa, cavalinho!*

Uma lembrança lampeja na minha mente: uma noite em uma boate. Eu agarrada às costas dele com as mãos entrelaçadas ao redor de seu pescoço, os joelhos presos em volta de sua cintura, tentando desesperadamente mantê-lo lá comigo. Até Rick me puxar para baixo e Xavier sair correndo... E depois ainda fui atrás...

Tudo certo valeu

A dinâmica me parece familiar demais. Eu correndo atrás dele; ele me afastando.

Minhas bochechas coram. Guardo o celular, me sentindo um pouco tola. No aeroporto de Taipei, só queria apoiá-lo. Mas não me atender, não retornar ligações, *tudo certo valeu...* a tradução é clara: não é da sua conta. E ainda assim, como sempre, lá estava eu, invadindo seu espaço.

Retiro minha bolsa do compartimento superior e sigo para pegar minha conexão para Nova Jersey. Não posso continuar pensando nele, e com certeza não quero que ele venha me visitar, mesmo que a oferta ainda esteja de pé. Tenho grandes planos: puxar aquela aula de inteligência artificial em Dartmouth, me formar, trabalhar por dois anos em um emprego fantástico, fazer uma especialização em administração, ganhar meus próprios milhões — e provar para minha família (e para mim mesma) que não sou a patética SOPHIE-FICA-COMIGO que todos achávamos que eu fosse.

Dartmouth.

Ar fresco. Folhas verdes. Edificações históricas, sidra quente e oportunidades com as quais eu jamais tinha sequer sonhado. Mergulho de cabeça para absorver toda e qualquer informação disponível a respeito de atividades, clubes escolares, disciplinas e bacharelados. Me apresento a todos os alunos no Lord Hall, meu dormitório. Envio trinta currículos para vagas de emprego ao redor do campus e, mais importante, vou até a diretoria de admissão, onde uma mulher me aconselha a comparecer à primeira aula de Introdução à Inteligência Artificial para entender a lista de espera. Sou uma máquina, Sophie-conserta-tudo, colocando minha vida inteira de volta nos eixos.

A caminho de um tour para conhecer a biblioteca, avisto a reitora da universidade, resplandecente em um terninho branco como a neve: blazer assimétrico e calça pantalona. Ela passa pelo prédio de tijolos brancos que se chama Dartmouth Hall, e o efeito faz majestosamente jus à faculdade — é ao mesmo tempo inspirador e intimidante.

Tiro uma foto rápida e abro o Instagram para postá-la. Só tenho umas poucas dezenas de seguidores, mas o objetivo da conta é mais guardar minhas fotos favoritas do verão: o arranha-céu Taipei 101, as feiras noturnas — e mais uns quinhentos looks incríveis como o da reitora.

Para minha surpresa, tenho um novo seguidor: @XavierYeh.

Meu coração para por um instante. A foto de perfil dele é um dragão roxo-escuro, recurvado na forma de um S, as asas poderosas estendidas nas laterais. O nome chinês de Xavier, Yeh Xiang-Ping, sobrepõe-se à criatura em pinceladas artísticas. É incrível — a impressão do selo que ele mesmo entalhou em pedra-sabão no Barco do Amor e usou para carimbar seus desenhos.

E ele está me seguindo?

Analiso o perfil: a conta é nova, só tem alguns dias. Xavier está seguindo três pessoas, e oito o seguem. A única foto postada mostra água pingando da parte de baixo de uma ponte, magicamente feita toda de tons de cinza, desde a água, até o concreto e ao céu. Irradia solidão. É como ele está se sentindo? Xavier consegue capturar tanta emoção dentro de um único quadradinho, seja ele uma pintura ou fotografia. É o seu talento.

Dou zoom na foto. O céu era daquele mesmo cinza em Taipei na manhã em que acordei ao lado de Xavier depois do Club Beijo, saboreando o calor do corpo dele contra minhas costas, a mão por cima da minha cintura, a lembrança de seus lábios suaves na minha pele...

Para!

Eu o sigo de volta e mando uma mensagem simpática, mas não muito íntima. "Bem-vindo ao Instagram. Espero que esteja tudo bem."

No sábado, vou a várias entrevistas para trabalhos de meio período: numa loja de chocolates, numa biblioteca, numa livraria. Duas entrevistas são canceladas antes mesmo de eu chegar. Três enviam uma rejeição rápida logo depois: "desculpe, a vaga foi preenchida por outro candidato." E, durante a última — uma vaga administrativa para trabalhar para um homem calvo vestido com tons profundos e não complementares de laranja —, o entrevistador retorce as mãos e diz:

— Você é uma jovem muito bonita. Só não sei se aqui seria o lugar mais adequado para você.

— Estou tão confusa. O que ele quis dizer com aquilo? — pergunto a Ever pelo telefone à noite. — Sou bonita, então não sou adequada para o trabalho? Não sou adequada, mas devo me consolar com o fato de que sou bonita?

— Ele sente muito por não poder te contratar porque você é bonita?

— Espero que não. — Estremeço, mas de repente receio que ela esteja certa. — Se for o caso, então graças a Deus que ele me rejeitou. Eu teria passado o semestre inteiro me esquivando do cara. Achei que a conversa tinha sido até bem simpática e profissional — lamento. — É um pouco humilhante, para falar a verdade.

— É *ofensivo*. É *isso* que é.

Agradeço aos céus por Ever Wong. Se ela fosse outra menina qualquer, eu teria acabado o verão como sua meia-irmã do mal. Mas ela é a pessoa mais boazinha que conheço. Coloca até a Cinderela no chinelo.

— Então, preciso da sua ajuda — diz ela. — Estou tentando aprender a passar sombra nos olhos.

— Para um encontro virtual com Rick? — brinco. Adoro que minha melhor amiga esteja namorando meu melhor primo.

— Quem dera! Vou fazer um teste para uma bolsa de dança internacional amanhã. Se eu for escolhida, vão pagar

De volta a Taipei   29

cem por cento das despesas da universidade que eu escolher, então é bem importante.

— Que incrível! — No fim do Barco do Amor, Ever fez a escolha destemida de desistir do programa de sete anos de medicina para correr atrás de seu sonho de fazer dança e coreografia. Estamos todos torcendo por ela. — Faço um vídeo passando maquiagem para você assim que a gente terminar aqui, ok?

— Muito obrigada! E não fica grilada com aquele cara, não. O mar tem peixes muito maiores para você!

Mas me preocupo, *sim*. Só tenho uma mãe divorciada para cuidar de quatro irmãos em casa. Ela mal consegue pagar as contas. Sem a bolsa que consegui, eu sequer estaria aqui — e preciso mesmo de um emprego para me manter.

Se os problemas de Xavier são regados a champanhe caríssimo, os meus são à Coca Diet.

A caminho da primeira aula do dia, ainda estou obcecada por entender o que deu errado nas minhas entrevistas. Fui animada demais? Passei de algum limite que eu não sabia que existia?

Acontece que sei que posso ser um furacão.

No quarto ano, minha professora reclamou com minha mãe que eu tinha problemas para controlar meus impulsos. Certa vez, me mandou esperar na carteira até receber permissão para me levantar. Ela levou o restante da turma para almoçar, desligou as luzes da sala e me deixou lá sozinha no escuro. Ainda lembro como me agarrei à cadeira, tentando controlar minha vontade de correr desembestada na direção dos outros. Quando a professora retornou vinte minutos mais tarde, senti tanto alívio e vergonha que me debulhei em lágrimas e prometi que jamais sairia da carteira sem permissão. Cumpri a promessa pelo resto do ano.

Mas tenho medo de que o furacão dê as caras. Que nem quando humilhei Ever porque Xavier a queria e fiquei enciumada — foi a pior coisa que já fiz por impulso. E o furacão continua aqui, dentro de mim. Pronto para irromper e acabar com o que quer que eu esteja tentando construir. Amizades, relacionamentos, empregos, um novo objetivo. Um plano.

Alguém esbarra em mim correndo para as portas do auditório logo à frente. Há uma horda de alunos ao encalço dele, alguns de pijama de flanela, outros de calça jeans, outros ainda com camisetas de *Star Wars*. Ninguém veste cor, o que me faz olhar para baixo, para minha camisa alongada azul-celeste. Será que estou arrumada demais?

Eu os sigo e encontro a sala de Introdução à Inteligência Artificial abarrotada com mais gente do que o metrô de Nova York durante a hora do rush. A quantidade de alunos é aterrorizante — eles preenchem as fileiras de carteiras separadas em quatro seções, dezenas deles correndo pelos corredores em busca de lugares vazios. A maioria é do sexo masculino. Quantas dessas pessoas também estão tentando sair da lista de espera?

— O teorema da incompletude de Gödel nada mais é do que uma formalização de "esta afirmação é falsa" — diz um homem ruivo ao se espremer para passar por mim, conversando com outro colega.

— É mais complicado do que o paradoxo do mentiroso — argumenta o outro. — Se você der uma olhada em…

Hum, alô! Que língua é essa que os dois estão falando? Parte de mim quer dar meia-volta e sair da sala antes que

De volta a Taipei 31

alguém exija saber o que estou fazendo aqui. Mas esta aula é meu bilhete de entrada para meu novo futuro.

Respiro fundo e sigo em frente pelo corredor.

No quadro, o professor Michael Horvath está escrevendo seu nome com letras fortes. É jovem, deve ter uns trinta e poucos anos. Atraente de uma maneira clássica, como uma estátua grega, o nariz pronunciado e cabelos castanhos volumosos *à la* Beethoven. Tem bom gosto para se vestir — sob o blazer xadrez azul, o colete tem uma estampa empolgante e violentamente laranja. Minha cor favorita.

Aliviada, avisto alguns lugares vagos à frente da sala. Não costumo ser aluna de primeira fileira, mas esta sou a nova eu!

— Licença. Licença. — Vou me espremendo para passar por vários alunos até chegar à frente da sala, onde afundo em uma poltrona aveludada azul logo de cara para o púlpito. Tiro uma foto do look incrível do professor, já me sentindo mais otimista.

— Oi, e aí? — Um menino toma o assento ao meu lado, me sobressaltando. — Opa, foi mal. Não queria te assustar.

— Hum, não foi nada. Oi.

As mangas da camisa social azul dele estão dobradas até os cotovelos, a bainha para fora da calça *skinny* preta. Seu estilo é ligeiramente mais asiático do que asiático-americano. Ele coloca uma mochila de couro preto elegante no chão a seus pés. Uma Canali — uau, custa pelo menos uns mil dólares.

— Meu nome é Victor. — Ele abre um sorriso simpático, e reconheço o, hum, *interesse* por trás dele. Depois de tantos anos correndo atrás de garotos, você acaba desenvolvendo uma espécie de radar.

Meu primeiro instinto é me mandar. Mas não há para onde fugir. Todos os assentos estão ocupados.

— O meu é Sophie.

— Prazer. Você prefere ser chamada de Sophie mesmo? Ou por um apelido?

— Só Sophie mesmo.

Ele inclina a cabeça para o lado.

— Precisa de um apelido.

— Nunca tive um. — Sorrio, acompanhando o fluxo. — A menos que meu pai me chamando de Cara de *Cha Siu-Bao* quando eu era criança conte.

Ele ri.

— Cara de Bolinho de Porco. Curti.

Nunca tinha compartilhado aquilo com ninguém, mas algo nele inspira intimismo. Costumava adorar a ideia de lembrar algo quente e delicioso para meu pai. Mas aí ele foi embora. Acho que nunca mais voltei a pensar naquilo desde então.

— Ei, Victor, a gente se fala depois da aula? — Dois garotos com camisetas de time param diante de nós, bloqueando o professor Horvath. — A gente queria sua opinião sobre o nosso modelo para a competição da Kaggle.

— Claro, sem problemas. — Os outros dois levantam o polegar para Victor e se afastam, e ele se vira para mim outra vez. — Você deve ser caloura.

Meu sorriso se torna pesaroso.

— É tão óbvio assim?

— Não. Mas nunca nos encontramos antes.

— E você conhece os outros três mil veteranos?

— Teria me lembrando de *você*.

Radar de interesse masculino! *Ding ding ding!* Mas sou uma nova mulher. O que significa que é hora de desviar o assunto.

— Você está no segundo ano? Terceiro?

— Quarto. Sou monitor desta aula. Se você precisar de ajuda, é para isso que estou aqui.

—Ah! — Um monitor! Não é de se admirar que aqueles garotos quisessem a opinião dele.

— Como foi o seu verão? — pergunta ele. — Estudou? Viajou?

— Os dois. Mais ou menos. Estava em Taipei para um programa de imersão cultural...

— Não brinca! Barco do Amor?

— É. Você já foi?

—A minha família é de Taipei. Meus primos foram, mas eu, não. É por isso que continuo solteiro. — Ele pisca de maneira teatral. — Então você voltou para cá com namorado, correto?

— Melhor ainda. — É a oportunidade perfeita para revelar a ele qual é a minha postura atual. — Risquei os garotos da minha vida. *Para sempre.*

Ele deixa a cabeça pender para o lado.

— Por quê?

— Namorei o Sr. Errado e aprendi minha lição. Agora estou completamente focada e pronta para arrasar na minha carreira. Este curso é meu primeiro passo.

Pronto: bandeira fincada. Embora sinta uma pontada de culpa, porque não é justo reduzir Xavier a Sr. Errado quando eu fui grande parte do erro. Mas as sobrancelhas de Victor se erguem. É possível que eu o tenha impressionado.

— Por favor, sentem-se — pede Horvath pelo microfone. O falatório começa a cessar.

— Bom, você está certa sobre esta matéria — sussurra Victor. — Horvath é uma estrela em ascensão. É o professor mais jovem a ganhar vaga de titular em Dartmouth. Ele conhece os chefes dos departamentos de Inteligência Artificial do Facebook, da Apple, Netflix... pode escolher. Todo mundo que sai do laboratório dele pode escolher onde vai querer estagiar no Vale do Silício. O nosso monitor-chefe é estagiário no Google. Já está com a vida ganha.

Um estágio no Google? Endireito a postura. O professor está conectando um cabo do púlpito ao notebook.

— É por isso que você está aqui? — pergunto.

— Não. Trabalho para minha família. Mas é por isso que a aula está cheia de veteranos. É o último ano dele lecionando em Dartmouth.

Franzo a testa.

— Como assim?

— A Yale conseguiu fisgar Horvath. Laboratório grande, novinho e tal. Esta é a última chance de estudar com ele. Você teve sorte de conseguir entrar. A maioria dos novatos não consegue.

— Ah, não. Na verdade, estou na lista de espera...

— Com licença, esta fileira é só para monitores. — Um jovem segurando uma pasta, de cabelos louros com mechas brancas prematuras, me olha com uma carranca. Ele se porta com autoridade.

Olho para Victor, que dá de ombros como se dissesse *verdade, foi mal.*

— Parece que não tem mais lugar vazio aqui.

A fileira da frente inteira, ocupada por mais garotos — todos com ares de professores também —, vira-se para mim quando me levanto. Alguém na fileira de trás solta um risinho, e meu rosto fica quente. *Só para monitores* — como eu não sabia disso? Mas, também, nunca estive em um lugar como este, competindo com tanta gente. Não posso fazer nada que acabe com minhas chances de entrar para esta turma. *Especialmente* porque é a última que o professor vai abrir aqui.

Uma música começa a tocar. Duas telas que cobrem a extensão da parede são tomadas pela imagem de um cérebro cinza girando e o título *Introdução à Inteligência Artificial*.

— Sai da frente — grita alguém, irritado.

Abraço minha mochila e me agacho para não atrapalhar a visão. Os degraus do corredor estão abarrotados de alunos sentados, então tenho que desviar de bolsas e mãos, o que me rende olhares feios de alguns estudantes com os pescoços esticados para conseguirem enxergar. Quando enfim me junto à multidão nos fundos da sala, meu rosto está quente e suado.

Abraço a mochila com mais força. Tenho que manter o furacão sob controle. Meu celular toca com uma notificação, e o pego depressa para silenciá-lo. Por sorte, o professor está ocupado falando com os monitores. A aula ainda nem começou, então por que todos já estão tensos assim?

Outra notificação surge no meu celular. É uma mensagem de Ever no grupo de ex-alunos do Barco do Amor, que criei para podermos manter contato.

> **Ever**
> Oi, gente! Sou finalista para receber uma bolsa de dança! Vou voltar para Taipei no próximo fim de semana para uma última rodada de apresentações!

> Parabéns! Isso é fantástico!

> **Ever**
> @Sophie fiquei toda profissional graças àquele seu vídeo de maquiagem.

> É, foi tudo graças a MIM. Praticamente dancei no seu lugar.

> **Rick**
> Queria poder ir também.

> **Debra**
> Posso ver o vídeo de maquiagem? Também estou precisando.

> **Laura**
> Eu também?

> Claro, vou postar no meu TikTok.

> **Marc**
> Eu iria para Taipei se tivesse grana para a viagem.

> Você e todos nós! Vai lá ganhar aquela bolsa, E!

Enquanto o professor Horvath retorna ao púlpito, faço o upload do vídeo de maquiagem para Debra e Laura, depois guardo o celular. Estou tão orgulhosa de Ever que poderia gritar daqui dos fundos do auditório. Ela está correndo atrás dos próprios sonhos.

E agora estou aqui para correr atrás dos meus.

Um vídeo de Harrison Ford surge na tela. Han Solo! Os cabelos grisalhos sombreiam de modo atraente parte do rosto marcado. O ator ergue uma caneca azul para nós.

— Sejam bem-vindos à Introdução à Inteligência Artificial — diz. — Vocês terão uma experiencia única com meu querido amigo, o professor Horvath. Queria pessoalmente desejar a vocês um bom início de ano. Aliás, não sou o verdadeiro Harrison Ford. Sou um *deepfake*. Mas desejo a vocês tudo de bom mesmo assim.

Rio junto com o restante da classe enquanto o professor toma seu lugar no centro do palco, colocando um polegar no bolso da calça.

— Bem-vindos, como o meu querido amigo Harrison Ford disse. Primeiro, uma palavra àqueles que estão na lista de espera, porque sei que centenas de vocês estão aguardando ansiosamente. Sinto dizer que a capacidade deste auditório nos limita, simples assim. Aconselho que encontrem cursos alternativos, mas, se ainda estiverem na esperança de ter um gostinho do toque de Horvath, por favor, compareçam às aulas por ora e entreguem suas propostas de projeto para o primeiro trabalho do semestre, sobre o qual falarei dentro de alguns minutos. Se vagas forem abertas nas próximas duas semanas, vou aceitar alunos da lista de espera com base na qualidade das propostas entregues.

Alguns grunhidos percorrem o ar. Um garoto na cadeira logo à minha frente segue para a saída.

O menino a meu lado gesticula para o assento vazio. Quase recuso, mas me concentro melhor quando faço anotações, então acabo me sentando. Aquelas são boas notícias para mim, na verdade. Se eu conseguir me destacar com um projeto espetacular, então talvez tenha boas chances de entrar.

— Agora, seguindo em frente. A Inteligência Artificial está revolucionando tudo, desde a robótica à energia, ao sistema de saúde, sem falar em... todo o resto. Vocês vão aprender os princípios básicos da inteligência artificial e como criar algoritmos que estão mudando a nossa vida. *Chatbots* que falam com as pessoas. Ferramentas para ajudar médicos.

Ele avança em um mundo de informações que antes eu apenas associava a *gamers*. Digito furiosamente, fazendo anotações como jamais fiz antes. Tenho que pesquisar no Google (no Google!) o que ele diz a cada poucas palavras e passar os olhos pela Wikipedia para entender o contexto — aprendizagem profunda, *deepfakes, chatbots*. Vou aprender os segredos que me permitirão desvendar o universo. Vou aprender mágica.

Horvath apresenta seus dez monitores. Victor é o único deles que ainda está na graduação, e o restante faz pós... impressionante. Eu tinha me sentado no lugar do monitor-chefe, ugh! Com sorte ele não vai se lembrar de mim. Presto máxima atenção a cada palavrinha de Horvath enquanto ele anuncia quais são suas expectativas. Parece bem diferente do ensino médio. Nossas notas são todas baseadas em um grande projeto final: criar um programa de IA que seja funcional e que deverá ser entregue em três partes.

Outra onda de nervosismo me atinge. Esta matéria é mais difícil do que qualquer outra coisa que eu já tenha feito. Um garoto à minha frente já está programando, a tela preta cheia de linhas de código brancas. Não sei nada sobre o teorema de não-sei-quem. Godiva? Godel? Meu primo Rick está sempre de conversinha com amigos em apps de mensagem superseguros ou jogando RPGS que usam inteligência artificial. E eu...

Você é mais inteligente do que noventa e nove por cento do planeta, a voz de Ever me repreende.

— Estes projetos são uma oportunidade para nós todos aprendermos, inclusive eu — conclui o professor. — Então nada de projeto igual; farei a seleção com base no que for entregue primeiro. Mandem todas as propostas até sexta-feira para os monitores poderem revisá-las. Perguntas?

O auditório está quieto como um túmulo. Posso sentir a intimidação. Este professor é TUDO ISSO MESMO.

— Muito bem, então...

Levanto a mão.

— Sim?

Trezentos pares de olhos viram-se para mim. Eu me encolho um pouco, mas é muito tarde para voltar atrás.

— Os projetos devem ter foco em aprendizagem profunda ou podemos explorar aprendizagem por reforço?

— Excelente pergunta. — Ele leva a mão à testa para conseguir enxergar as fileiras mais distantes. — Seu nome?

— Hum, Sophie. Sophie Ha.

— Bom, Sophie. Vou me aprofundar mais nessa questão nas próximas aulas. Mas, em uma explicação breve, modelos de aprendizagem profunda aprendem a partir de um conjunto de dados de treino específicos para isso, enquanto os de aprendizagem por reforço aprendem dinamicamente através de tentativa e erro. Ambos são válidos, embora minha opinião pessoal seja de que muitos dos desenvolvimentos mais interessantes estão na interseção de ambos, como é o caso do AlphaGo, da DeepMind. — Ele me lança um sorriso como se eu talvez o tivesse impressionado. — Mais perguntas?

Alguém levanta a mão lá na frente.

— É verdade que esta é sua última turma aqui em Dartmouth?

— Receio que sim. — O professor passa a mão pelos cabelos da nuca, pesaroso. — Esta é de fato a sua última chance de se juntar à conspiração Horvath antes de eu me mudar com ela para Yale.

Mais grunhidos. Um garoto de boné branco sujo algumas fileiras à frente, mais à esquerda, insere um cabo do computador em um receptor.

— Macho e fêmea. Sacou? — Ele dá um risinho para o colega ao lado. Cerro os punhos para não atirar o celular na cabeça dele.

— Tem algo de engraçado? — indaga Horvath.

Uau. O homem tem ouvidos de águia. O estudante se empertiga no assento.

— Não, senhor.

— Qual é o seu nome?

— Jake Boneh.

— Por favor, saia.

Ele esbugalha os olhos.

— Sair?

— Do curso. — Um silêncio perplexo se segue. — Seu lugar será dado a alguém que tem respeito por este assunto e quer se esforçar.

— Cacete — sussurra o rapaz ao meu lado.

— Ele pode fazer isso? — sussurro de volta.

— Parece que sim.

— Mas… mas eu entrei pelo sorteio — gagueja Jake. — Quero aprender sobre IA.

— Victor, por favor, atualize a chamada. Boas notícias para vocês que estão na lista de espera: temos uma vaga aberta.

Na primeira fileira, a cabeça cheia de cabelos pretos de Victor balança em concordância.

Então há de fato alguma esperança, mas o "cacete" ainda é válido. Basta sair um pouquinho da linha e BAM! Não é um sistema que dê muitas chances de sucesso para um furacão. Outro pequeno estremecimento me percorre, e me endireito na poltrona.

— O restante de vocês, tentem se conhecer — continua Horvath. — Vão precisar ajudar uns aos outros não apenas nesta turma, mas pelo resto da carreira de vocês. São o futuro deste campo. — Ele sorri. — Saudações.

Os alunos começam a guardar seus pertences. Meu celular vibra com uma mensagem.

> Aqui é o Victor. Bom trabalho, Sophie.

Hum. Ele deve ter acesso a meu número por ser monitor da turma. Bom trabalho fazendo o quê?

— Uau. É o primeiro dia e Horvath já sabe o seu nome — comenta o garoto a meu lado. Sua camiseta tem um Yoda estampado. — Como você sabia sobre aquilo de… reforço?

— Aprendizagem por reforço. Li a respeito enquanto ele estava falando.

— E absorveu tudo na hora? *Durante* a aula?

— Estava tentando alcançar o restante da turma — explico. — Nunca fiz nada parecido com isto, mas estou muito empolgada com o projeto. Quero mesmo entrar no curso.

— Acho que vou sair da lista de espera. Ele é durão.

— É, deu para perceber. — Será que posso dar um jeito de me sair bem? Não vai ser fácil, mas eu quero fazer isso. Se eu conseguir entrar para esta turma, posso conquistar qualquer coisa. — Mas olha só tudo que ele vai ensinar pra gente! É tipo mágica!

— Só entendi, tipo, um quarto do que ele disse.

Franzo o cenho. Será que esse garoto está exagerando?

— Além disso, é desperdício de tempo elaborar uma proposta para uma matéria na qual eu talvez nem seja aceito. Sem falar que é arriscado basear a sua nota inteira em um único projeto.

— Ah, mas eu já tenho muitas ideias.

— Tipo o quê?

— Tipo um *bot* estilista que te diz quais são as melhores roupas para o seu tipo de corpo. As tendências de moda mudam tão rápido. Fora que nem todo mundo tem paciência ou talento para se vestir... tipo os meus irmãos. — A lembrança dos meus quatro irmãozinhos em casa faz minha garganta doer. — Não seria útil?

Ele enfia o notebook dentro da mochila, preparando-se para sair da sala.

— Definitivamente parece mais mágica do que ciência. Preciso manter minha média alta. Esta matéria é tensa demais. Boa sorte, Sophie Ha.

Franzo a testa enquanto ele segue para a saída. Estou sendo otimista demais em vez de realista?

— Com licença. Você é a Sophie?

Viro na direção da voz. Uma menina asiático-americana com olhos espantosamente azuis está parada no corredor. Lentes de contato? Os cabelos escuros na altura do queixo emolduram um rosto oval. O moletom verde da universidade tem um quê de novo, além de um emblema pequeno e elegante.

— Sou, sim. A gente se conhece? — Eu me junto a ela no corredor.

A garota estende a mão esguia, de onde balança uma pulseira refinada de pingentes entrelaçados de flores de cerejeira, cada uma feita de pequeninas pérolas aninhadas no centro de pétalas de ouro rosé.

— Não, mas meu nome é Emma Shin.

— Adorei a sua pulseira. — Aperto a mão dela. — E os seus olhos. — É algo estranho de se dizer, mas não consigo conter a curiosidade.

— A pulseira foi presente, faz par com isto. — Ela toca em um brinco de flor de cerejeira na orelha. — E os olhos… — Ela leva os dedos até a têmpora. — Alguém na minha árvore genealógica cometeu umas indiscrições.

Rio com ela. Já gosto de Emma.

— Também sou caloura. Victor me mandou te procurar. Ele achou que poderíamos estudar juntas. — Ela gesticula na direção dos monitores, agora reunidos ao redor do professor.

— Bacana da parte dele. Mas ainda estou na lista de espera.

— Você tem boas chances de entrar… estão precisando de mais presença feminina. É só ter uma proposta de projeto forte.

— Espero que sim! — Só não quero que meu gênero seja uma *des*vantagem. — Sobre o que é o seu projeto?

— Algo que tenha imagens de satélite. Ambiental. Sei programar um pouquinho, mas não tive nenhum ensino formal. Meu pai se formou em ciência da computação aqui. Ele e o professor Horvath tiveram o mesmo orientador.

— Ah, uau, sério? Então você já conhece ele?

— Às vezes parece que conheço. — Ela sorri. — Victor comentou que você esteve no Barco do Amor no verão. Eu estava no campus de Ocean.

— Ah, Ocean! — O programa tinha dois campi que não se misturavam. Com mil adolescentes inscritos lá, não é de se espantar que eu tenha topado com outra caloura de Dartmouth.

— Pena que você perdeu a agitação. — Sorrio. O campus de Ocean ficava isolado na orla norte, longe das feiras noturnas e da parte mais fervilhante de Taipei.

— Sem brincadeira, a única coisa que a gente podia fazer era beber nos dormitórios e cantar karaokê mal.

— Espero que você tenha arranjado pelo menos *alguma* encrenca — brinco.

— Nosso trunfo foi dez garotos terem arrombado uma loja de antiguidades.

— Que ousados!

Ela ri.

— Essa é Ocean. *Tão* glamurosa. Mas a gente ficou sabendo do show de talentos incrível de vocês.

— Sério? Foi mesmo bem divertido. — Mostro o celular para ela. — Criei um grupo para ex-alunos... vou adicionar você. Qual é o seu usuário? Já somos quarenta e quatro pessoas agora, com vários assuntos divertidos. Está ficando caótico. Pode convidar seus amigos, se quiser. Quanto mais gente, melhor.

Adiciono @Emma enquanto alguns alunos avançam depressa na direção do professor. Um zíper arranha meu ombro, enquanto outra pessoa me empurra para cima de Emma. Ela me segura, surpreendentemente forte.

— Não devia ter vindo de salto. — Massageio o local do arranhão, fazendo uma cara de arrependimento. — Não sabia que isto aqui seria uma confusão. — Reflito sobre as palavras de Horvath. Vou precisar de amigos para sobreviver a esta matéria e a Dartmouth, e Emma e eu já temos uma boa sintonia

De volta a Taipei 45

juntas. Coloco a mochila sobre o ombro. — Eu trouxe bolos lunares de casa, se você quiser vir comer comigo mais tarde.

Ela sorri.

— Quero! Adoro bolo lunar. Vou ali me apresentar ao professor agora. Meu pai mandou um e-mail para ele falando de mim. — Ela acena com a cabeça para o grupo que cerca Horvath, tão denso que apenas seu cabelo amarelo é visível. — Quer vir comigo? — Ela também coloca a bolsa sobre o ombro. — É bom criar uma conexão pessoal se você quer mesmo sair da lista de espera e entrar oficialmente para a turma.

— Ah, hum… — Falar com o professor me parece um grande passo, mas aparentemente estão todos fazendo isso. Ela tem razão. Com tanta competição, preciso mostrar a Horvath que levo esta matéria muito a sério. Reforçar a primeira impressão positiva que causei. — Claro. — Começo a descer pelo corredor enquanto um novo vídeo carrega nos telões. — Talvez eu possa perguntar o que ele acha da minha ideia de projeto…

— … E não esquece de reaplicar o batom logo antes. Vai fazer todo o resto se destacar.

Minha voz gravada reverbera pelo auditório. O burburinho cessa e, para meu horror, meu rosto toma as telas. A imagem está ampliada cem vezes, revelando cada um dos meus poros e a espinha acima da sobrancelha. No vídeo, minha mão leva um aplicador de batom aos lábios.

— Meu Deus! — É a gravação que fiz aplicando maquiagem para Ever. Não era para mais ninguém ver, e *com certeza* não era para estas trezentas pessoas presentes, isso sem contar o professor Horvath.

Porém, sob a tela, o professor inclina a cabeça para poder olhar para cima, junto com o restante do auditório.

— O que é isto?

Algumas pessoas riem. Alguém solta um assovio vulgar e cabeças viram-se para mim.

Os olhos de Emma se arregalam de choque.

— É você.

— Desliga isso! — grito. O que aconteceu é óbvio: nesta sala cheia de hackers, alguém pesquisou por Sophie Ha na internet.

Mas não há como desligar. E sei exatamente o que vem a seguir.

Na tela, o batom vermelho-sangue pinta meus lábios, que se encontram com uma lentidão excruciante.

— Eles não vão conseguir re-sis-tirrr a você. — Enrolo os "r" exageradamente, com um sotaque falso.

Então a Sophie na tela sopra um beijo para o professor e o futuro do campo de IA inteiro.

4

XAVIER

LOS ANGELES

Sophie ficou no aeroporto de Taipei mesmo depois que todos os outros foram embora. Ligou para se certificar de que eu estava bem. É o instinto dela — faz o que diz que vai fazer. Debaixo de todas as camadas, é uma boa pessoa. Terminar foi uma das poucas boas decisões que nós dois tomamos no Barco do Amor. Agora tudo é menos complicado.

Dito uma mensagem para meu celular transformar em texto e avisá-la que estou bem. Mas não estou.

Estou preso dentro do império dos Yeh.

Ba arrumou um apartamento de um quarto para mim no terceiro andar de um prédio com uma piscina azul cristalina, propriedade dos Yeh. O porteiro veste o brasão dourado da família no quepe roxo. Ken-Tek e Ken-Wei, ainda uniformizados, se revezam guardando minha porta. O serviço de quarto deixa para mim uma barra de aveia assada como café da manhã e sopa gourmet de macarrão com carne no jantar.

É o próprio inferno.

Em comparação, Sophie estava preocupada com a possibilidade de perder a bolsa de estudos. De ter que sair de Dartmouth. Ela teria todo o direito de me dizer que "tem coisa pior do que ser forçado a ficar em um apartamento de luxo e estudar em uma escola particular de luxo. Então para de ficar se lamentando."

E estaria muito certa.

Rolo uma moeda por cima da articulação dos dedos e olho de canto de olho para os Ken. Vale a pena tentar escapar? Meus braços ainda estão roxos dos apertões deles. A porta se abre e os Ken permitem a entrada de um funcionário do restaurante. Ele carrega um cupcake iluminado por uma única vela. Podia muito bem ter a marca dos Yeh nele também.

Porque nem mesmo todas as espreguiçadeiras de madeira teca em Los Angeles poderiam compensar o fato de que sou um prisioneiro no meu décimo oitavo aniversário.

No primeiro dia de aula, no início de setembro, os Ken me escoltam pela rua até o campus de Harvard-Westlake. É todo feito de telhados de argila laranja e paredes brancas de estuque, arquitetura espanhola e cerca de mil alunos — filhos de estrelas de cinema, produtores cinematográficos, gente que sabe *ler* com a mesma facilidade com que passa os dedos pela areia.

A brisa é quente. Cheira a eucalipto, do que gosto. Mesmo assim, estremeço ao subir os degraus atrás de Ken-Tek. Não conheço ninguém aqui, exceto minha prima Lulu, a estudiosa aluna do último ano. Lembro quando ela foi admitida, como era difícil, quase impossível. Meu pai fez questão de me contar. Agora devo ir encontrá-la e seguir seu bom exemplo. Mas quando foi que esse plano já funcionou?

Na secretaria, a recepcionista afasta um pote de ervas mentoladas. Abre um sorriso cheio de dentes para mim.

— Você deve ser o Xavier.

— É. Sou eu. — Já me preparo para o que sempre vem a seguir, quando se fala com figuras de autoridade. Atrás de mim, Ken-Tek e Ken-Wei fingem se misturar ao papel de parede estampado com flores-de-lis.

— Acho que houve uma confusão na nossa agenda ontem. Você e seu pai não compareceram à reunião que marcamos com o seu especialista em educação. Tínhamos agendado uma videochamada.

Certo. Então Ba também não se deu ao trabalho de comparecer? Legal. Não é como se reuniões escolares fossem o forte dele.

— Não preciso de mais ninguém pegando no meu pé.

O sorriso dela enfraquece.

— Estamos aqui para ajudar você.

Fico em silêncio. O combinado foi comparecer às aulas, nada de reuniões extras.

Ontem à noite, arrumei um novo caderno de desenho. Desenhei uma série de caixas horizontais, uma dentro da outra, cada vez menores, até apenas um pontinho ser visível no meio, mas sei que o ciclo continua. Vazio dentro de vazio. É isso que significa voltar ao ensino médio. Se repetir o último ano é o que preciso fazer para me livrar da pressão de Ba, então é o que farei — mas os últimos fiapos de orgulho que me restam não permitem deixar que ele me controle totalmente.

A mulher se levanta.

— Bem, venha comigo. O reitor quer muito conhecer você.

Eu a sigo, passando por alguns alunos sentados, que me observam com curiosidade. Notaram os guarda-costas. Eu me encolho um pouquinho, desejando ser invisível.

O escritório do reitor é basicamente uma versão ocidental do escritório de Ba em casa, com painéis de madeira escura nas paredes e uma escrivaninha enorme. Plantas frondosas em vasos alegram o cômodo, mas o reitor Ramchandran é tão sem graça quanto macarrão cozido sem tempero: é todo cinza, desde o cabelo à camisa e aos aros quadrados dos óculos, que ele coloca no rosto outra vez ao me ver.

— Xavier, que bom tê-lo conosco. Por favor, sente-se.

Deslizo para me sentar na cadeira à sua frente.

— Estamos aqui para nos certificar de que você tenha um ano estupendo. — A cadeira de couro de Ramchandran faz um ruído quando ele se recosta — Sei que passou por maus bocados em sua antiga escola. — *Maus bocados.* Aí está o trabalho da máquina de Relações Públicas da Folha de Dragão. Eu levei bomba, fui reprovado, simples assim. Mas as vítimas inspiram mais compaixão do que os vagabundos, então esta é a imagem que pintaram de mim: o menino incompreendido, prejudicado pela escola anterior.

— Mas prometi a seu pai que faremos você cruzar a linha de chegada.

— Deixa eu adivinhar. — Eu me recosto, espelhando a postura do homem. — Você não vai receber aquela bolada na sua conta se eu não me formar.

Ramchandran se remexe, desconfortável.

— Seu pai é muito generoso...

— *Meu pai* nunca deixa os outros darem a volta nele. Se você não cumprir a sua parte, ele também não cumpre a dele.

O reitor puxa o colarinho para afrouxá-lo, depois continua como se eu jamais tivesse aberto a boca.

— Temos especialistas que estão ansiosos para conhecê-lo. Eles farão avaliações hoje à tarde. Vamos discutir seu plano de ensino com base no material que seu pai nos enviou. Estamos dispostos a fazer uma total adaptação. Uma carga horária reduzida. Eliminação do requisito de uma língua estrangeira, visto que você não precisa da complexidade adicional que isso implica. Audiolivros. O dobro do tempo para terminar suas redações. Seu armário, que fica na ala de ciências logo ao lado do extintor de incêndio amarelo, foi feito especialmente para você. Vamos todos trabalhar juntos para garantir que você termine o ano com êxito. — Ele empurra uma caixinha de papel e um envelope na minha direção. — É uma caneta leitora de texto e…

— Já entendi. — Não faço ideia do que seja uma caneta leitora de texto e não entendo metade do que ele está dizendo, mas nem preciso. Enfio a caixa e o envelope dentro da mochila. — Vou ficar preso em um ciclo infinito, repetindo o último ano do colégio como se fosse o cacete do *Feitiço do Tempo*. Vou ter um milhão de supervisores na minha cola. E vou adorar tudo. — Eu me levanto e jogo a mochila por cima do ombro. Todos que entram na minha vida acham que podem me consertar, até que não conseguem. — Não vou voltar para essas avaliações.

O reitor se levanta, olhos alarmados. Apenas uma hora na escola e já coloquei seus grandes planos em risco.

Ele estende a mão marrom e esguia. Ignoro, e ele a deixa cair.

— Espero que você se dê conta de que nos importamos com você, Xavier. Por que não tira um tempinho para se adaptar, e nos falamos outra vez mais tarde?

— Não dá para pagar as pessoas para se importarem com os outros — afirmo e saio.

Por que estou tendo que passar por esta merda toda outra vez?
Caminho pelo corredor em busca do meu armário.

Quando eu era criança, em Taipei, estudava com professores particulares em vez de ir à escola. Depois de três anos do meu primeiro tutor enfiando páginas e mais páginas de caracteres debaixo do meu nariz, ele finalmente disse a Ba que eu não tinha capacidade de aprender. Ganhei uma bela surra e um novo professor, que depois disse a Ba a mesma coisa. Tio Edward declarou que eu devia ser lobotomizado, Ma me defendeu e Ba só acabou se virando contra ela também.

Eu tinha doze anos quando Ma faleceu. Meu pai me largou em Manhattan e me matriculou em um colégio bilíngue particular, onde ensinavam mandarim e inglês. Na época, morei em um apartamento com uma governanta. Tinha um orientador de Hong Kong. Meus professores presumiram que eu não sabia ler inglês porque era uma nova língua, e que não lia em mandarim porque simplesmente me recusava. Quando cheguei ao ensino médio, tinha descoberto que bastava pagar outros alunos para escrever as redações por mim, ler por mim e me ajudar a me preparar para as aulas. Falo bem, e não sentia nenhuma necessidade de me destacar. Só precisava sobreviver.

Mas isso não vai bastar para Ba. Não desta vez.

O corredor está se esvaziando, os alunos desaparecendo para dentro de salas de aula iluminadas pela luz do sol. Avisto uma placa preta com o desenho de um átomo — um núcleo cercado de pontos em sua órbita. A ala de ciências. *Logo ao lado do extintor de incêndio amarelo* — jamais vou admitir isto ao reitor, mas o fato de ele ter descrito a localização, em vez de ter me dado um número, significa que eu talvez consiga de fato encontrar meu armário nesta fileira infindável de portas beges.

Mas tem outro problema: todas as portas ostentam o nariz em pé de um cadeado com segredo. Meu peito se comprime à medida que passo pelas fileiras. Sentido horário e sentido anti-horário. Nunca consegui distinguir um do outro. Certa vez, meu primo, o lorde Babaca, me trancou em uma garagem que tinha um desses cadeados, junto com a senha dele. Eu tinha nove anos e conseguia alcançar o dispositivo, mas não importava quantas vezes tentasse girá-lo, não conseguia abrir. Molhei as calças antes do nosso piloto, horas mais tarde, arrombar a porta.

Ainda não compreendo totalmente a dislexia. Só sei que minha cabeça é desse jeito.

Os cadeados vão ficando cada vez mais arrogantes enquanto procuro pelo extintor como um masoquista que adora se torturar. Não faz nem sentido encontrar esse armário que só vai continuar trancado o ano inteiro, mas, ainda assim, meus pés continuam me levando na direção dele.

É aí que o extintor de incêndio me salta aos olhos. Não é só amarelo. É da cor de banana, de manga, alarmante como a luz do sol. Nem eu conseguiria não ver. Era esse o objetivo? No armário ao lado dele — o meu —, colada com fita adesiva, há uma folha azul com letras escritas com marcador permanente preto.

E, no lugar do arrogante cadeado com segredo, um simples cadeado de aço está pendurado.

É um aceno amigável em uma fileira de inimigos sem rostos.

E a chave?

Tiro da mochila o envelope entregue pelo reitor e deixo uma chave prateada cair na palma da minha mão. Ela abre o armário com a mesma facilidade que uma faca teria para deslizar por manteiga amolecida. Fácil demais. Passei a vida inteira batendo a cabeça contra portas trancadas, e agora… uma abertura.

Meu armário está vazio, salvo por um cadeado com segredo extra, o código ainda colado atrás dele. Giro os números. Não vou precisar usá-lo, mas minha necessidade de me torturar faz com que o guarde no bolso. Fecho a porta e depois o cadeado. O que mais o reitor tinha dito? Dobro do tempo para terminar minhas redações? Sério?

Talvez este ano não seja tão ruim quanto eu temia.

O papel colado na porta — seria um recado para mim? Um panfleto? Vou pegá-lo, mas a mão pequena de alguém se adianta e o arranca primeiro.

Viro e me deparo com um rosto que não vejo faz algum tempo. Lulu Chan, minha prima. Nunca fomos próximos, mas, depois de toda a merda com Ba, sinto uma onda de alívio ao ver um rosto conhecido.

— Oi, Lulu.

Continua baixinha — mal alcança meus ombros —, mas o rosto de criança já desapareceu. No lugar de uma camiseta de princesa da Disney, ela veste um suéter de cashmere. Brincos de pérola nas orelhas. Duas marias-chiquinhas cascateiam por seus ombros. Eu costumava puxá-las para irritá-la.

Mas Lulu me olha com uma carranca tão furiosa que eu nem me atreveria a fazer isso agora.

Ela amassa o papel em uma bola volumosa.

— Você devia ter chegado uma hora atrás. Está atrasado para a aula. — A carranca se intensifica. Nada de boas-vindas calorosas da parte dela. Só as pontadas de um porco-espinho. Não posso culpá-la, meu pai provavelmente deve dinheiro à mãe dela ou vice-versa.

— Valeu por me mostrar o lugar.

— Você é da família.

A palavra sai como um estilhaço de gelo. Nenhuma surpresa. Família tem um significado diferente para os Yeh do que tem para a maioria das pessoas.

— O que é isto? — Dou tapinhas na bola de papel amassado na mão dela. — Não tive tempo de ler antes de você pegar — minto. Lulu não sabe da minha dislexia. Ninguém na nossa família sabe, exceto Ba. Tenho um primo de segundo grau no espectro da dislexia que foi internado quando o pai concorreu a um cargo político há quinze anos, para tirá-lo de cena. Esses são os Yeh. Se a verdade sobre mim tivesse vindo à tona, tio Edward teria me lobotomizado ele mesmo.

Quanto a Ba, sei que ele ainda preferiria que eu pudesse me livrar do problema só pela força de vontade. Durante meu segundo ano do ensino médio, uma professora disse a ele que eu deveria ser avaliado e, até onde a escola ficou sabendo, ele a ignorou. Mas ele *de fato* me avaliou, e depois dobrou o número de tutores. Presumo que só tenha contado à reitoria de Harvard-Westlake — e feito com que jurassem manter a informação em segredo — porque não tinha escolha. O que funciona bem para mim. Também não quero mais ninguém sabendo.

— Melhor a gente ir andando. — Lulu começa a caminhar pelo corredor naquele típico passo apressado dos Yeh. Ela amassa o papel com mais força. Eu me apresso para segui-la. Ninguém pensaria que somos parentes, olhando de longe. Algumas cabeças se viram para nos acompanhar, curiosas, e talvez Lulu note, pois diminui um pouco o passo e diz:

— Você vai voltar para casa para o Festival da Lua fim de semana que vem, né?

— Hum. Não. — Todos os anos, Ba tenta me obrigar a retornar para participar do pavilhão de bolos lunares que minha família patrocina como parte de um festival internacional em Taipei. Todos os anos, resisto. O voo não é tão ruim: um pernoite no nosso jatinho particular. O festival em si é ótimo... o brilho cor de abóbora das luzes refletidas no teto dos quiosques dos vendedores, música estrondosa no gramado e mais tipos diferentes de bolos lunares e chás do que alguém seria capaz de provar ao longo de uma semana inteira.

Mas os *discursos*... Ficar sentado no palco com Ba, tio Edward e Ye-Ye. Fingir que estou escutando o que dizem. Alguém. Me. Mate.

— Vai ter uma comemoração especial pelo aniversário de oitenta e oito anos do nosso avô. Na sua casa. Almoço de sexta-feira.

— Bacana. — Mais uma razão para não comparecer. Sim, oitenta e oito anos é algo monumental, o número da sorte em dobro, mas não sou próximo de Ye-Ye. Meu primo, o lorde Babaca, passou a infância inteira puxando o saco do patriarca, e talvez tenha sido isso que me fez correr na direção oposta.

Lulu vasculha o interior da bolsa.

— Droga.

— O quê?

— Esqueci de trazer um lápis. Tenho prova de matemática hoje.

Abro o estojo e lhe entrego um, recém-apontado. Ela franze os lábios, querendo recusá-lo. Não quer me dever nada. Eu entendo. Mesmo pequenos favores às vezes vêm acompanhados de um preço, embora eu não seja assim. Ela aceita. Ainda está caminhando depressa o suficiente para ultrapassar o limite de velocidade do corredor, mas, quando para abruptamente diante de uma porta fechada, acabo topando com as costas dela. — Foi mal...

— Sua aula de inglês — ela me interrompe. — O professor odeia gente espertinha e brincos. Só avisando.

Ela sempre foi ríspida assim? É difícil abandonar velhos hábitos, e coloco uma mecha de cabelo atrás da orelha, exibindo o brilhante ali.

Lulu me dá um soco no estômago, fazendo com que o gosto da aveia do café da manhã me suba à garganta.

— Mas que merda! — Massageio o abdômen dolorido. Ela também é faixa preta em artes marciais. Terceiro *dan*. Eu devia ter me lembrado.

— Tenho uma boa reputação aqui. Vê se não estraga tudo para mim.

Lá está ela: a obsessão dos Yeh com sua reputação. É por isso que têm uma máquina de Relações Públicas para soterrar publicidade negativa a qualquer custo. Mesmo que seja preciso soterrar uma pessoa de verdade no processo. Isso já não devia mais me incomodar a esta altura, nem mesmo vindo de Lulu.

Mas incomoda.

— Foi mal te obrigar a andar com a escória — digo.

Ela levanta o papel amassado diante do meu nariz.

— Quer saber o que estava escrito aqui? Porque não demora muito para ler. — Ela o enfia na minha mão. — "Estas palavras são difíceis demais, idiota?"

Deus. Não dá para passar por isto de novo. Tem que haver um caminho mais fácil para conseguir minha liberdade do que expor minha bunda para chutes de todos os lados.

— Não era para ninguém ficar sabendo — digo, de um jeito meio Idiota.

— Que o seu pai subornou outra escola para aceitar você e a sua vagabundagem? — Ela começa a se afastar. Sua voz é carregada de desdém. — Nem o RP da Folha de Dragão consegue manter *isso* em segredo.

5

SOPHIE

Não vão conseguir resistir a você. *Não vão conseguir resistir a você!*

Aquele vídeo era para Ever! Para dar a *Ever* a confiança necessária para impressionar os *juízes* dela e ganhar uma *bolsa de estudos*. E agora o professor Horvath pensa que sou uma desmiolada que só quer saber de meninos.

Desmorono contra o encosto da cadeira no dormitório. Estou sentada aqui desde que saí correndo daquele auditório sem falar uma palavra, nem mesmo para Emma, que provavelmente nunca mais vai falar comigo. Três horas recurvada sobre o notebook, escrevendo meu projeto de um *bot* fashionista, porque agora sou *eu* quem precisa impressionar o *meu* juiz.

Acabei descobrindo que minha bolsa *não* está em risco. Foi um alívio, embora o fato de ter estado tão preocupada mostre como sei pouco, aterrorizantemente pouco. Mas agora o problema é que este é o último semestre de Horvath em Dartmouth. Minha única chance de mostrar a ele do que sou capaz, de me juntar à "conspiração Horvath" e quem sabe até conseguir um estágio no Vale do Silício. Isso seria um divisor de águas para mim. Preciso disso. Então preciso também apagar qualquer semente de dúvida que aquele vídeo possa ter plantado na cabeça dele.

Uma notificação de mensagem faz meu celular vibrar. Para minha surpresa, é Xavier.

> Oi Sophie como anda aí em Dartmouth
> Conseguiu sair daquela lista de espera

Pego o celular e vou para a cama, colocando o travesseiro atrás das costas, apoiado contra a parede. Meu coração fica um pouco mais leve. Sei que não é bom que eu precise tanto deste pinguinho de conexão, mas, neste momento, é exatamente do que preciso. Respondo:

> Ainda não. O professor é brilhante e, se ele gostar do meu projeto, tenho alguma chance de entrar. Quero fazer um app de moda.

> Parece uma ideia maneira

> Como está tudo aí em L.A.?
> Como você está se sentindo?

> Afogado em trabalhos

Três batidas soam à porta. Ela se abre em uma frestinha, e os olhos azuis vibrantes de Emma surgem. Os brincos de flor de cerejeira balançam contra os cabelos escuros. Ela mudou de roupa e agora está vestindo uma blusa azul-celeste e saia estampada. Ela veio mesmo! Uma sensação calorosa, como fechar as mãos ao redor de uma caneca quente de chá, me invade.

— Foi mal, cheguei cedo. — Ela diz, e dá um espirro.

— *Gesundheit*. Não, entra. Gostei da sua roupa. Só um segundinho. — Mando outra mensagem para Xavier.

> Tenho que ir. Se você precisar de ajuda... de dicas... estou aqui.

Uma pausa. E depois...

> Tá tchau

Emma deixa a bolsa ao lado da cômoda enquanto vou até a escrivaninha.

— Eu te prometi bolos lunares! — Coloco a água para ferver na minha chaleira elétrica Zojirushi e retiro o plástico ao redor de um bolo lunar com recheio de pasta de lótus. Estou tão feliz que ela esteja aqui. Preciso de amigos. De carne e osso. Amigas com quem possa contar e uma colega de estudos para ciência da computação. Especialmente agora.

— Esse aí é bem bonito. — Emma se junta a mim. O bolo é redondo, e o topo folhado tem o desenho de uma rosa em alto-relevo.

— É uma delícia também. — Coloco o doce em um prato e pego duas canecas. — Chá verde serve?

— Sim, amo chá verde. Sinto muito por aquele rolo do vídeo hoje. — Ela volta a espirrar. — Desculpa, tenho alergia a pólen. — Ela engole um comprimido de antialérgico.

— Deve ter sido alguém na lista de espera querendo entrar. Sabotagem.

De volta a Taipei   **61**

— Eu devia ter gritado "isso aí é um *deepfake!*"

Emma ri.

— Teria sido a resposta perfeita.

— Nunca penso nelas na hora, só quando já é tarde demais.

Com uma faquinha afiada, corto o bolo lunar, revelando o recheio doce de pasta de lótus e a esfera amarelada da gema de ovo de pato salgada. Eu normalmente faria isto para os meus irmãos, que comeriam o bolo mais depressa do que sou capaz de cortar. Uma onda de saudade de casa percorre meu corpo enquanto divido o bolinho em quatro, depois em oito pedaços, e estendo o prato para Emma.

— Sempre acabo comendo tudo — admito. — Sou obcecada por eles.

Ela pega um pedaço enquanto despejo a água quente nas canecas.

— Existem obsessões piores.

— Também tenho dessas — respondo, tristonha, e atiro um pedacinho de bolo doce e salgado dentro da boca. — Hummm, *que delícia.* — Fecho os olhos e termino de engolir. — Bom, agora eu *realmente* preciso arrasar naquela proposta.

— Isso, só segue em frente. Entrega uma proposta de projeto fabulosa, e o Horvath não vai nem se lembrar daquele vídeo.

Meu celular toca com outra notificação de mensagem.

— Pode ver — Emma diz, e pego o aparelho.

> **Victor**
> Vou descobrir quem fez aquilo e chutar o babaca para fora da turma.

Um sorriso surge em meus lábios. Justiça seria bom. Mas aí só vou acabar com alguém me odiando em Dartmouth e, segundo Horvath, pelo resto da minha carreira também.

> Não importa. Deixa para lá.

> Foi mal, não é decisão sua. Foi assédio.
> E alguém hackeou o sistema da universidade.
> Horvath quer que a gente investigue.

Franzo a testa. Quer dizer que não tenho qualquer influência sobre a decisão. Mas será que isso também quer dizer que Horvath não pensa o pior de mim?

> Só preciso focar na proposta.

> Claro. Me fala se quiser conversar, tá?

É gentil da parte dele, mas não quero encorajar nada. Já tive que rejeitar outros garotos antes, e as coisas não acabaram bem. É simplesmente melhor não chegar a esse ponto.

> Valeu! A gente se fala depois!

Coloco o telefone de lado. Agora Emma está diante da minha coleção de fotos, que fixei ao mural de cortiça acima da minha cama.

— São seus irmãos?

— São. — Pego outra fatia de bolo lunar e me junto a ela. — Comprei essas camisetas para eles em Taiwan. Acabaram de me mandar outra foto com elas.

— Que fofo. — Ela toca as fotografias ao lado. — Ah, que legal! Essas são do Barco do Amor.

— É a minha colega de quarto, Ever Wong. Ela tá namorando o meu primo Rick. — Ever está de vermelho, e Rick, de preto, cruzando seus bastões bō no palco do Teatro Nacional.

— Sorte a deles. Também tiveram casais se formando no meu campus. Você chegou a namorar alguém?

Faço uma careta. A foto de Xavier está logo ao lado da deles, uma fotografia de grupo que tiramos quando saímos para dançar. Todos vestidos para impressionar: Ever, Rick, Marc, Spencer, eu. Xavier está de preto e um pouco afastado, sem sorrir.

— Nada muito sério.

Ela toca o peito de Xavier com um dedo.

— Ele é bonito.

— É. — Solto uma risadinha. — Todas as garotas corriam atrás dele. É o Xavier.

— Xavier? — Ela se inclina mais para perto, estreitando os olhos. — Xavier Yeh? Que nasceu em Taipei? Da empresa Folha de Dragão?

— Hum, é.

— É ele *mesmo!* — Emma puxa o alfinete e pega a foto. — Ele está tão adulto!

— Você conhece Xavier?

— A gente cresceu junto!

— Ah, uau. — Só existe cerca de um grau de separação entre os taiwaneses que vêm para os Estados Unidos, mas ela *cresceu* com Xavier. Isso a coloca em outro nível.

— Ele era meu namoradinho. A gente costumava fingir que éramos prometidos.

— *Prometidos?* — Engasgo com uma gema salgada. Isso a coloca em outra *estratosfera*. — Não consigo imaginar Xavier fingindo ser o prometido de alguém. Ele é tão... ranzinza.

— Sério? Era só coisa de criança boba. — O sorriso dela aumenta. —As nossas mães teriam *adorado* se a gente tivesse mesmo se casado. Mas perdi contato com ele completamente depois que me mudei para cá. — Emma está radiante como uma lanterna de papel. — Tenho uma foto em algum lugar. — Ela vasculha o rolo da câmera no celular. — Aqui, tá vendo?

Ela me mostra duas crianças de seis anos com cabelos igualmente bagunçados. Suas cabeças estão recurvadas sobre uma borboleta preta e azul pousada no dedo estendido de Xavier. Os olhos de Emma são tão azuis quanto as asas do inseto. O vestido amarelo dela esvoaça na brisa, e Xavier é cerca de dois centímetros mais baixo que ela.

Estudo o rosto do pequeno Xavier. Há uma inocência ali. Olhos suaves cheios de encanto — nada parecido com o garoto sarcástico e cheio de charme que me arrancava suspiros no Barco do Amor. Ou o garoto furioso sequestrado pelo pai no aeroporto.

— Que engraçado você também conhecer ele! — Emma exclama.

— Hum, então... — Abro a boca para revelar a ela que *namoramos* durante o programa. Mas foi um namoro tão curto e tão dilacerantemente desastroso que quase não conta. — Tinha tanta gente incrível no Barco do Amor, sabe?

— Como ele está agora? — Emma guarda o celular no bolso, e resisto à vontade enorme de tirá-lo de lá para examinar Xavier com mais cuidado. — Não o vejo desde que a gente tinha sete anos.

De volta a Taipei   65

— Ele é um artista. Pintou isto. — Toco a pintura de Ever e eu sentadas à margem do Lago do Sol e da Lua. Meu vestido laranja da cor do pôr do sol se destaca contra as águas azuis e as árvores verde-escuras. Detesto admitir o quanto já estudei a forma como ele me retratou: a saia flamulando por cima das minhas pernas dobradas, minha prancheta sobre as coxas. Os cabelos pretos cascateiam de um lado do meu rosto. Minha mão segura uma caneta, o cotovelo está virado para fora de uma maneira desengonçada, como sempre fica quando estou escrevendo depressa. Ele me viu com tanta clareza, e a parte mais difícil foi aceitar que isso não significava nada para ele. Xavier desenhou aquilo para Ever, não para mim, e foi ela quem me deu. E, no último dia do programa, ele fez esboços de todos os participantes que fizeram fila no pátio para receber os seus. Este é Xavier.

— Um artista! E, uau, ele é *bom mesmo*... quem teria imaginado? Era tão bobão. Ele está estudando artes agora?

— Não, está na Harvard-Westlake, terminando o ensino médio.

Ela franze a testa.

— Achei que ele tivesse a nossa idade.

— É um ano mais novo.

— Não, tenho certeza de que é da nossa idade.

— Acho que ele repetiu um ano quando se mudou para os Estados Unidos — minto e desvio de assunto: — Como ele era quando criança?

— Ah, ele era um *doce*. — Ela afunda na minha cama.

— Todas as primas do Xavier eram caidinhas por ele também, mas, como isso era um pouco nojento, fui eu quem ficou com ele. — Ela sorri. — Ele e a mãe estavam sempre de mãos dadas e rindo. Aquela era uma *verdadeira* história de amor, para ser sincera.

Mais um Xavier que não consigo imaginar… Mas, por outro lado, consigo, sim. Há uma razão para ele ser tão fechado.

— Ela morreu quando ele tinha doze anos — digo. — Ele passou por mais coisa do que a maioria das pessoas da nossa idade. — Ainda está passando, parece.

— Ah, que triste. Me lembro de ter ouvido falar. Tadinho. — Ela volta a prender a foto no mural. — Posso ficar e estudar um pouco mais, se você não se importar.

— Vou adorar ter companhia. — Especialmente depois do desastre de hoje. — Estava trabalhando na minha proposta e ainda nem terminei de tirar as coisas da mala. Minha colega de quarto nunca tá aqui, aí fico me sentindo um pouco solitária, sabe?

— Sei. Estou sozinha no meu quarto, na verdade.

Ela coloca o notebook sobre minha cama enquanto organizo minhas roupas em cinco seções: vestidos, blusas, calças, saias e casacos. Arrumo meus tênis, sapatos de salto alto e sandálias em uma fileira. É assim que faço em casa. Assim tenho à mão qualquer combinação que quiser quando preciso. Tipo o suéter ousado de oncinha marrom-avermelhado que pode combinar com a minha calça de veludo azul, ou o vestido de alcinha dourado com a mesma estampa, ou a saia de crepe com minhas botas pretas que gritam não-mexe-comigo. Adoro olhar para meu armário e pensar nas combinações para o meu look do dia dependendo do meu humor: se estou me sentindo vibrante, séria, ousada ou divertida.

Na cama, Emma cola um adesivo colorido em uma página do livro pesado, para marcá-la. Há vários adesivos ao longo do volume.

— O que você tá fazendo? — pergunto.

— Olhando as partes mais importantes para saber em qual direção o curso está indo — ela responde. — Isso me ajuda a enxergar o panorama. Também estou checando o calendário para não acabar com provas e trabalhos todos acumulados na mesma semana.

Estou impressionada.

—Até que sou organizada, mas não penso tão à frente assim.

— Meu pai me disse que administrar bem o meu tempo é fundamental. Sempre temos coisa demais para fazer, então temos que nos programar direitinho.

Mais da vida dela como herdeira de uma família importante. Como ter coragem o bastante para ir falar com o professor Horvath após a aula. Se eu fosse mais como ela, polida igual uma pérola, eloquente, que não precisa nem se esforçar e não posta vídeos bobos... tudo seria tão mais fácil.

— Sou a primeira pessoa na minha família a fazer faculdade nos Estados Unidos. Então, se você tiver qualquer conselho para mim... é muito bem-vindo.

— Claro, pode me perguntar qualquer coisa. Sempre. — Ela se recosta na parede, girando a caixa de Post-its. — Eu, er, meio que já tenho um conselho para você.

O jeito com que ela arquiea a sombrancelha faz meu estômago revirar.

— É?

— Você acabou de passar uma hora arrumando seu armário.

— Ah, passei? Hum, isso é tempo demais. — Fecho a porta do closet com um baque firme.

— Não é uma coisa ruim, mas o seu projeto... e aí pensei, boa administração do tempo... — Ela franze a testa. — Foi mal, é um pouco irritante, não é? Meu pai está sempre dando conselho para os outros. Sobre como gerenciar os negócios. Superirritante. Você não precisa ouvir essas coisas de mim.

— Não, preciso, sim! — Um pai que é ex-aluno de Dartmouth e tem o próprio negócio. E é obviamente de uma das famílias mais proeminentes de Taiwan, considerando quem era o prometido de infância de Emma. Aceito todas as dicas que ela quiser me dar. — Estou morrendo de vergonha por ter passado esse tempo todo organizando as coisas. Vou parar agora.

Uma folha cai do mural, e me apresso para pegá-la do chão. É o Lago do Sol e da Lua de Xavier. Como se estivesse em concordância com ela: "anda logo com isso, Sophie". Enquanto penduro o desenho no seu lugar outra vez, ela diz:

— Dá para entender um bocado sobre Xavier só de olhar para a arte que ele faz. É durão, mas também sensível. Esperto.

— Ele é incrível — digo baixinho. — Ele me ajudou quando um cara escroto veio atrás de mim. — O mesmo que me deixou com um olho roxo, aquele que não significava nada para mim porque não era Xavier. — Durante o verão, ele pintou três senhores em Taipei, sentados, só aproveitando o sol. Pessoas que ninguém mais notaria.

Ela me lança um olhar perscrutador.

— Se Xavier é tão incrível assim, por que você não foi atrás dele? Não consigo imaginar que ele fosse resistir a *você*.

Quem me dera. Nenhum de nós dois é acanhado no departamento "pegação", nem virgens. Mas, embora eu tenha ficado esperando mais, querendo mais, nunca chegamos tão longe. Ele sempre parava — as lembranças de Xavier afastando minha mão, me rejeitando, mesmo agora ainda fazem minha pele ficar quente de vergonha.

— Para ser honesta, ele não estava a fim de mim, nem eu dele — minto. — Não desse jeito. — Deslizo para fora da cama. — Além disso, risquei os garotos da minha vida.

De volta a Taipei **69**

— Riscou? — Ela franze a testa, a expressão surpreendentemente preocupada. — Por quê?

— Sou um desastre. Sempre acabo em relacionamentos ruins. Ou fico... possessiva? — Nem sei direito se essa é a palavra correta. — Mas, acima de tudo, não posso me distrair aqui. Minha arma secreta sempre foi minha habilidade de mergulhar no que quer que eu esteja fazendo e só... me concentrar em cruzar a linha de chegada. Perdi o prazo de inscrição para a aula do Horvath *porque* me distraí no Barco do Amor. — Com Xavier. — Então preciso de foco.

— Entendo. Também risquei os garotos da minha vida ano passado.

— Pelo mesmo motivo?

Ela olha para baixo, em direção aos polegares, um deles percorrendo a base do outro.

— Mais ou menos.

Um desastre como o meu? Não consigo imaginar nenhuma perturbação real no oceano dela. Quero fazer mais perguntas, mas ela diz:

— Vai ver você podia me apresentar ao Xavier de novo. — Ela sorri. — Se eu mencionar o nome dele para os meus pais, vão me dizer que ele está na lista dos dois.

Na *lista* dos dois. De pretendentes aceitáveis. Do pequeno círculo de filhas e filhos taiwaneses ricos na mesma faixa etária, como estrelas de cinema, que conhecem todos uns aos outros.

— Claro. Se vocês estiverem em Los Angeles ou em Taipei na mesma época.

— Nós dois provavelmente mudamos muito.

— Ele ia adorar você — digo com sinceridade. Bonita e inteligente, além de se encaixar como a peça perfeita de um quebra-cabeça de platina no mundo dele. E ela é tão estável e constante. Xavier é um desastre ambulante, como eu. Sempre achei que ele precisava de uma garota forte para estar em pé de igualdade com ele. Talvez o que precise de verdade seja de alguém estável o bastante para o ancorar. Como Emma.

— Quer jantar no Collis? — ela pergunta.

— Vamos — respondo, e Emma guarda seus pertences na bolsa e segue na direção da porta.

Meu celular vibra com uma mensagem de Xavier.

> Oi você pode falar um minuto

Pego o aparelho depressa. Claro que posso. "Você era prometido?!", quero perguntar. Quero dizer que andei estudando o desenho dele e lembrando de como fiquei grata por ele ter cuidado de mim durante o verão. Quero saber como anda a vida em Los Angeles e se o pai está dando uma folga para ele.

Espera, o que estou fazendo?

Passei a maior parte da minha conversa com Emma falando sobre Xavier sem nem me dar conta disso. Da mesma forma como tinha gastado mais de uma hora organizando meu armário. Esta obsessão é EXATAMENTE o motivo pelo qual larguei mão de garotos, e de Xavier em especial. Larguei. Mão. De. Garotos. Essa é a afirmação a que preciso me agarrar quando meu furacão quiser me soprar para fora dos trilhos.

Porque minha nova amiga está me esperando e, como aquele incidente com o vídeo me mostrou, estou nadando em um mar cheio de tubarões.

Deixo o celular sobre a cama e sigo Emma porta afora.

6

XAVIER

Língua inglesa, história mundial, geometria, física — os professores vão empilhando montanhas de deveres de casa em cima de mim, o suficiente para fazer o Titanic afundar outra vez. Um trabalho sobre *Hamlet* me toma uma noite inteira, mesmo que eu escute arquivos de áudio. Não consigo entender a maioria das palavras nem acompanhar o que está sendo pedido. Sei que deveria me sentir grato. Algumas pessoas com dislexia nunca têm uma segunda chance.

Mas estou em pânico demais para conseguir dormir. Acabo girando os números no cadeado com segredo, tentando acertar a combinação escrita no adesivo atrás dele, sob o luar. Até que acordo sobressaltado de um pesadelo e encaro a aurora cinzenta. Ma estava no sonho. Não a Ma que costumava cantar para mim ou fingir tomar uma chuveirada comigo durante as tempestades, mas a Ma sem cabelos na cama do hospital, que acariciava minha cabeça enquanto eu estava deitado sobre o peito dela, chorando.

Estaria tão decepcionada quanto eu.

Meu peito está apertado. Esqueci de respirar? Sobre a mesa de centro à minha frente, *Hamlet* está abandonado. Por alguma razão, me lembro do SparkNotes. Costumava usar o site no meu antigo colégio. Saio da cama e pesquiso por *Hamlet,* depois uso o software de leitura instalado no meu notebook para ler a tradução moderna.

Ajuda um pouco. Tive que usar truques como este a vida inteira, mas encontrar as respostas para as perguntas ainda me toma tempo. Tenho que repetir o áudio várias e várias vezes. Afasto um ensopado de taro e porco cuja superfície já está meio gelatinosa. O reitor me disse que posso pensar em tipos alternativos de trabalhos escolares com meus professores, mas prefiro não conversar com eles se puder evitar.

No entanto, se não conseguir vencer esta montanha de deveres de casa, nunca vou vencer Ba.

Sophie ofereceu ajuda, e não sei a quem mais recorrer. Com certeza não a Lulu. Mas Sophie não me responde, então faço uma ligação desesperada no dia seguinte. A foto dela aparece na minha tela: cabelos escuros como tinta trançados sobre o ombro do vestido tangerina. Óculos escuros enormes emoldurando o rosto em formato de coração. Gosto de como a imagem é Sophie Ha em sua essência: cores tão profundas e vivas que não permitem que você as ignore. Nos lábios, mais atitude do que sorriso.

Mas minha ligação cai na caixa postal. Após uma segunda noite ouvindo *Hamlet* no SparkNotes, tento telefonar outra vez.

Para meu alívio, ela atende.

— Oi, Xavier.

— E aí, Sophie. —Ajeito os fones de ouvido. É bom vê-la e ouvi-la quando ainda não tive a chance de escutar uma voz amigável dentro deste apartamento, embora sua expressão esteja mais fechada do que me lembro. — Tudo certo?

— Tá. Tudo bem. Desculpa não ter te atendido ontem.

Ela soa distante. Mas é uma universitária atarefada, afinal de contas, e provavelmente não tem tempo para conversar com um cara que não consegue nem sair do ensino médio.

— Você tem uns minutinhos?

Uma breve pausa e depois:

— Tenho, o que foi?

Um milhão de coisas abarrota minha cabeça. Como a escola inteira sabe que sou um merda. Como estou tentando escapar, com unhas e dentes, dos punhos de ferro de Ba. Como consegui me livrar dos guarda-costas hoje, finalmente, porque Ba sabe que estou comendo na mão dele.

E, claro, quero perguntar como anda a vida dela em Dartmouth.

Mas não devia desperdiçar seu tempo.

— Você já leu *Hamlet*?

— "Me protejo, senhor, por estar tão perto do sol" — cita ela.

— Vou entender isso como um sim. Se importa se eu aceitar aquela sua oferta de ajuda?

— Claro que não.

— Ok. Hum, nem acredito que estou dizendo isto, mas preciso identificar dez coisas simbólicas no texto. Tenho seis. Você consegue se lembrar de mais algum de cabeça?

— Fácil: as roupas dele. — A voz dela se torna mais calorosa. — Ele usa um manto azul-escuro e preto para simbolizar luto, mesmo a mãe dizendo para ele parar.

— Certo, faz sentido. E sete já é o suficiente para eu passar. Valeu, Sophie. — Me jogo na cama, onde meu caderno de desenho está aberto. Sempre que não estou estudando, desenho. Devia liberá-la, mas não consigo me forçar a desligar ainda. — Não sei como vou conseguir fazer isto para todas as minhas matérias.

— Estou surpresa que você esteja fazendo para uma que seja.

— Meu pai bloqueou minha poupança até eu me formar.

— O quê? Ele pode fazer isso?

Acabo atualizando Sophie sobre todo o acontecido — como Ba sabia que o mural do dragão era meu. Seu acerto com o reitor para garantir que eu me forme no ensino médio.

— O seu mural era incrível — diz ela, furiosa. — Duas outras pessoas também fizeram lances até o final.

— É, mas foi ele quem criou o clima de competição. Ba é bom nisso.

Ela bufa com desdém.

— Ele não forçou os outros a levantar aquelas placas. — Sophie tem razão, mas por que não consigo acreditar nela? — Deve estar sendo difícil para você chegar em uma escola nova no último ano. Já conhece alguém?

— Minha prima Lulu.

— Tem aquele meu grupo de ex-alunos do Barco do Amor, se você quiser interagir mais. Adicionei você... Estou olhando aqui, já tem quase oitenta pessoas. Ah, ugh!

— O quê? — Nunca participo desses chats de grupo. Não são para mim.

— Um cara chamado Bert acabou de postar uma foto dele sem camisa.

— Não valeu a pena? — Abro um sorriso torto. — É por isso que evito esses grupos. Nunca são as pessoas que você quer ver sem camisa que postam essas fotos.

Ela ri.

— Eu até sairia do grupo, mas gosto de interação.
Somos totais opostos. Acho que sempre fomos.

— Não quero precisar de ninguém.

— O que é diferente de realmente não precisar de ninguém.

Ela tem razão. Esta é Sophie. Você pode achar que ela está fechada no mundinho dela, aí de repente ela te apunhala com alguma reflexão penetrante. É por isso que não consigo imaginar uma conversa com ela, porque Sophie sempre diz coisas nas quais eu jamais pensaria.

— Minha mãe costumava dizer que ninguém consegue enfrentar a vida sozinho — digo. — Mas estou dando conta até agora.

Meus olhos resvalam na caixa branca sobre a mesa de centro, a que o reitor me deu no primeiro dia de aula. Abro e deixo cair uma caneta grossa, do formato de um torpedo.

— Não era o que eu esperava.

— Hum. — Adoro um lápis ou giz pastel, e esta caneta se encaixa surpreendentemente bem entre os meus dedos. Eu a seguro para Sophie poder ver.

— O que é isso?

— O reitor me deu uma caneta leitora de texto. Acabei de abrir. Nunca tinha visto uma dessas antes.

— O que ela faz?

Me jogo no sofá, tiro o cadeado com segredo de onde estava debaixo de mim e abro *Hamlet* em uma página aleatória. Deslizo a ponta chata do dispositivo por cima de uma frase. Palavra por palavra, uma voz robótica lê: "chegou na exatidão de sua hora."

Isso me dá muito mais autonomia do que as coisas que eu vinha fazendo. Eu já conseguia marcar e reler passagens importantes... mas esta caneta é ainda mais eficiente. Parece... errado.

— Isto não seria trapaça?

— Foi o reitor quem te deu. E, tipo, não é a mesma coisa que usar óculos quando se é míope?

— É, mas... achei que eu tinha que *ler* as coisas. — Tudo isto, ter alguém lendo por mim, audiolivros, o dobro de tempo para escrever redações... Eu era cheio de esquemas na minha escola antiga e mantinha tudo em segredo. Mas isto é muito melhor. Meus professores já *esperam* que meus trabalhos sejam entregues atrasados. Olha essa caneta!

Então é tudo aceitável? Era assim que deveria ter sido o tempo inteiro?

— Você precisa de ajuda com mais alguma coisa?

Sophie voltou a ficar distante. Abaixo a caneta. Quero saber como está sendo a vida na universidade. Espero que não esteja sendo obrigada a afastar caras escrotos como teve que fazer durante o programa de verão. Sophie tem um dedo surpreendentemente podre para garotos. Só espero que seu próximo namorado seja bom para ela.

E espero que ela não pense que eu só precisava dela para ajuda com as lições de casa. É verdade, ela me salvou neste trabalho sobre *Hamlet,* mas não era só sobre isso que eu queria conversar.

Mas não sei como dizer nada disso.

— Não, era só isso mesmo. — Giro os números no cadeado. — Valeu, Sophie. Te agradeço muito mesmo.

Perdi a aula de artes visuais na terça-feira sem querer. Na quinta, entro no estúdio e sinto a primeira fagulha de esperança. Há luz do sol ofuscante e cores em todos os cantos. Fotografias emolduradas de paisagens rochosas. Latas azuis com pincéis grossos em cavaletes salpicados de tinta. Ao longo do topo das paredes amarelas há uma faixa com desenhos de vinhas verdes e palavras.

Talvez esta seja uma aula em que eu consiga passar.

— "Uma imagem vale mil palavras, e um vídeo vale um milhão."

Uma mulher para a meu lado, lendo o que está escrito lá em cima. Está limpando tinta das mãos com um pano que cheira a aguarrás.

— É um lembrete de como nosso trabalho é importante, então decidi usar um estêncil para gravá-las ali. — Ela sorri, toda tons quentes de marrom: os cabelos e olhos castanhos, o crucifixo no colar, a blusa e a calça estampada. — Você deve ser Xavier. Sou a sra. Popov.

— Consegui ler o que estava escrito — minto. — Não sou um caso tão perdido assim.

Ela sorri de maneira benevolente e me entrega uma câmera digital. Seu peso, como uma pedra sólida, é estranhamente reconfortante. Fecho o polegar e o indicador ao redor da base da lente. Parece se encaixar na minha mão, então levanto a máquina e enquadro as palavras.

— Estamos dando início a uma unidade de comunicação visual que vai servir como preparação para o projeto final.

As aulas mal começaram e já estamos falando das provas finais?

— O que é? — pergunto, com desconfiança.

— Um curta-metragem de seis minutos. Sobre qualquer tema que você quiser. Os outros já estão esperando lá fora. Por que não vai se juntar a eles? Vamos compartilhar as nossas fotos e discutir durante a segunda metade da aula.

Uau. Isto é mesmo parte da *escola?*

Pela primeira vez na semana, enquanto cruzo o gramado com o único objetivo de capturar coisas belas, me sinto eu mesmo. Sigo pela rua respirando um ar que é de fato respirável. Tiro uma foto de dois esquilos pretos. Um aglomerado de fungos na base de uma árvore que podia ter saído de outro planeta. Um homem dormindo em um banco. Imagens enchem minha câmera e sinto que tenho uma espécie de poder, capturando cada pedacinho de vida, um quadrado após o outro.

— Xavier? — A sra. Popov acena, atravessando o gramado na minha direção. O restante dos meus colegas já desapareceu, e tenho a impressão de que ela vem me chamando faz algum tempo. — Xavier, está na hora de voltar para a sala.

Os outros alunos estão trabalhando em mesas quadradas, conectando câmeras a notebooks. Pego um banco de três pernas, reconfortantemente manchado com tinta a óleo e grafitado com corações transpassados por flechas e nomes de pessoas que estiveram ali antes de nós.

— Pessoal, este é o Xavier. Por favor, deem as boas-vindas a ele. — Diz sra. Popov aos alunos da minha mesa. — Xavier, estes são Rob, Jared e Maddy.

— Oi — os cumprimento quando a professora vai embora.

— Oi. — Maddy sorri, amigável. É bonita. Tem cabelos louros lisos, adornados por um arco azul, e uma pelagem falsa decora a gola do seu casaco. — Você é o aluno novo, né?

Jared me cumprimenta, mas Rob mal olha para mim.

— Maddy, Damien vai pegar o carro do pai dele na sexta. Ele vai encontrar a gente depois do jantar.

— Legal, que horas? — A menina me lança um sorriso de desculpas. Os três voltam a conversar sobre a noite de amanhã. São amigos desde que nasceram. Eu sou o estranho aqui.

— Por favor, escolham seis fotos entre as suas prediletas para compartilhar com a turma. — A professora está desenhando uma grade no quadro. — Façam o upload delas para o Google Classroom.

Droga. Consegui esquecer a parte da apresentação. As artes me ajudam a colocar para fora as formas alongadas e sombrias que existem dentro de mim, para que eu possa vê-las. Mas não quero que todas essas pessoas as vejam também. É, posso até ter criado coragem para mostrar meus esboços a Ever e no show de talentos, mas depois...

Comprei para nos poupar da vergonha.

Será mesmo?

Ainda estou na dúvida enquanto passo as fotos para o notebook. Maddy está postando uma *selfie* no Instagram, então abro a minha própria conta e descubro que Sophie começou a me seguir de volta, além de alguns parentes. O RP da Folha de Dragão deve ter recebido uma notificação quando criei a conta.

Vou bisbilhotar o *feed* de Sophie. É cheio de cores em movimento: um cara com um chapéu de crochê azul em forma de polvo agitando os tentáculos, uma saia amarela de várias camadas balançando como se fosse um sino na modelo. Ela precisa cortar as fotos um pouco mais para emoldurá-las melhor, mas as imagens dançam na página. Até poucos dias atrás, quando entrei no Instagram, sequer sabia que ela via o mundo desse jeito.

Curto a última foto dela, que a mostra sentada nos degraus de um prédio de tijolos vermelhos, apoiando-se nas mãos atrás das costas e com a cabeça inclinada para trás, os cabelos escuros como a noite voando e escondendo parte de seu rosto. Depois, por impulso, posto os esquilos no meu Instagram para ela. São energéticos e divertidos. Acho que Sophie vai gostar deles.

— Xavier, os seus arquivos ainda não estão aqui — diz a sra. Popov. — Pode tentar de novo?

Droga. Ela vai mesmo me obrigar a apresentar.

As fotografias de um colega — dos prédios da Harvard--Westlake, do campo de futebol e daquele mesmo par de esquilos — brilham na tela grande. Carrego as minhas imagens no drive, mas sinto um grande nó no estômago de temor gélido. Talvez o período acabe antes de chegar a minha vez. Espero que sim.

— Três de nós fotografamos esses esquilos — a professora comenta. — O que eles tinham de especial?

— São incomuns — responde um menino na mesa ao lado. — Quer dizer, estão por aí no campus, mas a gente nunca os vê de perto. Especialmente juntos.

— Somos atraídos por relacionamentos — Maddy acrescenta. — Sentimos afinidade.

— O jeito como eles estavam sentados dentro daquele feixe de luz — diz outra menina. — Estavam pedindo para virar foto.

Nunca estive em um ambiente assim antes, todos os cérebros focados em transformar em palavras aquilo que é óbvio aos meus olhos. Nem sabia que *existiam* palavras. Se as minhas fotos não estivessem na fila, esperando para serem analisadas sob o microscópio, até poderia ter curtido tudo isso. Coloco a mão no bolso e, com a ponta do polegar, giro os números no cadeado que ando carregando para cima e para baixo por alguma razão.

— Vamos discutir as imagens do Xavier agora. — diz sra. Popov fazendo um raio de pânico atravessar meu corpo. Minhas fotos surgem na tela.

O casal de esquilos.

Uma mulher empurrando um carrinho de bebê azul.

Uma criança de mãos dadas com o pai e a mãe.

Uma pilha de bolos lunares dourados sendo vendidos por uma avó e sua neta.

Um pai carregando o filho sobre os ombros.

Merda.

Ba costumava me carregar assim. Segurando minhas pernas para que eu pudesse enxergar o mundo de cima com ele. Eu nem me segurava, como o menininho da foto também não segura o pai, confiando que ele não me deixaria cair.

Agora, com minhas fotos jogadas lá para todos verem, identifico o padrão.

— Belo trabalho, Xavier — elogia a professora.

— São todas tão… solitárias — Maddy comenta.

— Mesmo os sujeitos estando juntos — completa o aluno na frente da sala.

Eu me remexo no banco. Odeio todos aqueles olhos vendo o que há dentro de mim.

— Família tem um significado importante para você? — pergunta a sra. Popov.

Nem fodendo.

A verdade é que, desde que me mandaram para os Estados Unidos, estive por conta própria. Assim foi a maior parte da minha vida. Talvez isso tenha me ferrado? De alguma forma, capturei esse sentimento com a câmera. E me expus como se tivesse algum valor.

Comprei para nos poupar da vergonha.

Cruzo os braços.

— São fotografias. Só isso.

A sra. Popov começa:

— Xavier...

— Olha, não se dê ao trabalho. — Empurro o banco para trás, arranhando o linóleo no chão. A única aula em que eu poderia ter me dado bem... Bom, estou fora. Jogo a mochila por cima do ombro. — Fiz o trabalho. Pronto. Não pedi para ser analisado.

— Espera, Xavier!

Saio pela porta, ignorando a professora.

7

SOPHIE

Sinto um tremor no peito quando o ícone do dragão roxo de Xavier aparece nas minhas notificações do Instagram. Ele curtiu meu post mais recente. Ele viu. "Quartos de Westminster" badala pelo campus — merda, tenho que correr. Enfio o celular no bolso e apresso o passo na direção do prédio de ciência da computação, dando uma mordida na maçã, que é meu café da manhã.

Não acordei com o despertador. Sou seriamente patética.

Desde que Xavier ligou para falar sobre *Hamlet,* não consegui mais tirar a voz dele da cabeça. Especialmente a maneira como ele fala meu nome. *Sophie* — como se eu fosse a pessoa mais importante no planeta. O que é absurdo. Foi por isso que precisei encerrar a ligação. Para romper os laços emocionais que se adensam e apertam e ameaçam querer me reorientar na direção de Los Angeles, na direção dos problemas com que ele está lidando... do outro lado do país.

Mas se passou apenas uma semana desde o começo oficial das minhas aulas e do resto da minha vida e já estou perdendo esse jogo. Quero que ele ligue e converse comigo sobre tudo — *Macbeth, Sonho de uma noite de verão*, a caneta leitora de texto, os colegas de classe, o pai escroto.

Se ele me ligar outra vez, vou atender, porque não posso NÃO atender.

Mas vou me certificar de que as fortificações ao redor do meu coração estejam sólidas.

Meu celular toca. Eu o pego com certo medo e tremor, mas, para meu alívio, é mamãe.

— Oi, mãe! Tudo bom? E os meninos?

— Oi, querida. Estamos bem. — Eu me agarro à voz dela enquanto conta as novidades: aulas de patinação gratuitas para Jerry na escola e de programação para James e Kai, que querem seguir meu exemplo... ha! — E Kevin está se comportando como um irmão mais velho de verdade agora. Está até lavando os pratos.

— Fantástico! — exclamo enquanto mastigo o pedaço de maçã na boca. — Só demorou treze anos. Mimei muito esses meninos.

— Verdade. — Ela assume um tom brincalhão. — E como são os meninos em Dartmouth?

Não. Engulo com esforço, mas a maçã desce como se fosse uma pedra gelada. Mesmo agora, consigo sentir aquelas velhas expectativas — *você já conheceu alguém? Se continuar tratando os homens desse jeito, nenhum homem decente vai te querer* — fincando as garras no meu coração. Sim, conheci vários garotos aqui. Alguns no Lord Hall, meu dormitório. Alguns nas aulas. Garotos atraentes, garotos inteligentes, garotos gostosos. Senti várias vibrações de interesse, e não só de Victor. Se eu fosse a Sophie de três meses atrás e estivesse com Ever, só estaria me preocupando com se devia ficar com este ou aquele. Mas...

— Não estou aqui pelos garotos. Vim para conseguir o meu *diploma em ciência da computação*. — Minha voz sai mais ríspida do que eu pretendia, mas preciso que ela acredite no que estou dizendo. Limitei minhas interações com Xavier, fiquei acordada até tarde esta semana escrevendo minha proposta para Horvath, até meus olhos ficarem secos e o céu ganhar uma coloração rosa por cima das árvores lá fora. Até baixei a bola quando escolhi minhas roupas hoje para passar uma imagem de Estudante Séria e Discreta: calça bege, camisa de algodão, os cabelos presos em um rabo de cavalo modesto. — Sou uma nova pessoa, mãe.

— Não custa ficar de olho aberto para as possibilidades.

Ela não acredita em mim. Sempre foi assim. Sempre vai ser assim, até eu provar o contrário.

Passo por um grupo de meninos que segue para o auditório. Alguém faz um barulho de beijo estalado. Ugh. O vídeo. Meu coração acelera, mas não me viro.

— Mãe, já estou quase na sala. — Jogo o restante da maçã em uma lixeira, o apetite arruinado. — Preciso desligar.

D. Por favor, venha conversar comigo depois da aula.

É o quê?

Meu coração para de bater. Estou sentada no auditório, os olhos fixos na nota no topo do meu projeto de *bot* estilista. Nunca tinha recebido uma nota mais baixa que B na vida.

E um D, *sem dúvidas,* não é o caminho para sair da lista de espera.

Releio minha proposta.

Gostaria de desenvolver um aplicativo para ajudar as pessoas a encontrarem roupas incríveis ao redor do mundo. Os usuários poderão fazer uploads de selfies e o app lhes dará recomendações com base nas fotos. Eles então terão a escolha de curtir ou não os itens selecionados para que o aplicativo possa aprender o gosto pessoal do usuário com base nessas informações.

Cheguei até a criar o protótipo do app, um esboço estilizado, sem características femininas demais, de uma mulher de vestido transpassado azul. Batizei-o de Espelho, Espelho Meu.

— O que eu faço agora? — pergunto a Emma e Oliver Brooks, o garoto que tinha se sentado a meu lado no primeiro dia e que decidiu continuar na turma por mais algum tempo.

Ele afasta seu saco de pipoca. Vira o notebook para me mostrar sua proposta: treinar um algoritmo para distinguir as imagens de gatos das de cachorros. Também foi rejeitada, com a seguinte nota:

Por favor, faça as leituras sugeridas no programa do curso. Como mencionado nos textos, este problema já foi resolvido diversas vezes.

— Ai — digo.

— Liguei para o meu pai. — Oliver tosse e acaba cuspindo um grão de milho que não estourou. — Foi mal. Ele me disse para fazer matérias nas quais eu seja bom. Isso contribui muito para o sucesso: saber quais matérias cursar. Vai ver ciência da computação não é o seu forte? — Ele fecha o saco de pipoca. — Já deu para mim. Vou desistir da lista de espera.

Estou pensando em cursar direito, então preciso resguardar a minha média.

Franzo a testa.

— Se a gente não pode fazer aulas que sejam do nosso interesse, então qual é o sentido de ter tantas opções legais?

Ele faz uma expressão pesarosa.

— Acho que depende de qual é o seu objetivo.

— Faz o que Horvath disse — Emma sugere, depois espirra. Sua proposta de trabalhar com imagens de satélite para monitorar possíveis desastres climáticos foi aprovada, com uma oferta por parte do professor para fazer uma ponte entre ela e um pesquisador importante do campo. Emma aponta para o "venha conversar comigo" no topo da minha tela. — Vai falar com ele.

Entro em uma longa fila de alunos para falar com Horvath à frente da sala. O blazer xadrez preto por cima de uma camisa social creme e calça listrada foi uma escolha arriscada, mas ele tem muito estilo — o que é surpreendente para um professor de ciência da computação. E mais uma razão para eu ter esperanças de que meu projeto seja aceito.

O garoto logo à minha frente faz contato visual comigo.

— E aí, gata? — Ele abre um sorrisinho torto. — Que tal me dar um beijo?

Pelo amor de Deus. Esses moleques estão seriamente precisando de material novo. Um milhão de respostas sarcásticas se apresenta para mim. Nenhuma delas pode chegar aos ouvidos de Horvath.

Giro nos calcanhares para sair da fila, mas acabo topando com força em Victor, esmagando o rolinho de canela que ele segura entre seu peito e minha blusa.

— Ah, foi mal! — exclamo enquanto ele me estabiliza, me amparando pelo cotovelo.

— Cara de *Cha Siu-Bao*, como vai? — Ele segura o pãozinho doce entre os dedos polegar e indicador de maneira delicada. As mangas curtas da camisa polo Ralph Lauren exibem seus braços musculosos. Ele arqueia uma sobrancelha para o outro garoto, que volta a se virar depressa.

Limpo a canela da blusa, me sentindo inundada de alívio, apesar da mancha de gordura.

— Erro meu ter te contado meu apelido — comento, arrependida.

— A gente pegou o meliante que vazou o seu vídeo — ele revela. — Estava na lista de espera. Já foi chutado da turma.

Fico surpreendentemente aliviada por saber que a pessoa já não está mais neste auditório. Fico feliz que a universidade tenha sido mais corajosa do que eu. Se bem que... é possível que haja alguma retaliação quando eu estiver menos esperando?

Estou nadando em um mar de tubarões. *Não baixe a guarda,* lembro a mim mesma.

— Tudo bem? — pergunta Victor.

— Não. — Mostro a ele meu grande D, e ele faz uma careta.

— Fala com Horvath. Vocês vão se entender.

— Valeu. — digo, e o garoto à minha frente sobe ao palco.

— Se precisar de ajuda, é para isso que estou aqui. *Happy hour* com *bubble tea?*

— Ah, er... claro. Muito generoso da sua parte oferecer. Pode ser no fim de semana?

— Vou viajar para um evento de família. Que tal na segunda? Boba Babe?

— Baby? — Meu rosto fica vermelho.

— Boba Babe. — Ele repete em meio a uma grande mordida do pão de canela amassado. — É o nome do lugar que vende *bubble tea*.

Ele gesticula para trás de mim, por cima do meu ombro, e me viro, tropeçando nos próprios pés, quando o professor Horvath diz:

— Próximo, por favor?

— Professor, o senhor se lembra da Sophie Ha — introduz Victor. — Ela tem boas ideias. Posso ajudar com todo o prazer, é só falar.

A gentileza dele me iça para cima do palco — Victor não precisava ter feito aquilo por mim. Tenho certeza de que precisa estar nas boas graças de Horvath tanto quanto eu.

De perto, o homem é ainda mais alto do que visto da plateia. Posso imaginar as meias passadas a ferro e dobradas em quadradinhos, organizadas por tamanho e cor. Os olhos castanho-esverdeados são calorosos e cheios de inteligência, e ele provavelmente é conselheiro de rainhas e nobres. Tenho tanto a aprender com ele.

— Sophie, como posso ajudá-la?

Fico TÃO FELIZ por não estarmos tocando no assunto do vídeo. Viro o notebook para ele.

— Hum, oi. Sou a Sophie. — Certo. Como ele mesmo já disse. Ugh. Socorro! — Er, o senhor me pediu para vir conversar.

Ele passa os olhos por minha proposta em cerca de um segundo e meio.

— Ah, sim. Fiquei surpreso com esta aqui. Fale sobre a intenção por trás da sua proposta.

— Bom, sou apaixonada por roupas. Passei anos vestindo os meus irmãos, e meus amigos estão sempre me pedindo conselhos. É difícil acompanhar o que está na moda, e ainda mais difícil encontrar roupas que sejam... uma expressão de quem você é. Então pensei: e se existisse um *bot* para fazer esse tipo de recomendação? Que nem a Netflix sugere filmes.

— Você tem boas ideias, como Victor disse. Mas o que você tem aqui é um bocado de descrições de roupas, quase nada de aprendizagem profunda. Precisa de mais dados para serem analisados, para o seu algoritmo poder "aprender" por que uma certa peça de roupa é estilosa. Ou por que seria adequada a um usuário e não a outro. O que temos aqui até o momento é... superficial demais.

Ai.

— Posso adicionar mais dados. Proporções de tipos físicos. Cortes, cores, caimento e estilos para corpos diferentes. Gola redonda *versus* decote em V... Já coletei uma base de dados enorme só de vestidos que amo.

— Você vai precisar de dez mil imagens para treinar o aplicativo, no mínimo. Além de definir rótulos com características para cada uma, a inteligência necessária para fazer uma sugestão útil. Tornar os dados funcionais para treinar um software dá um trabalho enorme. Mas, se dermos um passo atrás... Existe algum modo eficaz de experimentar roupas sem ser fisicamente? — O professor percorre a parte interna da lapela com o dedo polegar. — A Amazon tentou. As pessoas querem ver o caimento de uma peça de roupa presencialmente, querem sentir o material. Querem *descobrir*. A indústria inteira do comércio de roupas foi construída em cima da premissa dos consumidores poderem ir às lojas para ver as roupas e as cores, experimentá-las e descobrirem as coisas sozinhas.

Estou sem palavras — tudo que ele está dizendo é verdade. Mas ainda consigo ver uma maneira de driblar todos esses obstáculos. Ele levanta um dedo para a fila de garotos atrás de mim. *Um segundo.*

— Você vai ter mais resultados com o seu projeto se der uma olhada no que está sendo aprovado.

Franzo a testa.

— Quer dizer, nada de aplicativo de moda?

— Isso. Os projetos aprovados envolvem imagens de satélite, até dados de empresas farmacêuticas para prever quais candidatos seriam adequados a novos tratamentos. Se você quiser explorar algo mais leve, talvez deva considerar a conversão de gráficos de videogames em imagens mais fotorrealista. — Ele gira meu notebook para mim outra vez. — A minha expectativa é que uma ou duas vagas sejam abertas depois do prazo de desistência na semana que vem, mas quero ter diversidade na sala de aula. Se você me mostrar um projeto viável antes do dia vinte e oito, uma das vagas é sua.

Passo a lingua pelos lábios, tentando umedecê-los.

— Espero que meu projeto seja aprovado porque *é* bom — afirmo. — Vou entregar até...

— Boa sorte. Próximo, por favor?

O fedor de roupa mofada enche minhas narinas quando um garoto me acotovela para subir ao palco.

— Sou um veterano na lista de espera — diz ele, ofegante, ao professor. — O senhor está dando preferência a casos como o meu? Porque *deveria* estar.

8
XAVIER

Sexta-feira à noite, saio do chuveiro em uma cortina de vapor quando Ba me manda uma mensagem pela bilionésima vez. Já sei o que ele quer, e é só mais da mesma ladainha: "blá-blá-blá você já se formou? Por que não? Idiota".

Pego o celular e o atiro para o outro lado do cômodo. O ruído do impacto ecoa pelo apartamento, mas não faz eu me sentir melhor. Estou encurralado dentro destas quatro paredes. Ninguém dá a mínima para o fato de que existo, a menos que estejam tentando limpar minhas máculas no altar da família.

— Tenho que dar o fora daqui — digo em voz alta. Para meu rosto úmido no espelho. Para ninguém.

Não sei que bem isso faria. Porém, enquanto Ba continua a atacando meu celular, seco os cabelos com a toalha, visto um shorts e uma camisa de botões e sigo para a porta.

Não tenho um objetivo claro. Paro na loja de conveniências a alguns quilômetros do campus. Em Taipei, uma lojinha dessas é a minha favorita; quando era pequeno, costumava comprar um *bāozi* todas as tardes com Ma. Claro, as dos Estados Unidos não vendem *bāozi*, mas algo na disposição dos produtos ainda faz eu me sentir em casa.

Olho as bebidas frias em uma geladeira e me detenho diante das linguiças gordurosas rolando no grill, depois decido não comprar nada e sair.

Para minha surpresa, Lulu está entrando no estacionamento, recurvada, com as mãos nos bolsos do moletom preto com capuz da escola.

— O que você tá fazendo aqui? — pergunto.

Ela franze a testa ao me ver.

— Só vim dar uma espairecida.

— Veio comprar um *bāozi*?

Ela arqueia as sobrancelhas. Depois, abre um quase sorriso pesaroso para mim.

— Queria que vendessem isso aqui. As nossas mães sempre nos levavam para comer.

— Estava pensando na mesma coisa.

O ronco gutural de um motor ressoa no fim do quarteirão. Nós dois nos viramos. Um Cadillac Escalade me cega com seus faróis ao acelerar pela rua. O poste de luz na esquina ilumina vários jovens lá dentro, fazendo brilhar colares, glitter de rosto, lantejoulas — todos prontos para uma noitada.

Lulu xinga baixinho quando o automóvel desacelera, vindo na nossa direção.

— Quem são? — indago.

— Foi o motorista quem colou aquele papel no seu armário.

Merda.

— Bom, ele sabe escrever.

— Sabe fazer mais coisas do que só escrever. É o Damien Martin. O pai dele atuou com filmes com gente tipo, sei lá, o Bruce Willis.

— Saquei. Um fodão.

Ela fica em silêncio quando a suv preta para a centímetros de nós. Alguém abaixa a janela do passageiro. Uma menina com pérolas falsas gigantescas balançando nas orelhas acena. O motorista se inclina por cima dela. É um garoto magro vestindo uma camisa preta da J.Crew com cabelos volumosos da cor de xixi.

— Ei, Lulu, esse aí é o seu priminho analfabeto? — pergunta Damien.

Lulu franze o cenho.

— É o meu primo, sim.

Ele me analisa.

— Até que ele não tem tanta cara de perdido quanto achei que teria.

— Estou disfarçado hoje. — Dou de ombros.

Ele franze a testa. Depois, da uma risada.

— O analfabeto tem senso de humor.

Lulu faz uma careta.

— Legal encontrar vocês. Tchau — diz ela, dirigindo-se para a loja.

Eu também devia dar o fora daqui. Mas esse escroto deixou aquele recado no meu armário. E quero que ele retire o que disse. Quero que fiquem sabendo que não sou um perdedor sem lugar no mundo.

Fito Damien nos olhos.

— Aonde vocês estão indo?

— Xavier! — sibila Lulu. Eu a ignoro.

— Club Pub. Se escreve P-U-B.

— Eu pago as bebidas se vocês me derem uma carona.

— Mostro meu cartão de crédito preto. Está na hora de ser *aquele tipo*. Sei exatamente como esta cena se desenrola, e é o caminho mais fácil para tornar o restante do ano suportável. — Minha prima também precisa de uma carona.

Lulu chuta minha canela. Damien e a namorada falam rapidamente com os amigos no banco de trás.

— Estou ocupada — minha prima chia.

— É sexta-feira à noite — retruco. — Do seu último ano na escola. — Também é noite de mandar Ba à merda, e o lado bom de ter deixado meu celular em casa é que ele não faz ideia de onde estou.

— Não achei que você tivesse cara de quem curte balada — falou Damien.

— É, bom… — Dou de ombros. — Tem muita coisa sobre mim que as pessoas não sabem.

A porta de trás se abre. Rob, da aula de artes, estende a mão.

— Sobe aí.

Maddy, também da aula, abre um sorriso.

— E aí, garotão.

Então era sobre esta festa que eles estavam falando. E agora estou de penetra.

— Lulu, você também está convidada — diz a namorada de Damien.

Aceito a mão de Rob, e ele me puxa para cima do colo de alguém. O ar-condicionado está ligado no máximo. Lulu sobe atrás de mim, o que quer dizer que a convenci. Legal. O número de pessoas sentadas é o dobro do número de cintos de segurança, mas quem está contando? A situação me parece familiar. Lembra o verão, quando saíamos de fininho do Barco do Amor. Começo a me sentir mais como eu mesmo.

— Ele é gato — diz uma menina atrás de mim.

Uhum. Definitivamente lembra o verão.

— Qual é o seu nome de verdade, analfabeto? — Damien pergunta em tom alegre. Nossos olhares se cruzam no espelho retrovisor. Ouço Lulu dizendo "não, obrigada" a alguém. Depois, uma garrafa gelada é pressionada contra minha mão.

— Xavier.

— Maneiro. X-Men.

Tomo um gole do uísque decente. *Esse* apelido não me incomoda, então já estamos fazendo progresso.

— O meu é Damien. — Ele levanta um punho tatuado com uma águia e bato nele com o meu. Então, seu grito ecoa, reverberando no para-brisa, enquanto pisa no acelerador:

— Vamos para a balada, galera!

9

SOPHIE

Lá estava eu, voando a toda com meu *bot* fashionista, braços estendidos como uma heroína da Marvel — mas estava voando na área errada. Todas aquelas noites em claro lendo a respeito de aprendizado de máquina e coletando fotos de modelos de Prabal Gurung. Até comecei a programar o algoritmo. E aí — PÁ! Dei de cara com a parede de um arranha-céu.

Aquele vídeo já tinha me feito parecer uma avoada sem nada na cabeça. Agora Horvath está chamando meu projeto de *superficial* demais.

É noite de sexta-feira. Engulo um x-burger e passo o fim da tarde na biblioteca terminando um trabalho de escrita criativa. Depois, me arrasto de volta para o quarto e me atiro na cama. Tenho outra entrevista de emprego em uma loja hoje — para o último turno do dia, que inclui o fechamento da loja. Em seguida, preciso começar a redigir minha próxima ideia para Horvath. Mas não consigo me animar. A maioria das boas ideias já foi utilizada por outros alunos a esta altura do campeonato. Como posso começar do zero agora?

Meu celular vibra com uma nova mensagem. Deito de costas para ler.

Victor
Como foi com Horvath?

Tenho que inventar um projeto novo.

Ele me disse que estou no topo da lista de espera para entrar, se conseguir mostrar um projeto de verdade.

Que ótimo!

Você vai tirar de letra.
Me avisa se quiser discutir ideias.

Tem várias opções ótimas de trabalho em aprendizagem profunda e finanças, robótica, Cruz Vermelha.

Todos são temas que meus colegas de turma já estão cobrindo. Nenhum me atrai.

Valeu! Vou dar uma olhada nesses!

Meu Instagram está cheio de notificações novas. Passo os olhos pelos posts mais recentes de amigos do Barco do Amor: Ever ensinando dança para uma turma de sete meninas, incluindo a irmãzinha dela, Pearl; Rick abraçando colegas do time de futebol americano em Yale; uma foto nostálgica da

Gangue dos Cinco no Taipei 101 durante o verão, postada por Marc Bell-Leong. "Saudades da galera", ele escreveu.

Comento: "eu também". Continuo olhando meu *feed* e acabo me deparando com a foto de um par de esquilos pretos em um gramado verde-esmeralda, postada por Xavier. Ele os capturou em ação, a pelagem reluzindo enquanto se equilibram nas patas traseiras, estapeando um ao outro. Um deles segura uma semente, como se estivesse brincando de bobinho.

Sorrio. Apenas Xavier seria capaz de tornar esquilos tão divertidos assim. Ele parece bem. Estou feliz que não esteja deixando o pai impedi-lo de capturar o mundo da maneira como ele o enxerga.

Curto a foto e comento: "Precisava mesmo disso. Que bom que você está bem."

Meu alarme toca — está na hora de me arrumar para a entrevista. A loja é uma espécie de gráfica e copiadora onde também se pode enviar correspondência. Sigo para o armário. Preciso de roupas que *gritem* que sou perfeita para o cargo… práticas, mas de bom gosto. Chega de comentários sobre minha "beleza". Avalio minhas blusas. Analisando através do olhar de Emma, posso ver como algumas das minhas roupas são berrantes: um casaco amarelo recoberto de quadrados; um suéter apertado com listras roxas. O problema é que todas as minhas opções mais arrumadas são da era SOPHIE-FICA-COMIGO, não da era SUPERALUNA.

Olho para o closet da minha colega de quarto. Ela me disse que eu podia pegar o que quisesse emprestado, depois saiu correndo para liderar os Libertários de Dartmouth.

Minutos mais tarde, estou vestindo a blusa de alcinha branca dela sob meu blazer mais recatado, de camurça azul, que combinei com uma calça xadrez azul e verde. Borrifo água nos cabelos, depois uso o secador para alisá-lo à perfeição. Aplico maquiagem em uma paleta de cores neutras, só o necessário para me conferir um brilho profissional. Com óculos ou sem óculos? Hum, melhor ficar só com lentes de contato mesmo. *Voilà!* Séria e estudiosa. Posso arranjar um emprego no campus! E, quando estiver com essa vitória no bolso e um pouco de dinheiro extra para livros e outros materiais, me sentirei pronta para enfrentar o resto de Dartmouth.

Com energia renovada, saio do dormitório e atravesso o quarteirão. O vento sopra uma rajada fria em mim, fazendo meus cabelos e blazer esvoaçarem. O céu está escuro, sem estrelas, tudo encoberto por nuvens. Uma coruja pia. Uma advertência.

Estou a quatro quarteirões da loja quando o céu se torna ameaçador...

E uma cortina de chuva começa a cair.

Corro um bocado com a bolsa sobre a cabeça até uma loja indicar que estou no caminho errado. Quando finalmente chego à Gráfica & Copiadora Jones, estou encharcada até os ossos. Tiro o cabelo do rosto e espremo água das pontas. Bela perda de tempo, ter me penteado tanto.

Quando abro a porta de vidro, me apresso para secar as bochechas e os ombros. Um homem recurvado de camisa engomada olha para cima, parando de contar dinheiro na caixa registradora. Um menino de camiseta está desmontando caixas. Deve ter uns catorze anos.

— Oi, meu nome é John. Sou o gerente responsável pelas contratações. — O homem fita minha figura ensopada com as sobrancelhas arqueadas. — Você... deve ser Sophie?

— É. — respondo sem fôlego. — Desculpa o atraso. — Vejo de relance meu reflexo nas janelas. Meu Deus. Sou um rato afogado!

John franze o cenho.

— Entrevistas são importantes. Talvez você não esteja pronta para um trabalho como este.

O quê? Meu coração quase para.

— Não, estou pronta. Me desculpe. Acabei me perdendo e pegando o caminho errado na chuva. Se puder me dar só alguns minutinhos para me secar...

Ele não se move. Em seguida, aponta com um polegar para a esquerda.

— O banheiro fica ali, mas já foi limpo por hoje. Por favor, tenha cuidado para mantê-lo assim.

Dez minutos mais tarde, estou sentada diante dele em um escritório apertado nos fundos. Poeira ou mofo no ar faz com que eu espirre como Emma. A vaga é para ajudar na loja — levar o lixo para fora, limpar o banheiro depois que os fregueses o usarem, fechar o estabelecimento. O turno é da noite, nada ideal, mas pelo menos não atrapalha meu horário de aulas.

— Minha mãe trabalha em um hotel e já ajudei com a papelada — digo. — Praticamente criei meus quatro irmãos e sei fazer de tudo em casa: trocar lâmpadas, colar brinquedos quebrados. O que vier, pode confiar em mim para resolver.

Estou tagarelando. Conversamos por cerca de meia hora, mas não consigo esquecer aquela expressão hesitante no rosto dele.

Enfim, John abaixa a caneta.

— Acho que terminamos aqui. Tenho outros interessados para avaliar.

Outra entrevista arruinada. O que deu errado desta vez?

— Sou qualificada. — Estou implorando. — Vou fazer um ótimo trabalho.

Ele se levanta e segue para a entrada da gráfica.

— Aqui na loja, não somos pessoas espalhafatosas.

— Espalhafatosas? — Franzo a testa, correndo atrás dele. Por que diria algo assim? — Você... por acaso não viu aquele meu vídeo, viu?

A expressão de John torna-se resoluta.

— Não quero que você se iluda desnecessariamente. Não acho que vá dar certo.

Ele viu o vídeo.

— Mas eu trabalho duro! Sou uma pessoa confiável!

— Você chegou atrasada.

— Isso não costuma acontecer! — O homem recurvado está me fitando, boquiaberto, mas não consigo parar. Como posso ser bem-sucedida em qualquer coisa na universidade se não consigo sequer um trabalho que qualquer aluno de ensino médio seria capaz de fazer? Agarro o braço de John, precisando que me escute. Que *acredite* em mim. — Posso passar esfregão no chão! O senhor tem que me contratar!

Ele se desvencilha. Em duas passadas largas, chega à porta e a abre. Está tremendo. Literalmente *tremendo*. Um adulto de trinta e cinco anos, dezenas de quilos mais pesado do que eu. E, de alguma forma, consegui deixá-lo aterrorizado.

— Por favor, vá embora, srta. Ha.

10

XAVIER

O Club Pub, localizado em um banco remodelado perto de Hollywood, está a toda. Música de estourar os tímpanos e cheiro de cerveja derramada nas calçadas perto das portas resguardadas. Aguardamos na fila curta e, quando chegamos à entrada, mostro aos seguranças minha identidade falsa com uma pontinha do cartão de crédito preto à mostra.

— Sete entradas — digo.

Funciona como sempre funcionou: o homem mal olha para minha identidade, depois gesticula para que eu entre.

Pago as entradas com meu cartão, e todos seguimos para o espaço principal da boate. Luzes estroboscópicas pulsam sobre as curvas dançantes de quadris e braços pálidos que acompanham o ritmo da música. O lugar inteiro fede à colônia, suor e liberdade — é, bem melhor do que ficar de conversa com o reitor.

Hoje, vou virar Harvard-Westlake a meu favor.

Serpenteio em meio aos corpos na pista de dança para chegar ao bar, atrás do qual há cerca de cem garrafas de vinho enfileiradas. Afasto uma caixa com pedaços de limão e entrego o cartão de crédito ao bartender.

— O que os meus amigos pedirem. — Depois me viro para os outros, que fazem fila. — O que vocês querem? — Valeu, X-Man. Bem maneiro da sua parte. — Damien aperta meu ombro. — Mojito de menta para mim — diz ao barman.

— Que drinque de menininha, Damien — brinca a namorada dele, que me lança uma piscadela amigável. Ela faz seu pedido, seguida por Rob e os outros.

— Obrigada, Xavier. — Os cabelos dourados de Maddy brilham, e ela passa dedos provocantes pelo meu braço. — Foi mesmo bem legal.

— Vocês podem retribuir o favor da próxima vez. — arqueio as sobrancelhas para ela, depois interrompo o contato visual. Sem me comprometer, mas também sem rejeitar o que quer que ela esteja sugerindo.

Este é o tipo de cara que sei ser.

Damien se junta a mim com seu mojito, aguardando pela namorada.

— Você é novo na escola, então pode contar comigo para o que precisar para facilitar sua vida.

— Fechou — respondo.

— Sempre tem refrigerante no armário dos fundos do ginásio. É só para os funcionários, mas nunca tem ninguém vigiando de manhã.

— Saquei. — Quer dizer que Damien conhece *todos* os truques de Harvard-Westlake.

Peço uma cerveja e assino a conta com um X. Depois me apoio com um cotovelo sobre o balcão. Retângulos de luzes coloridas pulsam por cima dos corpos em movimento. Lulu junta-se a mim, segurando uma piña colada sem álcool pela qual insistiu em pagar com o próprio dinheiro. Nada de ficar devendo favores. Puro orgulho cabeça-dura dos Yeh.

De volta a Taipei 105

— O que você está tentando provar? — pergunta ela. Lulu é um mini Ba com cabelos longos.

— Só quero fazer amigos.

Ela morde um pedaço de abacaxi.

— Acho que está funcionando — admite, a contragosto.

Um hip-hop começa a tocar. Também tocou no Club Beijo em Taipei, naquela primeira noite em que saímos para dançar. Sinto uma pontada surpreendente de arrependimento. Dancei esta música com Sophie, e acabamos nos pegando ali mesmo. Alguém me disse mais tarde que era como se estivéssemos praticamente transando na pista de dança. Meu corpo lembra bem... mas química nunca foi o problema entre nós, e foi assim que o nosso desastre começou.

Enfim, isso tudo é passado.

— Ei, Xavier. Tá afim de dançar? — Maddy vem rebolando na minha direção.

— Daqui a pouco, quem sabe?

Ela se junta a mim, o braço quente roçando o meu enquanto acompanha o ritmo da música. Dá um gole na bebida de pêssego, me cutucando no ritmo da batida. Abro um sorriso. Ela desliza a mão da base das minhas costas até a nuca, depois acaricia meus cabelos, onde as pontas de seus dedos brincam com os fios.

— Gosto das ondas do seu cabelo — ela comenta. — Eu sou a Maddy, caso você tenha esquecido.

— Não esqueci.

Lulu deixa o copo vazio sobre o balcão.

— E essa é a minha deixa para dar o fora daqui. Já chamei meu motorista.

— *Adiós,* prima — digo enquanto ela segue para a saída.

— Motorista? — Maddy repete. Lá fora, o homem abre a porta de trás de um Audi azul para Lulu. — Vocês, hein. — Maddy sorri. — Não precisavam de carona coisa nenhuma. Dou de ombros.

— Você é um fotógrafo incrível.

Não quero nem um pouco entrar *nesse* assunto.

— Só fotografo as coisas de que gosto.

— Quem sabe você pode tirar umas fotos minhas alguma hora dessas?

— Claro. — Ela deve ser modelo. E modelos adoram fotógrafos. Não sou esse tipo de fotógrafo. Ainda assim, está tudo se encaixando.

Agora talvez a escola não seja tão ruim, no fim das contas.

— Senhor? Seus amigos fizeram outra rodada de pedidos.

— O bartender aponta para Damien, que está dançando com a namorada, os braços tatuados levantados como se fossem traves de um gol. — O menino ali disse que é você quem está pagando.

Entrego meu cartão, e o funcionário o passa na máquina. Um brilho azul ilumina seu rosto.

Ele franze a testa.

— Um momento, por favor.

Ele segue na direção de um escritório nos fundos, levando junto meu cartão. Que se dane. Me recosto e tento curtir a música que reverbera nos meus ossos. O bar está ficando cheio. Maddy topa comigo de repente, empurrada por uns caras do outro lado. Ela ri e entrelaça o braço no meu, se equilibrando.

— Talvez a gente devesse se mandar mais cedo — ela sugere. Seu perfume leve faz cócegas no meu nariz. Depois, seus lábios roçam meu maxilar, tão de leve que poderia ter sido apenas um acidente. — Meus pais estão fora o fim de semana todo. A gente podia ir para minha casa, se você quiser dormir lá.

Ela me lança um olhar que reconheço. A esta parte estou acostumado.

Chega de garotas. Chega de festas.

Certo, Ba. Hoje só quero fingir que não tenho uma corda de seda apertada ao redor do pescoço.

— Combinado — respondo.

O barman reaparece com meu cartão de crédito em mãos. E uma tesoura. A boca dele se retorce em constrangimento. Não deve ser muito mais velho que eu.

— Sinto muito, mas me mandaram fazer isto.

Ele fecha as lâminas da tesoura no meu cartão.

— Mas que c…! — grito, me empertigando. Mas é tarde demais. O plástico cai em duas metades sobre o balcão.

Todos ficam em silêncio, me encarando. Até a música parou. O bartender retira o copo da minha mão.

— Alguém chamado Ba disse que você precisa ir para casa estudar.

11

SOPHIE

Bato à porta de Emma, mas, embora o corredor cheire à pizza de pepperoni, ela não responde. Bato com mais força, fazendo com que a gravura de flores de cerejeira balance no prego. Não há luz saindo pela fresta debaixo da porta. Ela deve ter saído com amigos.

Eu me recurvo, derrotada, enquanto saio para a noite úmida outra vez. Como cheguei a este ponto? Sem aula de IA, sem projeto, sem emprego. Sou um completo desastre.

Perambulo pela quadra do campus, passando pelos prédios antigos e silenciosos e por dormitórios de onde música alta escapa, até minhas pernas começarem a tremer. Então me sento em um banco com vista para a Biblioteca Baker-Berry e olho para o triângulo torto da constelação de Capricórnio. As nuvens finalmente se dispersaram, tarde demais. Agora não importa se estou seca ou não.

Um buraco se abre em meu estômago quando me dou conta de que não tenho um único amigo dentro de um raio de cento e cinquenta quilômetros.

Pego o celular, mas Ever já está dormindo a uma hora dessas. Rick também, em Yale — ou talvez esteja na rua, na balada com os colegas do time de futebol americano. Mamãe deve estar acordada, pagando contas, mas não quero preocupá-la quando já tem tantos outros problemas, sem falar que, se eu ouvir mais um comentário do tipo SOPHIE-FICA--COMIGO agora, vou morrer.

Começo a digitar uma mensagem para Xavier:

Tá ocupado?

Quando aperto o botão de enviar, meu celular toca com uma ligação.

O rosto de Xavier aparece na minha tela.

12
XAVIER

Sophie surge na minha tela. Seu rosto está corado. Suavizado, redondo. Olhos luminosos. Está em uma área aberta, vestida para fazer um discurso diante das Nações Unidas. As silhuetas roxas de árvores estão borradas atrás dela.

Ao mesmo tempo, recebo a notificação de uma mensagem:

> Tá ocupado?

— Xavier? — Ela arregala os olhos.

— Você acabou de me mandar uma mensagem?

— Mandei, mas aí você ligou!

— Que estranho — dizemos ao mesmo tempo.

Eu liguei por impulso. Depois que meu cartão foi partido em dois, todos se mandaram. Outra vez. Ba tem um dom para fazer esse tipo de coisa acontecer. E eu estava mesmo precisando de um amigo hoje. Um amigo *de verdade*. O tipo que fica esperando no aeroporto quando todos os outros fogem. Por mais que tenha sido humilhante para mim ela ter visto aquilo, Sophie me mostrou ser uma amiga verdadeira quando continuou lá.

— Onde você tá? — ela pergunta.

— Observatório Griffith. — Deixo o caderno de desenho no banco e viro o celular para mostrar a ela a construção em forma de domo atrás de mim, brilhando, branca, contra a noite. Depois viro a tela na minha direção outra vez. — Pedi para o motorista me trazer até aqui. Só estou... olhando para Capricórnio.

— Mentira. Eu também. — Há um vazio nos olhos dela.

— Noite de merda?

— É. E você?

— Também, mas conta você primeiro. Parece que a sua foi pior.

Ela suspira. Praticamente vomita a história: o projeto rejeitado, depois a entrevista fracassada com o gerente.

— Não era meu trabalho dos sonhos nem nada do tipo, mas eu precisava dele. Me arrumei toda! Disse ao cara que sabia trocar lâmpadas! Devo ter parecido tão idiota. — Ela enterra a cabeça nas mãos e agita os cabelos escuros.

— Puta merda, Sophie. Por que você se importa com o que ele acha?

— Porque preciso de um emprego! As pessoas em geral precisam, sabe. — Ela solta um grunhido. — Foi tão horrível. O cara ficou morrendo de medo de mim. Essa foi a *pior* parte. — Sophie suspira. — Tenho tantas expectativas para Dartmouth, mas sempre acabo me sabotando. Posso ser um... furacão.

— Como assim? — pergunto, mas acho que entendo. Tive contato em primeira mão com esse furacão durante o verão passado.

— É só que eu fico tão... empolgada... com as coisas. Aí nem percebo o que mais tá rolando ao redor. Que nem na aula. Acabei indo me sentar na primeira fila com os monitores... e agora o monitor-chefe acha que estou atirando para todo lado. Você sabe. Ambiciosa demais.

— Não me sento na primeira fila, mas também não é a pior coisa do mundo.

— É, mas aí teve a história do *vídeo*. — Ela me explica tudo, e o abro no celular. — Gravei aquilo só para *Ever*. Como foi parar em todos os cantos? Sou, tipo, uma entre só mais dez outras garotas tentando entrar nessa turma. Aquilo lá já é uma verdadeira caverna cheia de testosterona. Fiquei parecendo tão... imatura! Mal consegui dar as caras depois.

— Duas mil visualizações!

— O quê? Ah, não.

— Deixa eu assistir.

— Não, não assiste! — grita Sophie, mas já apertei o *play*. O pincel desliza pela pálpebra dela, pintando-a de um azul-suave, enquanto ela explica: — "O segredo é esfumar bem. Vai com calma. Tem que ser paciente para deixar os tons equilibrados..."

— Desliga isso! — grita ela, mas o vídeo é bom de verdade. Assisto até o final, quando Sophie sopra um beijo para a câmera e dá uma piscadela provocante.

— Ficou ótimo — digo com sinceridade. — Você tá incrível. Aquele vermelho cai muito bem em você.

— Eu devia deletar de uma vez.

— Porra nenhuma. Você devia era postar mais.

— Postar *mais*?

— Não deixa essas pessoas vencerem. Não deixa elas te dizerem como você tem que ser.

Uma pausa. Ela inspira um fôlego trêmulo.

— Nunca pensei por esse lado.

— E quanto àquele gerente de hoje — digo lentamente.

— Sinceramente? Ele com certeza te achou linda e ficou com mais medo de acabar saindo da linha se te contratasse do que qualquer outra coisa.

Outra pausa.

— Isso é *horrível*... e é muita presunção minha concordar... mas você pode ter razão. — Ela suspira. — Um lembrete para mim mesma: não agarre o braço de caras aleatórios.

Abro um sorriso torto.

— E o que você vai fazer agora?

— Bom, se eu conseguisse um estágio no Vale do Silício por intermédio de Horvath, seria dez vezes melhor do que um emprego no campus, então... — Ela penteia os cabelos com os dedos para afastá-los do rosto. — E você? O que aconteceu?

— Saí com uns colegas. — Reconto minha noite aleatória. — Estava indo tudo certo. Aí o barman chega e corta meu cartão de crédito no meio. Depois disso, todo mundo... se mandou.

— Ugh. Deve ter sido uma merda.

— Eu queria provar que não era um fracassado.

— Você? Sinceramente, você não precisa se esforçar para conquistar ninguém. — Ela pausa, como se estivesse escolhendo as palavras seguintes com cuidado. — Mas você meio que tem essa armadura ao seu redor, sabe? Talvez se sinta solitário porque não deixa ninguém chegar perto. De quem você é de verdade.

Solto uma bufada de desdém.

— Ninguém quer saber quem eu sou de verdade. As pessoas gostam mais da armadura. O cara que banca todos os drinques.

— Não dá para pagar as pessoas para se importarem com você.

Franzo a testa. Eu disse a mesma coisa ao reitor.

— Acho que eu estava tentando provar para *mim mesmo* que não sou um fracassado. — Me surpreendo ao contar algo assim a ela.

— Ah, para. Claro que você não é.

— Você ouviu o meu pai. — Talvez seja por isso que estou contando tudo a Sophie. Porque ela ficou lá comigo. *Continua* comigo. — Todo mundo do Barco do Amor entrou para alguma faculdade de elite. Os meus primos podiam criar o próprio campeonato da Ivy League. Estão tentando entrar na lista da *Forbes 30 Under 30*. E aí tem eu. Um merda que não consegue nem *ler*. — Nunca expressei isso de uma maneira tão honesta para outra pessoa. Mas, com o reitor sabendo, meus professores novos e Ever Wong também, acaba simplesmente saindo.

— Você nunca me disse que era ruim assim, mas meio que adivinhei. — Ela não está me julgando. Eu não sabia ao certo se ela faria isso. — Verdade, ler é importante, mas, se você for pensar, muita gente sabe ler. Mas pouca gente sabe fazer o que você faz. A sua arte. É tipo… um milagre.

— Hum — exclamo, com a expressão séria. "Milagre" é um pouco demais, mas… Sophie também é. Solto uma gargalhada. — Haha, Sophie Ha.

— Não fale meu nome em vão! O Senhor *Yeh* é meu pastor, nada me faltará!

— Você é tão esquisita. — Rio outra vez e me deito de costas. Rir me faz bem. — Você acaba comigo, Sophie. — Ela não era assim no verão. Na época, parecia que ela estava sempre posando, atuando. Deixando que as pessoas vissem apenas as partes que ela queria.

Mais ou menos como eu faço.

— Você já deve ter ouvido isso antes, mas tem várias pessoas famosas por aí com dislexia, que dizem que só são incríveis do jeito que são por causa dela.

— É, já ouvi, sim. É só que… minha família trata essa questão de um jeito diferente.

As metades do cartão de crédito escorregam para fora do meu bolso e caem no chão. Pego os pedaços e me sento outra vez. — Bom, isso tudo só confirma que preciso mesmo me libertar do controle do meu pai. Fazer aquelas avaliações diagnósticas imbecis. Descobrir como terminar o último ano.

Meu motorista acena da calçada. Meu tempo acabou. Pego meu caderno e começo a caminhar na direção dele.

— Qualquer que seja a merda que a vida jogue no seu caminho, eu… estou aqui, tá? — diz ela. — Para o que puder ajudar. Tipo, todos aqueles deveres te sufocando… você podia tentar dar um jeito de juntar tudo.

— Valeu. Nunca pensei nisso.

— Mas tenho que te perguntar… Aquela sua poupança vale mesmo ter que passar por tudo isso com seu pai? Será que não são ações ou coisa que você nem possa usar?

— É dinheiro de investimentos imobiliários. Não tem nada a ver com a Folha de Dragão. A família da minha mãe mora em Taipei desde os anos 1750. Naquela época, eles eram proprietários de muita terra. Acabaram construindo vários hotéis.

— Então deve valer um bocado.

— Não me importa quanto. Contanto que seja o suficiente para me livrar de Ba.

— É só que… esse não parece você. Podia simplesmente deixar tudo para trás. Fazer arte e ganhar seu dinheiro com ela. Construir sua vida da maneira como você quer que seja.

— Aí Ba vai mandar Ken-Tek e Ken-Wei para me arrastar de volta. Não tem saída. O único jeito de escapar é aguentando. — Meu motorista abre a porta de trás do carro e deslizo para dentro, me sentando no banco de couro. Levo um giz ao papel e desenho aquelas caixas concêntricas vazias. — Sinceramente, Sophie, não posso deixar ele ficar com o dinheiro da minha mãe. Ela queria que fosse meu... acho. *Mas, se ela pudesse me ver agora, será que continuaria pensando do mesmo jeito?*

— Claro que ela queria.

— Queria poder perguntar... tem tanta coisa que nunca perguntei. Mas um dia, ela simplesmente... não estava mais aqui.

— Você precisa se libertar do seu pai. Do seu jeito. — Ela arregala os olhos. — E tem que fazer o que for preciso para isso.

Ela entende. Isso também me faz bem. Deus, somos tão melhores como amigos do que como namorados, e estou grato por termos chegado a este ponto.

— É esse o plano — digo. Então desenho uma linha denteada e irregular escapando das caixas enquanto o motorista segue para o meu apartamento.

13

SOPHIE

A ligação... tudo nela me deixa aliviada. Como os olhos castanho-escuros de Xavier vão de assombrados para vários tons mais claros. Como permiti que ele visse toda a merda na minha vida, e ele me permitiu ver a dele. Como ele está determinado a escapar do controle do pai. Como estou lutando contra meu furacão. Como ele entendeu o que deu errado hoje melhor do que eu mesma.

E *você devia postar mais*. Com quatro palavrinhas, ele transformou minha vergonha em algo bom. Algo pelo que batalhar.

Somos amigos. Amigos que cuidam um do outro.

Talvez seja por isso que me sinto pronta para revelar:

— Aliás, conheci uma antiga amiga sua. Emma Shin. É minha colega de turma.

— Emma Shin? Uau. Põe antiga nisso.

— Ela comentou que vocês eram prometidos.

— Ah, é. — Ele ri. — A união dos impérios.

— Foi *isso mesmo* que ela disse. Uma fofura. — Uma semente de bordo pousa em meu sapato. Eu me abaixo para pegá-la. Emma queria que eu os apresentasse outra vez...

mas, quando eu fizer isso, será que ele vai passar a ligar para *ela* para pedir ajuda com *Hamlet* e seus desastres em bares?

— Ela continua interessada no espaço sideral? — Xavier pergunta. — Ela queria ser astronauta quando pequena.

— Não sei. Ela está fazendo o projeto de ciência da computação com imagens de satélite para prever desastres climáticos.

— Ela estava sempre querendo salvar o mundo. Que nem a Lulu.

— Dá para imaginar isso. — Emma é uma pessoa genuinamente boa. A verdade é que seria bom para Xavier poder retomar a amizade com ela. A velha Sophie teria tentado ficar com ele só para si, querendo tanto que ele a escolhesse que seu coração não suportaria qualquer outra opção… mas não quero ser a velha Sophie.

— Vou falar para ela que você disse oi. Posso passar seu contato?

— Seria ótimo. Ela é gente boa.

— E inteligente demais. O pai dela também estudou aqui em Dartmouth.

— Não me surpreende. A família dela é muito bem relacionada. Ele até foi convidado para jantar na Casa Branca e tudo.

Uma verdadeira princesa dos dias modernos, só falta a tiara.

— Depois de conhecer ela, nem consegui acreditar que *nós dois* namoramos no verão.

Eita. Não tinha sido minha intenção relembrar *isso*. Não quando estamos tão sólidos na esfera da amizade.

— Quer dizer, quase não valeu. — acrescento às pressas. Giro a semente entre os dedos. — Escuta, melhor eu deixar você desligar. Seu motorista já deve estar para estacionar e…

De volta a Taipei   **119**

— Não foi tão ruim assim. A gente se divertia. Às vezes.
— Ele faz uma pausa. — Mas você fez a coisa certa quando terminou comigo.

— *Eu* terminei? Só oficializei as coisas.

— E foi a escolha certa para garantir a paz mundial.

— O quê? Foi ruim *assim?* — Começo a me lembrar da briga na boate, Rick me puxando para me forçar a soltar Xavier. Esmago a semente na mão, desejando poder apagar aquele momento. Sem mencionar tudo o que aconteceu depois. — Tá, foi, foi, sim. A gente estava tentando entender o que queria da vida, correndo atrás das coisas erradas. Bom, pelo menos eu estava.

— Eu também. Provavelmente ainda estou.

— Bom, então para! — exclamo. Ele ri. — Só sei que não posso mais ser louca daquele jeito.

Uma pausa.

— Então quer dizer que eu te deixo louca?

Reviro os olhos.

— É, tipo agora! — Solto um suspiro e caminho na direção das luzes do Lord Hall. — Tá, preciso trabalhar na minha proposta. Para de me encher o saco.

Ele volta a rir.

— Ok, Sophie Ha. Haha.

Meu nome — aí está outra vez. Odeio como meu coração engasga como se fosse um feitiço que ele me lançou. Respondo na mesma moeda, embora duvide que nos deixe quites.

— Ok, *Xavier Yeh.*

Tenho que me apaixonar por um novo projeto. É isso. Domingo à noite, Emma aparece para estudar comigo e, quando lhe digo que Xavier mandou um oi, o rosto dela se ilumina. Envio uma mensagem para os dois, fazendo a ponte, e Emma escreve para ele separadamente. Isso faz eu me sentir bem, como se estivesse fortalecendo todos nós. E enterrando a velha Sophie.

Durante a hora seguinte, mastigo um bolo lunar com recheio de pasta de feijão vermelho e pesquiso como aplicar aprendizagem profunda a amostras de tecido cancerígeno. Dou uma olhada nas recomendações de Victor sobre radiologistas e ebola. Passo os olhos pelos trabalhos da Cruz Vermelha, pelos filmes de realidade virtual que criaram para sensibilizar o público a respeito das dificuldades enfrentadas nos campos de refugiados.

— Se eu tivesse milhões de dólares, doaria tudo para a Cruz Vermelha — comento com Emma, que está afundada na minha cadeira, os cabelos pretos presos por um elástico cor-de-rosa. — Mas acho isso tudo tão... chato. Preferia folhear a *Vogue*. Isso faz de mim uma pessoa superficial?

— Claro que não. Mas pode acabar dando essa impressão para certas pessoas.

Ótimo. Suspiro e abro o rascunho do meu aplicativo Espelho, Espelho Meu no notebook. Uma centena de próximos passos me salta aos olhos. Adiciono mais categorias ao questionário para os usuários, com objetivo de capturar mais dados sobre os quais Horvath falou. Comprimento de segmentos corporais: braços, torso, pernas. Tamanho de blusas e de calças, quadris, cintura, busto. Ele tinha razão em dizer que precisava de mais dados. Vou passando pelos vários vestidos no meu *feed* do Instagram, colocando etiquetas que os categorizem, como designer, cor, estilo e até o tipo de mangas. Quando dou por mim, já adicionei todas as quinhentas amostras.

Começo a balançar as pernas e cantarolar.

— A pesquisa tá indo bem? — Emma indaga.

— Estava trabalhando no Espelho, Espelho Meu — admito. — Para ser sincera, não consigo pensar em mais nada em que eu pudesse gostar de trabalhar. Adoro brincar com texturas, estampas e modelos. É como resolver um quebra-cabeça.

— Você tem um bom olho para moda. — Emma espreme um bocadinho de loção de pera na palma da mão. — Notei isso logo de cara.

Ela tem sempre uma palavra de encorajamento. Trabalhamos mais um pouco em silêncio, o ambiente confortável e com aroma de pera. Então me lembro.

— Xavier comentou que você queria ser astronauta.

Emma arregala os olhos.

— Meu Deus, tinha me esquecido totalmente disso. Ele se lembra? — Ela sorri e gesticula para seu projeto, cheio de dados da NASA e outras instituições parecidas. — Ainda me interesso por assuntos relacionados ao espaço.

O projeto dela é todo feito de cálculos intensos e ciência seriamente HARDCORE. Percorro com um dedo meu aplicativo azul-bebê com o esboço de uma mulher. Ao lado do projeto de Emma, o meu de fato *parece* leve e superficial. Mas quanto mais tempo passo trabalhando nele, mais quero que funcione.

Talvez haja alguma outra maneira de mudar a opinião do professor Horvath.

Abro a internet outra vez e pesquiso por moda e inteligência artificial. Encontro modelos lindas vestidas em estampas estonteantes, como se fossem aquarelas, pinturas a óleo, obras de arte. Poderia estudá-las por horas a fio: como aquele vestido modelo sereia se alinha àquelas botas, ou como o colar certo balanceia aquele decote alto e fechado... mas agora enxergo tudo com outros olhos.

— "A indústria da moda é uma das maiores do mundo, gerando mais de dois trilhões de dólares" — leio o trecho de um artigo. — "Grandes marcas estão fazendo uso de recursos de IA para refinar *chatbots* e fazer com que seus produtos alcancem mais consumidores." Não entendo. Nada disso tem importância para Horvath?

Emma brinca com a pulseira de flor de cerejeira.

— Minha mãe trabalha com capital de risco. Ela diz que tudo que vem de mulheres sempre precisa ser muito mais impressionante para ser levado em conta.

Franzo a testa.

— Então o que preciso fazer para Horvath levar minha proposta a sério?

— Mudar de projeto. — Emma ri.

— Argh. — Atiro meu travesseiro na cabeça dela, que desvia. — Tá bom. Vou pedir ajuda aos universitários.

Entro no grupo do Barco do Amor, que já se expandiu para mais de cem participantes.

> Gente, levei bomba na minha proposta de IA. Queria fazer um *bot* estilista, mas meu professor matou a ideia. Alguma outra sugestão de *bot* que posso fazer?

Marc
Um de escrita.

Spencer
Um *bot* que ajude a decidir em quais candidatos locais votar.

Pierre

Eu ia adorar um app para me ajudar a achar os melhores rolinhos primavera aqui em Virgínia.

Rick

Estou fazendo uma análise de talento esportivo para ajudar agentes a criar bons times.

Com licença, como um analista de talento esportivo pode ser mais importante que um *bot* estilista?

Rick

Eu nunca disse que era.

Hum. Como exercício, pesquiso qual é o valor do mercado de esportes. O número mais alto que consigo encontrar é um trilhão e trezentos bilhões de dólares.

— Metade do valor da indústria de moda — comento com Emma.

Meu celular apita com uma notificação.

Debra

Dá uma olhada no post do Blog de Beleza: "moda digital – a próxima onda?"

Espera, não é isso mesmo que estou tentando fazer?

Desencorajada, abro o blog, que publicou um artigo sobre uma butique de roupas de Taipei que adoro. O logotipo — um espelho de mão dourado com as palavras "Seda Mágica" escritas em letras lilases — está bem no topo da página.

Amo as roupas da loja — elas têm tons elegantes e divertidos, misturas inspiradoras de textura e até tecidos tropicais pintados à mão. Mas não tenho dinheiro para comprar nada de lá. Meu vestido tangerina favorito é deles, um presente da tia Claire que usei o verão inteiro. Cheguei até a procurar imitações das roupas deles nas feiras noturnas, mas não encontrei nada. São *indie* demais para serem pirateadas, parece.

E criaram um estilista digital ultrassecreto chamado Espelho Mágico.

Podemos escanear seu corpo para determinar quais modelos de roupa lhe cairiam melhor. Escolha entre milhares de itens adequados com apenas o clique.

— Cheguei tarde demais — digo.

Emma olha para cima.

— O quê?

"O Espelho Mágico está em fase de teste beta no momento", diz Rose Chan, gerente geral. "Mal podemos esperar para revelá-lo ao mundo."

Mostro o artigo para Emma.

— Já tem alguém fazendo o meu projeto. Tem até o mesmo nome.

— O que significa que é um projeto interessante. Aposto que tem mais gente desenvolvendo coisas parecidas. E prefiro o nome do seu app: Espelho, Espelho Meu.

— Então é real! — Começo a caminhar pelo quarto, encorajada. — É exatamente isso que eu quero fazer!

— Por que você não mostra o artigo a Horvath?

Paro diante dela, franzindo a testa.

— Até poderia, mas quase não tem informação disponível. Nem uma imagem do aplicativo.

— Você podia tentar ligar para eles... Pedir para fazer uma entrevista. Pode ser que estejam dispostos a falar com uma aluna de Dartmouth.

— É assim que as coisas funcionam? — Minha mente está latejando com todas as possibilidades. — E se eu conseguir *mesmo* conversar com eles? — Vou até o final da página em busca de informações de contato, passando por modelos vestindo corpetes elegantes. — É manhã de segunda em Taipei, a loja já deve estar aberta. Meu Deus! Talvez eu consiga mesmo falar com alguém.

O número de contato me conecta a uma voz robótica que me pede o nome e o motivo da ligação. Provavelmente é um sistema baseado em inteligência artificial. Se tiver metade da eficiência do *bot* estilista deles, talvez consiga me direcionar à pessoa com quem preciso falar. Mas nenhuma das opções inclui "posso entrevistar o inventor do seu *bot* estilista?"

Vou me perdendo em um labirinto de respostas gravadas. Estou prestes a desligar, desesperada, quando uma mulher diz:

— *Wéi, nǐ hǎo?*

Uma pessoa de verdade! Começo a falar em mandarim:

— Oi, estudo na Universidade de Dartmouth. Li sobre o app estilista da loja e queria saber se poderia conversar com alguém a respeito.

— Sinto muito, não sei nada sobre isso. Aqui é só o departamento de atendimento ao consumidor.

— A senhora saberia dizer qual departamento está trabalhando no aplicativo?

— Não sei. Tente ligar para a sede.

— Espera, não desligue! — exclamo. — Qual é o número de lá?

126   Abigail Hing Wen

Mas a pessoa já desligou. Solto um suspiro. Ligar para a sede não era uma opção no labirinto.

— Nada? — Emma pergunta.

— *Niente.*

— Vai ver você podia mandar uma mensagem para eles no Instagram? — Ela passa o dedo pela tela do celular. — Uau, mais de um milhão de seguidores! Deixa para lá.

Meu coração afunda no peito e abro o perfil da loja no meu aplicativo.

— E só seguem noventa e nove pessoas. — Eu me atiro ao lado de Emma. — Isso é que é ter poder nas redes sociais. Horvath vai ter que levar essa indústria a sério.

Mesmo assim, envio uma mensagem pelo Instagram.

> Olá! Sou caloura na Universidade de Dartmouth e estou pesquisando o uso de aprendizagem profunda na moda. Li a respeito do app estilista de vocês e queria saber se existe alguma chance de entrevistar alguém sobre o assunto.

— As chances são bem baixas — admito. Mais de um milhão de seguidores! Mas cruzo os dedos para Emma. — Não custa tentar, né?

Ela faz dois sinais de positivo para mim.

— Vai na fé. Arrasa, Sophie!

Checo minhas DMs de maneira obsessiva durante as vinte e quatro horas seguintes, ligo para a sede da Seda Mágica e sou redirecionada ao departamento de atendimento ao consumidor quatro vezes. Descubro um endereço de e-mail e lhes envio a mesma mensagem, mas recebo uma resposta automática. Xavier me escreve fazendo algumas perguntas sobre uma avaliação diagnóstica que fez. Respondo e acrescento:

> Acho que encontrei uma saída!
> Me deseje sorte!

> Boa sorte!

— Estou ficando sem tempo — comento com Emma. Estou começando a sentir algo que não é bem desespero, mas também não está muito longe disso.

Ela gira a caneta na mão.

— Isso é tipo ligar para o Google ou para o Facebook e pedir os algoritmos secretos deles. Você não tem acesso às pessoas certas. Conhece alguém que talvez tenha um contato lá dentro? Você precisa de uma abertura.

— Mandei um e-mail para minha tia que mora em Taipei, mas ela acabou de ter um bebê. Acho que não vai ficar olhando a caixa de e-mail agora.

— Se você conseguisse uma entrevista exclusiva, Horvath ia adorar.

Entrevista exclusiva? Uau, ela está mesmo em um nível totalmente diferente do meu.

— Se eu conseguisse *qualquer* tipo de entrevista! — Volto a olhar o Instagram. Parece que virei uma *stalker*. As pessoas ficam atrás de celebridades e dos *crushes*, mas agora estou perseguindo um *bot* de moda...

Estou virando uma nerd!

Clico na lista de contas que a loja segue, na remota possibilidade de eu conhecer alguém que conhece alguém que conhece alguém entre aquelas noventa e nove pessoas. Passo por Oscar de la Renta, Louis Vuitton e Prabal Gurung.

Deixo escapar uma risadinha.

— Sem chance. — Passo pela conta do príncipe de Marrocos e da princesa Asuka, do Japão.

Então me deparo com um dragão roxo.

Não acredito.

Xavier Yeh.

14
XAVIER

— **Xiang-Ping. O reitor Ramchandran** me telefonou. —
A voz de Ba é dura pelo celular. Afasto o cabelo do rosto e
estreito os olhos contra a luz da manhã, tentando acompa-
nhar o que Ba está dizendo e me perguntando por que sequer
acordei para atender a ligação. — Você foi reprovado...
Um ruído estrondoso explode no meu ouvido. Afasto o
telefone da orelha para fugir das vozes furiosas ao fundo. Parece até uma revolta. Não que eu consiga imaginar uma nas
ruas de Taipei. Ba xinga longe do telefone. Algo está errado.
Normalmente, nada o abala.
Estou curioso, mas não o suficiente para perguntar.
Ele voltou.
— Você foi muito mal nas suas avaliações diagnósticas.
Fui? Sinto o coração afundar.
— Achei que tinha ido bem. — Para começar, apareci
no sábado. Foi minha primeira rodada completa de testes; os
que fiz há alguns anos foram todos às escondidas, com um
psicólogo que sequer sabia meu nome verdadeiro. Foi uma
avaliação oral com diversos quebra-cabeças que me deram a

impressão de que eu tinha mesmo um cérebro. E eu sabia até mais do que imaginava, graças a filmes e vídeos do YouTube. Até confirmei com Sophie a resposta de uma das perguntas sobre a qual não tinha certeza, e acertei.

— Sua capacidade de leitura não se equipara nem à de uma criança de oito anos!

O poço do qual acabei de sair, aos trancos e barrancos... acabo de descobrir que estava dentro de outro ainda mais fundo. Me sento na cama e atiro as cobertas para longe.

— Bom, o que você esperava? — explodo.

— Não sabia que era ruim assim!

— Agora sabe. — E se ninguém tinha ideia do quanto minha situação é ruim, então quer dizer que tudo que o reitor disse a respeito de me fazer cruzar a linha de chegada... ele estava errado?

— O reitor Ramchandran disse que você se recusou a comparecer à avaliação com o especialista no primeiro dia.

Valeu, reitor.

— Você também.

O tom dele se torna afiado.

— Mandei Mike no meu lugar.

— Eu também mandei Mike no meu lugar.

Ba xinga. A milhares de quilômetros de distância, ele não tem o poder de me obrigar a sair desta cama. Quando eu estiver mais desperto, talvez me arrependa de testar tanto assim os limites dele. Ba vai me fazer pagar por isso em algum momento. Mas, por ora, posso saborear ter conseguido ganhar alguma rara vantagem em cima dele.

— Contratei um professor particular para estudar com você todas as noites.

— Não preciso de outra pessoa enchendo o meu saco.

— É o maior especialista em leitura do mundo. Além disso, não vai dar para você comparecer ao Festival da Lua este fim de semana. Direi a Bernard para não ir buscá-lo. Estou lidando com problemas na empresa... não é uma boa hora para você estar aqui.

— Não tinha planejado ir mesmo.

—Aprenda a ler, Xiang-Ping! Sei que você tem inteligência para isso!

— Não entendo você. Primeiro diz que eu sou um idiota. Agora diz que tenho inteligência. Não dá para ser as duas coisas ao mesmo tempo, Ba.

—A língua chinesa é pictórica. É *mais fácil* para os disléxicos. Ainda assim, você nunca aprendeu os caracteres. Você desperdiça seu tempo. O que lhe falta é *vontade*.

Ele já tagarelou sobre tempo e vontade antes, mas não em relação ao mandarim. Subitamente, nauseantemente, tenho certeza de que ele tem razão. Outros disléxicos parecem se dar bem com os pictogramas. Já eu... me faltam parafusos. E com a escrita também. Ontem à noite, tentei usar um software de ditado para escrever minha redação de inglês e acabei encarando minha tela vazia durante duas horas. É como se eu não tivesse os músculos necessários para fazer nada disso. Vou levar meses para redigir uma redação de três páginas. Se tiver que escrever mais de uma, melhor jogar a toalha de uma vez.

— O reitor Ramchandran vai ajudá-lo — continua Ba. — É uma boa escola, Xiang-Ping. Você recebeu todos os tipos de vantagens. Eu o enviei para os Estados Unidos para poder receber a melhor educação. Você ter se saído tão mal reflete em mim.

— Foi mal por fazer você se sentir um bosta.

Bing. A foto ensolarada de Sophie surge na tela do meu celular com uma videochamada. Graças a Deus.

— Tenho que ir, velho. Um prazer falar com você, como sempre.

Encerro a ligação antes que ele possa responder e atendo a de Sophie

— Oi, Sophie.

— Oi, Xavier. — Há montanhas verdejantes sob um céu azul atrás dela. É um alívio vê-la, feito comer doce de pilriteiro depois de tomar um xarope chinês amargo. — Desculpa ligar tão cedo assim.

— Não, foi ótimo você ter ligado. — Coloco as pernas para fora da cama e abro as persianas. Venho pensando nela desde a nossa última conversa. Por que, exatamente, as coisas não deram certo entre nós no Barco do Amor? Ela gostava da persona que criei, e eu não tinha problema com aquilo. Mas logo começou a querer mais e a me pressionar. Talvez tenha sido aquele furacão, mas Sophie me afetou e acho que entrei em pânico. Ela tinha razão, no entanto, sobre deixar as pessoas me conhecerem de verdade. — E aí?

— Não ri, tá? Mas posso te perguntar uma coisa?

— Por que eu riria?

— Estou correndo atrás de uma empresa de moda que está desenvolvendo um *bot* estilista. A marca segue você no Instagram. Seda Mágica. Você conhece?

— Acho que não. Deixa eu dar uma olhada. — Abro o aplicativo. Meu número de seguidores saltou para dezenas. Como foi que isso aconteceu? Só postei a foto dos esquilos e a de uma mulher vendendo churros, e foi mais para Sophie ver. Nem me dei ao trabalho de tentar ler as configurações de privacidade, e agora queria ter feito isso.

De volta a Taipei 133

— Qual é o ícone deles?

— Um espelho de mão.

Meus seguidores e as contas que sigo já são muitos agora, então não consigo saber o que é o que até entrar em cada lista. Sophie e minha prima Glória estão em ambas. Mas a maioria dos artistas que eu sigo não me segue de volta. O que não é um problema. Não esperaria diferente.

Saio de uma lista e checo a outra, até chegar ao ícone de um espelho dourado antigo: uma forma oval circunscrevendo um diamante inclinado, com outra forma oval de vidro, menor, incrustada.

— A minha família é dona dessa loja.

Ela solta um suspiro.

— Claro que é.

— Como posso ajudar?

— Eu, tipo, odeio pedir favores, mas você estaria disposto a me apresentar para essas pessoas?

— Para minha família? — Não faz sentido para mim; uma zona desmilitarizada separa minha família do restante do mundo. Um lado não se comunica com o outro. — Você já conheceu dois membros disfuncionais dos Yeh. Quer conhecer mais?

— Quero criar um *bot* estilista para o meu projeto de ciência da computação — ela explica. —A minha esperança é que, se eu conseguir entrevistar o inventor do app Espelho Mágico, eu possa mostrar ao meu professor que é um projeto sério. E, quem sabe, conseguir umas dicas de como desenvolver o meu próprio programa.

— É a minha tia quem chefia a Seda Mágica — digo. — Eu, hum, não sei qual é o nome em inglês dela. Chamo ela de Tia Três, e o resto das pessoas usa o nome chinês.

— É Rose? Rose Chan? Citaram ela no blog.

— É, é isso. É a mãe da minha prima Lulu. A terceira irmã do meu pai. Mora em Taipei. Eu costumava visitar o armazém deles com a minha mãe. — São boas lembranças. Xícaras de chá quente. Rolos vibrantes de tecido com fios de ouro em um cômodo confortável enquanto minha mãe e minha tia fofocavam sobre a família. Não conheço a Tia Três tão bem assim, porque faz anos que não a visito.

— Posso tentar fazer uma videochamada com ela, quem sabe? Eu tenho tantas perguntas! Tipo, como o Espelho Mágico faz recomendações... como identifica o que pode funcionar melhor para um usuário.

— Saquei. — Não me importaria em conectar as duas. É tão raro eu ter algo a oferecer a alguém, e quero ajudar Sophie depois de tudo o que ela fez por mim. — Me deixa pensar em como fazer as coisas funcionarem. A Lulu meio que me odeia, e minha tia odeia o meu Ba. Mas, por sorte, eu também odeio ele.

Sophie solta um grunhido.

— Foi mal. Minha família é complicada. — Faço uma careta. — Pode ser que ela negue se for eu quem pedir. Vai ver seria até melhor se você mesma ligasse.

— Já tentei. Eles têm mais de um milhão de seguidores.

— Bem mais do que eu. — Nada atípico para minha família. Sempre no meio de coisas famosinhas. — O outro problema é que tenho quase certeza de que ela não vai querer falar sobre isso ao telefone. Ou pelo menos sobre nada que vá ser útil. É a política da Folha de Dragão. Eles fazem reuniões ao vivo. Já aconteceu de terem a internet e os telefones grampeados pela concorrência.

— Ai, não. Então estou de volta à estaca zero. Não dá para eu ir até Taipei.

Bernard a levaria no jatinho dos Yeh se eu pedisse, mas, droga, acabei de concordar com Ba que não iria.

— Espera um segundo.

Dito uma mensagem de texto para Ba:

> Mudei de ideia. Preciso ir para casa para o festival da lua no fim de semana. Vou ligar para Bernard e me acertar com ele.

A resposta vem imediatamente:

> Fique onde está e passe nas provas.

> É o aniversário de oitenta e oito anos de Ye-Ye. E o festival da lua

> Podemos admirar a mesma lua de longe. Você nunca se importou em visitar. Reclama com Bernard todos os anos.

— Valeu por me entregar, Bernard — resmungo. Embora ele provavelmente estivesse tentando me livrar de comparecer.

> Não se esqueça do nosso acordo. Forme-se, ou não vai tocar em um centavo daquela poupança.

Esta conversa não vai a lugar nenhum.

— Ei, Sophie?

— Hum?

— Era para eu ir para Taipei no fim de semana. Para o Festival da Lua.

— Sortudo! Sou obcecada por bolos lunares.

— Bom, meu pai acabou de cancelar meu voo. Não sei se vou conseguir fazer ele voltar atrás. Mas, se eu conseguir, você pode vir comigo no jatinho. A gente sairia na quinta.

— O quê? Você faria isso? É muito generoso da sua parte!

— Bom, tenho que desenrolar isso primeiro.

— Só tem mais dois dias! Estou do outro lado do país.

— Posso pedir para nosso piloto buscar você quando estiver vindo para cá. Ele está sempre levando a família de Paris para Nova York. Minhas tias e primas adoram qualquer desculpa para levar amigos para fazer compras. — Minha família. Como é que podemos ter qualquer parentesco? — Essa parte é fácil. Em geral somos só eu, vários assentos vazios e Bernard. Total desperdício de combustível.

Isso é perfeito por vários motivos. E eu poderia ver Sophie outra vez. Minha pele formiga de expectativa. Não acredito em segundas chances. Nunca voltei com uma garota depois de termos terminado, nem nunca continuei amigo delas. Não acredito que Sophie e eu possamos ter uma segunda chance. Mas *continuamos* amigos, isso já é progresso. E quero me encontrar com ela outra vez.

— Mas como você vai conseguir o jatinho?

— Meu pai quer que eu me forme. Preciso fazer uma conexão entre estar em Taipei e tirar boas notas de algum jeito.

— Tipo o meu projeto. — A voz dela tem um quê de dúvida.

Giro os números no cadeado com segredo sobre a mesinha de cabeceira. Durante todo esse tempo, Ba só me deu xeque-mates, mas agora um plano está se formando. Uma maneira de enfrentar a confusão de trabalhos e lições de casa. Uma maneira de forçar a mão de Ba como ele vem forçando a minha.

— Deixa eu falar com meus professores hoje.

Ela exibe os dentes em um sorriso.

— Não acredito que você está dizendo isso.

Sorrio. Mas tenho mesmo um plano.

— Um dos meus projetos finais é filmar um curta-metragem. Vou usar Taipei como pano de fundo.

— Um projeto? Seu pai concordaria com isso?

— Ele não vai ter escolha se esse projeto também contar como meu trabalho de história e minha prova de inglês sobre simbolismo. O Festival da Lua tem vários símbolos, e minha família tem história de sobra.

— Você vai combinar todos os três?

— Foi você quem me deu a ideia.

Puxo uma camiseta de dentro da cômoda. Nunca fiz um filme antes, apenas vídeos bobos com meu iPhone. Mas, ao contrário de editar uma página cheia de palavras, consigo costurar vários fragmentos de videoclipes com facilidade. Consigo sentir como as imagens deveriam se encaixar, o que vem em seguida e depois disso. É mais uma espécie de instinto do que qualquer outra coisa.

Talvez seja por isso que estou tão confiante de que vou conseguir dar um jeito, de uma forma que nunca me senti antes. Visto uma bermuda.

— Eles me disseram para pensar em trabalhos alternativos. Isso aumenta minhas chances de me formar.

Ela ri.

— No último Festival da Lua, rezei e pedi para que a lua me arranjasse um marido. Isto aqui é progresso, sem dúvidas.

Rio também. Sophie Ha nunca tem medo de criticar a si mesma.

— Se tiver alguma coisa que eu possa fazer para ajudar você a conquistar sua *liberdade...* — A voz dela falha. — Faço com prazer.

— Ainda nem te fiz o favor, mas com o cérebro poderoso de Sophie Ha por trás dos meus deveres de casa, pode ser que eu tenha uma chance de passar.

Ela solta um bufo.

— Nerd de aluguel. É *bem* a minha cara mesmo.

— Mas não é?

— Não sei. Mas pode ser.

Coloquei as expectativas dela lá no alto, e as minhas também... agora tenho que dar um jeito de torná-las realidade para nós dois.

— Me deseje sorte — digo.

15
SOPHIE

— **Emma!** — **A gravura de flores de cerejeira** está torta na porta dela, que está entreaberta. Eu a endireito e depois bato, então abro. — Ei, Emma! Consegui um contato no Espelho Mágico e... ah!

Emma se senta na cama depressa, e um álbum de fotografias desliza de sua calça de algodão. Ela passa a mão rapidamente pelas bochechas, que estão úmidas. Os olhos azuis estão vermelhos. Não é a mesma menina aprumada de sempre.

Alarmada, eu me aproximo.

— O que foi?

Ela abraça o travesseiro contra o peito. A mão brinca com a pulseira de flor de cerejeira. Depois, ela recoloca o álbum sobre o colo e o abre na foto de um garoto da nossa idade com cabelos pretos curtos. Está parado atrás de um balcão envidraçado cheio de joias. Seu sorriso é doce. As mãos roliças estão juntas, em concha, exibindo o bracelete que está agora no pulso de Emma.

— É a sua pulseira — digo. — Foi ele quem te deu? Quem é?

— Você lembra quando te contei que eu também tinha desistido de namorar?

— Lembro. — Me aperto ao lado dela. — Sei por que fiz isso, mas não consigo imaginar por que você faria o mesmo.

— Eu estava namorando ele. — Emma pousa um dedo esguio sobre a imagem do menino. — Miles Chen. Ele queria ser escritor. — Ela vira a página para uma fotografia dos dois sentados à beira-mar sob um guarda-sol octogonal. O vestido de alcinha amarelo dela esvoaça na brisa. A camiseta dele tem a frase NIETZSCHE ESTÁ MORTO estampada. Estão sorrindo e olhando nos olhos um do outro, os narizes a um centímetro de distância.

— Vocês parecem tão felizes. O que aconteceu?

— Ele se afogou. Faz mais ou menos um ano e meio. — Ela abraça os joelhos, e os cabelos macios caem por cima do rosto. — Foi um acidente de barco. Hoje é o aniversário dele. Ele ia fazer dezenove anos.

— Ai, meu Deus, Emma. — Como ela escondeu tudo isso? — E eu aqui, tagarelando sobre o meu projeto.

— Não, não, eu quero ouvir. São essas coisas que me fazem seguir em frente. O planeta continua girando, sabe? Minha mãe não para de me encher, dizendo para esquecer e superar, sair com outros caras. Não sei... Ainda bem que você veio. Não é um bom dia para ficar sozinha, mas... eu não tinha a energia para sair e procurar ninguém.

Quem desconfiaria que Emma tinha todo esse redemoinho dentro de si? Coloco um braço ao redor dela e a aperto.

— Como ele era?

Uma lágrima escorre pelo rosto de Emma, mas ela sorri.

— Todo desengonçado, mas de um jeito encantador. Ele lia livros sobre namoro por minha causa. Eu disse que gostava dele como era, mas mesmo assim ele sempre ficava de olho em dicas para usar comigo.

Sorrio.

— Que bobinho. E essa camiseta do Nietzsche?

— Nietzsche disse "Deus está morto". Miles brincava que foi Deus quem riu por último. — O sorriso dela se desfaz. — Ai, Sophie. Ele tinha só dezessete anos.

— Sinto muito.

Ela espirra.

— Ugh! Sou tão alérgica a New Hampshire. — Ela esfrega os olhos com um lenço de papel. — Ele vivia atrasado, mesmo para os nossos encontros. Isso me chateava... como se ele não se importasse tanto quanto eu. Como se não estivesse contando as horas para estar comigo, sabe?

— Claro que estava! — Analiso uma foto dos dois com o castelo de Magic Kingdom, na Disney, atrás. Ele a está segurando no colo. A boca de Emma está aberta com uma risada surpresa. — Vocês eram muito fofos.

— O que a gente tinha era real. — Ela faz um quadrado ao redor da imagem com o dedo. — Sei que era, e sou grata por tudo.

Os rostos radiantes na fotografia fazem meu coração ficar apertado. Não acho que esse tipo de amor esteja no meu futuro. Posso até ter escapado de ser eleita a pior pessoa do mundo no verão passado, mas continuo não sendo a protagonista de um conto de fadas. Ao contrário de Ever ou Emma, jamais serei a princesa na carruagem de ouro. Mas eu nem deveria querer isso. Tenho meu plano agora.

Emma fecha o álbum.

— No dia em que ele se afogou, a gente tinha marcado de se encontrar para comer dim sum. Achei que ele tinha se atrasado na regata e se esquecido de ligar, como sempre. Eu até já tinha uma lista de reclamações pronta para jogar em cima dele.

— Ai, Emma.

— Depois de uma coisa assim, nada mais parece um problema sério, sabe? Ela só pode ser um anjo encarnado. Enviada à Terra para fazer de mim uma pessoa melhor por osmose.

— Bom, agora quem não para de tagarelar sou eu.

— Não, fico feliz que você tenha me contado.

Ela sorri.

— Eu também. Mas você chegou toda empolgada... o que aconteceu?

Um sorriso se abre em meu rosto.

— A família do Xavier é dona da Seda Mágica.

— Mentira! — Ela balança a cabeça. — Tem alguma coisa que *não* seja dos Yeh?

Explico as conexões.

— Ele se ofereceu para me levar no jatinho dele até Taipei no fim de semana. Ainda tem que fazer alguns acertos, mas se ele conseguir dar um jeito de fazer tudo funcionar, *vou entrevistar a criadora do app. Em pessoa!*

— Que incrível!

— O timing é perfeito: meu prazo de entrega do projeto é domingo. Se eu conseguir mostrar para Horvath que esse é um projeto tecnológico de verdade até lá, então tenho boas chances de entrar para a turma. Vou poder descobrir como combinar moda e inteligência artificial. Seria tão *divertido*. E aí, se ele me considerar uma boa candidata para entrar no laboratório dele, todo mundo vai esquecer aquele vídeo de maquiagem idiota.

— É fantástico que Xavier esteja te ajudando com isso tudo. Mostra como ele é um cara legal.

Eu também venho pensando nisso. Na Xavierlândia, será que este é um favor normal, algo que se faz por qualquer amigo? Ou por um bom amigo? Não... não posso me permitir pensar que é algo maior do que é. Não posso.

— Ele faria o mesmo por qualquer um do Barco do Amor que estivesse no meu lugar. — digo, e realmente acredito nisso. — É um cara generoso. E isso tudo pode acabar ajudando ele também... mas enfim, não é nada certo ainda.

— Espero que dê certo. Taipei durante o Festival da Lua é uma delícia.

— Por que você não vai comigo? — Seguro a mão dela. — É a oportunidade perfeita! Você e Xavier podem ficar mais próximos de novo!

— Ai, meu Deus, sério? — Os olhos dela se arregalam, e ela me abraça em resposta. — Acha que ele ia se importar? Você pode perguntar?

— Claro. Ele disse que é um desperdício de combustível o jatinho levar sempre só uma ou duas pessoas.

Pego o celular e respondo ao post de Ever a respeito do teste dela:

> @Ever, é possível que eu, @Emma e @Xavier apareçamos em Taipei também!

> Para o Festival da Lua e um projeto. Vamos marcar alguma coisa!

> REUNIÃO DO BARCO DO AMOR!

O celular de Emma vibra com a notificação ao mesmo tempo que o meu.

— Ops. — Franzo a testa diante da tela iluminada. — Não era para ter postado para o grupo inteiro.

Várias respostas já estão pipocando.

> **Marc**
> Uma reunião! Quero ir também.

> **Lena**
> Queria poder ir! Tenho aula na sexta.

> **Spencer**
> Como vocês vão?

> No jatinho do Xavier.
> Se ele conseguir desenrolar.

> **Priscilla**
> Quero carona!

> **Bert**
> Também quero.

Opa. Tem gente aí que eu nem conheço.

> Calma. Tenho que perguntar, é o jatinho particular da família do Xavier.

> **Bert**
> Tá todo mundo convidado pra ficar na casa do meu tio.

De volta a Taipei 145

> **Priscilla**
> As minhas colegas de quarto do Barco estão em Taipei. Elas também iriam.

> **Priscilla**
> Vamos jantar na cantina de Chien Tan! Para todo mundo que não conseguiu encontrar um par romântico durante o Barco do Amor #segundaschancesparaoamor

Isto está saindo do controle. Abaixo o celular e olho para Emma.

— Se mais gente for também, dá para fazer uma pausinha na sexta. Por que não?

> O Taipei 101 é melhor do que o campus... Andar 88!

> **Priscilla**
> Já que você é tão legal, @Sophie, por que não organiza a reunião?

> **Ever**
> Aaaah, @Sophie, você sempre planeja as melhores festas!

— Espera, não era isso que eu tinha em mente. Não tenho tempo para planejar uma festa em Taipei — digo a Emma. — Tenho que trabalhar na minha proposta.

> **Priscilla**
> Ela só gosta de falar, mas fazer, que é bom...

Ui.

— Quem é essa Priscilla? — pergunto a Emma.

— Era do meu programa — responde ela, com ar arrependido. — A Priscilla não é tão ruim depois que você conhece ela melhor, mas não tem filtro nenhum.

— Hum, ok.

— Mas uma reunião! — Emma exclama. — Poder ver todo mundo outra vez!

Fazer compras no Taipei 101, deleitar nossos cinco sentidos nas feiras noturnas... sim, por favor!

— Seria *mesmo* incrível. — Já me imagino abraçando Ever e Rick.

— É exatamente disso que preciso agora. — Emma dobra as pernas sob o corpo e pega o celular. — Posso pedir para minha família patrocinar um jantar.

— É sério?

— É, se eu disser que quero dar uma festa para os meus amigos, eles não se importam. Não é uma coisa frequente, então confiam em mim.

— Uau, Emma. Nada como comida de graça para garantir que uma festa vai ser boa. Posso fazer as reservas e planejar o cardápio... sou boa nesse tipo de coisa. Vamos colocar a sua família como a patrocinadora do evento.

— Eles vão gostar disso.

Acabei colocando a carroça na frente dos bois, mas tenho certeza de que Xavier e eu vamos conseguir dar um jeito de tornar tudo realidade.

Volto para o celular com novidades.

Beleza, gente.

> Reunião do Barco do Amor no topo do Taipei 101 na sexta à noite, o jantar vai ser patrocinado pela generosa família da @Emma. Vou reservar o restaurante. Quem estiver dentro, curte a mensagem.

Ever, Priscilla, Marc e Bert curtem. Depois, outras seis pessoas fazem o mesmo — três que não conheço, mais Rick, Spencer e Debra. Mais participantes do que eu esperava, mas tudo certo. Sophie, o robô de oito braços, consegue dar conta de dois projetos em um fim de semana só de olhos fechados.

— Estou tão animada para ver Xavier de novo! — Emma exclama. — Quer dizer, agora que estamos mais velhos. Para ser sincera, desde que vi aquela foto no seu quarto, não paro de pensar nele. A gente era *tão* próximo. Que maravilha que você está reaproximando a gente.

Sinto uma pontada de melancolia. Emma faz parte do mundo de Xavier, se encaixa com ele de verdade. Durante todo o verão passado, tentei fingir ser o que ela de fato é, mas talvez tenha sido por causa de todas as dificuldades pelas quais ela passou que Emma se tornou tão sólida — ela faria muito bem a Xavier.

E vice-versa.

— Vocês dois são bem amigos, né? — ela pergunta.

Somos? Falar com Xavier, me dei conta, me acalma e energiza como nenhuma outra coisa. Mesmo que ele me deixe, como falei na nossa ligação, louca.

— Não sei. Acho que sim.

— Ele tá namorando alguém?

— Não, tenho quase certeza de que não. Ninguém do Barco. E ele acabou de se mudar para Los Angeles.

— Você acha que... podia dar uma sondada nele para mim? — Ela esconde o rosto. — Não faço a menor ideia de como essas coisas funcionam. Para ser sincera, só tive *um* namorado. Nem sei como é que se... mostra interesse? Ugh! Preciso de ajuda.

Meu sorriso desaparece. *Ai, meu Deus, não.* Apresentar os dois é uma coisa, ativamente juntar os dois é outra.

Mas talvez seja disso que preciso para esquecer e seguir em frente. E ela também.

— Tá, vou fazer o que posso. Aposto que ele vai se apaixonar por você assim que você abrir a boca. — Abraço Emma, alisando seus cabelos sedosos, e sufoco a pontinha de ciúmes que alfineta meu coração. — Então, que tal a gente ir comer aquele dim sum?

Ela sorri.

— Eu ia adorar.

16
XAVIER

— **Não vou deixar você gastar o tempo** da minha mãe só para impressionar uma qualquer. — Lulu fecha o armário com força, fazendo uma carranca, e joga a trança por cima do ombro. — Pode esquecer.

— Ela não é uma *qualquer*. — Meu tom de voz se torna afiado. Tinha esperado resistência por parte da minha prima, mas não uma recusa logo de cara. E definitivamente não essa ofensa a Sophie. — Sophie é uma boa amiga. Ela tem uma razão legítima para querer conhecer sua mãe. Ela estuda em Dartmouth.

Lulu, fiquei sabendo através de Mike, está decidida a fazer faculdade lá também. Poderia pegar dicas com Sophie. Poderia até acabar estudando com ela. A carranca de Lulu fica ainda mais feia, como se soubesse o que estou tentando fazer.

— Não te devo favor nenhum — diz ela. — Especialmente depois daquela vergonha no Club Pub.

Ela coloca a alça vermelha da pasta do notebook sobre o ombro e começa a marchar pelo corredor. Corro atrás dela.

É verdade que o Club Pub não foi meu melhor momento, mas como as coisas podem ser tão zoadas que nem marcar uma reunião com minha própria tia eu consigo?

— Olha, Lulu...

— Ela não pode falar no telefone sobre...

— Eu sei. Política da empresa.

Ela arqueia as sobrancelhas, embora não desacelere o passo. A sombra de um sorriso dança em seu rosto.

— Quando sua família é difícil demais de explicar, é bom não precisar fazer isso.

Certo. Estamos progredindo.

— A gente vai até Taipei e encontra com sua mãe lá na sede.

— Você sabe que tem um monte de merda acontecendo com a Folha de Dragão agora, né?

— Para ser sincero, não — admito.

— Você vive *mesmo* no mundo da lua.

— Melhor do que ser "uma desgraça para nove gerações", como Ba me chamou quando tudo começou a dar errado na minha escola antiga.

Lulu desacelera diante de sua sala de aula.

— Tenho que ir.

— Espera. — Seguro seu braço. Talvez realmente *fosse* mais fácil contar a Lulu sobre minha dislexia. Ao menos eu poderia me livrar dessa reputação de vagabundo preguiçoso. Mas, quando se trata de coisas assim, meu histórico com a família nunca foi bom, e meu histórico com Lulu também não é dos melhores. — O que você quer que eu faça? Prometo ficar de cabeça baixa de agora em diante e não te envergonhar mais.

Ela se desvencilha.

— É o mínimo que você podia fazer. E nem sei se é mesmo capaz disso.

Solto um fôlego exasperado.

— Lulu, Sophie é uma pessoa brilhante. Ela tem muito estilo e sabe o que os jovens estão usando… seria um bom contato para sua mãe ter. — Não estou forçando a barra. E minha família sempre diz que nosso negócio é angariar talentos acima de qualquer outra coisa.

Ela franze o cenho.

— Você está se esforçando bastante por causa dessa menina.

Talvez esteja. Não costumo ser alguém com quem as pessoas possam contar. Mas quero ser diferente desta vez.

— Não é só por ela. Também quero ir por causa dos meus trabalhos e provas. Faz parte das minhas notas. Ou vai fazer, pelo menos.

— Não quero nem saber o que você quer dizer com isso.

— Lulu abre a porta da sala. — Tá legal. Depois te falo a resposta da minha mãe.

Isso! Sorrio. Metade do caminho andado.

A sra. Popov é a mais fácil de convencer. Já está de pé, procurando algo dentro de seu armário antes mesmo de eu terminar de explicar minha ideia para o curta-metragem no Festival da Lua. Ela me entrega uma câmera de vídeo preta do mesmo tamanho e peso de um filhote de cachorro.

— Era minha, mas doei à escola… nunca encontrei um aluno que tivesse interesse em usá-la.

Deslizo a mão por baixo da alça grossa. Meu dedo polegar se encaixa perfeitamente em uma curva desgastada.

De alguma forma, o mundo que vejo através de sua tela é mais expansivo. Mais vibrante. Parece uma extensão da minha visão.

— Posso mesmo pegar emprestada?

— Pode, a qualidade é maravilhosa. Nunca encontrei outra câmera de que eu gostasse tanto. Se eu fosse musicista, esta seria minha guitarra cativa. Então, para o projeto, não se esqueça de incluir uso extensivo de simbolismo, bem como nossos critérios de avaliação e…

Se eu fosse Sophie, estaria abraçando a professora agora.

Uma já foi, faltam dois.

A sra. Castilla, minha professora de inglês, é mais difícil de convencer. Ela enfia um lápis nos cabelos cheios de frizz, presos em um coque apertado, enquanto explico minha ideia.

— Como você pretende incorporar o que está sendo pedido?

— Estamos estudando literatura estrangeira, não é?

— Shakespeare? — Ela pisca. — É em língua inglesa, mas, bem, é verdade, não é literatura estadunidense.

— O Festival da Lua é um feriado familiar importante em Taipei. Posso contar a história dele.

— Como uma espécie de documentário?

Colocando desse jeito parece tão formal.

— Isso.

— Há mitologia envolvida? Tradições?

— Algumas — Como Chang E voando até a lua, uma história que todos conhecem. — Não sei muito a respeito da maioria. — A expressão dela se torna um pouco decepcionada, mas acrescento depressa: — Quer dizer, sei o que a minha família faz. Eles sempre patrocinam um pavilhão de bolos lunares como parte de um festival internacional. Doam mil bolinhos, e tem muita música e *food trucks.*

Ela não está comprando os meus argumentos. Continuo:

— Parte da motivação de Shakespeare para escrever *Hamlet* foi a morte do filho dele. Foi inspirado por lendas nórdicas. — Foi Sophie quem me contou isso. Graças a ela, até parece que sei do que estou falando. — Então vou fazer um curta inspirado na história da minha família em Taipei.

— Gosto disso. Uma história que só *você* pode contar. E pode cobrir duas figuras de linguagem discutidas em classe... quem sabe ironia e metáfora?

Merda, acabei mesmo de prometer que criaria meu próprio *Hamlet?*

Mas ela também concordou. Talvez Sophie possa me emprestar um pouquinho da inteligência dela para descobrirmos o que colocar nesse filme.

— Claro, sra. Castilla. Sem problemas.

Deixo sr. Abadi, meu professor de história, por último. De todos os professores, ele se mostrou o menos flexível. Na sala de aula, eu o encontro segurando uma caneca de metal cheia de café, assistindo... a um documentário em preto e branco sobre os Rockfeller.

Uma família dinástica poderosa composta de capitães da indústria, abastados e privilegiados. Posso sentir um sorriso se formar no meu rosto. Talvez meus ancestrais estejam sorrindo para mim, não que eu acredite nesse tipo de coisa.

O sr. Abadi interrompe o vídeo e pousa a caneca entre nós enquanto explico minha ideia.

— No lugar da redação sobre figuras importantes, eu queria fazer um documentário sobre a minha família. — É engraçado como, quanto mais falo a respeito disso, mais empolgado fico. Como seria divertido capturar a energia dos vendedores de rua, com polvo estalando nas grelhas e a fumaça subindo para o ar?

— É uma longa viagem para um projeto escolar. Também não tem nenhuma conexão com o que estamos estudando — argumenta o professor. — Nosso foco é em figuras importantes da *história*. Não da sua família.

Foi por isso que o deixei por último. Minha vida inteira, tive que ser estratégico para sobreviver à escola, e agora vou usar meu trunfo guardado na manga. Aquele a que nunca recorro.

— Minha família tem uma longa história em Taiwan. Já até escreveram livros sobre ela. — As palavras soam como algodão na minha boca. Nunca menciono minha família, e *certamente* nunca enalteço suas realizações. — Em Taiwan, eles devem ter uma importância tão grande quanto, bom, os Rockfeller.

Ele afasta a caneca de café, abrindo espaço entre nós.

— Fale mais.

— Minha família mora na ilha há mais de trezentos anos. Meu bisavô fundou uma das companhias de tecnologia mais antigas de Taiwan. É meu pai quem está à frente dela hoje. Todos os anos, eles doam mil bolos lunares para a comunidade. Eu poderia filmar um documentário inteiro só falando sobre o assunto.

— História viva. Sei aonde está querendo chegar com isso. — Ele abre a gaveta e me entrega o cartão-postal de um museu dos Rockfeller. — Se você focar o documentário no seu avô e concordar em entrevistá-lo, junto com outras figuras importantes para o negócio da sua família, posso aprovar o projeto.

Tiro os olhos do cartão para fitar o professor.

— Meu avô?

— E seu pai.

Agora quem vai rir por último? Minha intenção era unir o melhor dos dois mundos — usar minha família para conseguir o projeto que queria, mas sem ter que lidar com eles.

— Estava planejando focar no Festival.

— Seu trabalho é sobre figuras históricas importantes. Como deixaram um legado. Como indivíduos impactaram a história.

De jeito nenhum vou conseguir sobreviver a uma entrevista de dez minutos com Ba. Começo a me imaginar segurando um microfone para ele.

Como se sente sendo o patriarca de um dos maiores impérios da Ásia?

Xiang-Ping, um dia vou morrer e deixar meu império para se despedaçar nas mãos de mortais inferiores como você. Como me sinto? Péssimo.

Ba é a pedra no sapato do meu grande plano.

— Sinto muito. — Eu me levanto. — Não acho que isso vá funcionar com meu trabalho de inglês. A sra. Castilla quer uma história tipo *Hamlet*. Figuras de linguagem, bolos lunares... coisas assim são simbólicas.

— *Hamlet,* pelo que me lembro, é uma história centrada em pais e filhos. Falarei com ela.

É uma vitória, mas com um retrogosto amargo. Um único projeto combinando três matérias, uma viagem a Taipei, uma maneira de ajudar Sophie... mas agora preciso puxar o saco de Ba. É melhor Sophie ficar muito grata. E quando digo ficar grata, quero dizer fazer metade do projeto comigo.

Meu celular vibra com uma mensagem de Lulu. Ela acrescenta um grande emoji amarelo de polegar para cima no final. Quer dizer que Tia Três concordou. Uau. Todas as peças se encaixaram.

Guardo o cartão-postal dos Rockefeller no bolso. Vamos mesmo fazer isso! Só preciso me certificar de que Ba não vá ferrar tudo para mim e Sophie.

— Entendido, sr. Abadi. Não vai se arrepender.

Xiao-Mei,

Vou para Taipei no fim de semana. Preciso fazer uma entrevista com meu pai para um projeto escolar que vai contar como nota para três matérias diferentes. Ele pode ligar para o reitor se tiver dúvidas.

Você pode abrir um horário para mim na agenda de sexta-feira dele, por volta da hora do almoço? Vou estar no apartamento para a festa do meu avô.

Dez minutos é mais do que suficiente.

X

Pedindo por um horário na agenda de Ba. A que ponto cheguei.

17

SOPHIE

Prezado professor Horvath,
Agradeço pelo feedback. Usarei o fim de semana para aprofundar minha pesquisa sobre *bots* na indústria da moda e entregarei a proposta até o prazo de domingo. Obrigada por me dar outra chance!

Atenciosamente,
Sophie

PESSOAL!!! Segue a agenda (horário local)

Festa no jatinho particular na quinta (seis lugares vagos, quem chegar primeiro leva valeu @Xavier!): Partida às cinco da manhã de New Hampshire (@Sophie @Rick @Emma)

Parada em Cleveland às sete da manhã na quinta (@Ever)
Parada em LAX às oito e meia da manhã na quinta (@Xavier @Marc)

Taipei 101, andar 88, às sete da noite na sexta (obrigada @Emma pelo patrocínio)

Festival internacional às seis da tarde no sábado (imaginem... bolos lunares!)

Jatinho de volta para casa às onze da noite no domingo

Rick
FESTA EM TAIPEI!

Bert
O campus de Ocean inteiro está dentro!

Sério? Quantas pessoas?

Laura
Queria poder ir!

Lena
Vocês podem fazer uma live das melhores partes?

Vamos fazer, sim! O dia inteiro, todos os dias!

Curte o post se você tiver carteira de habilitação internacional ou de Taiwan.

Kelly

Oi, acabei de entrar no grupo. Vários de nós, do terceiro andar, só ficaram sabendo disso tudo agora. Por que ninguém avisou que ia ter uma reunião? Por que não convidaram a gente?

Meu Deus, não! Tá todo mundo convidado. Me avisa e coloco vocês na lista.

Bert

São vinte e três pessoas de Ocean.

QUÊ?

Kelly

Queria que tivessem avisado antes para não ser correria.

Priscilla

Isso tá um pouco desorganizado.

Hum, eu não sou a responsável por nada! Só estou reservando o restaurante.

Joella

@Xavier vai? Alguém pode convencer ele?

Debra

+1. Vejo vocês em Taipei, galera!

18
XAVIER

É só quando estou fazendo as malas que me dou conta
da ironia. Estou ralando para poder cruzar o oceano e encontrar minha família. Para o aniversário de oitenta e oito anos
de Ye-Ye e o nosso circo familiar.

Estou pegando carona no jatinho particular deles, como
um maldito hipócrita.

Mas o que essa viagem representa de fato é a minha despedida. Meu adeus aos Yeh e aos seus problemas.

Depois de tirar nota máxima no meu projeto, vou receber acesso a minha poupança e aí Ba nunca mais vai me
tocar. Nada de guarda-costas me forçando a ir a lugar algum
ou colocando coleiras em mim. Nada de obstáculos para
driblar ou cartões de crédito cortados. Vou construir minha
vida onde quiser, do jeito que quiser. Nunca mais terei que
voltar a vê-los.

A viagem para dar fim a todas as viagens.

Ok, respira fundo. Preparar para a decolagem.

19
SOPHIE
AEROPORTO MUNICIPAL DO LÍBANO, NEW HAMPSHIRE

Mais sete horas até eu reencontrar Xavier. E estou prestes a viajar pela primeira vez em um jatinho particular. E a conhecer a criadora do Espelho Mágico. A reunião está saindo um pouco do controle, mas, contanto que eu invente algum tipo de entretenimento, tenho quase certeza de que a festa se fará sozinha.

Estou esperando ansiosamente por tanta coisa que poderia entrar em erupção como um vulcão, então decido tirar diversas fotos para os meus irmãos, inclusive da pista de decolagem exclusiva. O jatinho branco é pequeno e charmoso: não é muito maior do que um ônibus escolar, refinado e reluzente sob a lua cheia, como se estivesse banhado em leitelho quente. É exatamente o que teria esperado das exigências de viagem da família Yeh: elegante, até artístico... e sedutor.

— Fala, feiosa! — Meu primo mais velho, vestindo uma camiseta azul estampada com o buldogue de Yale, está correndo na minha direção, vindo do aeroporto. A camiseta está meio para dentro, meio para fora da calça. Ele deu um novo corte aos cabelos pretos: estão rentes à cabeça agora. A sensanção de vê-lo é como um grande abraço apertado.

— Rick! — Aceno.

Deixo minha mochila cair quando ele me alcança, abrindo os braços para abraçá-lo. Mas ele me levanta e me joga por cima do ombro, girando meu corpo, segurando a parte posterior das minhas coxas com um braço enquanto soco suas costas, rindo.

— Me coloca no chão, seu bruto!

Ele enfim obedece, e tiro uma mecha de cabelos de dentro da boca enquanto arrumo o vestido.

— Você é doido! — Rick sempre foi brincalhão, mas, desde que começou a namorar Ever, parece ainda mais cheio de vida. Fico feliz.

Rick envolve meus ombros com um braço musculoso, me puxando para perto, enquanto caminhamos pelo asfalto.

— *Por favor,* cuidado neste fim de semana — ele adverte.

— Não quero ter que catar pedacinhos de Sophie do chão e enfiar tudo na mala para mandar para casa.

Meu primo me conhece bem demais, sem mencionar que estava sentado na primeira fila para assistir ao meu verão desastroso com Xavier.

Não me deixo abalar e mantenho o bom humor.

— Aí onde é que eu ia colocar meus sapatos?

— Haha.

Mas, depois de me sentir tão focada quanto Emma, a verdade é que, agora que estou aqui, me sinto aterrorizada. Estou correndo a toda na direção de Xavier. Quero ajudá-lo a gabaritar seu projeto de curta-metragem para escapar do pai.

Mas também tenho medo de como meu coração pode ser traiçoeiro. Sem falar na possível aparição do meu furacão.

De volta a Taipei 163

— Falando em mala, cadê a sua? — Rick finge estar procurando pela bagagem atrás de nós.

Dou um tapinha no zíper da minha mochila. Se eu continuar fingindo estar tranquila, essa persona vai ter que acabar assumindo as rédeas em algum momento.

— É um orgulho anunciar que condensei esta viagem inteira em duas mudas de roupa, um pijama e um par de sapatos para dançar. — Ao contrário do que fiz para o Barco do Amor, para onde levei a maior mala da Costa Oeste, e ainda assim não foi grande o bastante. — Pode acreditar, Rick. Sou uma nova Sophie Ha.

— Só acredito vendo.

Bato com o quadril no dele.

— Vou passar o voo inteiro trabalhando no meu projeto de ciência da computação. Quero terminar o rascunho da minha nova proposta antes de pousarmos em Taipei. Mais as perguntas que quero fazer à tia do Xavier.

— Legal. Posso dar uma olhada também, se você quiser.

— Cuidado com o que oferece. Vou acabar colocando você para trabalhar em tempo integral. Como está sendo ficar longe da Ever?

— Uma tortura. Estou morrendo de saudade. Não sabia que ia ser assim. Nunca precisei tanto estar perto de alguém. Sempre fui tão independente, sabe?

— E agora… monólogo!

— Cala a boca. — Ele faz menção de apertar meu nariz, e fujo dele, rindo. Então o sorriso no rosto do meu primo se apaga. — Ela precisa voltar para a Tisch, para ficar perto de mim, senão não vou conseguir sobreviver aos próximos quatro anos.

— Ela vai entrar. Ninguém merece mais do que ela.

— Amém — ele responde com fervor.

Chegamos ao avião. Na lateral, LYNN está escrito com letras douradas. Uma pessoa? Tiro uma foto no instante em que um homem de quepe roxo sai debaixo da escada metálica. O rosto profundamente marcado tem o formato quadrado, e os olhos castanhos são vibrantes.

— Bernard? — pergunto.

— Sim, Ha Xiao Jie. — Ele faz um cumprimento, abaixando a aba do quepe. — Fico feliz em conhecer uma amiga do mestre Xavier.

Mestre Xavier. Rick faz uma careta, mas Xavier é tão despretensioso que ouvir o título formal é mais engraçado do que qualquer outra coisa.

— Este é meu primo Rick. Minha amiga Emma já está a caminho.

— Avião maneiro. — Rick, pelo menos, é educado. — Quanto tempo demora a viagem até Taipei?

— Saindo de Los Angeles, oito horas.

Rick assovia.

— Quase metade do tempo de um voo normal.

Então não se trata apenas de um jatinho particular qualquer; é também um modelo incrivelmente avançado.

— Quem é Lynn? — pergunto.

— A falecida esposa do sr. Yeh — responde o piloto. — Mãe de Xavier.

— Ah! Que… meigo. — Não é o que eu esperaria daquele homem.

Subimos a escada atrás de Bernard, que leva até uma cabine do tamanho de um quarto, com poltronas de couro cor de creme dispostas em quatro fileiras, duas de cada lado. Os assentos são espaçosos o suficiente para podemos girar e ficar de frente uns para os outros, ao redor de uma mesa quadrada dobrável. Cobertores de lã roxos estão empilhados sobre o assento 2A. Caminho pelo corredor na direção de duas portas aos fundos. Um lado leva ao banheiro, que tem uma pia de mármore azul-cobalto e um chuveiro revestido de azulejos.

— É melhor do que o banheiro lá de casa. — Meu reflexo, com os cabelos pretos caindo por cima da blusa roxa, se encolhe um pouquinho. No Barco do Amor, dormíamos todos nas mesmas beliches e andávamos nos mesmos táxis. Agora, aqui está um vislumbre dos bastidores da vida de Xavier Yeh, e ele é exatamente o que disse ao professor... um Rockfeller.

Para com isso. É o mesmo garoto com quem você vem conversando desde o programa.

A segunda porta separa a cabine principal de um cômodo redondo. Lá de dentro, uma rajada de ar-condicionado acerta meu rosto. Duas janelas mais altas ladeiam duas poltronas de couro, reclinadas para formar uma cama king-size. Travesseiros grandes de pena e um edredom roxo dobrado aguardam ao pé dela.

— Um quarto privativo. Legal. — Tiro uma foto e coloco no grupo do Barco do Amor.

— Imagina quantos descendentes dos Yeh não foram concebidos aí. — Rick coloca uma bala de menta na boca.

— Para. — Tampo os ouvidos com as mãos. — Estamos a duas horas de distância de Ever Wong. Não quero saber por onde a sua mente suja anda. — Rick abre um sorriso largo.

— Gostariam de algo para lanchar enquanto partimos? — Bernard indaga de onde está, perto de um minibar na frente do avião.

Eu e Rick nos juntamos a ele e começamos a vasculhar as guloseimas americanas e chinesas. Ameixas, que meus irmãos odeiam, mas eu amo. Batata chips, outra paixão. Uma caixa de doces de barba de dragão frescos, ainda macios. Bolos de abacaxi. Todos os meus favoritos, coisas que comi durante o Barco do Amor.

— Leite de soja, shao bing, pratos de porco e de taro no forninho bem aqui — Bernard anuncia.

Pego uma caixa com embalagem dourada de bolos lunares e desfaço o laço roxo.

— Já comi estes! Ficava uma *hora* esperando na fila para conseguir comprar.

— Mestre Yeh me pediu para fazer um estoque deles especialmente para você — explica o piloto.

— Para mim?

Tenho certeza de que não é nada de mais. Algo que Xavier mencionou de passagem a Bernard. Mas a atenção e a consideração dele são como uma flecha cravada no meu peito. Abro a caixa e me livro da embalagem interna. A crosta dourada é perfeitamente crocante sob a faca, e o interior exibe luas gêmeas: a gema salgada e uma semente de lótus menor...

Jogo um pedaço doce e outro salgado dentro da boca e morro.

— Meu Deus! Igualzinho a como me lembro.

— A família os prepara especialmente para o Festival da Lua — explica Bernard. — É uma tradição antiga.

Espera. Meus bolos lunares favoritos da vida... são *estes* os que a família de Xavier faz?

Uma onda de pânico percorre meu corpo. Como posso passar dois dias inteirinhos ao lado de Xavier, trabalhando no projeto dele, no meu, cercada por uma reunião do Barco do Amor repleta de gente com expectativas de romance?

— Sophie? Você está aí? — Emma entra no jatinho, toda elegante em um vestido de algodão sem manga que é perfeito para viagens. Ela acena, confortável, como se tivesse viajado em aviões particulares a vida inteira. Leva o dorso de uma das mãos ao nariz e espirra tão delicadamente que continua linda.

— Alergia — geme ela.

Emma. Emma é a resposta para como vou conseguir sobreviver a este fim de semana. Emma é a resposta para como vou manter o foco onde deveria estar: no trabalho.

Abraço sua forma com aroma de pera.

— Este é meu primo Rick — digo, e apresento os dois.

— Vamos parar em Cleveland primeiro, é isso? — ela pergunta.

— Isso, para pegar Ever. Depois paramos em Los Angeles para pegar Xavier e mais algumas pessoas, e aí… Taipei!

— Então… na verdade, vou precisar descer em Los Angeles. — Emma se desculpa. — Quando disse para minha mãe que ia passar pela cidade, ela me pediu para visitar uma antiga amiga dela que está no hospital.

— Ah! Que gentileza da sua parte. Mas então quer dizer que você não vai com a gente para Taipei?

— Vou, sim! Vou encontrar vocês no Taipei 101 para a reunião. E claro que vou falar com Xavier no aeroporto em Los Angeles.

Ela pega meu braço e me puxa para longe, onde Rick não consegue nos ouvir. Seus olhos brilham.

— Ando trocando algumas mensagens com Xavier. Ele é tão divertido! Tudo o que você disse sobre ele… sei que vai ser como se o tempo nem tivesse passado. Obrigada de novo por ajudar a nos conectar. — Ela solta uma risadinha nervosa.

— Não existe lugar mais romântico do que o Taipei 101 sob o luar — brinco. — Já tenho planos para vocês dois lá. — O futuro do casal já está claro na minha mente. Ao fim da reunião, os dois vão s0er inseparáveis.

E quanto mais cedo eu os vir juntos, mais rápido meu próprio coração ficará livre.

Em Cleveland, Rick irrompe porta afora no mesmo instante em que Bernard a destranca.

— Ever! — O rugido dele praticamente rompe meus tímpanos. Degraus de metal lá fora fazem ruídos sob os tênis do meu primo enquanto desligo meu notebook e sigo depressa atrás dele. Minha proposta não está caminhando tão bem quanto eu gostaria. Criei um questionário para coletar dados dos usuários, mas consegui finalizar apenas um quarto do trabalho. Vou ter que continuar trabalhando sem parar durante os próximos trechos da viagem.

Do outro lado da pista, Ever cruza uma porta do aeroporto. A blusa cinza comprida por cima da meia-calça exibe seu corpo esguio de bailarina. Os cabelos estão presos em um rabo de cavalo. Rick corre pelo asfalto na direção dela como um raio e ela se apressa para encontrá-lo, então os dois se chocam em um abraço de quebrar os ossos.

— Uau. *Eles,* sim, sentiram falta um do outro. — Emma se junta a mim na base da escada.

— Ele nunca foi assim antes. — Estou feliz pelos dois. Mas quando Rick segura o rosto de Ever entre suas mãos e a beija, não posso deixar de sentir uma pontada de inveja. É irônico. Era eu quem estava decidida a encontrar um namorado durante o programa de verão. Nenhum dos dois estava sequer procurando um relacionamento. Mas agora têm um ao outro. E eu...

Eu tenho algo ainda melhor: uma visão clara do futuro que quero.

— Oi, Sophie! — Ever está correndo para *mim* agora, acenando.

— Melhor se preparar para o impacto — brinca Emma.

— Que bom ver você em carne e osso! — Ever me aperta com tanta força que até perco o fôlego. Tinha me esquecido de como ela é forte.

— Também senti saudades! — Faz bem ao meu coração estar com ela outra vez. É como se eu pudesse acreditar que o furacão não vai se formar enquanto minha amiga estiver comigo. Porque Ever viu meu melhor e meu pior, e ainda assim continua querendo minha amizade.

Rick toma a mão da namorada. Cutuco as costelas dele.

— Se Rick pudesse vir puxando o avião para chegarmos mais rápido, ele teria feito isso.

Um jovem magricelo vestindo uma camisa xadrez apertada demais e uma menina de pernas longas com sombra verde brilhante nos olhos se aproximam. Bert Lanier e Priscilla Chi, os primeiros a se candidatarem à carona gratuita no jatinho. Bert foi se encontrar com Priscilla ontem para poderem viajar juntos. Os óculos de aro escuro que ele usa são interessantes. Os cabelos dela brilham com luzes castanhas, e borboletas reluzentes esvoaçam no vestido boneca vintage preto. Ela é caloura na Universidade da Pensilvânia.

Para ser muito sincera, Priscilla tem sido uma pedra no meu sapato no grupo do Barco do Amor. Vive fazendo comentários negativos. Mas agora que vamos nos conhecer pessoalmente, tenho certeza de que tudo vai se acertar.

— Oi, Priscilla. — Emma abraça os recém-chegados. — Oi, Bertie. Como anda o curso de design?

— Arrasei no meu primeiro trabalho. — Ele pega o celular e nos mostra um vídeo primorosamente animado e com cores vívidas... de um pênis endurecendo.

Todos soltam grunhidos, e cubro os olhos com a mão.

— Você está destruindo minha inocência! — exclamo.

Emma ri, mas Bert abre um sorriso sarcástico.

— Não foi o que ouvi por aí.

Ai. Abro a boca para sugerir que *Bertie* feche a dele, mas então Bernard, o piloto, aparece e coloca a mão no ombro do menino.

— Caros amigos, temos que ocupar nosso lugar na pista de decolagem.

O pênis é guardado. Graças a Deus.

— Posso ver a cabine? — Bert pergunta. Ele, Priscilla, Emma e Rick sobem os degraus e desaparecem dentro da aeronave. Spencer Hsu, outro amigo do programa de verão, chega com mais abraços e depois também some dentro da cabine.

Ever e eu seguimos atrás do grupo.

— O que seus pais estão achando de você tentar entrar para a faculdade de dança? — pergunto. Eles resistiram à ideia por anos, mas, durante o verão, Ever encontrou coragem para insistir em correr atrás do que realmente quer fazer.

— Os dois estão sendo incríveis. Minha mãe está pesquisando escolas de dança por mim. Meu pai gravou algumas das minhas aulas para caso eu precise de portfólio. Está feliz com o novo trabalho dele. — Ela guarda a mochila de um tom azul-pastel dentro do compartimento acima das poltronas e eu a levo para o assento ao lado de Rick que eu estava ocupando anteriormente, retirando meu notebook do lugar.

De volta a Taipei 171

— Mas agora a responsabilidade de fazer tudo dar certo está comigo, sabe? Quer dizer, eu tinha conseguido uma bolsa integral para a faculdade de medicina. Fazer dança, acredite ou não, é tão caro quanto, e não vai dar tanto dinheiro depois que eu me formar.

— Você vai fazer tudo dar certo. — Afundo na poltrona de couro diante da dela. O assento vibra sob mim quando o motor do avião volta à vida.

Rick se joga ao lado de Ever e beija sua orelha.

— Então, quais são os planos para Taipei, Soph?

— A gente vai se dividir quando chegar lá. Presumo que você vá acompanhar Ever para o teste dela? Como guarda-costas? Carregador de bagagens? Adorador devoto?

— Todas as alternativas anteriores. — Ele sorri, e Ever revira os olhos.

— Preciso entrevistar os criadores do aplicativo Espelho Mágico, e Xavier vai entrevistar o avô e o pai. — Abro o notebook e minha proposta de ciência da computação. — Depois disso, jantar com a galera do Barco do Amor no Taipei 101. No sábado, andar por aí pela cidade... estou tentando arrumar ingressos para ver a exposição com os filhotinhos de panda no zoológico.

— Até *eu* quero ver pandas bebês — comenta Rick.

— Isso é porque você também é um. Os ingressos estão esgotados, então estamos na lista de espera... hum, parece que é a história da minha vida!

Ever dá uma risada.

— Se tem alguém capaz de conseguir esses ingressos, é você.

— É mais difícil do que conseguir acesso aos bastidores de um show da Taylor Swift. Não prometo nada. Por último, sábado à noite, vamos visitar a tenda de bolos lunares da família Yeh no festival. Pode ser que eu consiga os ingressos para ver os pandas no domingo antes de irmos embora.

— Apertado — comenta Rick. — Preciso voltar domingo à noite, no máximo. Tenho prova na segunda.

— Eu também — digo.

— Saúde, gata. — Bert coloca uma taça gelada de vinho branco na minha mão. Atingimos a altitude de cruzeiro.

— Preciso trabalhar. — Tento devolver a taça a ele. — Só fiz um quarto do que preciso.

— Com que frequência a gente se reúne no céu? Esta é uma garrafa de vinho de mil dólares.

— Mil *o quê?* Não quero encrencar Xavier.

— O piloto disse pra gente se servir do que quisesse. Olha ao redor, Sophie. É ouro de verdade ali naquelas lâmpadas. Eles não estão nem aí.

Olho para Rick em busca de orientação, mas ele só dá de ombros. Que se dane. Não é como se eu fosse ter outra oportunidade de viajar em um jatinho como este. Tomo um gole incrível e fecho os olhos por um momento breve.

— É... orgásmico — sussurro.

Bert vibra.

— É disso que estou falando! — Ele aumenta o volume da música. Todos começam a se levantar: Ever toma a mão de Rick e o puxa para o meio do corredor. Emma fatia bolos lunares no bar e conversa com Bert.

— Vem, Sophie! — Ever chama. — Dança com a gente!

Meus dedos se agarram, saudosos, ao teclado. Mas Ever está aqui. Rick também. Estamos juntos outra vez. Posso trabalhar quando todos dormirem. Fecho o computador e me junto a eles com a taça de vinho, gingando até o fim da música.

— Meu Deus, estava mesmo precisando de uma pausa! — Quando uma música da década de 1980 começa a tocar, inclino a cabeça para trás e balanço de leve, deixando meus cabelos ondularem livremente. Na última fileira da cabine, Spencer e Priscilla estão cabeça com cabeça, absortos em uma conversa.

Dou uma cotovelada nas costelas de Rick.

— Minha reunião já está dando certo!

— E olha que Spencer disse que não estava procurando ninguém para ficar.

— Vai ver é assim que o universo funciona — comento — Você consegue o que quer quando não está correndo atrás daquilo.

— Tipo a gente! — Rick rodopia Ever sob o braço. Uma fofura, mas se me dá ânsias de vômito? Pode apostar que sim.

— Então se eu deliberadamente *não* estivesse procurando pelo amor, acabaria acontecendo. Mas agora que pensei nisso, também não vai mais acontecer.

— É o namorado de Schrödinger — meu primo brinca.

— Nem sei do que você está falando. Mas, é, provavelmente.

Uma *boy band* taiwanesa incrível começa a tocar em seguida. Deixo meus ombros penderem, balanço os quadris, vou girando pelo avião — e acabo diante de uma foto da família de Xavier pendurada na parede.

Os avós, de roupas vermelhas, são as figuras centrais, sentados em um sofá pequeno. Mas meus olhos são imediatamente atraídos por um Xavier de dez anos, aninhado entre a mãe e o pai, cercado por tias, tios e primos. O pai de Xavier segura o ombro da mãe dele, que por sua vez segura a mão do filho.

O sorriso do menino é torto. Àquela altura, já estaria enfrentando dificuldades para aprender a ler. Mesmo assim, a afeição nos olhos da mãe é inconfundível. Para os padrões americanos, ele já seria um pouco velho demais para estar segurando a mão dela, mas em Taiwan, não. Será que foi ela mesma quem pendurou a foto aqui? Será que o pai dele considerou tirá-la depois que a esposa faleceu? Porque continua aqui, e sempre que alguém usa este avião e vai na direção do minibar... Faz vários minutos que estou aqui, olhando para a foto e perdida em pensamentos.

Viro de costas, encarando a cabine onde estão meus amigos.

Tudo bem. Vou ficar bem.

Quando vir Xavier em pessoa, sentir seu perfume, vou me lembrar de tudo que *desgosto* nele. Seu hábito de se fechar quando estamos em grupo. Como beijou Ever um dia depois de eu terminar com ele, como se nosso relacionamento não tivesse significado nada. Como tinha desenhado obsessivamente o retrato de Ever o tempo inteiro em que eu estava me jogando em cima dele... isso.

Era dessa memória que eu estava precisando. Coração de gelo.

Como teriam sido seus beijos se ele tivesse de fato *me* desejado?

CHEGA! Não posso...

— Tudo bem, Sophie? — A mão de Ever no meu braço me sobressalta. Volto depressa ao presente.

— Tudo. É só que não vejo Xav... todo mundo faz um tempo.

— Você parece tensa.

— Tem muita coisa acontecendo. E a gente só vai ter dois dias juntos.

Ela inclina a cabeça para o lado, depois cruza os braços.

— Lembra quando eu estava planejando a dança do show de talentos com Rick? E Debra estava preocupada que a gente fosse terminar e arruinar tudo?

Quer dizer que ela captou o que eu não disse.

— Rick já me avisou... tem muita coisa em jogo neste fim de semana. *Preciso* impressionar meu professor de ciência da computação. A poupança toda de Xavier também depende de as coisas darem certo. Ele tem que se livrar do controle do pai. Você tinha que ter visto... — Paro ali. *O que o pai dele fez no aeroporto.*

— Eu e Xavier... essa parte já está resolvida. Vou juntar Emma com ele. — No bar, Emma se curva com uma risada, junto com Spencer e Priscilla; uma princesa entretendo sua corte. Estão completamente encantados por ela. — Já tenho um plano todo elaborado para os dois no Taipei 101. É o lugar perfeito para brincar de cupido. Pensei em tudo.

— Emma? Ela parece ótima pessoa... mas para *Xavier?*

— Como se você pudesse julgar — retruco, depois fecho a boca depressa. Não queria mencionar a história dos dois. — Foi mal. Você está certa. Estou tensa demais.

Seu rosto cora, mas ela levanta o queixo.

— Errei com Xavier. Sei que errei. É por isso que a gente não é muito próximo agora. Nem sabia que ele tinha voltado para a escola. Achei que estava trabalhando com a arte dele esse tempo inteiro. — Ela se inclina e pousa um dedo na fotografia de família, depois abaixa a mão. — Não como você e ele.

— Ah, hum, a gente não é *tão* próximo assim. — Ou somos? Como se mede algo assim? Queria poder conversar com ela para desfazer todos os nós de confusão dentro de mim. Esta viagem inteira que Xavier promoveu para me ajudar... Como posso me sentir tão bem conversando com ele sabendo que jamais vamos poder ficar juntos?

Mas não posso falar. Não sobre Xavier. Não com Ever.

— Só não consigo deixar de me perguntar se parte do motivo para você estar se esforçando tanto para juntar Xavier e Emma é porque acha que assim vai controlar melhor os seus próprios sentimentos.

Ela está chegando perto demais da verdade. Deixo minha taça de vinho sobre uma mesa.

— Olha, não posso mais ficar falando sobre isso. — *Ou vou acabar enlouquecendo.* — Prometi para a galera que ia gravar tudo para quem não pôde vir. Acho que este é o começo oficial da reunião.

— Tá, Sophie. — Ever acaricia minhas costas com gentileza enquanto começo a digitar no celular. Depois, volta para Rick.

> Oi, galera! Vou fazer uma live no meu Instagram, então vão seguir a gente lá!

Viro a câmera para meu rosto e aperto o botão para gravar ao vivo. Pessoas começam a entrar imediatamente. Aceno. O grupo triplicou para mais de trezentos membros, e sua energia irradia para dentro da cabine. É incrível.

— Vou gravar tudo daqui pra frente — prometo. — O bom, o ruim e os micos, como se vocês estivessem aqui com a gente. Então apertem os cintos!

— O jatinho tem uma câmera também. — Bert aponta para o olho redondo afixado à parede acima da porta fechada que dá para a cabine do piloto. — Vou conectar para eles poderem ver todo mundo. — Ele invade meu espaço, enfiando o rosto na minha tela. — Assistam e chorem, perdedores!

Bert me entrega um cabo longo para conectar ao celular e, dentro de alguns segundos, os ex-alunos seguindo nossa live são recompensados com uma vista panorâmica da cabine, desde a porta até o quarto privativo. Cinquenta e sete pessoas estão assistindo. Comentários começam a aparecer.

Queria poder estar aí!

Arrasou!

A gente ama vocês!

Quem não tá aí pode arrumar um par também?

É, @Sophie, tô dentro também!

Eu também! Não rolou para mim no verão.

— Espera aí. — Tenho planos de juntar Emma e Xavier, mas o restante deles também? — Quem falou em arrumar par?

— É o Barco do Amor, ué!

O que soa exatamente como algo que a antiga eu teria dito.

— Estou ocupada com um projeto da faculdade — explico para a câmera. — Vocês vão ter que arranjar seus próprios contatinhos.

— Ah, vai, vai ser divertido! — Bert exclama. — Especialmente com tanta gente aqui em pessoa.

Sempre que uma boa ideia é plantada na minha cabeça, começa a florescer depressa. Seria fácil para mim agrupar as pessoas em mesas e chats virtuais. Mas também seria fácil cometer erros.

— Me deixa pensar um pouco. — Subo em um banquinho e ajusto a câmera para mostrar a cabine de um lado a outro. Todos acenam e levantam copos e latas de cerveja em saudação. Ninguém aqui é tímido. E com todas aquelas pessoas acompanhando a gravação... a energia é *inebriante*. Posso conseguir fazer isto se não complicar demais as coisas.

— Tá bom. — Aponto a câmera para meu rosto outra vez, que toma toda a tela. — Vou tentar juntar todo mundo que for jantar no Taipei 101. Se alguém aí que não pôde vir também quiser entrar na lista para conhecer outras pessoas, me manda uma mensagem até amanhã de manhã, e vou dividir todo mundo em grupos virtuais.

Tô dentro!

Fechou!

Bert abre duas latas de cerveja, depois faz um furo na base de uma delas. Cerveja gelada espirra em mim, ensopando meu vestido, quando ele a estende na minha direção.

— Ei! Você me molhou inteira!

— Bebe aí, líder destemida. Vamos ver quem é mais rápido.

Ele faz outro furo na segunda lata, encaixa a boca ali e joga a cabeça para trás. Seu pomo-de-adão começa a subir e descer.

Um coro tem início na cabine:

— Vira. Vira. Vira. Vira!

— Eu nem gosto de cerveja!

— Vira. Vira. Vira!

Bert continua bebendo, e meu vestido molhado está grudado no meu corpo como se fosse um amante. Estou prestes a reencontrar Xavier e juntá-lo com Emma. De alguma forma, acabei "encarregada" de uma reunião internacional extraoficial. E, enquanto tudo isso acontece, ainda preciso ralar

De volta a Taipei 179

para tentar conseguir uma vaga na disciplina mais cobiçada de Dartmouth.

Dane-se tudo.

Levo o gêiser amargo aos lábios e jogo a cabeça para trás enquanto o coro se transforma em vivas.

20
XAVIER
AEROPORTO DE SANTA MÔNICA

— **Este é um novo Xavier.** — O sorriso de Bernard é brincalhão quando me aproximo do *Lynn*. — Normalmente, você não presta atenção a coisas como estocar a cabine para os convidados.

Bernard é possivelmente minha pessoa favorita em todo o império Yeh. O único que me chama de Xavier em vez de Xiang-Ping, mas sempre falando em mandarim, me ajudando a fazer uma ponte entre meus dois mundos. Ele pega minha mochila e, por hábito, deixo.

— A última vez que entrei nesse avião, era um prisioneiro.

— Minha mão se fecha ao redor do cadeado no meu bolso.

— Não era um prisioneiro.

— Do que você chama, então, quando dois guarda-costas te forçam a ir para algum lugar?

Ele solta um suspiro.

— Seu pai exige muito de você. Estou preocupado com ele — confessa. — Durante os últimos voos, ele teve algumas conversas difíceis com investidores. Está tendo problemas com empregados. Talvez você pudesse ajudar.

— Ajudar? Ele acha que sou *báichī*. — Um idiota. — Não entendo nada dos negócios do meu pai.

— Você está mais velho agora. Outros jovens da sua idade já são aprendizes das famílias.

Não me diga, Bernard. Ah, espera, Ba já me disse a mesma coisa umas oito milhões de vezes.

— É, bom. Essa pessoa não... não sou eu, ok?

Bernard aperta meu ombro. Sigo escada acima.

Quando entro na cabine, um coro de vozes explode.

— Xavier, meu irmão!

— Jatinho da hora!

— Valeu pela carona!

O quê? O avião está tão cheio que, em um primeiro momento, não consigo distinguir os rostos. As poltronas na fileira da frente estão viradas para encarar as da segunda fileira, os tampos das mesas ocupados por peças de marfim de *mah-jong* e tabuleiros de *go* com pedras. É verdade que Sophie tinha me perguntado se podia oferecer os assentos vagos a outros ex-alunos do programa, mas...

— As melhores escovas de dente que eu já vi!

— Meu Deus, e o *vinho!*

Hum, então é uma festa.

Ceeerto.

— Diz oi para todos os amigos que ficaram de fora! — Um garoto magricela aponta para a tela, onde quadrados em uma grade contêm, cada um, uma pessoa em movimento. Mãozinhas pequenas acenam como se estivessem na vitrine de uma relojoaria antiga.

Os rostos na cabine começam a se distinguir: Spencer com uma garota que não conheço, Marc junto com outro menino sentado na poltrona à janela que Ma sempre ocupava para poder ficar de olho lá embaixo. Estranho ver todos esses desconhecidos — e amigos — no avião da minha família, gritando em inglês.

Forço minha mão a se erguer em um cumprimento.

— E aí.

— Estas meias são fantásticas. — Spencer agita os dedos dos pés, cobertos pelas meias de lã roxa que são presentes para os convidados. — Parece até que estou andando nas nuvens.

— Que bom que você gostou — digo enquanto Bernard coloca um par delas na minha mão. O brasão dourado dos Yeh está bordado no topo de cada pé de meia, e *são* de fato as melhores que já calcei. Normalmente, odiaria o brasão a princípio, mas alguém no império acertou nas meias. Pinceladas grossas formam o caractere de Yeh, que significa folha. O dragão esguio se enrosca ao redor dele. Eu nunca entendi como dragões brutais e folhas frágeis podem combinar.

Uma taça se move diante dos meus olhos, na mão do garoto magrelo.

— O seu *pai*... — Ele se choca comigo. — Sabe mesmo o que é vinho de qualidade, puta merda.

— Deixa o cara respirar, sério. — Sophie se apressa na minha direção. Cabelos escuros e sedosos emolduram seu rosto e cascateiam por cima da manga da blusa roxa. Seus olhos estão acesos com aquele fogo interno que eu já tinha esquecido e que parece querer explodir para fora dela. — Xavier! Você chegou!

Minha voz não soa bem como o normal.

— Oi, Sophie.

Uma lembrança me perturba. Como se eu a tivesse visto mais recentemente do que naquele dia no aeroporto de Taipei. Não apenas em vídeo, mas... nos meus desenhos.

Ela cambaleia e tropeça na metade do caminho até mim. Opa. Avanço para a frente a fim de ampará-la, e Sophie joga os braços ao redor do meu pescoço. Sua pele aquece a minha. Seu cheiro familiar me inunda: cítrico e floral, com um quê de... hálito de cerveja.

Aquelas videochamadas todas nunca conseguiriam capturar a verdadeira Sophie Ha.

Ela inclina a cabeça para trás e pisca.

— Meus irmãos iam ficar *loucos* se vissem este jatinho — comenta, arrastando as palavras.

Tento endireitá-la.

— Sophie, talvez a gente...

Ela agarra uma menina de olhos azuis.

— Xavier! Vem conhecer a Emma! De novo!

Emma Shin me lança um sorriso um levemente pesaroso.

— Oi, Xavier. Você mal deve se lembrar de mim.

Sorrio.

— Claro que lembro. — Ela não mudou muito: continua aquela mesma menina de bochechas redondas e maxilar marcado com quem eu costumava sair correndo por aí.

— Vocês dois estavam destinados desde o berço! — grita Sophie.

— Naquela época, a gente devia pensar que "prometidos" significava parceiros no crime — brinca Emma.

Lembranças lampejam. Lembranças boas.

— Você subia no balcão da cozinha para pegar as casquinhas de sorvete...

— Enquanto você ficava sentado no chão, só comendo tudo.

— Deu certo para mim. — Abro um sorriso tímido. — Acho que o cozinheiro nunca se recuperou do choque de encontrar a gente lá. Você pendurada no armário mais alto.

— Fiquei tão encrencada! — Os olhos dela brilham. Parece outra vida, correndo para alcançar o presente.

— Tá vendo, você nunca fala tanto assim! — Sophie me cutuca com tanta força que cambaleio e me choco com Bernard. — Emma tem que ir embora agora... alguma coisa de família que ela precisa fazer em Los Angeles. Mas ela vai encontrar a gente no Taipei 101 para tomar sopa de macarrão com carne, e vocês dois vão se apaixonar outra vez. — Emma ri enquanto Sophie me puxa pelo corredor. — Vem conhecer mais gente nova!

— Tchau, Sophie! Tchau, Xavier! — grita Emma. — A gente se fala mais em Taipei!

Aceno para ela enquanto desliza porta afora. Depois, me viro para Sophie outra vez. Quero conversar com ela sobre a viagem. Sobre como quero que seja diferente do verão passado, porque *nós* estamos diferentes. Embora eu ainda não saiba bem o que isso significa.

— Hum, Sophie, será que dá pra gente...

Ela para diante de duas meninas comendo shao bing e bebendo dou jiang. Uma delas, com os cabelos raspados e blusa preta, coloca os pés sobre a poltrona. A outra, com um colete vermelho-vivo, enrosca um dedo no rabo de cavalo. As duas me lembram o rei e a rainha em um deque de cartas de baralho.

— Estas são Jasmine e Joella. São irmãs, e a família delas é tipo a sua, só que em Hong Kong. Estavam no campus de Ocean no verão... a gente acabou de se conhecer!

— Oi, Xavier! — dizem as duas em coro.

— E aí — respondo.

— Emma vai encontrar a gente em Taipei. — Sophie descansa o queixo contra meu ombro e seu braço envolve

De volta a Taipei **185**

minhas costas. Seu corpo esquenta a lateral do meu, e seu rosto está a centímetros de mim quando olha na minha direção por entre os cílios levemente recurvados. Ela dá tapinhas no meu peito. Eu me afasto para conseguir prestar atenção ao que ela está dizendo. — Não esquece da Emma, tá? Ela é sua princesa. Mas pode ficar sentado aqui com Joella e Jasmine por enquanto. A gente precisa compartilhar a riqueza.

— Hum, quê?

— Vou juntar você com Emma!

No segundo seguinte, Sophie se desprende de mim, agarra meus ombros e me força a afundar na poltrona à frente das duas irmãs.

Joella desafivela o cinto de segurança e vem se sentar ao meu lado, derramando ginger ale na minha calça.

— Opa, foi mal. A empresa do nosso pai fornece cola para a empresa do seu pai. — Ela solta uma risadinha e se inclina para mim, voltando a derrubar bebida no meu colo. — Ele não vai nem *acreditar* que estamos viajando no seu jatinho.

Jasmine boceja alto.

— Eu já voei em outros jatinhos particulares. — Ela faz contato visual comigo e se apressa em acrescentar: — Mas este aqui é bem legal. O sabonete é bom mesmo.

Sophie bagunça meus cabelos como se eu fosse um filhotinho de cachorro.

— Então, vamos ficar trocando de lugar para todo mundo poder se conhecer melhor durante pouso e decolagem; entre os dois, vamos dormir e aproveitar para celebrar. Divirta-se!

Ela volta a andar pelo corredor, cambaleando e usando os encostos das poltronas de cada lado para se equilibrar.

Olho de volta para Joella e Jasmine.

— Foi um prazer conhecer vocês. Me dão licença um segundinho?

Corro atrás de Sophie e agarro seu braço. Ela se vira, surpresa.

— Prefiro ficar sentado com meus amigos antigos — digo, baixinho. — Com você. A gente tem muita coisa para colocar em dia.

Sophie fica nas ponta dos pés e leva a boca à minha orelha. Seus lábios roçam o lóbulo, que parece pegar fogo.

— Melhor começar com eles, então, porque eu e você — ela sussurra — vamos ficar grudados um no outro a sexta inteira por causa das entrevistas. Falando nisso. — Ela se afasta para me fitar. — Andei pensando... você não precisa encontrar seu pai se não quiser.

Pisco.

— Meu professor não me deu escolha.

— Aliás, eu já te disse como foi tão, *tão* generoso da sua parte oferecer o jatinho para levar a gente e como eu sinto MUITO por não ter feito uma triagem melhor?

— Como assim? — pergunto. Então Rick cutuca o ombro dela.

— Sophie, tia Claire vai mandar alguém buscar nós três no aeroporto. — Rick está segurando a mão de Ever.

— Não precisa! — Sophie abraça a cintura da amiga, da mesma forma como tinha se pendurado em mim alguns minutos atrás. — Consegui umas scooters de graça pra gente!

— De graça? — repete Ever. — Como?

Sophie abaixa a cabeça até o ombro da outra, sorrindo, e Ever apoia a própria cabeça contra a da amiga. É um momento digno de ser fotografado. Se minhas mãos não fossem começar a tremer no instante em que tentasse filmá-las.

— Encontrei uma lojinha nova que precisa de publicidade — explica Sophie. — Falei para eles que a gente estava chegando com umas centenas de pessoas acompanhando tudo pelo Instagram, e eles disseram que emprestariam até vinte scooters pelo fim de semana se a gente marcasse a loja nos posts.

— Será que você também consegue fazer a paz mundial acontecer? — pergunto.

— Ha-ha. — Ela revira os olhos com um movimento dramático do pescoço. — *Mas por favor.* Você é o dono deste avião. Só fiz uma ligaçãozinha.

— Tia Claire quer que a gente deixe as malas com ela para poder alimentar a gente direito — explica Rick. — A Ever também.

— Ela quer dizer me engordar para o abate? — Ever faz uma careta. — Sua família me *odeia.*

— Não vou deixar você ficar em outro lugar, e eles não te odeiam. — Rick dá um beijo no nariz da namorada. — Não mais.

Ugh. Baixo os olhos para o rosto extasiado de Sophie.

— Mal posso esperar para conhecer o bebezinho da tia Claire! Ao meu novo primo, Finn! — Sophie levanta sua lata de cerveja e dá um gole em homenagem ao recém-nascido. — Comprei um macacãozinho de Dartmouth para ele. Aposto que a tia está tão feliz que deixou Taipei inteira radiante… quando Fannie e Felix nasceram, ela era tão amorosa que achei que ia acabar sufocando os dois. Oi, Xavier. — Ela se atira em mim e solta um arroto. — Ops.

Um sorriso repuxa o canto da minha boca. Tento estabilizá--la. Apenas Sophie Ha é capaz de fazer um arroto parecer fofo.

* * *

Dez minutos depois, estamos no ar. Sophie venceu, e estou sentado diante das irmãs de preto e vermelho. Consegui esquecer seus nomes, mas não posso deixar transparecer e acabar chateando as meninas. Estão discutindo sobre um historiador falecido sobre o qual nunca ouvi falar.

— O *Atlantic* acertou em cheio — diz a de vermelho.

— Achei o artigo do *New York Times* mais profundo — rebate a outra.

Estou perdido. Nunca li nem o *Atlantic,* nem o *New York Times.* E... todos aqui são universitários.

Exceto eu.

Sophie dá uma gargalhada alta lá na frente. Inclino o tronco para o corredor para poder enxergar melhor. Duas garrafas de champanhe estão banhando Sophie, Rick e Bert, que agora está vestindo apenas cueca e meias. Estão ensopados.

Bert segura a maçaneta da porta do avião.

— Vamos cuspir no ar!

— Mas que caralho? — Alarmado, desafivelo o cinto de segurança e corro na direção deles ao mesmo tempo em que uma menina grita:

— Não, para!

Rick puxa Bert para trás.

— Se você abrisse aquela porta, todo mundo morria! — grita.

— Era só brincadeira, não ia abrir de verdade — protesta Bert.

— Este avião não é seu — diz Sophie. — A gente devia ter te deixado na pista. Tenha um pouco de respeito!

Ever pousa os dedos no braço de Rick.

— Talvez fosse bom a gente dar uma pausa nas bebidas?

— Estamos em território internacional. — Marc coloca os cabelos castanhos atrás das orelhas. — A idade legal para consumo de álcool voltou a ser dezoito anos, como é o certo.

— A bebida é a graça da festa! — exclama Bert.

Todos os olhos se viram para mim. Estou parado no meio do corredor.

Estranho. Estou no comando. Sophie tinha razão — Bert está agindo como um babaca e destruindo o jatinho de Ba. Sim, é irritante, mas também é o que Ba esperaria de mim, não é? Fico feliz que Rick esteja aqui, e, agora que Bert foi colocado em seu lugar... na minha humilde opinião, ele não está inteiramente errado. Tudo fica menos constrangedor com álcool.

— Foda-se — digo. — Vamos celebrar.

Marc vibra e aumenta o volume da música. Sophie sobe em uma poltrona, descalça, e levanta o copo para mim, Rick, Ever e Marc.

— Aos melhores amigos que alguém poderia querer!

Não sei quanto tempo passamos bebendo, dançado e cantando karaokê horrivelmente. Mas em algum momento, depois de as luzes enfraquecerem, a cabine ficar quente, todos se livrarem dos excessos de roupa, ficando apenas com o estritamente necessário para a festa de pijamas do século, e meu cérebro começar a vazar pelos ouvidos, Sophie segura minha mão.

— Vem dançar, Xavier!

E dançamos.

É inegável que Sophie é atraente. Seus cabelos são de todas as cores da água sob o luar, e fluem e brincam ao redor dos ângulos de seu rosto. Seus olhos são como piscinas escuras, refletindo o brilho das luzes da cabine. A blusa roxa abraça suas curvas, e ela se segura no meu braço, requebra e balança a cabeça, selvagem e livre.

— Estou te vendo, Xavier Yeh — diz ela. — Na minha bola de cristal, vejo multidões viajando para testemunhar sua arte, e elas saem *transformadas*. Você faz todo mundo olhar para causas que não recebem a atenção que merecem. Essas pessoas agem mais. Vivem mais. *Amam* mais.

— E eu vejo você em um trono — rebato. — A dona do mundo. Organizando os apaixonados. Pessoas como aquele seu professor idiota se curvam diante de você e beijam seus pés.

— Ha! — Ela tropeça em mim.

— Sophie, acho que você devia dar um tempo — sugere Rick, mas ela empurra a mão do primo para longe e uma risada escapa de seus lábios. Os sapatos de Sophie já foram abandonados há muito tempo, e agora abandono os meus também. Continuamos dançando. Dançando para esquecer projetos escolares e pais escrotos. Sua pele quente desliza contra a minha. Envolvo suas costas, e os braços pesados de Sophie abraçam meu pescoço enquanto nos movemos de acordo com o ritmo da música, quadris em sincronia, seus cabelos pretos voando em todas as direções.

O aroma cítrico e floral dela — não me canso de respirar Sophie. Nossos corpos se encaixam, e nos movimentamos em harmonia. Ela joga a cabeça para trás, com olhos fechados e um sorriso nos lábios. É como aquela primeira noite durante o verão, quando saímos para dançar. O fogo entre nós dois também estava presente na época, assim como todas as razões pelas quais deveríamos tê-lo ignorado, mas nada disso importa agora.

Não sei quem toma a iniciativa, mas, de repente, nossas bocas estão coladas e se movendo juntas. Ela tem gosto de pasta de lótus e açúcar. Meus dedos afundam nos cabelos dela, puxando-a para mais perto de mim, borrando nossos limites e contornos enquanto ela arqueia o corpo contra o meu. É o melhor beijo já dado nesta altitude.

Sophie abre um sorriso sonhador para mim. Seus braços me apertam mais, e seu peso me puxa para o lado. Uma parte remota de mim me avisa para parar, dizendo que vou me arrepender pela manhã, mas o restante... Enterro o nariz no côncavo do pescoço dela e mordo sua pele perfumada.

Então estamos cambaleando na direção do quarto nos fundos do avião. Meu corpo inteiro queima. Precisa ser aplacado, e por ela, ela inteira.

Caímos dentro do espaço vazio e topamos com a cama king-size. Sophie me solta e vai até a porta. A última coisa que vejo antes de Sophie fechá-la é Priscilla olhando feio para nós, a boca em uma expressão furiosa, abrindo e fechando com palavras que não consigo escutar — e o olhar preocupado de Rick.

Então, no segundo seguinte, eu e ela estamos entrelaçados outra vez: as curvas de seu corpo encaixadas nas do meu, suas unhas cravando-se na minha pele, nossas bocas em chamas... e nenhuma daquelas pessoas lá fora importa mais.

21
SOPHIE

É a ausência de ruído que me faz acordar com um sobressalto. Não sinto ou ouço mais vibrações. Nem o zumbido do motor. Apenas o silêncio da cabine, o peso da perna de Xavier sobre a minha. Uma umidade familiar adensa o ar. A luz da manhã alfineta minha cabeça e faço uma careta, protegendo os olhos com a mão. As janelas mostram um céu impiedosamente branco e azul.

Taipei. Pousamos.

Eu me sento, e uma pontada de dor apunhala meu cérebro. Minha cabeça pesa cerca de cinquenta quilos. Quer rolar para fora do pescoço. A lembrança da noite passada volta, desenfreada: nossos corpos emaranhados, braços e pernas, o gosto de vinho tinto na boca dele e o calor de seus lábios na minha pele...

Meu Deus! Nós...?

Ele continua adormecido, deitado de barriga para baixo com o rosto virado na minha direção, metade dele enterrada no travesseiro. A camisa preta está um pouco repuxada para cima, expondo uma faixa pálida das costas. Ainda está vestindo a calça. Espalmo meu próprio corpo. Blusa, sutiã, saia. Tudo onde deveria estar. Graças a Deus, devemos ter desmaiado antes de as coisas saírem de controle. Mas minha pele ainda formiga com o roçar de sua barba por fazer na minha bochecha, suas mãos explorando...

Como foi que deixei isso acontecer? Qual foi o responsável? O sedutor jatinho particular? Vê-lo pessoalmente? *Dançar* com ele? Apenas estar na presença dele outra vez fez com que uma onda de tantos sentimentos que achei que já tinha esmagado reemergisse.

E agora, em apenas uma noite, arruinei todo o progresso.

Deslizo para fora da cama. Xavier se remexe, o edredom fazendo um ruído.

Tateio pelo chão em busca do meu celular para mandar uma mensagem para Ever e Rick, mas encontro o aparelho sem bateria e inútil. É a história da minha vida. Saio para a cabine principal, mas nossos amigos já a esvaziaram. Dois faxineiros coletam garrafas de cerveja e embrulhos de comida, e um terceiro passa aspirador. Luz do sol amarelada jorra pela porta aberta. À medida que me aproximo dela, o ar vai ficando vários graus mais quente.

A voz de Ever flutua até mim.

— Bom, vou lá acordar os dois. Estamos atrasados... Ah, oi, Sophie!

Seguro o batente da porta e me vejo banhada por raios quentes de sol, parada no topo de uma rampa forrada com tapete vermelho que leva até onde minha amiga está. Todos atrás dela estão acompanhados de suas malas e mochilas. Dois funcionários repõem o combustível, que sai de um grande tanque prateado. O ar úmido, como um lençol quente, é menos sufocante do que no verão. Mas os rostos de todos, virados na minha direção, me fazem tremer.

Há quanto tempo estão discutindo qual seria a melhor maneira de não nos interromper?

Priscilla cruza os braços por cima das borboletas cintilantes estampadas em sua roupa. A rigidez de seus ombros grita mais alto do que qualquer outra palavra.

— Não aconteceu nada — digo. — A gente só... hum, acabou bebendo demais. — Meu cérebro inchado lateja contra meu crânio. — Desmaiamos de sono.

Um mosquito pica meu braço e o estapeio para longe. Ninguém responde. Ninguém acredita em mim. E por que deveriam? Agora, além de encarar Xavier, também preciso encarar todos eles.

Deixo um grunhido escapar, o que apenas faz com que minha cabeça ameace explodir. Levo os dedos às têmporas, tentando estabilizá-la. Da lista de coisas que sem dúvidas complicariam tudo, escolho fazer justamente a que está no topo.

O furacão ataca novamente.

— Por favor, dá pra gente fingir que nada disso aconteceu? — imploro. — Vou chamar o Xavier — digo, e volto para dentro da cabine.

Xavier se senta, já atirando o edredom de seda para o lado quando entro no quarto privativo. Os cabelos ondulados estão desgrenhados, caindo nos olhos. Seus dedos se movem para abotoar a camisa preta. Afasto os olhos de sua barriga, pego um travesseiro do chão e o jogo nele, acertando seu rosto com um baque satisfatório.

— A gente não devia ter feito aquilo! — Minha voz treme. Retiro o macacão roxo de dentro da mochila. Tenho que me livrar desta blusa que cheira a cerveja e a Xavier. Tenho que me livrar *dele*.

Xavier percorre os dedos pela barba por fazer no maxilar.

— Foi mal.

Sua aparência péssima reflete como me sinto, mas parte de mim ainda quer fechar a porta, voar para cima dele e retomar do ponto onde paramos.

— Nem quero mais continuar aquele projeto — digo, o que não é bem a verdade. Quero conhecer a tia dele e conversar sobre o Espelho Mágico. E tenho que ajudá-lo com o curta, devo isso a Xavier. — Não quero fazer o projeto com *você*.

Ele abaixa a cabeça.

— Eu... me deixei levar.

O arrependimento em sua expressão me faz doer por dentro. Ele se deixou levar e eu também... Fomos estúpidos e inundados por hormônios. E desta vez... Se aquilo não foi real, acho que não sei o que é de fato real. Só sei que transar não é o mesmo que amor. E não posso permitir que esses sentimentos ferrem o meu fim de semana e me enlouqueçam depois que eu voltar para Dartmouth e ele para Los Angeles, nos colocando a cinco mil quilômetros de distância um do outro mais uma vez.

Cruzo os braços e olho feio para os pés descalços de Xavier.

— Só para ficar registrado, não acredito em segundas chances.

Ele não responde.

— E nós dois precisamos arrasar nos nossos projetos. Não consegui fazer nada durante o voo! — Depois de todos os meus planos... nada. — *Preciso* daquela aula. Você *precisa* se livrar do seu pai. Então nós vamos fazer nossas entrevistas, seu filme... e voltar para casa. A noite passada não aconteceu. Certo?

— Certo. — Ele me encara, enfim, me sobressaltando com o choque daqueles olhos que veem demais. — Sophie, sinceramente, a coisa mais importante para mim é continuar sendo seu amigo. Não quero te machucar, nunca.

Mas suas palavras machucam.

— Idem — respondo, seca, depois sigo para o banheiro a fim de trocar de roupa.

Três adultos de terno estão reunidos na pista do lado de fora do *Lynn*. Câmeras são apontadas para nós ao descermos do avião, e avisto um logotipo vagamente familiar em uma delas, apoiada sobre o ombro de um homem.

— Imprensa? — pergunto.

— Estão sempre por perto — responde Xavier.

Levemente em pânico, desembaraço o cabelo com os dedos, mas Xavier não se deixa abalar. É algo corriqueiro quando os imperadores de Taipei aterrissam? Minha tia estava sempre antenada nos passos dele verão passado, devia ser assim.

— Merda, de novo não — xinga Xavier.

Sigo seu olhar, não na direção da imprensa, mas do aeroporto. Meu coração fica apertado. Um homem familiar vestindo terno azul-marinho está marchando na nossa direção, uma menininha segurando sua mão. Está sendo seguido por outras três pessoas desta vez: um segurança, um homem com um quepe de piloto roxo da Folha de Dragão e uma mulher de terno verde-limão e salto alto, seu passo apressado e nervoso.

Xavier volta a xingar.

— Por que Ba está aqui agora?

22
XAVIER

Não era para eu ter que lidar com ele até ter chegado ao apartamento para nossa entrevista. Que duraria dez minutos, no máximo. Agora ele está aqui outra vez — com o mesmo penteado letalmente afiado e os mesmos olhos pretos de águia. À medida que ele se aproxima, vou sentindo cada fiapinho de cor sendo sugado de dentro de mim. Preciso detê-lo antes que tente me mandar de volta para casa ou envenenar minha viagem.

O mundo está se movendo depressa demais esta manhã. Depois de uma noite em que tudo parecia tão certo, acordo sem saber onde Sophie está e então me dou conta de que nós dois saímos dos trilhos, quando nunca quis fazer nada que pudesse colocar nossa amizade em risco. Aí vem o pouso em Taipei, onde a umidade e as montanhas verdes fazem eu me sentir estranhamente em casa, mas não de verdade. Não desde que Ma morreu.

E agora Ba. A pior parte: ele está calmo como se estivesse apenas dando um passeio pela praia. Está de mãos dadas com Alison — a filhinha de quatro anos de Bernard, que abraça um Mickey Mouse de pelúcia tão grande quanto ela. O segurança do meu pai, Ken-Tek, um segundo piloto e uma executiva seguem atrás dele.

Eu me agacho, desconfiado, pronto para enfrentá-lo se for obrigado a chegar a este ponto.

— Meus amigos da imprensa. — Ba abre a mão para eles. — Agradeço por acompanharem a vida do meu filho. Gostaria de dar uma palavrinha a sós com ele e seus amigos.

— Senhor, pode ao menos dar uma declaração? — pergunta um homem.

— Não há declaração alguma a ser feita — responde meu pai.

A mulher de terno verde-limão estala os dedos. Os repórteres pegam seus pertences e equipamentos e voltam na direção do aeroporto. São seguidos pela equipe de limpeza e reabastecimento. A palavra dele e o estalar de dedos dela bastam. Estou de volta ao mundo do meu pai, onde seu dedo mindinho tem mais poder do que um verdadeiro imperador.

Ba bate no ombro de Bernard e o aperta em um gesto afetuoso de velho amigo.

— Bernard, fez mais do que sua obrigação, como sempre. Reservei uma suíte para você e Alison em um resort no Magic Kingdom de Los Angeles. Ela está empolgada. Leve-a ao parque temático de *Star Wars* para as férias que já lhe devo há muito tempo. Gao-Li vai pilotar para você poder dormir.

O homem com uniforme de piloto aperta a mão de Bernard.

— Espera. O quê? — digo. Um alarme baixo começa a soar dentro da minha cabeça. O plano era voltarmos em dois dias. — Agora?

Bernard retira o quepe roxo da cabeça e o torce entre as mãos.

— Lao Yeh, o senhor é generoso demais. — Ele me lança um olhar. — Lao Yeh, estes jovens...

— Não se preocupe, cuidarei de tudo. — Ba gira o relógio, verificando as horas. — Melhor vocês irem andando para chegarem a Los Angeles em um horário decente.

— Quero viajar na cabine do piloto! — Alison corre rampa acima, o Mickey Mouse quicando enquanto ela corre, e Bernard e Gao-Li a seguem.

— Ba... — Começo, mas ele me silencia com a mão ao redor do meu braço enquanto Bernard afasta a rampa e fecha a porta da aeronave. Os repórteres desaparecem dentro do aeroporto. Enquanto o avião parte, ele se vira para mim.

— Você está fora de controle.

Mais rápido do que um raio, Ba agarra minha orelha e dá um puxão para baixo. Calor explode pela minha cabeça. Sapatos sociais pretos polidos giram diante dos meus olhos.

— Solta ele! — grita Sophie.

Com um rugido de fúria, eu me desvencilho. Nem fodendo ele vai voltar a me humilhar na frente de todos. Não desta vez. Meu rosto se contorce até se tornar uma máscara de ódio enquanto avanço para ele. Mas Ken-Tek toma a frente e me bloqueia. Começa a marchar para mim, mas retrocedo, de punhos cerrados, atraindo-o para longe dos meus amigos.

As mãos de Sophie estão fechadas também, como se estivesse se preparando para eliminar Ba ela mesma. Ever se agarra ao braço de Rick, os olhos esbugalhados de horror. Minha orelha queima e sinto um filete de sangue correr por meu pescoço, mas me recuso a dar ao meu pai a satisfação de admitir que me machucou.

— Vem para cima de mim você mesmo! — cuspo para Ba. — Ficar sentado naquele seu trono está te amolecendo.

— Jane. — Ba endireita o terno azul-marinho com um movimento hábil de pulsos. — Por favor, mostre a Xiang-Ping e aos amigos dele o que sua equipe encontrou pela manhã.

Não abaixo os punhos. Mantenho um olho fixo em Ken--Tek enquanto a mulher levanta um iPad para nós. Um vídeo está passando: um Bert magricelo, sem camisa, dançando em cima de uma poltrona com uma garrafa de merlot — depois ele abaixa a calça, e sua grande bunda redonda e peluda enche a tela.

— Bert! — grunhe Rick.

Sophie enfia a mão dentro do bolso.

—A live!

Jane deve ser a chefe da equipe de Relações Públicas de Ba. A segunda pessoa mais importante no universo da Folha de Dragão. Um segundo vídeo pulsa com música: Sophie brilhando em sua blusa roxa, os braços pálidos para o alto, movimentando-se com a batida. Alguém grita: "Estamos de carona com a classe dos bilionários!"

Depois, Sophie e eu, corpos entrelaçados como um par de estátuas de amantes em Paris, nos esfregando um no outro no ritmo da música, e então o vídeo se torna proibido para menores. Tudo de que nos arrependemos na noite passada bem ali, sob o nariz de Ba. É por conta desse tipo de coisa que as políticas de privacidade do Instagram existem.

Depois, Bert outra vez, segurando a maçaneta da porta antes de Rick puxá-lo para trás, gritando: "Se você tivesse aberto aquela porta, todo mundo morria!". Tinha sido ruim na hora — e agora, sob o olhar de Ba, é pura estupidez.

— Vocês poderiam ter morrido — repete meu pai, devagar. — Todos vocês.

— Ele não ia mesmo fazer aquilo — digo. Mas sei que soa ridículo. O próprio Bert desapareceu, bunda peluda e tudo. — Foi minha culpa.

— Não, foi m... — começa Sophie.

— Claro que foi — interrompe Ba. — Vídeos estão pipocando pela internet inteira. *Scribe Asia* publicou um artigo na primeira página. "Príncipe de Taipei retorna em grande estilo."

— Quem se importa com eles? — rebato.

— Eu me importo com uma cobertura de imprensa que não tem por que existir! — vocifera Ba.

— Nunca nem estou aqui. Ninguém está nem aí para quem eu sou!

— E é assim que queremos que continue! Gastamos milhões para garantir que a reputação da família e da companhia permaneça imaculada como um altar sagrado. Ficamos fora das notícias, a menos que estejamos controlando a mensagem. E você arruinou tudo em uma tacada só.

— A gente está nos jornais? — sussurra Priscilla, deleitada. Ever olha furiosa para ela. Mas, por Deus, como queria poder ser Priscilla; queria que tudo isto fosse a vida de merda de outra pessoa.

— Não, vocês não estão nos jornais — responde Ba. — Graças à equipe de Jane. Cinco pessoas passaram as últimas três horas apagando todos os rastros do artigo e todas as fotos na internet. Incluindo o Instagram.

— Quaisquer menções adicionais serão deletadas da rede imediatamente — complementa Jane. — Publicamos uma notícia sobre os fármacos mais recentes do nosso centro de pesquisa em câncer. Qualquer busca pelos nomes de vocês ou pelo jatinho vai cair em resultados sobre a nossa história primeiro, seguidos de outras similares.

— Como ela fez isso? — murmura Priscilla.

Apagados, todos nós redirecionados. Se quisesse convencer o mundo de que existo, nenhuma ferramenta de busca do Google me ajudaria agora.

Este sou eu: o Yeh Enterrado.

— Receio que Bernard ficará fora por uma semana. O que quer dizer que *meu* avião — Ba coloca ênfase no pronome possessivo — não estará disponível para sua viagem de volta.

Um ruído de choque soa atrás de mim, mas levo alguns segundos para processar a informação.

— Não tenho dinheiro para voltar para casa! — exclama Priscilla. — Tenho provas na segunda.

Todos eles têm. Esta é a verdadeira humilhação. Não puxar minha orelha ou jogar Ken-Tek para cima de mim como um cão de guarda.

Mas me obrigar a decepcionar meus amigos.

— Você disse ao Bernard que ia cuidar de tudo! — grito.

— E *estou* cuidando de tudo. Há consequências para mau comportamento. Já é hora de você aprender com elas. Vocês todos encontrarão seus próprios meios de voltar para casa, porque certamente não sou eu quem vai pagar a conta.

— Ninguém aqui tem dinheiro para pagar uma passagem de mil dólares.

— Nem ferrando. — Priscilla está à beira das lágrimas.

— Devia ter pensado nisso antes de jogar o traseiro do seu amigo na frente da tela.

— Sr. Yeh, sentimos muito pelos vídeos, mas já foram deletados. E não acho que aquela manchete tenha manchado a reputação da sua família — argumenta Sophie. — As pessoas admiram a sua família. O "príncipe de Taipei" não é um título ruim.

— Da próxima vez, mocinha, seria melhor para você permanecer na cabine principal com o cinto de segurança bem apertado em vez de montar no imprestável do meu filho.

Sophie se engasga, e fico vermelho de ódio. Vou para cima de Ba e, desta vez, consigo passar por Ken-Tek. Meu pai arregala os olhos, surpreso. Ele levanta um braço para me bloquear, mas vou pela lateral e meu punho se choca contra o peito dele com sólidos baques duplos. Ele cambaleia um passo para trás, os braços se debatendo no ar.

É uma vitória fugaz. No segundo seguinte, a mão de Ken-Tek está estabilizando as costas do meu pai e impedindo sua queda. Ele se coloca entre nós como uma parede de ferro.

— Dá o fora da minha vida — rosno para Ba.

Meu pai está ofegante, os olhos estreitos. Ele ajeita o terno outra vez. Jane coloca a mão no braço do chefe antes que ele possa me responder.

— Senhor, precisamos seguir para a pista de corridas agora.

Outro artifício do departamento de RP — uma corrida de carros na qual Ba dirige um Porsche, simbolizando que a Folha de Dragão ultrapassa todos os competidores, ou alguma outra baboseira semelhante. Não me importa, contanto que ele esteja longe e Sophie e eu possamos começar a filmar em paz.

— Sim, mas tratemos de Xiang-Ping primeiro. — A respiração de Ba já está sob controle outra vez. — Você me convenceu a viajar até aqui para um projeto escolar. Disse que conta como nota para três matérias. Então precisamos garantir que seja bem-sucedido. Para sua sorte, seu primo chegou faz uma hora. Então pedi a ele para supervisioná-lo.

Lulu? Não, ele disse *primo*?

Ba chama na direção do aeroporto:

— Lin-Bian, onde está você?

Merda, não acredito.

O lorde Babaca aparece: uma versão mais jovem do meu pai, de camisa social azul e cabelos perfeitamente repartidos para o lado. A última vez que o vi foi na casa deles em Taipei, há vários anos, quando ele ateou fogo nos meus sapatos. É apenas um ano mais velho do que eu, mas, ao contrário de mim, pulou vários anos de escola, nunca teve que repeti-los. O filho-modelo da dinastia Yeh, aprendendo sobre os negócios da família desde que usava fraldas.

— Não preciso de supervisão! Especialmente não da *dele*.

— Espera... Victor? — Sophie está perplexa. — Vocês são *primos*?

23

SOPHIE

— **O que está acontecendo?** — pergunta Victor. — É você, *Cara de Cha Siu-Bao!*

— *Primos?* — repito.

Victor levanta a mão para um *high-five*, e bato nela automaticamente, atordoada.

Um milhão de emoções rodopiam dentro do meu coração já confuso. A briga de Xavier com o pai, aqueles vídeos estúpidos, o homem atirando o que aconteceu entre mim e Xavier na nossa cara como se fosse um filme pornô... e agora... Victor e Xavier?

Todas aquelas semanas que passei conversando e trocando mensagens com os dois sem nem fazer ideia... Parece impossível, mas eles têm a mesma figura esguia, a mesma estrutura óssea definida, os mesmos cabelos pretos ondulados. Victor trocou o figurino de aluno nerd-mas-estiloso por uma blusa social de seda azul, mais parecido com a maneira como Xavier se veste. Até falam com um timbre caloroso similar, de cordas vocais originadas do mesmo DNA.

Mas Xavier se recurva, ao passo que Victor se empertiga como um soldado. E há uma diferença gigantesca entre os dois: Victor tem toda a calma de um monitor de Dartmouth, e Xavier é um urso feroz. Seu rosto está contorcido de fúria. Uma veia bifurcada pulsa em sua testa.

— Não preciso dele acabando com as minhas paradas — estoura Xavier.

— Paradas? — Pela primeira vez, a voz do pai se suaviza. — Ainda bem que sua mãe não está aqui para ver você desta maneira. Teria partido o coração dela.

O rosto de Xavier perde toda a cor. Ele fica em silêncio enquanto o pai vai embora, com Jane e o segurança em seu encalço. Quero ir até Xavier para abraçá-lo e confortá-lo, mas isso não iria contra tudo o que disse a ele no avião? Os demais, com uma olhadela incerta na direção de Xavier, também começam a seguir para o aeroporto, me deixando sozinha com os dois primos.

É então que noto o filete de sangue ficando seco no pescoço de Xavier.

— Ai, Xavier, sua orelha.

Pego um lenço da bolsa enquanto ele esfrega o local.

— Já sofri coisa pior.

— Sinto muito. — Dou tapinhas na área ensanguentada. Ele se retrai, mas não se afasta enquanto o limpo. — Sobre a festa. A live. É tudo culpa minha.

— Não é culpa sua que ele seja um dominador.

— Tem um monte de merda acontecendo agora com a Folha de Dragão. Ele está tendo que cuidar de tudo ao mesmo tempo — explica Victor.

—Ah, você continua aí, é? — comenta Xavier, sarcástico.

— Como seu pai disse, sou o responsável por garantir que você dê as caras nas reuniões. Chega de ficar fazendo merda, chega de ser manchete de jornal. "O filho pródigo retorna com gangue de amigos". O seu timing não podia ser pior. Você tem alguma ideia do que está acontecendo na empresa?

— Não tenho e não estou nem aí. — Xavier começa a caminhar atrás dos outros, e nós o seguimos.

— As ações da Folha de Dragão estão despencando — explica Victor.

— Ba está ficando pobre? Então quer dizer que agora ele só pode comprar o mundo inteiro tipo o quê? Duas vezes? Que peninha.

— Ah, Xiang-Ping. É exatamente por isso que preciso ficar grudado em você feito carrapato o fim de semana inteiro. A gente tem tanto assunto para colocar em dia. Há quanto tempo a gente não se vê? Um ano? Dois?

— Quatro.

— Você aprendeu a contar.

— E você a amarrar os sapatos. Quando foi que parou de usar os de velcro?

Victor é tão suave, enquanto Xavier é pura fúria à flor da pele; ainda assim, estão os dois dizendo a mesma coisa: arrancariam os olhos um do outro se pudessem.

Ao fim da pista, o *Lynn* decola. Victor leva a mão à testa para cobrir os olhos e acompanhar a trajetória do jatinho branco pelo céu azul.

— Sabe, vim para cá pela United, como qualquer mortal comum. Passei o voo preparando o discurso que vou fazer em nome da família no pavilhão de bolos lunares amanhã. — Ele volta o olhar para Xavier. — Então me perdoe por achar irônico que a pior coisa que te aconteceu foi ter perdido o seu avião de festas.

Xavier começa a correr para se afastar.

— E por que *você* está aqui? — me pergunta Victor. — Meu primo é um desastre. Como uma garota esperta que nem você foi parar dentro do circo dele?

Não quero ter que ficar de conversa com Victor, não quando está do lado do pai de Xavier. Não até eu ter a oportunidade de entender o que está acontecendo pela boca do próprio Xavier. Apresso o passo também.

— Ficamos amigos no Barco do Amor.

As sobrancelhas de Victor se arqueiam, indo parar quase na linha do cabelo.

— Me diz que não foi ele o seu sr. Errado.

Minhas bochechas queimam de vergonha.

— Não é da sua conta — estouro. Merda, ele é *monitor* de Horvath. Não posso deixar que crie antipatia por mim. — Vocês são que nível de parentes?

— Meu pai é irmão mais novo do pai dele.

— Edward?

— Você conhece a árvore genealógica. — Ele não está surpreso. São todos bem conhecidos, como os Windsor. Ainda assim, soa presunçoso.

— Quando você disse que ia trabalhar para a sua família depois de se formar, não achei que era *desta* família que estava falando. — Não é de se admirar que ele seja tão seguro. *Ele* está com a vida ganha, ainda que a dinâmica familiar deles seja muito mais complicada do que as lojas de departamento chiques e as ilhas privativas das quais são donos.

— Pois é, e é por isso que estou aqui. Para o discurso… milhares de pessoas vão ao Festival da Lua. É meu anúncio de que vou voltar para Taipei depois da graduação. Vou fazer os meus quatro meses de serviço militar obrigatório, depois sigo direto para a Folha de Dragão. Com certeza vou começar com um cargo modesto. Vice-presidente de algum departamento de tecnologia emergente. Coisa assim. — Ele abre um sorriso predatório.

— Na verdade, vim aqui para me encontrar com uma parente sua para o meu projeto de ciência da computação — admito. — Rose Chan.

— Para ciência da computação? — Ele franze a testa, confuso. — Minha tia tem... uma *loja de roupas*.

Soa exatamente como Horvath. Não no bom sentido.

— E também tem um *bot* estilista que usa IA. Ela concordou em conversar comigo. Achei que, se eu conseguisse mostrar a Horvath por que uma companhia tão grande quanto a Folha de Dragão acha que isso é uma boa ideia, talvez ele mudasse de opinião.

— Ele é um dos professores mais respeitados em uma das instituições acadêmicas mais antigas dos Estados Unidos. Você está na faculdade para ouvir a avaliação e os conselhos que ele tem para dar. Por que desafiar o cara?

Mordo o lábio, me sentindo alfinetada. É o furacão à solta outra vez? Esta viagem como um todo é um insulto ao professor Horvath? Ele ficaria bravo se descobrisse que estou me esforçando tanto para provar que minha ideia é válida, apesar do julgamento dele?

— Por favor, não diga nada a ele — imploro. — Preciso de um tempo para colocar as minhas ideias no lugar.

— Eu só mencionaria se você quisesse que eu falasse bem do seu projeto, Sophie.

Victor nunca me deu razões para não confiar nele, mas há um motivo pelo qual Xavier o odeia.

Estamos nos aproximando dos outros passageiros. As meninas estão conversando entre si. O rosto de Priscilla está fechado, com raiva.

— Subi naquele avião porque achei que ia voltar para casa do mesmo jeito.

— Todo mundo pensou — responde Joella.

— Ai, não — gemo. — Preciso cuidar disso também.

— Chama todo mundo pelo nome — aconselha Victor.

— O quê?

— É a primeira regra de uma liderança carismática. Li sobre isso em um livro. O som mais doce aos ouvidos de uma pessoa é o próprio nome.

Recordo todas as vezes em que Xavier disse "Sophie". E foram *muitas* vezes.

— Sua família inteira faz isso? — pergunto, indignada, mas ele apenas aperta meu braço.

— É melhor eu ir andando. Tenho que ser babá do meu primo. Você ainda está me devendo aquele *bubble tea. Ciao.* — Ele leva dois dedos à testa em um gesto de saudação e me lança um sorriso encantador, transformando-se no monitor de Dartmouth outra vez, e começa a correr atrás de Xavier.

— Então você ficou com um herdeiro dos Yeh e agora já está atrás de outro? — indaga Priscilla. — Você é inacreditável.

Meu queixo cai.

— Não, ele... é *monitor* de uma das minhas aulas.

— Pior ainda! Você está *sempre* flertando. Sinceramente, como você se aguenta?

Meu peito fica apertado.

— Não estou flertando com ninguém. Olha, tem um monte de merda acontecendo, caso você não tenha notado.

— Sophie ralou para organizar esta viagem. — Ever vem se juntar a nós, de mãos dadas com Rick. Ela entrelaça o braço no meu de maneira tranquilizadora. — Você só aproveitou tudo. Então por que não mostra um pouquinho de gratidão?

Meus olhos ardem e me agarro a ela — nunca é a raiva que me faz querer chorar. É isto.

— É, valeu por nada. Agora estou presa em Taipei. — Priscilla marcha atrás de Victor.

— Eu devia ter dito o nome dela — resmungo.

— O quê?

— Nada. — Seco a umidade dos olhos. — Estou *mesmo* sempre flertando? Não é minha intenção.

— Você é linda. É só sorrir na direção de um garoto que ele já fica com os joelhos fracos. Você é simpática e quer agradar as pessoas. Não é culpa sua e não devia se sentir mal por isso.

— Me parece um problema esquisito para se ter.

— Mas é verdade. Ando tentando explicar esse tipo de coisa para Rick também. *Ele* não tem que lidar com essas questões. — Ever franze o cenho para o namorado.

— Como assim? Como você acha que ganho tantas partidas? É só eu sorrir para o *linebacker* que ele fica com os joelhos fracos, e aí passo por cima dele.

Todos rimos.

— Eu estava mesmo precisando disso — digo.

Ever dá um beijo na bochecha de Rick, depois se vira para mim.

— É injusto te julgar por uma coisa dessas, sério.

— Tá bom. — Sorrio, grata pelo alívio temporário.

O tom de Ever se torna sério.

— Coitado do Xavier. O pai dele… Eu sabia que era difícil, mas…

Não adianta mais tentar esconder.

— É por isso que ele precisa ir bem no projeto de curta-metragem — digo. — Xavier está tentando recuperar a poupança dele para poder se livrar do pai. Não pode nem ir embora... o pai mandaria guarda-costas atrás dele.

— Ele está tão preso — comenta Ever.

— Isso explica muita coisa — diz Rick.

— É. Enfim, a gente precisa descobrir como vai fazer para voltar. Todo mundo tem aula na segunda. Tem como a administração da bolsa de dança ajudar você? — pergunto a Ever.

Ela franze o nariz.

— Não, eles cancelaram a passagem quando falei que ia pegar carona com amigos.

— A gente está ferrado — diz Joella.

— Bom, mas já estamos aqui — lembro. — Melhor não desperdiçar a viagem. Vamos visitar a família, fazer testes de dança, entrevistas. O resto de vocês vou dividir em grupos para darem umas voltas pela cidade... vão se divertir. Alguém me empresta um carregador, por favor? Vou pedir ajuda aos ex-alunos do programa.

— O que eles podem fazer? — pergunta Joella, mas mesmo assim me passa o carregador.

Meu celular começa a se acender lentamente. Não são nem oito da manhã aqui, ainda é cedo. Com sorte, o *jet lag* não vai atacar até o dia seguinte. Faço uma busca pelas redes sociais primeiro, procurando os vídeos incriminatórios. Desapareceram sem deixar rastros, como Jane disse. Assustador. Não sabia que alguém podia editar os posts de outra pessoa. Não me espanta que Xavier não possa escapar.

Uma mensagem de Emma surge na tela, enviada oito horas atrás.

> MDS. o Xavier é LINDO! Quem diria que ele
> ia ficar gato desse jeito? E é tão fofo quanto
> eu me lembrava. Não fico empolgada assim
> por causa de um garoto há tanto tempo. Mal
> posso esperar para encontrar todo mundo no
> Taipei 101. Muito obrigada, amiga!

Ah, droga. O que foi que eu fiz? Era para estar sendo o cupido dos dois, e aí eu... Nós dois...

Abro o grupo de ex-alunos do Barco do Amor.

— Uau, não para de crescer! Mais quinhentas pessoas!

— Meus seguidores no Instagram aumentaram quase na mesma proporção: ex-alunos de verões passados estão acompanhando nossa viagem tresloucada de fim de semana, a festa no jatinho particular e tudo o mais.

Vários comentários aparecem no meu *feed*.

Trina Aquilo foi ela gritando "classe dos bilionários"?

Alexandra Ela nem é bonita. Como está namorando Xavier Yeh?

Melody Gente oportunista tá tão fora de moda... preguiça.

Quem são essas pessoas? Devem ter visto os vídeos antes serem deletados da internet... quer dizer então que o departamento de Relações Públicas da Folha de Dragão não é tão infalível assim.

E agora, para completar, tenho um bando de *haters* que nunca sequer conheci.

Priscilla Agora ela tá flertando com o primo dele também. Nojento.

Como eu disse.

Somos apenas amigos, gente! É o que quero escrever, como se fosse ajudar muito. Pior ainda, aquela parte traiçoeira de mim não para de se perguntar... por que *nada* aconteceu entre nós ontem? Os garotos *não* costumam ir devagar comigo.

Então por que Xavier não quis?

Balanço a cabeça. É o furacão girando. Mas estão todos me observando. Talvez eu possa pegar um pouco do poder do meu desastre climático e nos manter boiando. Finjo que nem eu nem eles estamos lendo aquele monte de merda e escrevo:

SOS, galera.

Tivemos conflitos de horário para a viagem de volta. Alguém tem alguma ideia do que a gente pode fazer? Aviões particulares? Ou comerciais? Dinheiro para emprestar? Todo mundo precisa voltar domingo à noite.

Lena
Que droga @Sophie

Jillia
Minha tia é comissária de bordo da Singapore Airlines. Vou perguntar para ela.

David
Vou dar uma sondada por aí.
Meu pai conhece gente na United.

> **Laura**
> Aproveita a reunião por nós!
> Queria poder estar aí também!

Abençoadas sejam essas pessoas que ainda são minhas amigas.

— Alguém vai poder ajudar? — Joella espia meu celular.

— Vamos dar um tempinho para eles, ok? Pode ser que alguém consiga alguma coisa. — Já me sentindo um pouco aliviada pelo grupo, sigo para o balcão da imigração. — Anda, a gente só tem dois dias! Vamos aproveitar.

24

XAVIER

— **Você nunca me disse** que era amiga do meu primo em Dartmouth — digo a Sophie ao sairmos do aeroporto. Todo aquele tempo que passei conversando com ela por telefone, em Los Angeles, ela estava com ele. Victor tinha até um apelido carinhoso para Sophie. — Quando vocês se conheceram?

— No primeiro dia de aula. — Enquanto saímos, o vento sopra seu cabelo, escondendo seu rosto.

— Ele é monitor daquela aula de IA, aquela em que estou querendo entrar. Não fazia a menor ideia de que ele era seu primo, juro.

É claro que o lorde Babaca iria direto para cima de Sophie. Usando óculos da Dior Homme ou algum outro símbolo de status, aposto.

— Você devia ficar longe dele.

— Não posso simplesmente começar a ignorar o Victor — retruca ela. — Ele é monitor do curso.

— Ele se ofereceu para te ajudar a impressionar seu professor?

Ela cora.

— É, bom, *sim*. Por que seu pai colocou ele de babá?

— É um puxa-saco. De qualquer um que tenha alguma coisa que ele quer. E agora estamos presos com... o *lorde Babaca*... o fim de semana inteiro! — Estou forçando a barra, sei disso. E chamá-lo pelo apelido que inventei faz dez anos não é um grande sinal de maturidade. Mas quero que ela me diga que também consegue enxergar através daquela máscara falsa dele... mas Sophie não está me dizendo nada disso.

— Bao-Feng? — Um homem do outro lado da rua coloca o capacete azul sob o braço e acena. — Sou Li-Fan. Nós nos falamos por e-mail.

Sophie corre na direção dele, e eu a sigo.

— Taipei Rides? — pergunta ela.

— Estão todas aí. — Ele gesticula com orgulho para um arco-íris de scooters com calotas brilhantes. Bert já está passando a mão pelo cromo vermelho-reluzente, conversando com algumas pessoas; mais quinze ex-alunos do programa juntaram-se a nós, vindos de outros portões e voos, apertando mãos, dois deles falando com sotaque australiano.

— Oi, gente. Eu sou a Sophie Ha. Eita, nosso número está aumentando! — Sua pose é de anfitriã, mas posso notar que está nervosa. Ela fala mais depressa do que o normal, uma das mãos fechadas com força atrás das costas. — Amigos do Barco do Amor dos campi de Chien Tan e de Ocean, do programa do verão passado... vão se conhecendo. Para todo mundo que quiser encontrar um par hoje, seja presencial ou virtualmente, postei um app de namoro no canal do Barco do Amor. Por favor, façam o download e preencham as informações de vocês lá.

"Para todo mundo que for jantar no Taipei 101 hoje às sete da noite, o evento está sendo patrocinado pela generosa

Emma Shin... PORÉM! Para poderem entrar, vocês têm que levar uma caixa de bolos lunares para compartilhar com dez pessoas. Ou alguma outra lembrancinha do tipo."

— Brilhante — comenta Ever.

Sophie pega o capacete azul, de ponta-cabeça, do homem das motocicletas.

— É impossível fazer tudo que Taipei tem a oferecer em um fim de semana só, então vamos ter que viver as experiências através dos olhos uns dos outros... então, postem tudo nas redes sociais! Agora... aqui está o nosso meio de locomoção para esses dois dias.

— O quê? Não acredito! — exclama Priscilla.

Sophie lança uma olhadela a Li-Fan, que está mais afastado, perto da fileira de scooters. Ela abaixa a voz e diz com doçura:

— Precisei fazer quatro ligações para conseguir isto... então chega de antipatia para cima de mim, por favor?

Priscilla franze a testa.

Sophie balança o capacete azul para que possamos ouvir o ruído metálico de chaves lá dentro.

— Vão escolher os capacetes de vocês, é assim que vão ficar sabendo quem é seu parceiro. Se alguma dupla não tiver habilitação, aí vocês trocam ou pegam uma motocicleta com dois lugares. Quando forem postar as fotos, usem as *hashtags* #TaipeiRides e #ReuniãodoBarcodoAmor!

— Rick e Ever. — Ela atira chaves para a amiga.

Rick prende a bagagem dos dois na grade e Ever sobe atrás dele na scooter.

— Manda uma mensagem quando vocês estiverem indo para a casa da tia Claire, a gente vai encontrar vocês lá — diz Rick, e os dois partem.

— Xavier, eu e você temos as nossas próprias scooters individuais, já que vamos ter que andar bastante por aí. — Uma motocicleta azul dá dois bipes, e ela me entrega as chaves. Deixo minha mochila no compartimento de trás, coloco o capacete e monto na scooter. Quando ela ronca sob minhas pernas, o estrondo de um motor mais poderoso faz com que todos se virem. O lorde Babaca para perto de nós em sua moto Yamaha preta e elegante, que ele comprou para impressionar a primeira namorada.

— Xiang-Ping, para onde primeiro?

— Sede da empresa — respondo, curto e grosso.

— Depois, para a casa da minha tia — acrescenta Sophie.

— É pra gente ficar junto — diz ele.

— E você vai fazer o que se a gente não ficar? Me desafiar para uma queda de braço?

— Não tem scooters suficientes — avisa Priscilla.

Sophie franze a testa.

— Tenho certeza de que contei certo.

— Bert saiu sozinho — explica Marc, seco.

Sophie encontra meu olhar, mas depois desvia o rosto.

— A gente pode dividir — digo, mas ela não quer. É muito típico de casalzinho, que é exatamente o motivo de ela ter feito esse esquema para todos, menos para nós dois.

O lorde Babaca abre um sorriso convencido.

— Vai ver você prefere vir comigo? — Ele acelera o motor como o exibido que é.

Ela coloca o capacete laranja.

— A gente precisa decidir qual vai ser o plano de filmagem no caminho — digo. É um argumento totalmente válido. — Estamos com pouco tempo.

— Ok. — Sophie me empurra. — Mas sou eu quem vai dirigir.

— O quê? Mas já estou pronto. — Não me movo. Preciso sentir o vento no corpo, soprando através da camisa, por meus cabelos, levando para longe toda a merda que Ba despejou em cima de mim. Fingir que sou o dono da rua, já que não sou dono de mais nada, nem da minha vida.

Mais do que isso, porém, o que não posso é ter que ficar segurando a cintura de Sophie, seus cabelos batendo no meu rosto, me fazendo pensar em como me senti ontem à noite, abraçado a ela enquanto dormia, sua respiração esquentando meu pescoço e seu coração batendo contra meu peito.

Ela me empurra com mais força, furiosa.

— Só porque você é homem.

— Segura firme.

— Eu que dirijo na próxima!

— Tá bom.

Ela atira a perna por cima do assento atrás de mim e se segura nos apoios de mão nas laterais. Não posso deixar de pensar que é progresso para nós dois que eu não esteja permitindo ela me sobrepujar, ou que eu não esteja com medo de ela fazer isso, mesmo que eu ainda não saiba bem o que isso quer dizer.

— Não se afastem de mim — diz o lorde Babaca. — Seu pai falou...

Acelero, fazendo uma curva brusca para fora do estacionamento.

— Espera! — grita meu primo. Minhas bochechas se retesam com um sorriso largo. Mesmo na moto chique dele, o lorde Babaca não tem coragem de acompanhar minha velocidade. Quando o sinal lá em cima fica amarelo, acelero ainda mais, passando bem no instante em que fica vermelho. Um carro buzina. Meu primo grita outra vez, mas suas

De volta a Taipei 221

palavras ficam perdidas no ar enquanto nossa scooter deslancha pelo asfalto marcado com grandes caracteres brancos. Estamos tão inclinados que quase chegamos a arranhar as pernas no concreto.

Os braços de Sophie apertam minha cintura.

— Mas que porra, Xavier?!

Sorrio contra o vento. Sei que não deveria, mas, ainda mais do que aquela noite no Club Pub, tudo isto faz eu me sentir eu mesmo outra vez.

A forma pontuda e azul-esverdeada do Taipei 101 domina o horizonte à medida que nos aproximamos da cidade.

Certa vez, andando de carro com Ba, ele enumerou as maneiras como nossa família tinha dado forma àquele horizonte. Dois prédios ao leste foram construídos pelo meu avô, outro, ao sul, pelo meu pai. Eu estava sentado no colo dele e senti orgulho — ainda sinto, mesmo agora —, mas a memória só serve para mostrar como as coisas mudaram. A Família e sua Reputação são exatamente as razões pelas quais sou uma decepção. A razão pela qual mantém quaisquer menções a mim enterradas. Para impedir que eu os puxe para baixo comigo.

Passamos por um hotel de dez andares que pertence à família de Ma.

— Quero visitar minha mãe no cemitério — digo na direção do vento. — Queria ter ido durante o verão.

— Onde ela está enterrada? — Sophie parece ter me perdoado agora que estamos andando da maneira adequada.

— Yang Ming Shan.

— Nas montanhas? — Seus braços deslizam para baixo na minha cintura. — É um pouco longe...

— Mais ou menos uma hora. Os túmulos da minha família ficam no fim da rua, depois do filho de Sun Yat-Sen. A gente pode ir amanhã. Não vai demorar. — A voz do meu pai ecoa na minha cabeça. — Não acredito que Ba usou minha mãe contra mim. Mas ele sempre faz a mesma coisa.

— Tenho certeza de que ela estaria orgulhosa de você. Só queria saber se ela não estaria decepcionada comigo. Ela não tinha um diário, até onde sei. Não tenho como saber o que desejava para mim, ou o que acharia de mim hoje. Só tenho a palavra de Ba como parâmetro.

— Queria *poder* saber. — Reconheço o desvio para Dihua Street e viro na direção da placa de saída verde, 出 口: a "boca". Isso é fácil de ler, pelo menos. — Quer dizer, só estou aqui por causa da poupança que ela deixou para mim...

Deixo o restante no ar. Tem o projeto de Sophie também. Eu não teria vindo apenas para o Festival da Lua, mas acho que, por ela, sim.

O sinal abre, e saímos da via rápida com mais uma centena de outras scooters e motocicletas pequenas de todas as cores. A energia me alimenta com mais esperança, e viro na Dihua Street, onde passamos por uma fileira de prédios históricos de dois andares feitos de tijolos vermelhos: um corredor onde cada uma das edificações tem três arcos no primeiro andar e três janelas de oito vidraças cada no segundo... todas formando um bloco infinito pela rua.

— Que diferente — comenta Sophie. — Amei este lugar.

— É a rua mais antiga de Taipei. — Desacelero até parar, depois tiro a câmera de vídeo da mochila e a penduro ao redor do pescoço. É muito cedo, então muitos dos estabelecimentos comerciais ainda estão fechados. — A sede fica no fim da rua. Quero filmar tudo isto.

— Achei que a gente estivesse a caminho de algum arranha-céu.

— Não, a empresa está sediada aqui desde sempre. Minha família começou vendendo tecido, e é por isso que ficaram por aqui mesmo, perto da água. Para ter acesso aos navios. — É outra coisa de que gosto a respeito da Folha de Dragão: seu início. Antes da diversificação de negócios e das *holdings,* das fusões e dos investimentos estratégicos. No começo, os Yeh só faziam uma coisa. Éramos comerciantes.

— Este é um lugar ótimo para filmar.

À medida que continuamos pela rua, vou filmando estabelecimentos que vendem todo tipo de produtos secos: cogumelos, fungos brancos, chás, ameixas, mangas, figos cortados pela metade com corações rosados. Tranças de alho roxo se dependuram de uma corda. Aromas almiscarados e pungentes fazem meu nariz coçar.

— A marina de Dadaocheng fica a só um quarteirão daqui — digo. — Eu costumava dar comida para os patos de lá com minha mãe. Um muro da cidade antiga continua de pé. Era daquela doca que minha família enviava tecido para a Ásia inteira.

— Seu tom é de orgulho quando fala dessas coisas — comenta Sophie.

— É? — Fico um pouco envergonhado. Não sou nenhum porta-voz ou coisa do tipo. Obviamente.

Então a sede da empresa entra em nosso campo de visão: um prédio histórico um pouco excêntrico em uma interseção, o canto do segundo piso cortado como se fosse a ponta de um octógono. Sempre gostei dele e do impressionante emblema da Folha de Dragão pendurado lá, com o dragão preto perolado circundando o caractere Yeh. Mas, ampliado daquela maneira, a semelhança com o dragão que pintei no verão é inegável, desde as garras nos pés às escamas folhudas. Ba vence outra vez. Nem original eu sou.

As portas de entrada são feitas de mogno entalhado com mais dragões e cenas da história do porto. Mas minha visão está bloqueada por uma multidão de homens e mulheres cantando e gritando, todos espremidos na calçada encoberta entre as colunas de tijolo. Eles ocupam a interseção inteira, até os prédios do outro lado.

— O que está acontecendo? — pergunta Sophie. — Deve ter umas cem pessoas aqui.

— Não sei. — Cartazes se agitam acima de suas cabeças. — Parecem estar com raiva. — Franzo a testa, abaixando a câmera. — Não posso filmar com toda essa gente aqui. E agora?

Estaciono a scooter um pouco antes da multidão.

— A gente também vai ter que passar por eles para conseguir entrar. Aqui, vem.

Envolvo os ombros de Sophie com um braço, protegendo-a do impacto de corpos e cotovelos enquanto abro caminho em direção à porta. Ela se espreme contra mim.

Os gritos tornam-se claros:

— Fora! Fora! Fora!

— Fora quem? — sussurra Sophie.

— Não sei!

Eu nos espremo sob o arco. Uma barreira policial de madeira azul bloqueia as portas de mogno entalhado, no centro das quais há duas aldravas de cobre. O número "1912", a data da fundação da empresa, está gravado em uma tabuleta de pedra verde-acinzentada. A entrada está decorada para o Festival da Lua com faixas de papel vermelhas, com texto feito de letras pretas antigas desenhadas no topo e descendo pelas laterais — mas não posso filmar nada com essa multidão pressionando minhas costas e três guardas de uniforme bloqueando o caminho.

Esticando o pescoço, tenho um vislumbre de um dos cartazes.

O rosto de Ba, como uma cabeça decapitada, riscado com um grande X preto.

Uma sensação de enjoo embrulha meu estômago. É o retrato oficial dele: terno azul, queixo altivo e olhos escuros firmes que ignoram o X sobre seu nariz.

— O que está escrito nos cartazes? — pergunto.

Sophie se afasta para poder olhar.

— "Expulsem-no".

— O CEO ganha milhões por ano — berra alguém. — Dirige carros de luxo. Ele pode manter o meu salário. Preciso alimentar a minha família!

— Manda *ele* embora!

São funcionários da empresa? Os gritos estão perfurando meu crânio. Ba *dirige* carros de luxo, mas também se orgulha — a ponto de ser irritante — de tratar bem seus empregados. Todas essas pessoas ofendendo meu pai não parece... Quer dizer, não sei o que parece, ou como me sentir. Na longa história da Folha de Dragão, ouvi falar de parceiros de negócios traiçoeiros, fregueses encrenqueiros e familiares letalmente furiosos. Mas nunca vi nada assim.

Balanço a cabeça. O que quer que seja esta confusão, é problema dele, não meu. Só preciso de material para meu documentário e conseguir entrar para levar Sophie para falar com minha tia.

Dou a volta pela barreira.

— Afaste-se! — Um guarda avança para mim, o porrete de madeira em punho. — Não chegue mais perto!

Ele empurra meu peito com tanta força que piso no pé de Sophie. O emblema da Folha de Dragão reluz, dourado, no bolso da camisa dele. Sophie agarra meu braço.

— Tudo bem? — Viro para ela.

— Tudo — responde ela, tensa. — Vamos dar um jeito nisto.

Mostro meu passaporte.

— Meu nome é Xiang-Ping. Er. — Odeio ter que dizer isso. — Filho do presidente Yeh.

Enquanto o guarda abre o documento, dois homens atrás de nós dizem:

— O filho? É o filho?

— Yeh é um sobrenome comum. — O segurança estreita os olhos para minha foto, depois para meu rosto. — Não sei de nada sobre o presidente ter filhos. Tem um sobrinho.

O Yeh Enterrado ataca novamente.

— Sou *filho* dele.

— Cadê seu crachá?

— Não tenho um.

Mais pessoas na multidão começam a prestar atenção à conversa. Murmuram entre si. O segundo guarda folheia meu passaporte.

— Você se parece com o sr. Yeh — afirma de maneira dúbia, mas o primeiro reforça:

— Não podemos admitir a entrada de ninguém que não tenha um crachá ou um acompanhante autorizado.

Algo pesado acerta a parte posterior da minha cabeça.

— Ai! Mas que merda?

— Parem! — grita um homem no meio da multidão. — Este é um protesto pacífico.

De volta a Taipei **227**

— Um saco de areia. — Sophie pega do chão uma pequena sacola preta amarrada com barbante.

Estou sendo crucificado pelos pecados de Ba — pode ficar mais irônico que isso?

Outro saco passa voando ao lado da minha orelha.

— Dá pra gente conversar lá dentro, por favor? — suplica Sophie aos guardas.

— Não estamos deixando ninguém entrar no momento.

— Viemos aqui para um projeto escolar — explico. — Liga para minha Tia Três... Rose Chan.

— Ela está ocupada gerenciando esta emergência.

Outra sacola acerta a barreira e explode em uma nuvem de areia. Uma quarta passa de raspão por meu ombro, e coloco a mão nas costas de Sophie, puxando-a para ficar na minha frente, fora da linha de fogo. Está evidente que a Folha de Dragão está enfrentando dificuldades... mas temos apenas este fim de semana.

— A gente pode ligar para minha tia? — peço com urgência. — Ela está esperando...

Uma das portas se abre atrás dos guardas, apenas uma frestinha. O lorde Babaca aparece, cabelos úmidos como se tivesse acabado de molhá-los sob a pia, e uma carambola suculenta já meio comida na mão.

— Está tudo bem, senhores. Eles estão comigo.

— Lin-Bian. — A expressão dos guardas relaxa um pouco. — Perdão, não sabíamos.

O lorde Babaca é mestre em sorrir torto sem de fato fazê-lo. Ser salvo por ele é como cheirar poeira de pedra do porto. O que eu preferiria fazer a ter que aceitar sua ajuda.

— Ai! — exclama Sophie.

— Acertem eles! — grita alguém.

Sacos de areia estão voando por toda a parte. Empurro Sophie para a frente quando outra sacola me acerta entre as escápulas. Depois, minha nuca. Uma revoada delas é atirada.

— Vai, vai, vai! — berro.

25

SOPHIE

Onde fui me meter?

Massageio o ponto dolorido no meu ombro. Estamos em um pátio externo, com o coro anti-pai-do-Xavier reverberando através das portas fechadas.

Tudo o que eu queria era fazer uma boa proposta de projeto para impressionar o professor Horvath e entrar para a turma dele. Agora estou do outro lado do mundo, bem no meio de uma rixa familiar E descontentamento social... tudo porque estou correndo atrás dessa minha ideia louca de fazer um *bot* de moda.

E Xavier não foi nem capaz de entrar na sede da própria família! Qualquer outra pessoa teria feito um escândalo, mas ele, não. E agora? Ele não pode filmar com aquelas pessoas protestando no caminho, e não posso me encontrar com a tia dele se ela está ocupada lidando com eles — mas é claro que a família Yeh tem assuntos muito mais importantes a tratar do que dar atenção a dois projetos estudantis.

— Quem eram aquelas pessoas? — pergunta Xavier, esfregando a parte posterior da cabeça.

— Foram demitidas da empresa na semana passada — explica Victor. — Foi uma demissão em massa.

— Por quê? A Folha de Dragão é uma mina de ouro.

— Você é tão ingênuo, Xiang-Ping.

Xavier infla as narinas.

— Que se dane. A gente só precisa falar com a Tia Três.

— Vamos entrar. — Victor nos leva na direção de uma elegante construção preta com vigas vermelhas. É chocantemente moderna no meio de tanta tradição, como um iPad dentro de um baú entalhado à mão. Mas gosto dela. Tiraria mais fotos se não estivéssemos no processo de escapar de uma tempestade.

Lá dentro, um saguão de pé-direito alto é iluminado por globos brancos. Três retratos de homens pintados a óleo estão pendurados nas paredes, provavelmente o bisavô e o avô de Xavier, o pai dele por último. Duas recepcionistas usando headsets acenam de trás de um balcão de granito.

— Por aqui. — Victor nos direciona a passar por elas e depois por um arco.

Entramos em um museu que parece um hangar. Lanternas vermelhas elegantes, as bases quadradas com laterais de pano volumosas, balançam no teto preto, como um campo de papoulas com corações brilhantes. Abaixo delas, veículos futurísticos estão estacionados dentro de quadrados delineados por cordas: um deles tem três rodas, a da frente enorme, e teto de vidro. Um carro elétrico de aparência antiga.

— Este é o showroom da empresa — explica Victor para mim.

Muito mais o que eu esperaria da Folha de Dragão. Só torço para que esteja mesmo tudo bem. Xavier tenta ignorar tudo, mas está ficando cada vez mais difícil. Ainda consigo ouvir a multidão lá fora.

— A tia Rose está aqui? — pergunta Xavier. Olho ao redor, procurando qualquer mulher que pudesse ser ela, mas vejo apenas alguns homens mexendo em uma máquina. Tanta tecnologia incrível. Mal posso esperar para ver o aplicativo do Espelho Mágico.

— Se estiver, vai estar no armazém dela lá nos fundos. Vamos lá.

— Xavier, a gente não devia filmar isto? — pergunto. Também preciso me certificar de que ele faça progresso no projeto dele.

— Devia. — Ele parece distraído, mas levanta a câmera à altura dos olhos. Uma luzinha verde se acende. — Estas são as coisas que a empresa exibe aos convidados VIPS.

— De quantos minutos de filmagem você precisa? — pergunta Victor.

— O curta-metragem tem que ter seis minutos de duração — responde Xavier. — Não sei ainda de quanto tempo de filmagem preciso.

— Você precisa de um plano — aconselha Victor. — Uma lista de cenas, saber como uma quantidade X de minutos de filmagem vai se traduzir em tempo de curta, esse tipo de coisa.

— Ainda não sei, tá bom? — repete Xavier, esquentado. — É por isso que estou aqui. Vou filmar o que achar que faz sentido. Símbolos. Bolos lunares.

— Eu diria que o problema é seu, mas, infelizmente, é meu também — diz Victor.

Xavier o ignora e aponta a câmera para os automóveis.

Enquanto ele filma, abro o Instagram para atualizar o restante do grupo. Uma torrente de posts com a *hashtag* #ReuniãodoBarcodoAmor domina minhas notificações: Ever e Rick brindando com *bubble tea,* Spencer e Priscilla no parlamento de Taiwan — estão todos visitando Taipei inteira: o jardim zoológico, os mercados, até o campus de Chien Tan. Mais trinta ex-alunos vieram da Europa e da Ásia para o encontro no Taipei 101, que já pulou para cento e dez convidados. Uau, é um bocado de gente que terei que deixar feliz. Faço uma anotação mental para aumentar o número de reservas. Espero que não tenhamos ultrapassado a quantidade máxima de pessoas.

Mas, em geral, adoro essa onda de energia. Começo uma gravação ao vivo, e cem pessoas entram para assistir no mesmo segundo.

— E aí, galera! Estou aqui no showroom *incrível* da Folha de Dragão e...

— Er, Sophie, você não pode gravar aqui sem permissão — adverte Victor de maneira gentil.

— Eu dou permissão — retruca Xavier, ríspido.

— Hum, certo. — Maravilha. Uma centena de pessoas escutando enquanto sou repreendida e os primos brigam entre si. — Bom, vamos ouvir os segredos da tecnologia de moda da empresa, então tenho que desligar agora, mas, se conseguir, vou tentar fotografar os bastidores.

Desligo a gravação. Um comentário no meu *feed* me chama a atenção:

Que roupa mais vagabunda. Ela não pode ser namorada dele.

Aw, eu acho que os dois são fofos juntos.

Espera... eu?

Abro uma série de fotos postada por Bert. A imagem no topo é até inocente — a garrafa de vinho de mil dólares —, motivo pelo qual provavelmente escapou da limpa feita pelo departamento de Relações Públicas da empresa. Mas a foto seguinte, claro, mostra Xavier dançando comigo. Sua mão na minha cintura, meus braços ao redor do pescoço dele, e estamos encaixados um no outro de uma maneira que faz meu corpo lembrar aquele momento com vividez demais. Ele me queria naquele instante. Senti que queria.

Estremeço e desvio o olhar.

Sophie Alô! Não sou namorada dele.

— Tudo bem, Sophie? — pergunta Xavier.

E por que ele sempre sabe quando há algo errado?

— É o grupo… — Paro de falar quando outro comentário vem à tona.

É melhor essa reunião valer mesmo a pena. Minha passagem custou uma nota. Contando com você, @Sophie!

Argh!

— Não é nada. — Guardo o celular no bolso, mas, apesar de todas as postagens doces com a *hashtag* da reunião, fico com um gosto amargo na boca. Tento afastar do pensamento as alfinetadas que recebi enquanto Victor aponta para uma cápsula de metal com asas que lembram as de um morcego.

— Esta é uma aeronave personalizada. Voa de verdade.

Xavier levanta a câmera. Algumas exibições mais à frente, um grupo de homens está reunido em torno de uma cama de hospital. Longos braços robóticos operam um boneco do tamanho de uma pessoa.

— Tem muita invenção bacana sendo feita — comenta Victor —, mas a empresa vem vendendo o mesmo tipo de eletrônicos, jogos e tecnologia de saúde há cinquenta anos. A competição está chegando junto. Por isso as demissões.

— É por causa disso que Ba estava tão puto com a exposição ruim?

— Não é só *exposição ruim*. — O tom de Victor voltou a ser mordaz. Ele parece o tipo de pessoa que *daria* um escândalo se os seguranças não o reconhecessem. Se eu não o tivesse conhecido primeiro como meu monitor superprestativo, não o reconheceria agora. — Hoje em dia, qualquer um pode ser facilmente derrubado do trono, basta um comentário ruim no Twitter sobre algum cliente maltratado em uma loja. Você chega como se fosse um imperador romano em um bacanal, enquanto os ex-funcionários da empresa estão protestando na rua. A gente está lidando com centenas de tweets ruins, mesmo com Jane tentando abafar a maioria. Agora, uma empresa chamada Cruzados está tentando tomar a frente da nossa.

— Cruzados?

— Eles fazem jus ao nome. Conquistam e destroem.

— Ba não vai vender a empresa nunca — afirma Xavier. — A Folha de Dragão está na família há mais de cem anos. Ele está no comando desde que aprendeu a engatinhar. Eu brincava aqui quando era criança.

— Você é mesmo tão estúpi…

— Para. — Não me importa quem Victor é. — Sério, Victor. Chega.

Victor olha para mim, surpreso. Xavier toca no meu cotovelo rapidamente, como se dissesse *obrigado*. Estou me metendo nos assuntos dele de novo, mas talvez não tenha problema desta vez. Ele faria o mesmo por mim.

— Er, não depende só do seu pai — continua Victor em um tom menos babaca. — O vovô e seu pai são donos de boa parte das ações da empresa, nossas tias têm uma participação bem pequena, o restante está com primos distantes e pessoas aleatórias que investiram ao longo dos anos. Eles todos podem vender para os Cruzados e sair com dinheiro no bolso. Individualmente, não seria um problema, mas todas as ações deles combinadas nas mãos de alguém dá o controle da companhia para eles.

— E o seu pai? — pergunta Xavier.

— *Meu* pai? — Victor trinca o maxilar outra vez. Uma covinha surge no rosto dele. — Você por acaso viu o retrato *dele* no saguão?

Xavier franze o cenho, pensando. Também não tenho certeza — estava lá?

— Esquece. O que importa é que o legado inteiro da nossa família está em jogo. E você só se importa com sua festinha regada à cerveja no céu.

Xavier cora.

— Você não tem nada melhor para fazer do que ficar de babá, não?

— Infelizmente, seu pai me deu ordens expressas. Não posso deixar você ferrar seu projetinho de ensino médio, ou ele vai me arrancar o couro.

Victor abre com violência uma porta na parede oposta. A porta é simples, mas o ar é tomado por um perfume delicado, que parece saído de um reino mágico de vestimentas e cores vivas penduradas em uma centena de araras. Por um momento, só consigo fitar boquiaberta. É mesmo real?

— O armazém da Seda Mágica — anuncia Victor. — Se tia Rose estiver em algum lugar da empresa, vai ser aqui.

26
XAVIER

O rosto de Sophie ao entrar no armazém é como o de uma criança na manhã de Natal. Ela pega um par de botas, um xale de pele, um vestido de miçangas. O espaço é de um andar só, compacto, com uma parede feita apenas de prateleiras, cheia de rolos de algodão bordado e sedas tailandesas, caixas de chapéus, botas de couro estilosas. Um labirinto de araras de roupas desaparece ao virar em um canto.

É um local de trabalho, um almoxarifado, não um showroom para visitas públicas. Mas Sophie dá um giro, maravilhada, fitando o logotipo do espelho de mão antigo pintado na parede, as fileiras de sapatos de salto alto, bolsas, suéteres dobrados e todos os vestidos pendurados em todos os cantos.

Ouvi-la me defender contra o lorde Babaca foi um pouco surreal. A vida inteira tive que bloquear as alfinetadas dele sozinho. É uma daquelas coisas que desgastam uma pessoa a ponto de não restar mais ânimo para lutar. Talvez fosse isso que Ma queria dizer quando falava que ninguém devia enfrentar a vida sozinho.

E agora minha cabeça está girando com todos os problemas com que minha família está lidando: os protestos, o rosto de Ba naqueles sacos de areia, os Cruzados. Eu não fazia ideia. Não estavam errados quando disseram que eu vivia no mundo da lua. Sempre presumi que a Folha de Dragão fosse intocável. Indestrutível. Também, nunca foi assunto meu.

— Você disse que costumava brincar aqui? — Sophie se vira para mim.

— É. É estranho estar de volta. Faz tanto tempo. — Faço uma tomada panorâmica do espaço. Todas essas gravações podem acabar sendo úteis. Uma mulher aponta um scanner de mão para uma etiqueta presa a um lenço. Outra procura algo em araras de roupas organizadas por cor e material: vermelhos, cremes, cores pastel, estampas, sedas, peles falsas. Uma máquina de costura faz um zumbido baixo em algum lugar nos fundos. — Eu pegava os tecidos e colocava por cima da cabeça para ver o mundo através de cores e estampas diferentes.

Foco em Sophie quando ela pega uma camiseta cor-de-rosa com estampa de um cookie de gotas de chocolate.

— "Você, meu amor, tem olhos de cookie, nariz de cookie e orelhas de cookie." — Ela ri. — O que é isto?

— Eu me lembro disso. É a linha de camisetas com dizeres toscos. Tinha tudo para ser um fiasco, mas as pessoas acabaram adorando. Parece que ainda fazem sucesso, se continuam à venda até hoje.

— São engraçadas. — Ela pega outra: um desenho de um par de *kuàizi* segurando um bolinho. — "Você e eu combinamos como bolinhos e molho de soja." Ha! Este lugar é mágico de verdade. Qualquer coisa é possível aqui.

Eu a sigo com minha câmera enquanto ela passa a mão por uma fileira de vestidos de festa de cetim. Às vezes, cores vivas ao redor de uma pessoa podem deixá-la mais apagada, mas, com Sophie, elas a deixam ainda mais cheia de vida. Capturo as linhas do perfil dela. As explosões de energia que a impulsionam de um espaço para outro.

Ela me encara, depois se sobressalta, arregalando os olhos.

— Ah! Não sabia que você estava me filmando. — Suas bochechas ganham um tom corado.

— Continua. Parece que você nasceu para isto.

— Para admirar roupas?

— Não, boba. Para estar na frente da câmera. — Tento encontrar as palavras certas para explicar. — Suas emoções estão sempre à flor da pele. São como... raios de sol. Jorrando para fora de você.

— Raios de sol?

Argh, quem é o bobo agora?

— Foi mal, sou péssimo com palavras. Não era bem isso que eu queria dizer.

A boca de Sophie tremelica.

— Você não é péssimo com palavras. E meio que adorei o que você disse. — O sorriso dela me faz pensar outra vez na noite passada. Não importa o que ela tenha dito, não é algo que eu possa simplesmente esquecer... mesmo sabendo que preciso.

Sophie aponta para uma máquina que está envolvendo vestidos de festa em sacos de plástico transparente. Ela adota seu tom de voz formal:

— Moda encontra tecnologia. Olha só para isto. Tudo de ponta. — Movo a câmera para englobar o braço robótico que transporta os invólucros até uma estante.

— Para onde vão esses vestidos? — pergunta Sophie a uma moça de cabelo roxo curtinho, estilo pixie, vestindo um casaco cheio de cristais.

— Para as docas. Vamos enviá-los para clientes.

— Para onde? — pergunto.

— Japão, Singapura, um avião para a Europa. Tudo sai daqui para o mundo. — Ela deixa um recado dentro de uma caixa de sedas estampadas.

— E o que é isso? — quer saber Sophie.

— Lenços de uma cooperativa feminina no Peru. A sra. Chan sempre manda de brinde com a nossa mercadoria, para tentar ajudar a marca a ficar mais conhecida.

— Que legal. — Sophie olha para mim. — Seu pessoal de RP devia anunciar *esse* tipo de coisa.

— Sou só a gerente de estoque.

— Você sabe onde a sra. Rose Chan está? — pergunto. Sophie me lança um olhar confuso, mas prefiro não me identificar se não for necessário.

— Ela está cuidando da crise lá fora, mas, se eu a vir, vou dizer que estão procurando por ela. — A moça se afasta carregando a caixa.

— Isso é TÃO incrível! — exclama Sophie. — Mal posso esperar para conversar com a sua tia.

— Ela deve estar aqui em algum lugar. — Nos embrenhamos mais no armazém, procurando até chegarmos à balaustrada de uma varanda que dá vista para uma pequena sala de estar lá embaixo. Uma escada em espiral leva a sofás de seda azul com estampa de magnólias grandes. É um pequeno oásis para convidados. Ma costumava ficar sentada aqui, bebendo chá, quando visitávamos.

Para minha surpresa, minhas tias-avós estão lá embaixo, os cabelos brancos como neve, as duas vestindo quimonos nas cores lavanda e turquesa que me lembram um par de pantufas. Tia-Avó Dois está sentada a uma mesa, deslizando um pincel de caligrafia sobre um longo pergaminho cheio até a metade de caracteres pretos. Tia-Avó Um adormeceu sentada em uma poltrona, com uma manta de lã branca puxada até a cintura.

Minha garganta arde com um sentimento inesperado de perda. Estive tão focado em Ba e Tia Três que nem cogitei que pudesse encontrar as duas aqui. Ainda que, pensando bem, as duas sempre tivessem passado a maior parte do tempo ali mesmo. Eram próximas de Ma. Eu me recordo de bolos de semente de lótus, o aroma de óleo de narciso branco, a maciez de seda contra meu rosto. Uma presença gentil. Faz anos que não as vejo, e só agora me dei conta de que senti saudades delas.

— Quem são? — pergunta Sophie, baixinho.

Tia-Avó Um dá um ronco e se vira. A manta branca escorrega, e Dois deixa o pincel de lado para ir pegar o cobertor do chão.

— As irmãs do meu avô. — Levanto a câmera enquanto a Tia-Avó Dois cobre a irmã. — A que está dormindo se chama Ako, e a outra é Yumiko.

— Nomes japoneses.

— É, são apelidos, mas todo mundo chama as duas assim. Elas devem gostar mesmo daqui, se continuam vindo até hoje.

— Elas são tão elegantes.

Sim, é exatamente isso que minhas tias-avós são. Amor e orgulho inflam dentro de mim enquanto tiro outra foto.

— Vamos lá falar com elas. Vou apresentar você…

— Xavier, você devia estar filmando o seu projeto — interrompe meu primo. — Já são nove e meia. Você tem que estar no apartamento até onze e meia para entrevistar Ye-Ye.

Ótimo, o lorde Babaca voltou, subindo as mangas até os cotovelos.

— Não é da sua conta o que eu filmo. — E talvez esteja de fato filmando para o projeto. Não sei bem ainda.

Ele se vira para Sophie.

— Ele te contou da nossa tendinha no festival quando a gente era pequeno?

Sei exatamente aonde ele está querendo chegar com essa história.

— Vai se foder.

— Não — responde Sophie, confusa.

— As pessoas brincam que mães podem ser verdadeiras feras, mas elas não sabem o que é ter um avô fera. O nosso insistia que todos os netos contribuíssem de alguma forma para a tenda da família no festival. Então o mini-Xavier apareceu cheio de fotos que tinha tirado com a câmera nova dele, achando que as pessoas iam se atracar umas com as outras para comprar...

— Não achei...

— ... E no fim de semana inteiro, com milhares de pessoas passando por aquela barraca, ele consegue vender... — Victor levanta um dedo — uma.

Eu tinha voltado, ansioso para ver minhas vendas, só para encontrar o lorde Babaca tão inflado de satisfação que poderia ter saído flutuando até a lua. Queria que tivesse de fato voado e nunca mais retornado.

— E o que *você* filmaria aqui? — pergunta Sophie a ele.

Quem se importa? Ela quer mesmo saber?

— Eu *não* filmaria aqui para um documentário sobre os Yeh, é exatamente esse o ponto. Aqui, olha.

Faço um ruído impaciente enquanto meu primo abre o Instagram no celular. Ele passa os dedos por uma série de fotos babacas: ele de colete prateado em um baile de gala da

Folha de Dragão com o presidente de Taiwan. Em um campo de golfe, o gramado verde, junto com uma mulher elegante vestida de branco.

— Você conhece a reitora de Dartmouth? — Sophie parece impressionada, o que é exatamente o motivo pelo qual ele tira aquelas fotos.

— A Folha de Dragão é uma das maiores doadoras de Dartmouth. Xavier também podia tirar fotos assim... mas não tira.

— Por que eu ia querer fotos com reitores?

Victor rosna com repulsa.

— Seu cérebro se move a cem quilômetros por hora na direção errada. Não dá nem para explicar. Fica olhando. Vou entrar ao vivo por um minuto.

Ele se filma em inglês, depois, por desencargo de consciência, traduz para o mandarim.

— Oi, pessoal, estou aqui em Taipei sendo babá do meu primo. É. Sou legal desse jeito. Também estou aqui com minha amiga de Dartmouth, Sophie Ha. Digam oi, ok? E vão seguir a Sophie no Instagram também.

Ele vira a câmera na direção de Sophie e, depois de uma pausa perplexa, ela acena.

— Oi — diz.

Meu primo volta a virar o celular para si.

— Vou fazer meu discurso no Festival da Lua amanhã à noite, então fiquem ligados, se tiverem um tempinho. Boa noite, galera. — Ele desliga. — Mil pessoas assistiram a esse vídeo de dez segundos. Muito mais gente vai assistir ao longo da noite.

— Mil pessoas? — Sophie está admirada.

— Certo, crianças. Preciso ir me preparar para o discurso. Xavier, encontre a Tia Três para Sophie. Vocês têm que sair daqui até as onze. — Ele vai embora. Com sorte, vai desaparecer para sempre na descarga do vaso.

— O Instagram dele é perfeito — comenta Sophie.

Então ela está no Time do Merda agora?

— Bom, tenho coisa melhor para fazer do que ficar pensando em qual vai ser a minha próxima pose.

— Não foi isso que eu quis dizer. Era perfeito... como a imagem dos Yeh. Mas... frio? Distante?

Ah. Então talvez ela consiga de fato enxergar através da fachada dele.

— Sophie, eu devia...

— Não diz o meu nome — estoura ela.

— O quê? Por que não?

— Xiang-Ping, querido. — Tia-Avó Dois está subindo a escada na nossa direção, alisando o quimono lavanda. Ela envolve meu pescoço com os braços leves, cheirando a um bálsamo delicado, e aperta de leve minha bochecha. — Xiang-Ping, você está igualzinho ao seu pai.

Encontro os olhos de Sophie. Todo filho deve odiar ouvir isso, mas acho que devo odiar mais do que todos os outros. No entanto, Tia-Avó Dois recebeu Ma de braços abertos, então não tenho coragem de contradizê-la.

— Tirei umas fotos suas e da Tia-Avó Um. — Mostro a tela da câmera.

— Pareço mesmo jovem assim? — Ela passa a mão pelos cabelos brancos. A pele sob os olhos dela é macia e enrugada, mas seu olhar continua vivo.

— É exatamente assim.

— Essa é a melhor foto minha que vejo desde que meus cabelos ficaram brancos. Posso ficar com ela?

Por que o restante da família não pode ser como minhas tias-avós?

— Claro, vou mandar para a senhora.

Ela sorri para Sophie.

— Tia-Avó Um e eu sempre dissemos que este menino era um príncipe encantado sem nem precisar tentar. Mesmo aos três anos de idade, ele era o único netinho que não tinha medo dos meus beijos. — Ela aperta meu nariz e dá um beijo na minha bochecha. Hilário: ela está tentando impressionar Sophie por mim. Sophie ri de mim em silêncio, apenas com os olhos, e sorrio de volta para ela. Por alguma razão, não me envergonha que me veja assim. — Mas não desperdice seu charme comigo, Xiang-Ping. Não tenho poderes para ajudá--lo. Precisa do seu Ba para isso.

Ela tinha mesmo que me lembrar?

— Seu Ba é um bom homem — continua ela, lendo minha mente. — Cuida das suas tias velhinhas. Nem todos na família fazem o mesmo.

Certo. Um homem bom que agride o filho na frente de todos os amigos. Como isso se enquadra na imagem da pessoa de quem ela está falando?

— Quem é sua bela companheira?

As bochechas de Sophie ficam rosadas. Mas é um lembrete gentil de como estou sendo mal-educado. Ela costumava fazer a mesma coisa quando eu era criança, pequenos empurrõezinhos que não me incomodavam: *Xiang-Ping, venha cumprimentar seu Ye-Ye. Xiang-Ping, aperte a mão do seu tio Pei.* Tão diferente de arrancar minha orelha fora.

— Esta é Sophie. A gente veio aqui para encontrar a Tia Três. Sophie, esta é minha segunda tia-avó, a irmã mais nova do meu avô.

— Gostei das sapatilhas — comenta Sophie.

Tia-Avó Dois flexiona o pezinho minúsculo: o sapato é feito de seda lavanda, fechado como sapatilhas de bailarinas e bordado com flores brancas.

— Obrigada, querida. Aquela lá embaixo é a minha irmã mais velha. Está muito cansada. — Tia-Avó Dois sorri para Sophie. — Por favor, pode pegar o que quiser daqui.

Sophie arregala os olhos.

— Sério?

Tia-Avó Dois já está cambaleando escada abaixo para reencontrar a irmã.

— Ela é um pouco tímida quando está com estranhos — explico. — Meu avô meio que ofusca todo mundo. Mas, sim, ela estava falando sério. As roupas aqui são amostras e não estão à venda. Minhas tias dão aos funcionários-destaque de cada mês permissão para pegar o que quiserem, e eles geralmente vêm escolher um ou dois itens aqui.

— Como eu consigo um trabalho *assim?*

Solto um bufo divertido.

— Você pode conseguir o emprego que quiser. Sou *eu* quem não consegue. — Volto à realidade, aquela estranha dor oca no peito. — Minhas tias-avós amavam minha mãe. Se importam comigo também. Mas estive nos Estados Unidos todos esses anos. E, até agora, nunca…

Não consigo terminar a frase. Não tenho certeza do que estou tentando dizer. A fotografia que tirei fala por mim.

— Xiang-Ping, aí está você.

Nós dois pulamos de susto. Tia Três está marchando depressa na nossa direção, os cabelos castanho-avermelhados ondulados flutuando como uma capa curta trás dela. O jeans estampado com botões de flor, sob uma jaqueta de couro que o complementa bem, faz com que pareça ainda mais jovem do que Lulu. Mas sua expressão não é amigável. Não é um bom sinal. Dou um passo na direção dela, tentando fechar um abismo entre nós que parece largo demais para cruzar.

— Er, oi, Tia Três. Obrigado por falar com a gente.

— Foi Lulu quem me pediu. — Ela para a cerca de um metro de distância e cruza os braços, descansando as mãos ao redor dos cotovelos. — Tenho um dia cheio, mas fui informada de que é para um projeto de Dartmouth. Como posso ajudar?

Depois da recepção calorosa da minha tia-avó, a aspereza dela é como um banho de água fria. Sophie não parece notar.

— Oi, meu nome é Sophie. — Ela aperta a mão da minha tia com movimentos de cima para baixo. — Sou uma *grande* fã da Seda Mágica. Todas as escolhas ousadas que vocês fazem com as estampas, as *formas,* tipo a Nuvem da Imperatriz no ano passado, com todas aquelas camadas de tule prateado... as roupas *dançavam* nas modelos.

— Sim, foi um grande sucesso. O que posso fazer por você? — O tom da Tia Três é ligeiramente menos hostil. Sophie está fazendo sua mágica.

— Vim para conversar sobre o app estilista que vocês criaram com IA. Estou tentando desenvolver um também. Queria fazer algumas perguntas e, quem sabe, conseguir uma demonstração. É só para a universidade. Quer dizer, não estou planejando roubar os segredos de vocês. — Sophie pega o celular e mostra um ícone azul para minha tia. — Este é o esboço do meu app, chamado Espelho, Espelho Meu. Acabei de começar.

Tia Três passa os olhos pelo aplicativo.

— É um bom design. Você tem bom olho para cores.

— Obrigada.

— Mas o nosso Espelho Mágico não é um aplicativo. —
Ela devolve o aparelho.

— Não é? — O sorriso de Sophie desaparece como se
uma tempestade estivesse passando por cima de nós. — Entendi errado?

Tia Três vai até dois móveis encobertos por panos,
encostados contra a parede. São do mesmo tamanho de um
armário — mais altos do que ela. Ela pega um dos panos,
cuidando para não deixar a madeira lá embaixo rasgá-lo.

— Está bem aqui — anuncia Tia Três, puxando o tecido.

27
SOPHIE

A tia de Xavier parece desconfiada de mim. Deve ter muita gente atrás dela querendo sua atenção, e talvez não tenha certeza de que pode mesmo confiar em mim, ou até em Xavier, com todos os desentendimentos e ressentimentos de família. Mas já estou apaixonada pelo mundo que ela criou dentro destas paredes — cheio de estilo, caloroso e empolgante, tudo ao mesmo tempo. As roupas que ela veste são berrantes e caóticas — a jaqueta curta de um tom malva por cima da calça estampada com botões de rosa flutuando no mesmo azul que o mar do Caribe, um lenço com padrão caxemira segurando os cabelos ondulados. O efeito geral é como o choque de eletricidade de uma enguia.

Quero que ela goste de mim. Quero que *confie* em mim.

Com um movimento de mão, o pano de seda flutua até o chão, revelando barras de cromo formando uma caixa aberta que parece um pequeno elevador. Cortinas de veludo roxo estão penduradas de ambos os lados. Um pequeno tapete no chão com pegadas douradas indica ao usuário onde deve se posicionar, encarando uma tela que forma a parede interna da caixa.

Ela retira o segundo pano para revelar…

Um espelho triplo.

Três painéis idênticos com moldura intricada em aço forjado. O padrão já é familiar: o dragão da empresa ondeando em meio a festivas lanternas de papel.

— Esse não era o espelho da minha mãe? — A expressão de Xavier é ampliada nas três vidraças. Ele desliza o polegar pelo contorno de um dos dragões. — Ficava no quarto dela.

— Era originalmente da sua avó, a mãe do seu pai. Ela e as minhas tias o desenharam, e os dragões acabaram inspirando o logotipo da empresa.

Xavier franze a testa.

— Não sabia disso.

— Elas não gostam de ficar sob os holofotes. Mas tudo que é caloroso e amável sobre a Folha de Dragão, desde o emblema à iluminação suave de cada loja, foi projetado por elas. Foi o bom gosto delas, atrás dos bastidores, que carregou a empresa nos últimos cinquenta anos.

— Não é de admirar que elas consigam se fundir tão bem aqui. — Sorrio. — Elas *são* este lugar.

— *Isso* explica por que gosto do logotipo — comenta Xavier.

— Seu Ba deu este espelho para sua mãe como presente de casamento. Pouco antes de falecer, ela o passou para mim, para que eu pudesse usar no meu projeto.

Me aproximo do espelho. Meu próprio reflexo triplicado, de macacão roxo com gola rolê frouxa, me encara.

— Tem um *lag* — comento. — Não é um espelho normal.

— Você tem um olho afiado. Ando tentando me livrar desse atraso. — Tia Três aponta para uma lente pequenina escondida atrás do corpo curvado de um dragão no centro do topo da moldura do painel do meio. Depois para outra lente de cada lado e mais uma na base. — Quatro câmeras se interpolando. Eu lhes apresento... O Espelho Mágico.

Ela não soa nem um pouco como uma inventora orgulhosa. Está mais para desanimada. Mesmo assim, uma onda de empolgação percorre meu corpo.

— Como funciona?

— Primeiro, escaneamos o usuário neste quiosque. — Ela desliza a mão firme por uma barra cromada. — Dezesseis câmeras infravermelhas criam um avatar digital do seu corpo. Uma vez que o sistema tem as suas medidas, ele gera a sua imagem tridimensional. Essa ferramenta vai identificar quais roupas no nosso sistema são mais indicadas ao seu corpo e reduzir as suas opções de dezenas de milhares para apenas centenas. Você escolhe as peças de que gostar mais, e a ferramenta lhe mostra como ficariam em você, sem o esforço de localizar e experimentar as roupas físicas. Se gostar de alguma coisa, pode adicionar à lista de desejos ou comprar diretamente.

— Então os seus clientes podem experimentar as suas roupas e você não precisa nem ter todas fisicamente na loja.

— Isso, e apenas as roupas que cabem e são adequadas aos clientes. Poupa tempo.

— Incrível!

— Sophie pode experimentar? — indaga Xavier, e lanço a ele um olhar agradecido.

— Ah, é! Posso?

— Ainda não está pronto para uso... — começa Tia Três, mas depois me entrega um grande prendedor de cabelo no formato de um jacaré. — Aqui, prenda seu cabelo. É melhor se você tirar a roupa para fazer o escaneamento.

Enrolo os cabelos até formar um coque e o prendo contra a cabeça. Xavier tira uma foto — hum, por que ele não para de me fotografar? Entro na caixa e Tia Três fecha as quatro cortinas ao meu redor, escurecendo o espaço. Meu reflexo me imita enquanto removo o macacão para revelar calcinha e sutiã pretos. E Xavier está logo do outro lado destes panos finos.

Encaro minha figura quase nua.

— Eu, er, preciso... tirar tudo?

— Pode ficar com as roupas de baixo. Pode me passar o resto. — Entrego tudo por uma fresta nas cortinas, me sentindo vulnerável aqui dentro. — Agora vá seguindo as instruções.

Dois pontos vermelhos brilhantes surgem de ambos os lados do meu reflexo. Uma voz robótica instrui:

— Levante os braços e toque nos círculos.

Obedeço até minhas mãos no espelho alcançarem os alvos, que pulsam. Um zumbido começa e um raio de luz horizontal percorre o espelho, da minha cabeça aos pés.

No lugar do meu reflexo, um avatar cinza-escuro surge. Como um molde de mim, com a minha exata forma, cada curva visível. Poderia ser um pouco perturbador, mas foi tão bem projetado que mais parece uma bonequinha adorável.

— Está pronto. — Tia Três me entrega o macacão outra vez, e o visto depressa. Ainda estou subindo o zíper quando a mulher abre as cortinas para expor meu avatar.

— Legal — diz Xavier, e puxo os panos outra vez para escondê-lo de vista.

— Não é para filmar isso!

— Opa, foi mal. — Ele abre um sorriso arrependido, abaixando a câmera. Mas o brilho travesso em seus olhos faz um nó de prazer se atar na minha coluna. — Isto é mesmo incrível.

— Você precisa de roupas para alguma ocasião especial? — Tia Três bate com o dedo em um tablet em sua mão.

Termino de fechar o zíper.

— Temos uma festa no Taipei 101 hoje à noite. — E, agora que vi este armazém, me dou conta de como estarei dolorosamente malvestida. Graças à minha mochila em miniatura.

Ela me entrega o tablet, que emite um brilho verde-claro aos mostrar um vestido elegante com a frente drapeada.

— Esta é nossa coleção de roupas para ocasiões especiais. Escolha o que gostaria de experimentar.

— Assim ela não vai mais embora. Isto aqui é tipo uma loja de doces para Sophie.

— Moda é arte que dá para vestir — declaro.

— Acredito nisso — concorda ele.

Vou passeando por várias roupas maravilhosas.

— Isto tudo aqui é *real?*

— Sim, temos mais de mil peças no catálogo.

Um vestido de festa azul-esverdeado, bordado com tantas flores que poderiam formar um jardim, me chama a atenção. É mais romântico do que as roupas que costumo vestir, mas é uma verdadeira obra de arte.

— Vá em frente — encoraja a tia de Xavier.

— Este aqui. — Aperto o botão de selecionar. — Este. — Ela me faz escolher também entre várias opções de cintos de metal, pérolas taitianas, colares com pingentes, broches de cristal e mais estilos de sapatos do que eu sabia que existiam.

— Já deve bastar. — A mulher pega o tablet de volta. — Vamos dar uma olhada nos resultados.

Torno a me posicionar diante dos três espelhos.

— Sou mais bonita no reflexo do que na vida real.

— Adicionei alguns filtros — revela Tia Três.

Minha imagem fica embaçada e depois… ressurjo com o vestido azul bordado e botas pretas de pele de cobra. Brincos de borla prateada pendem das minhas orelhas.

— Uau! — exclama Xavier.

Corro minhas mãos pela cintura.

— Ele me cai como uma *luva*. Os tons não combinam muito... o azul é mais frio, os tons de marrom nas botas são quentes, mas é *maravilhoso*... Isto aqui é mágica de verdade!

Tia Três sorri.

— Tudo começou com um projeto de faculdade para mim também, igual ao seu.

— Sério?

— Meu pai queria que eu estudasse em um colégio voltado a ensinar boas maneiras e tudo mais que uma dama deveria saber. Mas eu queria estudar na Universidade Nacional de Ciências e Tecnologia de Taiwan. Foi o pai do Xavier quem convenceu o meu a me deixar fazer o que eu queria.

— *Meu* pai? — Xavier soa surpreso.

— Isso. Seu ye-ye achava que era um desperdício, então seu Ba pagou tudo por mim. — Ela levanta o tablet. — Pronta para mais uma rodada?

Pela meia hora seguinte, experimento dezenas de modelos que escolhi. Um vestido preto longo que vai até o chão com um triângulo alongado de organza branca na frente, indo dos ombros à bainha. Um trench coat azul por cima de uma calça que saltita com animais da floresta estampados nela. Uma chemise carmesim cheia de fios soltos, com um efeito ligeiramente rasgado. Xavier tira fotos de cada novo estilo enquanto continua filmando tudo. Não sei como nada disto será útil para o curta-metragem dele ou se a tia ultradiscreta sequer vai permitir que as cenas sejam utilizadas, mas, como não tenho dinheiro para comprar nada disto, pelo menos posso babar em cima das fotos.

— Está funcionando. — Tia Três parece satisfeita. — Faz um tempo desde que fiz testes usando alguém novo.

— Ele também consegue encontrar e sugerir coisas *novas* para mim? Roupas que não escolhi?

— Não, mas o catálogo reduz as suas escolhas apenas àquelas roupas que vão lhe cair bem e caber em você. Listar e tomar as medidas de todo o nosso inventário deu muito trabalho.

— E a senhora pode fazer tantas outras coisas! Em vez de um usuário ficar procurando pelo catálogo, vocês poderiam usar inteligência artificial para fazer o sistema aprender o que cada cliente gosta e depois fazer recomendações. Aqui, deixa eu mostrar.

Abro meu app no celular. É básico, nada comparado à invenção dela, mas demonstro o conceito.

— Ele determina quais qualidades mais valorizam o biotipo de cada indivíduo, tipo um decote quadrado *versus* decote alto. Aí procura em todos as lojas na internet por itens similares. Pode até fazer recomendações de alterações: adicionar manga, cintura império... caso alguém queira customizar as roupas.

— Esse é um projeto acadêmico bem ambicioso.

— É, bom... — Ela quer dizer que não estou sendo realista?

— Mas factível — ela acrescenta depressa. — Muito factível.

Sorrio, encorajada.

— Pode ser que demore mais de um semestre para chegar à versão final.

— E você vai precisar de ajuda também.

— É. E o objetivo é... não ter mais que procurar as roupas que te caem bem... essas roupas vão *te* encontrar!

— Adoro isso. — Os olhos da Tia Três se iluminam. — Para nós, em especial, porque compramos roupas e acessórios de trinta países diferentes, Tailândia, Moçambique,

Índia... e temos várias costureiras e alfaiates que podem fazer customizações. Temos infinitas combinações, e nossa esperança sempre foi fazer com que o Espelho Mágico ajudasse estilistas pequenos a serem descobertos. — Ela digita com rapidez no tablet. — Deixa eu dar a ordem ao sistema de fazer sugestões aleatórias com base em caimento, só para começar. Vamos ver como se sai com isso.

No Espelho, novas combinações passam por meu corpo. Um sarongue sofisticado de *batik* da Indonésia. Um macacão preto justo. Um vestido longo prateado, provocante com os ombros em V, feito da etérea nuvem de tule prata que tanto admirei on-line. Sophie Veranil. Sophie Gótica.

Percebo Xavier olhando.

— Do que você está rindo?

O sorrisinho torto dele se alarga, criando covinhas na bochecha.

— De você experimentando uma roupa ridícula atrás da outra.

— Não são ridículas. — Um vestido todo fofo de tule cor-de-rosa praticamente me transforma em um marshmallow. — Tá bom, este aqui é.

Ele ri e tira uma foto. Faço cara feia para ele, de brincadeira.

— De qual deles você gostou mais, Sophie? — Tia Três está sorrindo.

— Do vestido de seda Taroni turquesa, com os dragões pintados à mão. É etéreo, romântico e poderoso, tudo ao mesmo tempo. Mas não com o salto alto... com as botas de pele de cobra. As duas peças têm temáticas complementares. O azul dá destaque ao laranja das botas.

— Legal — elogia Xavier.

— Gostei. Vou mandar que entreguem por drone. — Ela dá alguns cliques no iPad.

— Ah, obrigada! — Ela é como Xavier, inacreditavelmente generosa. — Vou ser supercuidadosa e mandar limpar antes de devolver tudo, claro.

— São seus.

— Ah! Não posso aceitar! — São vários milhares de dólares em tecido e trabalho manual, sem mencionar que são da Seda Mágica.

— Você está me ajudando com meu projeto, Sophie — lembra Xavier.

É mais do que jamais poderei retribuir, mas não tenho a força de vontade necessária para resistir.

— Obrigada. Xavier, e você? Precisa de alguma coisa para vestir na reunião. — Sorrio. — E *definitivamente* precisa de um avatar.

Quase espero ouvir a rejeição dele, mas Xavier desliga a câmera.

— É, não dá para recusar uma coisa dessas. — Ele desaparece dentro da cabine.

Dez minutos mais tarde, as três imagens de Xavier começam a ficar embaçadas no Espelho com sugestões de roupas geradas aleatoriamente.

1. Xavier Formal, de smoking preto:
— Estou indo ao meu próprio funeral.

2. Xavier Bad Boy, com uma jaqueta de couro por cima de uma calça jeans skinny:
— Muito forçado.

3. Xavier Estiloso, com uma jaqueta azul-vibrante sobre uma camisa branca com gola de babado.

— É assim que a equipe de imprensa me vestiria. Não, obrigado.

Não consigo parar de rir — tanto das péssimas sugestões quanto dos comentários sarcásticos dele.

4. É... um Xavier da realeza. Terno azul-marinho com gola alta e uma fileira de botões dourados.

Agora é minha vez de tirar fotos.

— Príncipe Xavier — brinco. Ele arqueia uma sobrancelha de realeza para mim. Sopro um beijo para ele.

Ops.

Abaixo os olhos. É tão estranho. Não importa que tenhamos feito um pacto, não importa o quanto eu queira manter distância dele, acabamos sempre caindo neste mesmo flerte fácil que é quase mais íntimo do que a noite que passamos juntos ontem. Fico feliz quando a imagem nos espelhos embaça e muda outra vez, nos recordando da nossa tarefa.

5. É outro Xavier que eu nunca tinha visto antes. Veste uma calça de uma cor meio lilás, meio prateada, e uma camisa branca sob um casaco de cetim bege. Discreto, mas artístico. Uma paleta de cores digna de sombras de olhos, o oposto da combinação de prata e preto das roupas que usou durante o verão passado inteiro, com um toque de mistério. Gostei.

— Vou ficar com esta opção, Tia Três — anuncia ele, me surpreendendo. Então quer dizer que ele também gostou.

— Excelente. — A tia passa um dedo pela tela e dá dois cliques.

— Isto é um milagre de verdade — digo, e me encosto em uma mesa. Minha cabeça está a mil, pensando em todos os dados de que precisaríamos para ajudar a ferramenta a fazer recomendações melhores, o tipo de dados que o professor Horvath quer: peças de roupa categorizadas não apenas por medidas, mas por biotipos, estilo, cor, até pelos sentimentos que inspiram. Eu poderia criar um programa que fizesse uma busca pelos comentários e resenhas deixados por consumidores, procurando palavras-chaves e frases como "me sinto poderosa com estas roupas", e afixar certos rótulos a cada peça. Horvath vai ficar doido.

— Vou te mandar meu questionário para o seu sistema. Mas, para funcionar *de verdade,* ele tem que ser capaz de nos ler. Nosso humor, nossa personalidade, até os diferentes lados de uma única pessoa.

— Seria mesmo o próprio Santo Graal — comenta Tia Três.

— Sra. Chan? — A moça de cabelos roxos curtinhos entrega à chefe uma prancheta e uma caneta. — O contador já mandou os documentos.

— Obrigada, querida. — A mulher assina primeiro, depois tira da bolsa Prada um carimbo feito de pedra-sabão, arredondado como um batom. A funcionária abre um estojo de tinta vermelha e Tia Três carimba um quadrado vermelho ao lado da assinatura.

— Você assina com um carimbo? — pergunto quando a outra moça vai embora.

— Aqui em Taiwan somos antiquados desse jeito. — Ela limpa a tinta da extremidade do carimbo com um lenço de papel.

— Eu costumava ir ao banco com Ba. — Xavier franze o cenho, como se preferisse não se lembrar. — Ele sempre carimbava a caderneta lá.

— Sim, é assim que se faz. E você o acompanhando também. É da nossa cultura, nossos filhos fazerem parte dos negócios da família. Lulu participava das nossas reuniões desde que tinha oito anos, aprendendo a entreter nossos parceiros de negócios.

— Ei, Xiang-Ping, já está terminando aí? — Victor se aproxima, com outra carambola na mão. Eu me viro para encará-lo, um pouco resguardada. Não quero mais brigas, especialmente não na frente da Tia Três.

— Vamos dar uma passada na casa da tia da Sophie primeiro — responde Xavier, seco. — Para deixar as coisas dela.

— Melhor correr, então. Já são quase onze horas. — Os olhos dele percorrem o Espelho. — O que é isso?

— Um espelho estilista — explico. — Deixa os clientes experimentarem qualquer combinação de roupas… sério mesmo, é genial.

— Vai ver podia escolher alguma coisa para o meu pai vestir. — Victor joga o último pedaço de fruta dentro da boca. — Ele precisa mesmo de uns conselhos de moda.

Tia Três solta uma risadinha curta e afasta o tablet.

— Mas todos sabemos que Edward não está nem um pouco interessado.

Com uma frase, Victor conseguiu roubar toda a alegria da Tia Três. Franzo a testa para ele.

— Isso não é uma piada.

— Foi mal, Sophie. — Seu tom é sincero. — Não era para ser piada.

Mas é assim que o professor Horvath vai reagir também? Tapinhas na cabeça, mas… não, obrigado?

— Você tem razão em desconfiar. É só mais uma engenhoca. — Tia Três repõe os panos por cima do Espelho. — Pode ser que cancelemos o projeto.

— O quê? Mas por quê? — pergunto, decepcionada.

— Estamos fechando todo o segmento de moda. — Toda a vivacidade se esvaiu dela, e seu rosto se tornou sombrio outra vez. — Aquelas pessoas todas lá foram eram empregadas minhas no armazém e nas lojas. E mais dois mil e quinhentos empreendedores em trinta outros países em desenvolvimento, as pessoas que nos fornecem toda a nossa matéria-prima, tecidos, botões, zíperes, fechos, acessórios, bijuteria. Comércio justo... eles também estão sendo cortados.

Xavier abaixa a câmera de vídeo.

— Ba está fechando seu negócio?

— Ah, não. O segmento de moda é gerenciado pelo seu tio Edward. Foi ele quem tomou a decisão.

— A Folha de Dragão é antiquada. — Victor cruza os braços. — Meu pai diz que as árvores têm que ser podadas para outras partes poderem dar frutos. Os Cruzados...

— Querem demolir este prédio histórico — termina tia Rose.

— Todos os outros negócios globais foram transferidos para o Taipei 101. Ou, melhor ainda, têm *vista* para o arranha-céu. Nós continuamos aqui, perto do porto, que nem vendedores ambulantes.

— Eu adoro este lugar — digo. — É incrível que tenha negócios modernos revitalizando a área.

— Nossa família está neste porto há duzentos anos, antes mesmo de a Folha de Dragão ter sido criada — diz Tia Três.

— Lado a lado com arroz, depois chá e tecidos. Se você pensar bem, a minha humilde unidade é a única que ainda dá continuidade aos nossos negócios originais no comércio de tecido.

— Ela pousa a mão na lateral da cabine e olha para ela com pesar. — Duas décadas de trabalho. Edward me disse que era um conto de fadas, como diz o nome. Devia tê-lo escutado.

Tia Três começa a atirar o segundo pano por cima da caixa do avatar, mas eu o seguro.

— Não é um conto de fadas! A senhora estava à frente do seu tempo. *Continua* à frente. Não consigo nem imaginar toda a tecnologia que a senhora teve que combinar para colocar esse projeto em funcionamento. Câmeras, visão computacional, realidade aumentada, detecção de movimento...

— Aprecio o seu entusiasmo, Sophie. — Seu sorriso não alcança os olhos. — Você tem minha permissão para compartilhar esta entrevista com o seu professor. Vou pedir à minha assistente que lhe envie por escrito. Manter as coisas em segredo já não é mais uma necessidade.

— Me deixa ajudar. — Meus dedos apertam o pano. — Posso provar que o Espelho tem importância.

Uma batida soa à porta.

— São os pedidos de vocês. — Tia Três caminha em direção ao ruído enquanto troco um olhar frustrado com Xavier. Ela retorna com uma caixa rasa de papelão.

Abro a boca.

— Tia Três, por favor, me deixa...

— Suas roupas novas. — Ela coloca a caixa nos meus braços, terminando a conversa. — Aproveitem a noite, queridos.

Uma tempestade se agita dentro de mim enquanto a tia de Xavier nos acompanha até um beco nos fundos, para onde levaram nossa scooter para evitar os manifestantes. Pássaros circulam enlouquecidamente no céu, e, a distância, o coro de "Fora!" ainda ecoa e reverbera pelas paredes de tijolo. A expressão de Xavier é sóbria — e eu... consegui minha história, mas ela não tem um final feliz. Horvath não será convencido por um projeto de moda cancelado pela própria empresa que o desenvolveu.

Victor passa por nós a caminho da moto.

— Já vou indo para o apartamento, Xiang-Ping. Jane vai me ajudar a praticar meu discurso. Vê se não se atrasa.

Ele monta no veículo e o motor ronca, voltando à vida. Ao desaparecer na rua, me viro para Xavier.

— Eu vim até aqui...

— É uma decepção, não é?

Ele acha que não é bom com palavras... mas como sempre acerta exatamente o que estou sentindo? Não apenas isso, mas está sempre meio passo à frente de mim também.

— Você ainda pode escrever sobre tecnologia para sua proposta. — Ele aperta meu ombro de maneira reconfortante. — E a gente ainda tem a reunião. A viagem não foi uma perda de tempo total.

Solto um gemido.

— Essa reunião está fora de controle. Já tem mais de cento e cinquenta pessoas confirmadas agora. — Então uma ideia me ocorre. — Espera. Talvez a gente possa fazer alguma coisa lá.

Os olhos dele encontram os meus.

— Mostrar o Espelho ao público? Um evento tipo crie-o--seu-próprio-avatar?

— Isso! — Estamos na mesma vibração mental outra vez. Corro de volta para a porta e bato com força. — Tia Três!

Ela abre de maneira tão inesperada que caio em cima dela, arranhando o nariz em um botão metálico de sua jaqueta. Ela me segura pelos braços e me endireita.

— Esqueceram alguma coisa?

— Nós duas estamos tentando fazer a mesma coisa — digo sem hesitar. — Estou tentando provar ao meu professor que esta tecnologia tem importância. A senhora está tentando provar para a Folha de Dragão que o seu Espelho Mágico vale o investimento. Por que não trabalhamos juntas?

Ela franze o cenho.

— O que você tem em mente?

— Se a senhora deixar a gente pegar o Espelho emprestado para a festa no Taipei 101 hoje à noite, com centenas de pessoas presentes e outras acompanhando tudo nas redes sociais... a empresa vai se animar e apoiar esse projeto. E vamos poder escanear todo tipo de corpo para treinar as recomendações. Cem pessoas, dez looks para cada, curtindo ou não curtindo as opções... são mil amostras de uma vez só.

— Minha família não vai gostar da publicidade. Mesmo que seja só nas redes sociais.

— RP de novo! A senhora não tem nenhuma influência sobre isso?

— A divisão de moda é a menor da empresa. Menos de um quarto do tamanho do segmento de saúde e menor ainda até do que a de eletrônicos. Então, quando a equipe de RP manda, nós obedecemos.

— Diz para eles que a senhora não teve nada a ver com a história. Que emprestou para mim e eu passei dos limites.

— Eu que teria que passar dos limites — intervém Xavier. — Não vou deixar você arrumar encrenca com eles. E é o que a família esperaria de mim, de qualquer forma.

As sobrancelhas da Tia Três estão quase alcançando seus cabelos.

— Vocês dois querem que eu me rebele contra o nosso próprio departamento de Relações Públicas?

— A gente podia vender as roupas! Isso não ia mostrar que funciona?

— Mesmo cinco vendas que fossem já seria um ótimo teste beta. — Um otimismo cauteloso se insinua nos olhos dela. — Xiang-Ping, você disse que sua amiga era um talento... e estava certo.

Um talento? Xavier coloca as mãos nos bolsos e bate com a ponta do sapato no chão.

— Conheço a âncora da tv Taipei — continua Tia Três.

— Vou pedir a ela que compareça ao jantar. Eu mesma não posso, tenho outro compromisso, mas minha assistente vai organizar a entrega e a busca. Mas, por favor, tenham cuidado. O Espelho é frágil.

— Perfeito. Aposto que é uma das peças de tecnologia mais valiosas da empresa. — Impulsivamente, eu a abraço. Seu corpo é quente, mas permanece rígido, e a solto depressa. Passei dos limites. Outra vez. — Hum, tá, maravilha. Vemos a senhora depois — digo, constrangida.

Ela assente, neutra.

— Sim, voltem depois da festa. Ou pela manhã. Estarei aqui.

Sigo para a scooter com Xavier, que prende nossa cabine de roupas na grade da frente.

— Tomara que eu não tenha ofendido a sua tia com aquele abraço.

— Minha família não se abraça. Todo mundo já se queimou tanto, uns parentes com os outros, que é incrível a gente não ter sentido cheiro de fumaça no caminho para a empresa. Meu pai e meu tio têm controle de bilhões de dólares, mas quando o pai da Lulu perdeu o emprego, ela teve que sair da escola particular dela por um ano inteiro. Ninguém ofereceu um empréstimo, e eles eram orgulhosos demais para pedir. Todo mundo mantém distância do resto.

— Mas seu pai ajudou sua tia a estudar o que ela queria, foi contra os desejos do seu avô.

— Aquilo me surpreendeu. Assim como o Espelho ter sido um presente de casamento para minha mãe.

— Foi um gesto doce — admito.

— Mas foi mesmo real? Quando Ma me defendia, meu pai gritava com ela também. Não é o tipo de coisa que você esquece, sabe?

— Sei. Não faço ideia se o meu pai amava mesmo a minha mãe e um dia simplesmente parou de amar, ou sei lá. Só aceitei que não tenho pai. Mas o seu... não sei se... — Deixo o resto no ar. Não quero fazer Xavier se sentir ainda pior. Mas ele entende o que quero dizer.

— Se seria pior ter um pai como ele ou não — completa, sombrio. Xavier leva o capacete à cabeça. — Também não sei.

Nossos olhares se cruzam por um instante. O dele é escuro, desafiador. Um pouco de sangue que escorreu da orelha manchou a gola de sua camisa. Sinto um aperto no peito. Ele veio até aqui por mim. Será que esta viagem vai ser boa para ele também? Quero que seja. Mas o pai dele, o primo, os protestos e a pressão na empresa... é tudo uma confusão tão grande, e agora ele foi arrastado para dentro dela.

— Não quero fazer nada que vá deixar as coisas piores para você.

— Como você faria isso? — pergunta ele, amargo. — Só preciso me sair bem com esse curta, conseguir acesso a minha poupança e dar o fora do império Yeh.

— Mas sua tia é legal, pelo menos. — Meu celular vibra com uma mensagem. — É a assistente dela. — Combinando de me encontrar no Taipei 101 hoje à noite. — Um segundo. Vou dar um gostinho do Espelho Mágico aos nossos amigos também.

— Tá, vou dar uma olhada no que filmei até agora. — Xavier pega a câmera enquanto abro o Instagram para postar as imagens do Espelho Mágico.

Recebi algumas notificações do chat do Barco do Amor:

> **Jillian**
> Foi mal, @Sophie, sem sorte com a Singapore Airlines.

> **Lena**
> Não tenho como ajudar com o voo, mas olha a lua aqui na Carolina do Sul! Mandando amor para vocês!

Ah, não. E se nada der certo?

> Vamos continuar tentando. Incrível! Postem fotos da lua em todos os lugares! É a mesma lua, afinal!

Posto no Instagram as fotos que tirei e as que Xavier tirou também, depois escrevo uma explicação breve:

Sophie Qual você escolheria?

Mando uma mensagem para Rick e Ever:

> A caminho da casa da tia Claire. Vejo vocês lá.

> **Ever**
> Ok, estamos indo também. Consegui quarenta mini-*bubble teas* para hoje à noite!

> HUMMM mal posso esperar!

Emma enviou uma foto de si que destaca seus olhos azuis, e ela está usando um vestido branco perfeito para a viagem, acomodada em uma cabine de avião espaçosa que parece ser da metade do tamanho que o jatinho da família de Xavier. Está com dois dedos levantados, fazendo o símbolo de "paz e amor", e mostrando uma taça de vinho ao mesmo tempo. Sinto outra onda de culpa por conta do que aconteceu entre mim e Xavier... Mas o que posso dizer a ela? Eu e ele temos nosso pacto. E agora que vi o mundo complexo de Xavier, o tipo de pressão que enfrenta, sei exatamente do que ele precisa.

Ainda que machuque ter que aceitar isso.

— Emma está a caminho. Toda empolgada para passar um tempo com você de novo.

Ele encaixa o capacete na cabeça.

— Espero não decepcionar.

— Claro que não! Vai ser como se vocês nunca tivessem se afastado.

Respondo a Emma:

> Emma, o Espelho Mágico é maravilhoso. Vou mostrar para todo mundo na reunião hoje. Mal posso esperar para mostrar a Horvath também. E Victor é primo de Xavier... você sabia? Fiquei tão surpresa!

> Xavier tá todo animado para te ver de novo!

Comentários a respeito do meu post no Instagram começam a chegar:

Voto no vestido azul

Esses brincos são incríveis!

Queria poder usar isso também... preciso de um estilista!

Meu coração acelera. Até mesmo a *hashtag* #TaipeiRides está cheia de novos alunos do Barco do Amor, como eu esperava. Meus planos... talvez já estejam dando certo.

Com confiança renovada, tiro uma foto toda estilosa de Xavier jogando a perna por cima da scooter e a envio para Emma com uma mensagem:

> Mal posso esperar pelos fogos de artifício! :)

28

XAVIER

As copas arrepiadas das figueiras-de-bengala balançam para o lado enquanto zunimos pela rua com nossa scooter, a caminho da casa da tia de Sophie. É ela quem está dirigindo, e seu perfume soprando no meu rosto está levando meus pensamentos em todas as direções erradas — o que, tenho que admitir, também estava acontecendo enquanto eu a assistia diante do Espelho Mágico. Mas mantive o foco, porque sei que o projeto é a coisa mais importante para ela. E vou fazer tudo ao meu alcance para ajudar Sophie a ter sucesso, o que também significa ajudar a Tia Três.

Posso ver como o avatar de moda da minha tia não renderia mais do que um revirar de olhos por parte do tio Edward e outros executivos em segmentos de maior expressão na empresa. Então o fato do meu pai ter apoiado minha tia foi surpreendente, mas ao mesmo tempo não foi. Porque ele obviamente viu o que Sophie vê — que a indústria de moda pode render uma boa grana. Sem mencionar que é o negócio que originou a fortuna da nossa família. Mas a ideia de Sophie de ajudar o Espelho Mágico pode ser uma grande virada de jogo. E juntar Sophie e Tia Três? Fui eu quem consegui esse feito.

Se as duas de fato conseguirem fazer mágica juntas, significaria que ajudei a Folha de Dragão.

Não que isso tenha qualquer importância. Mas não é algo que jamais tenha sido parte de quem sou. Não sei o que significa, apenas que, talvez, até pelos padrões dos Yeh, eu não seja um fracasso total.

— Então, além das entrevistas, o que mais você vai querer filmar? — pergunta Sophie, invadindo meus pensamentos.

— Preciso encontrar símbolos.

— Bom, é o Festival da Lua. Então... a lua?

— O que você tem em mente?

— Minha mãe diz que a lua simboliza felicidade, plenitude e realização... é por isso que o Festival da Lua é a noite mais perfeita de todas. Bolos lunares... não sei bem o que, mas tenho certeza de que tambem simbolizam alguma coisa.

— Bom, minha família faz os mil bolos lá em casa.

— Opa... vamos filmar como são feitos! Ficaria incrível em filme.

Ela faz uma curva errada.

— Outro lado — digo, e ela vira outra vez. — Foi mal. Não estou tentando dirigir no seu lugar.

— Não tem problema. Não conheço as ruas direito. Como você sabe para onde a gente tem que ir?

— Monumentos e marcos. Sempre tive que lembrar onde ficam, como uma tática de sobrevivência. — Nomes de ruas são insignificantes.

— Aposto que você tem várias. Elas com certeza seriam úteis para mim.

Há uma energia diferente entre nós agora. Não apenas porque ficamos na noite passada, mas talvez porque, como ela pediu, eu esteja deixando Sophie se aproximar. E vice-versa. Da pessoa que sou de verdade e da pessoa que ela é de verdade.

Agora aponto para o telhado de um pagode vermelho despontando por cima de todo o verde.

— Aquele templo ali. A gente passou na rua perto dele no caminho de ida. Presto atenção a esse tipo de coisa. E a vista para o Taipei 101, o ângulo muda sempre que... — Meu celular vibra no bolso. — Espera aí. — É Jane, provavelmente querendo remarcar horários. — Alô?

— Xiang-Ping, estou com seu pai, saindo da corrida. — Uma mistura de vozes ao fundo dificulta escutar o que ela está dizendo. — Ele sofreu um acidente. Estamos a caminho do hospital.

O quê? Em um primeiro momento, não consigo processar o que ela está dizendo.

— Acidentes não acontecem com Ba. — O mundo dele é gerenciado minuciosamente demais, a ponto de ter vários pares iguais das mesmas meias pretas, a fim de nunca errar e pegar pés de cores distintas. — Foi um acidente de carro? Como?

— Ele perdeu o controle da direção. Ainda não sabemos por quê. Ele precisará de uma cirurgia. Por favor, não mencione a ninguém. Não queremos que os jornais fiquem sabendo. Estou me esforçando ao máximo para evitar que a informação vaze.

— Por que os jornais se importariam? — pergunto antes de me dar conta da resposta.

— A boa saúde dele é crítica para o bem-estar da Folha de Dragão. Se os Cruzados ficarem sabendo, seria mais munição na mão deles para assustar nossos acionistas e pressioná-los a vender. Ele não poderá encontrar você para a entrevista com seu avô na sua casa, mas eu estarei lá. Você pode entrevistar seu pai no hospital amanhã. Ele pediu que você leve um portfólio que está no escritório dele lá no apartamento.

Uma parte de mim se pergunta por que Ba não ligou ele mesmo se estava alerta o suficiente para passar todas aquelas informações a Jane. Mas o que eu teria dito? Ele sofreu um acidente. Está a caminho da mesa de cirurgia. Eu deveria estar preocupado e abalado, mas, sinceramente, nem sei como me sinto...

E Ba sabe disso.

— Ok. Vou perguntar a Ye-Ye sobre a história da Folha de Dragão...

— Seu pai está chamando. Tenho que ir. — Ela desliga.

— Uau, espero que ele esteja bem. — Sophie soa bem mais preocupada do que eu.

— Ele é invencível. — Disso tenho certeza. Guardo o celular. — E agora ele e Jane não vão mais ficar no nosso pé por causa do projeto do curta.

— É um alívio. — Ela aperta o pedal e acelera para passar pelo sinal.

Minha cabeça está girando com possibilidades ainda disformes demais para conseguir enxergar com clareza.

— Você não faz nem ideia, Sophie.

29
SOPHIE

O vento sopra por meus cabelos enquanto aceleramos na direção da casa da tia Claire. Agora vamos encontrar minha família, e fico cada vez mais nervosa à medida que nos aproximamos. Nossa última visita durante o verão terminou em desastre. Rick e Ever foram pegos na mentira com seu namoro falso, e Xavier e eu terminamos. Mas, desta vez, tudo está como deveria ser: Xavier e eu *não* estamos namorando, e Rick e Ever, sim.

Na verdade, retornar é um ótimo lembrete de por que terminamos e de como esse motivo continua sendo como um bloco de gelo entre nós... Xavier simplesmente não me quer. Mesmo agora, está se segurando nos apoios atrás de mim, tão distante quanto é fisicamente possível, considerando que está dividindo a scooter comigo. Mas, de algumas formas, correr atrás de Xavier para conseguir a aprovação da minha família era mais simples (ainda que tenha sido um desastre). Aquilo era mais seguro para o meu coração. Agora as coisas são mais complicadas, meus sentimentos estão mais confusos... e perigosos.

À medida que seguimos na direção da mansão de janelas verdes, inspiro fundo o cheiro de grama recém-cortada e roseiras, tentando me acalmar. Acabo pisando fundo no acelerador sem nem perceber, querendo encontrar logo minha tia. Preciso conversar com ela. Quero perguntar a ela como é possível que Xavier e eu tenhamos uma energia tão boa juntos, e ainda assim sermos tão ruins um para o outro. Apenas falar com ela e segurar o bebê já vai ajudar a estabilizar meu mundo outra vez.

Paramos diante dos degraus de ardósia que levam às portas duplas. Rick e Ever estacionam ao nosso lado.

— Timing perfeito — começo a dizer, mas os dois estão absortos em uma discussão calorosa.

— Mas por que Londres? — Rick arranca o capacete da cabeça. As sobrancelhas pretas pesadas estão franzidas e tensas. — A gente só vai conseguir se ver uma vez por ano, no máximo.

Ever desce da motoneta com um movimento gracioso da perna de bailarina.

— Pode ser que eu não consiga entrar na Tisch de novo. Tenho que manter minhas opções abertas. A gente não tem que falar sobre isso agora. Quem sabe se vou mesmo ser aceita?

— Você precisa pensar em outras opções então!

Estão tão focados um no outro que daria no mesmo se eu e Xavier não estivéssemos ali.

— Hum, gente? — chamo. — Tudo certo?

— Não — responde Rick ao mesmo tempo em que Ever diz:

— Tudo.

— Ceeeeerto. Acho que seria melhor se, tipo, vocês tentassem se entender antes de entrar?

Tarde demais. A porta da frente se abre. Os ombros de Ever sobem e descem com um fôlego profundo, e todos nos calamos quando o mordomo de tia Claire surge.

Nós o seguimos até o saguão refrigerado, onde uma carpa laranja e branca desliza por um laguinho embutido no piso de mármore. Tia Claire desce a escada curvada, aninhando um bebê enrolado em uma manta. O longo robe floral ondeia ao redor de suas pernas nuas, bem diferente das usuais roupas finas e feitas sob medida que ela costuma vestir. Seus cabelos dançam em um rabo de cavalo atipicamente desleixado, e o rosto vibrante de sempre está fechado.

Mas o bebê nos braços dela tem o rostinho de tomate esmagado mais adorável que já vi.

— Finn! — Corro para eles.

— Bem-vinda, querida. — Tia Claire beija minha bochecha. — Aqui está o meu novo príncipe.

— Oi, tia! E oi, priminho! — Esfrego o nariz contra a cabeça cheia de fiapos de cabelo do bebê. — Ai, meu Deus, tia Claire. Ele tem um cheirinho tão gostoso.

— E aqui está minha namorada — diz Rick. — De verdade agora.

Ever solta uma risada nervosa, mas tia Claire a recebe de braços abertos.

— Minha querida. Fico tão feliz que o namoro tenha acabado se tornando realidade, ainda que no começo não tenha sido. — Ela ri. — Minha cabeça de mãe insone. Ninguém entenderia o que acabei de dizer, mas é assim que são as coisas.

— Também fico feliz. — O sorriso de Ever é como o sol enquanto abraça minha tia de volta.

Fannie, minha prima de cinco anos, desce a escada correndo, usando um vestido de renda cor-de-rosa e equilibrando uma pilha de caixas de bolos lunares. Felix está em seu encalço, todo feliz com o chapéu de casca de pomelo entalhado na forma de uma flor. Uma tradição do Festival da Lua que eu costumava seguir, mais porque gostava de sentir o perfume cítrico da fruta e menos porque esperava que fosse me trazer sorte. Finjo bagunçar os cabelos dele.

— Chapéu maneiro!

— Escolhe uma! — Fannie estende as caixas. — A gente tem muitos tipos diferentes!

Rio e puxo minha prima para um abraço.

— Qual é o seu favorito?

— Este. Não, este! São todos tão gostosos! — Ela empilha as caixas nos meus braços, e rio outra vez.

— Posso segurar seu irmãozinho um pouco?

— Pode! — grita ela. Xavier pega as caixas de mim, e atiro a manta de Finn por sobre o ombro para depois aninhar meu primo mais novo nos braços. Eu o deito com o peito contra meu ombro, fitando as dobras fofas das pálpebras dele.

— Ele parece até uma garrafa de água quente. — Sinto uma onda feroz de afeição pelo bebê: uma pessoinha completa que estará sempre conectada a mim. Pressiono o nariz na bochecha macia, respirando o cheiro fresco e limpo de criança. — Oi, menininho, sou sua prima Sophie. E você tem mais quatro primos grandes esperando nos Estados Unidos para brincar com você.

Ao contrário da última viagem, quando passei todos os segundos tentando impressionar Xavier, nesta posso apenas aproveitar minha família: Felix se atirando em cima de Rick, tio Ted todo preocupado com a esposa. Foi o casamento deles que me deu esperanças quando a família de Rick e a minha própria se desfizeram.

De volta a Taipei 277

Pego Xavier me olhando, e nós dois desviamos o rosto. Um pouco de calor sobe pelo meu pescoço. O que foi que ele tinha dito no armazém mesmo? Raios de sol. Minhas emoções jorrando para fora de mim. Aquilo me afetou mais do que deixei transparecer. Ele estava falando sobre o furacão em mim que avassala as pessoas, como aconteceu com o gerente da copiadora perto de Dartmouth. Nunca pensei que aquele furacão pudesse ser algo belo a meu respeito, mas Xavier de alguma fora conseguiu pintá-lo desse jeito.

Finn arrota no meu ombro. Sorrio para o rosto adormecido, grata pela presença firme *dele*.

— Tia Claire, a senhora e o tio Ted devem estar tão felizes.

— Claro. — Mas o sorriso dela não alcança os olhos. Deve estar exausta de amamentar, pobrezinha.

— A senhora devia deixar as pessoas te ajudarem mais.

— Ela sempre foi o tipo de pessoa que queria fazer tudo por conta própria.

— Não se preocupe comigo. Tenho um bocado de mãos amigas querendo ajudar. É só o sono que tem sido difícil... Finn fica acordando e dormindo de novo o dia e a noite inteiros.

— Em que quarto a Ever vai ficar? — pergunta Rick. — Vou levar as malas dela. O teste é hoje à tarde.

— Posso carregar... — começa Ever, mas tia Claire interrompe.

— Ah, deixe Rick levar, querida. Você é nossa convidada. E tem café da manhã para vocês na sala de jantar. Um bufê de *congee*, com doze opções de acompanhamentos... todos os favoritos, ovo centenário, porco desfiado e seco. Minha cozinheira acabou de trazer vários *bāozi* no formato de coelhinhos cor-de-rosa para o feriado.

— Ah, que maravilha! — exclama Ever.

— Vem ver meu terrário. — Fannie puxa a saia de Ever.

— Como vai seu sapo? — pergunta Ever, seguindo atrás dela.

— Ele morreu — responde Fannie calmamente, e as duas desaparecem em um corredor com Rick e as malas deles.

— Adoro como a Fannie é ao mesmo tempo tão destemida e uma princesinha — comento. — Tomara que ela nunca mude.

— Bom, ela vai ter que crescer em algum momento — responde tia Claire de maneira vaga. — Olá, Xavier. — O sorriso dela esfria um pouco. — Meu marido, Ted, está no escritório dele. Queria falar com você um minutinho. Você se importa?

— Hum, claro. — Xavier olha de relance para mim. O que tio Ted pode querer com ele? Espero que se comporte.

— A gente não pode ficar muito tempo — digo. — Eu e Xavier precisamos ir ao apartamento dele para entrevistar o avô e filmar como preparam os bolos lunares.

— Bom, mas vocês precisam comer antes de sair. Xavier pode ir falar alguns minutinhos com seu tio, e, enquanto isso, eu e você colocamos a conversa em dia.

Uma funcionária guia Xavier até o escritório. Eu os observo partir, franzindo o cenho.

— A gente não está mais namorando. O tio Ted sabe disso, né?

Tia Claire franze a testa.

— Acho que sim. Ele anda tão ocupado esses dias, é difícil saber quais informações está absorvendo ou não. Vocês estavam no showroom da Folha de Dragão?

— Isso. Entrevistei a tia do Xavier.

— Que legal — diz ela de maneira distraída. Então remove o elástico do rabo de cavalo e volta a prendê-lo. — Vamos ao meu quarto. Tenho presentes para te dar, além dos bolos lunares, claro.

— Ah, não se preocupa comigo. — Típico da tia Claire. Presentes são a marca dela: sempre que a vejo, ela dá um jeito de me entregar algo. Movimento Finn com destreza para aninhá-lo na curva de um braço e entrelaço o outro no dela enquanto caminhamos. — Trouxe um macacãozinho para Finn, mas devia ter trazido um presente para a *senhora*. O seu aniversário não é no domingo?

— Pelo menos *você* se lembrou. — O tom triste na voz dela me surpreende. Tia Claire é tão adorada por todos. Não deveriam estar celebrando?

— Deve estar todo mundo distraído com este príncipe. — Beijo a cabeça de Finn.

Tia Claire não responde. Ela abre a porta para a luz do sol ofuscante que ilumina a cama de madeira *ji tan* densamente entalhada com figuras de deusas antigas. O colchão está alto com luxuosas cobertas brancas, o lado onde ela dorme desfeito. Da última vez em que estive aqui, eu estava chorando de soluçar depois de perder Xavier. Agora fico envergonhada só de lembrar como agi.

Sequer conhecia Xavier na época. Não de verdade. Então por que estava chorando? Pela minha inabilidade de rapidamente selar meu destino como a esposa de alguém. Pelo meu orgulho ferido.

E Xavier conseguiu enxergar através das minhas artimanhas.

Tia Claire entra no closet espaçoso e franze a testa para alguns lenços. Passo a mão pela estampa em alto-relevo de um vestido longo de brocado feito de seda. Todas as peças aqui são dignas de uma imperatriz.

— Eu brincava de faz de conta vestindo suas roupas aqui quando era pequena.

— Você e Rick. Ele também gostava de experimentar minhas roupas. — Ela pega um vestido da cor de berinjela com corpete ajustado e saia ampla. — Este era o favorito dele. Rio.

— Era mesmo.

— Como andam as coisas com sua mãe? E os meninos? — Conto as novidades sobre a patinação no gelo e a programação, sobre o novo trabalho burocrático da mamãe no hotel. — E com Xavier? Vocês não estão namorando, mas... continuam amigos?

— Isso. Estou aqui por causa de um projeto de pesquisa. Xavier me ajudou. — Explico todo o projeto e o que descobri conversando com a tia dele.

— Ted me contou que a Folha de Dragão anda mal das pernas. Muita gente perdeu o emprego. Mas eles acabaram de fazer outra doação para um centro de pesquisa em câncer, então deve estar tudo bem.

Solto um grunhido. Jane é mesmo uma máquina. Fico me perguntando quanto da percepção da minha tia a respeito dos Yeh foi moldada por ela ao longo dos anos.

— Mas você andou conversando com a tia do Xavier? — Ela franze a testa. — Nunca ouvi falarem nada sobre a irmã. Só sobre o pai ou o tio do Xavier. Nem me lembrava que existia uma tia até você comentar.

— Na verdade, são várias tias, acho.

— Devem ser pessoas muito reservadas. Nunca ouvi uma palavra sobre elas, e visito o pavilhão da família no festival desde antes de você ter a idade da Fannie hoje. — Tia Claire retira um frasco de uma cesta repleta de óleos essenciais, depois afasta algumas camisolas, procurando por algo. Abro a boca para despejar todos os meus receios a respeito de Xavier quando, para minha surpresa, ela funga.

— Ai, Sophie, estou péssima. Não durmo faz semanas. E tenho medo de que meu corpo nunca mais volte a ser como era antes.

Espera. O quê? E eu aqui, prestes a tagarelar sobre meus problemas, sem nunca sequer me dar conta de que ela estava se sentindo mal assim. Percebo que ela *de fato* ganhou peso. Seu rosto está mais cheio, em um formato oval. É mais notável porque ela sempre foi incrivelmente pequenina; mesmo quando grávida, a barriga era a única coisa que se destacava do restante de sua figura.

— Você vai voltar ao normal já, já. Foi o que aconteceu depois da Fannie e do Felix.

— Tenho hipotireoidismo. — Ela volta a fungar o nariz. — Estou tomando remédio. Ah, não quero ser tão superficial, mas amava todos os meus vestidos lindos, e agora não posso mais usá-los.

— Não importa — insisto. — Tio Ted te adora. — Minha tia Claire sempre teve a vida perfeita. Quero ser como ela... desde sempre.

— É esse o problema, Sophiling. — Ela gira o anel de platina ao redor do dedo, o diamante tão grande quanto uma pera.

— O que foi?

— Pode ser só depressão pós-parto. — Ela toca minha bochecha e sorri. — Você tem é que se preocupar com a universidade. Me conta sobre todos os meninos que está conhecendo em Dartmouth.

Não. Isso de novo, não. Não para mim.

— Estou empolgada com meu projeto de ciência da computação. — Meu tom de voz se torna afiado. — Sei que isso não parece ter muito a ver comigo, mas é verdade. — Há um fantasma que preciso exorcizar. Um dos mais teimosos, que se recusou a partir. — Nossa família inteira sempre teve a expectativa de que eu fosse me tornar a esposa de alguém. Decidi durante o verão que vou ser mais do que isso.

Uma linha vertical se forma entre as sobrancelhas dela.

— Claro que você vai ser mais.

Olho ao redor do quarto, para as cortinas de jacquard azul, os vasos de porcelana cheios de flores frescas, o edredom bordado com crianças de bochechas roliças. Tantas coisas lindas e delicadas. E a própria tia Claire, inegavelmente linda e delicada. E tão triste.

É isso que acontece quando ser linda é o único foco de alguém? Quando é tudo que se tem?

— A senhora me disse uma vez que, se eu continuasse tratando mal os homens, nenhum que fosse decente ia me querer. Que nem Ba, que deixou... todos nós para trás. Mas a senhora continua achando isso?

— Ah, querida. — Tia Claire pressiona minha mão contra os lábios dela. — Você não deve se prender a ninguém que não faça jus a você. A ninguém que não tenha merecido seu respeito. — Ela abraça a mim e Finn, descansando a bochecha contra as costas dele.

Às vezes, as verdades mais simples e mais óbvias são as mais difíceis de compreender. Mas ouvi-la dizer aquilo em voz alta... um peso é retirado dos meus ombros. Acaricio os cabelos dela, mas também estou lutando contra lágrimas que não entendo. Quero ser esta nova eu. Mas talvez isso signifique que jamais vou encontrar alguém.

— Estou com medo de que seu tio esteja tendo um caso. — A voz de tia Claire está meio abafada pela camiseta de Finn.

— O quê? — Pisco e olho para a coroa de cabelos pretos espessos. Ela não acabou de dizer o que acho que disse. Meu estômago se aperta. — Por que a senhora acha isso?

— Ele não me leva mais ao teatro. Desaparece do escritório durante algumas horas todas as semanas. Minha funcionária, Kai-Lin, o viu e o seguiu uma vez, achando que podia pegar uma carona de volta para casa. Mas ele estava indo para outro lugar.

Sinto meu sangue gelar nas veias. Seguro os braços dela com força.

— Para onde?

— O showroom da Folha de Dragão. Kai-Lin viu quando ele se encontrou com uma moça de cabelo roxo. Depois ele entrou com ela.

Inspiro forte, surpresa.

— Eu vi essa moça! Falei com ela!

O rosto dela empalidece.

— Então ela é mesmo real.

— A senhora acha que ele está tendo um caso com *ela*? — A jovem de cabelos roxos ganha, de repente, uma nova dimensão. — Ela deve ter quase a minha idade!

— Não quero pensar que seja mesmo o caso. Mas… — Ela deixa o restante no ar.

Xingo. Minha família é amaldiçoada? Tio Ted sempre foi tão afetuoso com tia Claire… era simplesmente por conta da beleza dela, no fim das contas? Amo meu tio. Sempre foi bondoso comigo. E generoso. Mas se está traindo minha tia, vou castrá-lo com minhas próprias mãos.

Eu me levanto e começo a marchar pelo quarto, ainda com Finn no colo.

— Por que todos os homens têm que ser babacas? Se eu pudesse encontrar unzinho que fosse bom...

— Rick é um bom menino.

— Porque teve a gente para treiná-lo bem. — Corro para ela e a abraço, junto com Finn. Ela se agarra a nós dois. Seu coração martela contra a lateral das minhas costelas. — Vou voltar ao showroom da Folha de Dragão mais tarde. Posso tentar descobrir mais detalhes.

— Não! — A mão da minha tia aperta meu braço, me beliscando. — Por favor, não interfira. Não quero que ele fique sabendo que suspeito de alguma coisa. Não posso perder seu tio. Não com o bebê. As crianças. Não sou que nem sua mãe... não tenho você para me ajudar.

Eu a encaro.

— Mas como a senhora pode viver desse jeito?

Ela abre um sorriso triste.

— Fui arrogante em pensar que eu era diferente. Mas acontece que sou como qualquer outra mulher. — Ela deixa escapar uma risada curta. — Ele chegou a *medir* a minha cintura outro dia. Com uma fita métrica. Eu nem sabia que ele tinha noção do que era isso.

— Que horrível.

Ela enterra o rosto no meu pescoço. Eu me agarro a ela, passando a mão pelas costas úmidas de suor. Tia Claire é tão inteligente, tem tanto bom gosto e é tão incrível com as pessoas — como seria sua vida hoje se tivesse corrido atrás dos próprios planos, em vez de ser apenas bem casada?

— A senhora não é uma mulher qualquer, tia Claire.

— Eu a seguro com força contra mim, cuidando para não

esmagar Finn entre nossos corpos. Vou ser discreta, mas *vou* descobrir qual é o envolvimento da moça de cabelos roxos.

— A senhora é uma Woo, igual a mim. E a gente sempre sai por cima no final.

30

XAVIER

Nosso reflexo na scooter nos segue nas vitrines das lojas: eu de preto, Sophie de roxo-escuro, os braços pálidos envolvendo minha cintura e a cabeça virada para baixo, perdida em pensamentos. Estamos a caminho da minha casa para entrevistar Ye-Ye.

Foi surpreendentemente doloroso retornar à casa da tia de Sophie, tendo que reviver os meus piores momentos durante o verão. Da última vez em que estive lá, realmente estraguei tudo. Sophie disse que eu a deixava louca, e posso ver como agora. Não tinha que tê-la tratado tão mal.

E algo está errado com Sophie agora. Ela está em pânico e tentando esconder... embora eu tenha quase certeza de que não tem nada a ver comigo desta vez.

— Tudo bem? — pergunto. — Você estava tão quieta durante o café da manhã.

Ela se movimenta contra minhas costas, e os braços apertam minha cintura com mais força.

— O que meu tio queria? Espero que... ele não foi antipático, foi?

— Não, ele só me perguntou sobre o lance com os Cruzados e a Folha de Dragão. Se está dificultando os negócios. Eu não sabia o que responder, para ser sincero. O que aconteceu com sua tia?

Passamos por um ônibus recoberto por anúncios com desenhos. A buzina discreta se perde atrás de nós. Em seguida, palavras começam a jorrar. As suspeitas de tia Claire. O comportamento óbvio demais de tio Ted.

— Eles têm três filhos juntos! É tão… *argh!*

É difícil pensar que o homem com quem falei naquele escritório está traindo a esposa. Havia um retrato dele com ela e os dois filhos mais velhos sobre a escrivaninha. Mas não o conheço bem, e minha família também é esquisita neste aspecto — Ba nunca se casou novamente, e a família declarou que ele está proibido de se relacionar com alguém que tenha mais de dez anos a menos do que ele. Não é das piores regras.

— Talvez não existam finais felizes. — Sophie solta um suspiro.

— Rick e Ever parecem felizes.

— Os dois foram feitos um para o outro. Não estou tão certa de que o universo tenha os mesmos planos para mim. As mulheres da minha família são amaldiçoadas. Minha mãe. A de Rick. E agora tia Claire.

— Você não é amaldiçoada.

— Elogios vão te levar longe — diz ela, e sorrio. Depois de mais um momento, ela continua: — Sabe, agora nós dois somos diferentes das pessoas que éramos no Barco do Amor. Notei quando a gente voltou à casa da minha tia. O quanto a gente mudou.

— Eu também estava pensando a mesma coisa. Nós dois éramos um desastre. Agora até ficamos casualmente e depois conseguimos continuar conversando como sempre.

Ela ri. Mas falo sério. Nunca tive conversas como as que temos... com ninguém. Sempre foi mais fácil transar e desaparecer. Ou simplesmente desaparecer. Não é o comportamento mais maduro, agora que paro para pensar. Mas é mais fácil. Para mim, ao menos. Segredos guardados. Coração protegido. Casca grossa e intacta.

— É, verdade, e a gente continua amigo. E você pode namorar outras pessoas, como Emma. E não vou ter problemas com isso. É progresso, não é? Pelo menos para mim.

Não quero namorar outras pessoas.

A verdade me acerta com força. Não quero. Quero continuar conversando com ela. Fazendo Sophie rir e sentindo seus raios de sol. E quando nossos projetos estiverem finalizados, será que *poderíamos* tentar outra vez? Deveríamos? Quero perguntar. Quero que ela diga as palavras. Estão bem ali, prontas para irromper para fora do meu coração.

Um carro buzina atrás de nós, e deslizo para longe dele.

Deus, ainda sou o mesmo filho da mãe egoísta de sempre. Sophie foi superclara a respeito do que quer. E acabou de dizê-lo outra vez — *você pode namorar Emma*. Com o mesmo tom de voz que usaria para pedir um café. Preciso ser amigo dela. Mostrar o respeito que ela merece, escutá-la e apenas. Ser. Amigo. Dela.

Esmago aquelas outras palavras dentro do meu coração.

— É — respondo.

O Taipei 101 se ergue diante de nós. É um prédio moderno superalto feito de quadrados de um azul-esverdeado brilhante. Alcançamos a entrada principal alguns minutos mais tarde, e viro para pegar uma entrada que leva para longe dele, ao condomínio de apartamentos da minha família. A fachada preta lustrosa do nosso prédio é quebrada por uma escada de varandas de madeira que transborda plantas cheias de folhas, de cima a baixo, até a cobertura.

— Espera, você mora *de frente* para o Taipei 101? — pergunta Sophie.

Meio que odeio onde moramos. Foi comprado para impressionar os convidados, mas não gosto do abismo que cria entre mim e as outras pessoas. As plantas, ao menos, dão alguma vida às paredes. E a arquitetura é mesmo incrível.

— A gente se mudou para cá quando foi construído. Eu ia muito ao cinema — digo, e é verdade.

— E eu me gabando de ter conseguido reserva para jantar no Taipei 101.

— Não é como se *eu* tivesse conquistado nada disso. — Por que não posso simplesmente deixá-la se impressionar? É o que o lorde Babaca faria. — Ao contrário de você, que está organizando essa reunião inteira. A vista para a lua vai ser incrível. Meu tio sempre reclama que o arranha-céu bloqueia nossa visão. — Desacelero. — Sinceramente, Sophie, só vim aqui para filmar os bolos lunares e para entrevistar meu avô. Depois disso e de filmar algumas cenas extras no festival amanhã, vou ficar de boa.

O ar fica ligeiramente mais fresco ao entrarmos na sombra do pórtico. Balões de aniversário com o número oitenta e oito sopram na brisa. Sophie remove o capacete, deixando os cabelos pretos cascatearem por sobre os ombros. Ela dá um passo na direção da vista para o Taipei 101, cruzando os braços enquanto fita a torre e as dez bandeiras ondulando em seus mastros. Mas não pega a câmera, e, quando se vira outra vez, tudo o que diz é:

— Plantas legais.

— Você podia ter arranhado a tinta, seu idiota! — Meu tio Edward irrompe pelas portas de vidro na direção do meio-fio. Aqui vamos nós. Ele é quatro anos mais jovem que Ba e tem quase o dobro do peso dele: uma parede de mais de cem quilos de músculo que força as costuras da camisa social risca de giz. Em pessoa, é ainda mais irascível do que eu me lembrava.

Tio Edward olha feio para Kai-Fong, nosso mordomo de longa data e irmão mais velho de Bernard. Ele se empertiga perto da Ferrari, com um pano e uma garrafa de plástico verde em mãos.

— Faz tanto tempo que você já está aqui e até hoje não sabe como cuidar direito de um carro? Meu irmão devia ter aposentado você faz anos.

Os ombros finos de Kai-Fong se recurvam. Ele se encolhe no momento em que meu tio arranca a garrafa da mão dele.

— Tio Edward, chega. — A rispidez na minha voz surpreende até a mim. Ele se vira, e Kai-Fong faz o mesmo.

— Mestre Xiang-Ping. Seja bem-vindo. — O mordomo faz sua mesura de cabelos brancos. Está vestindo um uniforme mais discreto, um que associo aos funcionários que estão na família há anos: terno roxo-acinzentado, gravata da mesma cor e camisa social engomada. No lugar do brasão dourado dos Yeh bordado no peito, ele o veste como um broche discreto na lapela.

— Então o filho pródigo à casa torna. — Tio Edward caminha na minha direção, os olhos se estreitando no rosto redondo de lua. — Como ousa falar comigo dessa maneira?

Tio Edward, Ba, o lorde Babaca... neste momento, são todos iguais: ruído raivoso destilando ódio em cima de mim.

Levanto o queixo e deixo que minha expressão fale por si só.

Ele me lança um olhar feio.

— Só me dê uma razão para... — Tio Edward deixa o restante no ar quando uma limusine preta estaciona perto de nós. Sua boca se alarga em um sorriso assustadoramente autêntico, e ele se afasta de mim. — Vossa Excelência, bem--vindo. Que bom que pôde vir.

Eu o deixo para trás apertando a mão de Sua Excelência.

— Tendo ele como pai — murmuro para Sophie —, não me admira que meu primo seja um... bom, um lorde Babaca.

Os lábios dela se retorcem de maneira irônica.

— Uma doçura de homem.

— Posso levar suas malas, mestre Xiang-Ping? — pergunta Kai-Fong.

— Pode deixar comigo. — Eu poderia fazer levantamento de peso com Kai-Fong se quisesse. Mas ele insiste com uma dignidade tão frágil que não tenho coragem de recusar. Não depois de como meu tio o tratou. Sigo atrás do mordomo. Jamais pensei que fosse me sentir assim, mas, apesar de meu tio, Kai-Fong torna minha volta para casa agradável. Fico feliz que tenha chegado a tempo de colocar tio Edward na linha, mas me pergunto quantos outros dias ele se comportou como um escroto.

— Como está Jessica? — pergunto. A neta do mordomo, que Ba descobriu ter talento para física e enviou à Universidade de Kyoto. É irônico, claro. As famílias dos funcionários de Ba foram estudar na universidade graças a ele, mas não consegue fazer o próprio filho entrar para uma. Mas fico feliz por Jessica.

— Está bem. No segundo ano. Muito ocupada com a faculdade. — Kai-Fong nos guia para dentro do saguão do prédio, que é emoldurado por duas escadas curvadas e iluminado pelo candelabro no teto. Ele me mostra uma foto da neta no celular, ela acenando entre dois pilares de tijolos.

— Ela adora estudar lá, mas pode ser que tenha que largar o curso se a empresa for vendida.

— Sério?

— A bolsa escolar dela é financiada pela Folha de Dragão. Seu Ba não é como os outros patrões, sabe. Não são muitos os que nos tratariam da maneira como ele trata.

— É. Eu preferiria ser empregado dele a ser filho.

Kai-Fong segura meu braço.

— Xiang-Ping, seu pai precisa da sua ajuda. Todos nós precisamos. Seu Ba é um bom homem, mas ele não sabe de algumas coisas.

Por que eles todos olham para mim como se fosse um herdeiro de fato?

— A família não me quer metendo o nariz nos negócios da Folha de Dragão. Eles nem esperam que eu compareça a festas como esta. — Convidados de smoking estão se apertando em um de dois elevadores abertos, mais líderes que controlam bilhões de dólares ou governam milhões de pessoas. Balanço a cabeça. — Mas não precisa se preocupar com Jessica. Vou falar com Ba. — Não sei se nada do que disser vai fazer diferença, mas, por Kai-Fong, vou tentar.

O mordomo faz uma mesura curta.

— Vocês dois são tão parecidos.

Outra vez isso? Se existe *mesmo* qualquer coisa similar, quero usar uma faca para cortá-la fora. Estive preso dentro do Império Yeh por tempo demais, e isso está deixando minha cabeça confusa. O que preciso é sair daqui o mais rápido e da maneira mais indolor possível.

A porta de um dos elevadores se fecha, escondendo os convidados. Kai-Fong aperta o botão para a cobertura no elevador seguinte, me entrega minha mochila e gesticula para que eu e Sophie entremos. As portas se fecham e, por um momento, estamos a sós. Uma imagem cruza minha mente: eu pressionando Sophie contra a parede acolchoada, minha boca na dela.

— Vocês têm um bocado de empregados — comenta ela.

Fecho a mão ao redor da alça da mochila, me estabilizando.

— Meu avô mora aqui. E uma das minhas tias, quando não está em Londres. Parte da equipe também. Tipo Bernard. Depois que a esposa dele morreu durante o parto, Ba trouxe ele e Alison para viverem aqui e não ficarem sozinhos.

— Incrível. Faz esse tempo todo que eles trabalham para sua família?

— É. Ba trata todos eles melhor do que a mim.

Ela sorri.

— Você também.

— O quê?

— Além do mais, é melhor do que se fosse o contrário: mimar o filho e deixar os empregados traumatizados.

Franzo a testa.

— Ele não faria isso.

— É um ponto a favor do seu pai que o pessoal dele seja tão leal assim.

— Aquelas pessoas protestando do lado de fora da sede não são.

— Verdade. Mas eles eram empregados da sua tia. E foi seu tio quem demitiu aquela gente toda, não seu pai.

Mais dos *insights* penetrantes de Sophie. Nunca tive a experiência de ver alguém de fora da família entrar em contato com ela, e ter a visão dela sobre eles faz com que eu me sinta estranhamente... menos sozinho.

As portas do elevador se abrem, e entramos em um saguão cheio de esculturas e pinturas.

— Isso tudo é incrível! — Sophie desliza a ponta dos dedos por uma pintura emoldurada de um tigre laranja rondando a tela. — Nem o Museu do Palácio Nacional tem peças assim. Não me admira você ser um artista. Sua família inteira curte arte.

Por um momento, enxergo o mesmo que ela. O cômodo inteiro é agradável aos olhos, repleto de obras de bom gosto de vários gênios. Mas em seguida balanço a cabeça. Aponto para os três carimbos vermelhos decorando a lateral da pintura do tigre.

— É com esta parte que Ba se importa. Este carimbo é do artista. Este é do neto de Puyi, o último imperador da China. Foi o primeiro dono do quadro. Este é do meu avô, o segundo dono. É um desafio. De quem será a marca que merece morar ao lado das de imperadores?

— A obra de arte mais cara que a gente tem lá em casa é um elefante de argila que meus irmãos fizeram na colônia de férias.

— Aposto que é melhor do que todas essas coisas juntas.

— Estudo a pintura ao lado dela. — Este tigre é meu pai. O mundo inteiro é pequeno demais para as ambições dele. — Como Kai-Fong, ou qualquer outra pessoa, pode pensar que sou como ele?

Sophie inclina a cabeça para o lado.

— Ele não parece muito feliz preso dentro dessa tela.

— Exato. E agora Ba também está preso. O acidente. A empresa cheia de problemas.

Sophie coloca a mão sobre o meu braço. Um gesto simples, mas posso sentir tudo que representa.

— Como você está se sentindo com tudo isso?

Desvio os olhos, que acabam parando em um retrato emoldurado dos primogênitos dos Yeh: meus bisavô e avô e também meu pai, com a minha idade na época, todos de pé, juntos. Narizes e maxilares idênticos. A mão de Ye-Ye está pousada sobre o ombro de Ba. O queixo de Ba está erguido, e ele encara a câmera diretamente, confiante e forte.

— Sinceramente? Não consigo não sentir um pouco de pena dele. Ba nunca descansa. Agora está sendo forçado a descansar. Ele nunca *não* está no controle. E agora...

Eu o imagino deitado em uma mesa de cirurgia em algum hospital que financiou, uma enfermeira lhe dizendo para contar de cem a zero. Sua visão escurecendo até restar apenas um ponto de luz. A sala ficando cada vez mais estreita...

Mudo de posição, e meu reflexo no vidro que protege a foto se separa do retrato de Ba. Minha imagem estava sobreposta à dele sem eu sequer ter me dado conta disso. Agora me coloquei dentro daquele retrato com eles, o quarto homem Yeh. E parece real.

Mas *não* é... ou é?

Vários sentimentos e memórias contraditórios inflam dentro de mim. Tio Edward dizendo a Ba que eu devia ser lobotomizado. Meu pai me mandando para os Estados Unidos. Aqueles anos fora que eu podia ter passado conhecendo melhor minhas tias-avós e vice-versa. E agora os empregados olham para mim em busca de orientação, e hoje tive um gostinho de como seria não ser um total fracasso. Como quando facilitei o encontro de Sophie e minha tia.

Vim dizer adeus. Mas é isso que de fato quero?

Sophie levanta o nariz, sentindo o aroma de bolos sendo assados.

— Que cheiro bom é esse?

Eu me afasto da fotografia, me retirando dela.

— São os bolos lunares para as doações de amanhã. — O trabalho continua, lado a lado com a festa. Isso também faz parte das tradições dos Yeh.

— Que legal! Vamos filmar.

— Era para eu estar entrevistando meu avô. — Já tenho minhas perguntas prontas. *Como era a Folha de Dragão no início? Como se tornou o império que é hoje?* Com Ba no hospital, preciso de Ye-Ye na gravação... e meu professor de história não vai aceitar de mim nada menos que uma entrevista digna dos Rockfeller.

— Onde ele está?

Franzo a testa. Uma fila para cumprimentar Ye-Ye já está ocupando a sala de estar inteira e a escada.

— Deve estar lá em cima, no terraço, falando com os convidados. Como e onde vou entrevistar ele? Não sei o que a Jane tem em mente.

— Bom, talvez a gente possa cuidar dos bolos lunares primeiro e esperar a fila diminuir?

— Tá. — Tomo a mão de Sophie e a puxo. — A cozinha fica por aqui.

A cozinha que Emma e eu costumávamos invadir para roubar casquinhas de sorvete é tão grande quanto a sala de estar. Frigideiras e panelas pendem de ganchos no teto. Dois fogões gigantes estão acesos com chamas azul-alaranjadas, e uma parede inteira de fornos está cheia de bolos.

Tia Quatro, vestindo um avental roxo da Folha de Dragão por cima do vestido de estampa de onça, sova uma massa volumosa sobre o balcão.

De volta a Taipei 297

— Xiang-Ping, aí está você. Lin-Bian mencionou que estava a caminho. — Ela nos recebe com um sorriso reservado. Formal, mas gentil: esta é minha tia. Mesmo com o avental coberto de marcas de dedos sujos da pasta de feijão. — Entrem. Estamos finalizando a última fornada.

Uma verdadeira linha de montagem composta de homens e mulheres com redes nos cabelos e aventais também sova massas em duas mesas longas. Outros abrem a massa em círculos e colocam colheradas dos recheios de taro, semente de lótus e feijão-mungo no centro.

— Quantas tias você tem? — Sophie retira a mão da minha ao entrarmos. Não tinha me dado conta de que ainda a estava segurando.

— Er, quatro. Não deixa a farinha e o avental te enganarem. Ela está à frente de todos os negócios da Folha de Dragão na Europa, e a filha dela, Gloria, é chefe do escritório de Londres.

— Mulheres poderosas. Esses bolos lunares já eram.

— Às vezes acho que Ba queria que eu tivesse nascido uma menina.

— Xiang-Ping, lave as mãos e venha fazer um bolo. — Tia Quatro corta a bola de massa em dois e coloca uma metade de lado. — Você fazia os melhores bolos quando era menor. Com os desenhos mais complexos.

É legal que seja assim que ela se recorde.

— Preciso filmar. Sophie pode ajudar.

— Ah, não quero me intrometer em uma coisa de família.

— De modo algum, Sophie. — Tia Quatro dá tapinhas na segunda metade da massa. — Venha.

Sophie se junta a ela, e levanto a câmera, apoiando-a sobre o ombro, para filmá-las lado a lado.

— A maioria dos bolos lunares é feita por máquinas agora. Mas na nossa família ainda fazemos tudo manualmente. Dou zoom nas mãos enfarinhadas de Sophie enquanto fecha um círculo de massa ao redor de uma colherada de pasta de feijão. Diminuo o zoom outra vez para abranger mais da cena. A pele dela brilha contra seus cabelos escuros. O macacão cor de ameixa faz com que os demais objetos roxos no cômodo se destaquem: os azulejos atrás do fogão, inhames em uma forma, a fita ao redor de uma caixa de bolos lunares.

Tia Quatro esfrega o nariz na manga, acrescentando, em vez de remover, uma marca de farinha ao local.

— Aqui, prove um, fresquinho. — Ela estende uma travessa com uma pirâmide de bolos lunares empilhados, todos marcados com o brasão dos Yeh em alto-relevo.

— Para ser sincero, não gosto de bolos lunares — admito.

— Blasfêmia! — Sophie arregala os olhos, já no meio de uma mordida.

— São densos demais. E também não gosto da gema salgada.

— É a melhor parte!

Tia Quatro ri, deixando a travessa de lado.

— Gostei da sua amiga.

Mais da mágica de Sophie, ganhando a simpatia de todos ao seu redor. Até mesmo das minhas tias, tão reservadas.

— Também gosto — respondo, e Sophie me lança um sorriso.

— O que os bolos simbolizam? — pergunta.

— O formato redondo significa conclusão, realização. Comer bolos lunares durante a semana do festival significa que uma família está completa e unida.

Abaixo a câmera. De alguma maneira, eu já devia saber daquilo, e é por isso que nunca quis participar. Os Yeh eram um círculo que se fechou e me excluiu — pelo menos era assim que eu me sentia do outro lado do oceano. Mas, neste momento, com Sophie e minha tia cotovelo com cotovelo enquanto sovam a massa, sinto uma estranha espécie de arrependimento...

— O que você está fazendo? — Ao ouvir a voz de Jane, me sobressalto. A rainha do RP está à porta, o terno verde-limão recém-passado a ferro, a mão no quadril. — Era para você ter chegado meia hora atrás para a entrevista com seu avô. Agora ele está ocupado com os convidados.

Devo ter deixado aquela informação passar, mesmo com o lorde Babaca enchendo meus ouvidos.

— Foi mal.

— Preciso que vocês se resolvam sozinhos. Estamos com dificuldades para conter as notícias sobre os protestos. Tem uma multidão a caminho.

— Daqui? Agora? — Pela janela da cozinha, o impecável Taipei 101 azul-esverdeado se ergue contra o céu. Ignorante de qualquer rebelião. — Achei que a imprensa comia na sua mão.

— É como tentar conter um punhado enorme de areia. A segurança está preparada, mas meu time está exausto. Para o seu projeto, por favor, nos envie o original quando tiver terminado. E destrua todas as cópias.

O quê? Destruir?

— Jane está olhando o celular.

— Tá bem — respondo com rigidez. — Não vou mais precisar dele depois que tiver sido avaliado.

— Vá cumprimentar seu avô, depois combine de entrevistá-lo após a festa. — Abro a boca para perguntar como Ba está, mas ela continua: — E não se esqueça de pegar o portfólio no escritório do seu pai. — Depois, ela vai embora.

Sophie lava as mãos e voltamos para a sala de estar.

— Que bom que ela não está sabendo dos nossos planos para o Espelho Mágico mais tarde. Seremos um daqueles grãos de areia deslizando por entre os dedos dela.

— Verdade. — Mas as instruções de Jane são como pedras no meu estômago. Toda aquela filmagem... e devo deletar tudo depois de conseguir minhas notas?

Vamos para o final da fila para cumprimentar Ye-Ye, perto da escada que dá para o terraço. Garçons de fraque nos oferecem coquetéis de camarão e minirrolinhos primavera. Sophie me oferece um espetinho de carne, mas balanço a cabeça em negativa. Estou sem fome.

— O lorde Babaca tem razão. — Coloco a mão no bolso e giro os números no cadeado com segredo lá dentro. — Nada das coisas que eu filmei tem importância. Meu avô vai ficar irritado por ter que ser entrevistado por mim. Eles vão destruir meu filme quando estiver terminado. Sou um *risco* na visão deles.

Só agora me dou conta... achei que meu curta *teria* alguma importância.

Queria que tivesse.

— Você não filma o que as outras pessoas filmam — diz Sophie. — Talvez seja isso que preocupe eles.

— Se é assim, é porque tem algum parafuso faltando aqui dentro. — Bato na lateral da cabeça com um dedo.

— Não tem, não, Xavier! Para com isso. É sério. Olha... todos os anos, eu ia ao festival da sua família e nunca soube que isso tudo estava acontecendo nos bastidores. O pessoal do departamento de Relações Públicas devia mostrar tudo *isto* ao mundo. Aquela cozinha! Sua tia! Caos e bolos lunares saindo fresquinhos do forno. É humano! Faz com que eu me apaixone pela sua família inteira. É... — Ela morde a parte interna da bochecha. — Desculpa. — Ela franze a testa. — Fui longe demais.

— Não, você tem razão. — Há uma espécie de magia nas palavras dela, no modo como consegue colocar toda a confusão dos meus sentimentos dentro de uma caixinha, de uma maneira que torna possível eu respirar outra vez. Olho para o calor amarelado da cozinha. — Era isso que eu estava sentindo lá. Minhas tias não são que nem Ba ou meu tio...

— Tudo bem? — Sophie aperta minha mão.

Tinha deixado as palavras no ar por vários segundos.

— Depois que minha mãe morreu — começo devagar —, eu me desconectei de... tudo isto. Eu tinha amigos em Manhattan, mas eles não ficavam comigo. Não quando importava. — Como no aniversário de Ma todos os anos: o dia mais importante para mim, mas não é o tipo de coisa que se pode compartilhar sem deixar os amigos desconfortáveis. — Eu passava muito tempo sozinho. Mas isso também é culpa minha. Que nem você disse, nunca deixei ninguém se aproximar. Eu sempre tentava ir embora primeiro.

Ela pressiona os lábios até se tornarem uma linha fina. Quando enfim fala, sua voz está rouca.

— Você pode contar comigo, Xavier. Não sei se isso quer dizer muita coisa. Mas é verdade.

Algo se infla dentro de mim.

— Significou muito que você tenha ficado no aeroporto. Aquele dia no fim do verão, quando a gente estava voltando para casa.

Ela franze as sobrancelhas.

— Não sabia se você me queria lá ou não.

— No começo, não queria. Mas... depois, fiquei feliz.

Ela aperta minha mão outra vez.

— Então também fico.

Sophie é o tipo de amiga que nunca tive antes, que me conhece, porque ninguém teve de fato a chance de me conhecer faz muito tempo. E ela continua aqui. O tipo de amiga por quem quero aprender a não fugir mais, mesmo quando as coisas estão difíceis. Mesmo que meus sentimentos vão além da amizade, talvez.

Um jovem de smoking branco duas pessoas a nossa frente se vira. Droga. É o lorde Babaca.

— Xiang-Ping, você chegou. — Seu tom é tão neutro quanto a caixa de presente branca em seus braços.

Certo. Então talvez nossa relação também já não esteja mais tão ruim agora.

Logo à frente dele, minha prima Lulu também se vira, um pacote pequeno embrulhado com papel pardo em sua mão. Victor sinaliza para que o casal entre nós siga adiante.

— Fiquei sabendo que vocês se encontraram com minha mãe. — Lulu também está muito menos hostil. Eu a apresento a Sophie, e Lulu aperta a mão dela. — Concluí que, se Xavier estava se dando a esse trabalho todo para ajudar alguém, ela seria bem especial.

Sophie cora.

— Ah, hum, não! Quer dizer, er, obrigada. Estou superagradecida por você ter me ajudado com o encontro. Adorei sua mãe... ela é tipo uma fada madrinha.

— Haha! Vou dizer isso a ela. Ma ficou bem empolgada com a conversa de vocês. — Lulu sorri para nós dois, simpática de uma maneira como nunca foi antes. — Não vejo minha mãe animada daquele jeito faz muito tempo.

— Ah, que bom! Vou exibir o Espelho Mágico dela para todo mundo hoje à noite em uma festa.

— Obrigada pela ajuda. — O olhar da minha prima se suaviza. — Sempre digo que as invenções dela são incríveis. Mas ela nunca foi ousada o suficiente para fazer os projetos irem para a frente.

— Bom, mas devia! — Sophie brilha. — Espero que a gente consiga ajudar mais! Quer vir hoje? Você pode ficar encarregada de cuidar do Espelho Mágico.

—Ah. — Lulu pisca, surpresa. — Eu ia gostar.

— Victor. — Jane caminha apressada até nós, o rosto marcado de tensão. Ela segura a manga dele com força. — O embaixador Chiu quer dar uma palavra com Xiang-Ping. Prepare-o.

— Comigo? — Entro em pânico. Jane já cruzou o cômodo para interceptar um senhor idoso vindo na nossa direção. Ela aperta a mão dele, sorrindo enquanto fala. Os dois continuam se aproximando sem desvios. — O que vou dizer?

— Diz que você nunca esteve tão confiante no apoio dos nossos investidores — aconselha meu primo.

— O que isso quer dizer? — pergunto, mas Jane retorna.

— Xiang-Ping, este é o embaixador Chiu.

— Ex-embaixador. Sou um cidadão comum agora. — Ele aperta minha mão. —Xiang-Ping, conheci você quando batia na minha cintura. Como cresceu. Creio que também esteja para retornar a Taipei em breve?

Meu primo faz que sim com a cabeça de maneira imperceptível.

— Sim — respondo. — Nunca estivemos tão confiantes no apoio dos nossos investidores. — Estou sendo papagaio de imitação do lorde Babaca… como isso foi acontecer?

— Excelente. — Chiu sorri. — Você tomará o lugar do seu pai logo, logo.

— Oi, embaixador. Sou Victor. — Meu primo quase deixa a caixa cair tentando estender o braço para apertar a mão do idoso. — É um grande prazer...

— Congressista Wu, uma palavra, por favor. — O ex-embaixador Chiu levanta um dedo para um cavalheiro próximo ao piano e segue caminho ao lado de Jane.

Meu primo abaixa a mão e dá de ombros.

— Fazer o quê...

Solto o fôlego.

— Ele pareceu satisfeito com aquilo.

— Chiu quer que a Folha de Dragão continue como está — explica meu primo. — Fazemos uma parceria com a *holding* dele, e o patrimônio líquido deles dobra. Ele estava sondando você a respeito do futuro da companhia e dos Cruzados.

Quer dizer que acabei de mentir na cara dura?

— Eu voltar ou não faz zero diferença para a empresa.

— Você é herdeiro do seu pai. É um sinal.

— Como é que... você sabe esse tipo de coisa?

— Eu passei a vida inteira dentro dos negócios. — Ele ajeita a caixa nos braços. — Cadê o seu presente?

— Presente? — Olho para a fila subindo as escadas. — Ninguém mais está trazendo presente.

— Eu estou. — Lulu mostra seu pacote.

— Continua sendo você mesmo. — O lorde Babaca sorri. — Vai me fazer parecer o neto exemplar sem eu nem precisar me esforçar.

— Eu devia ter pensado em presentes — diz Sophie.

— Não, você é convidada — responde Lulu. — Mas, Xavier, é melhor você pensar em alguma coisa. Depois de mim e do Victor, o vovô *vai* se ofender se você aparecer de mãos abanando.

— Ele pode comprar o que quiser.

— É o gesto que conta.

Merda, e agora? Não que eu me importe que o lorde Babaca pareça o neto exemplar. Nunca estive na competição. Mas preciso entrevistar Ye-Ye, então não deveria começar com o pé esquerdo. Examino os demais convidados, procurando por ideias em meio aos vestidos e ternos.

Lulu acena para alguém perto da lareira.

— Pode guardar o meu lugar? Quero dar oi para uma amiga.

— Claro — eu e o lorde Babaca dizemos ao mesmo tempo.

Nossos olhares se encontram, ambos irritados. Lulu sai correndo. Victor deixa seu presente sobre uma mesa decorada com madrepérola. Ele retira o Apple Watch do pulso e o enfia na minha mão.

— Aqui. Dá isto para ele. Pelo menos é moderno.

É generoso. Não apenas pelo custo, mas por estar me salvando no último segundo.

— Mas…

— Acabou de sair da caixa. Comprei hoje.

Franzo a testa para o relógio.

— Achei que você quisesse ganhar o prêmio do neto exemplar.

Victor revira os olhos.

— Você tem dez minutos para embrulhar isso aí.

— Embrulhar?

— Presentes têm embrulhos, Xavier! Anda! A gente guarda seu lugar na fila.

Avanço pelos corredores que levam à porta fechada do meu quarto e entro como um furacão. As cortinas azuis de voil flamulam para dentro da janela aberta. Dois anos depois e meu quarto continua o mesmo — cama com quatro colunas de madeira e edredom azul que Ma bordou com pequenos dragões. Uma concha pintada de uma viagem de família, ainda sobre a mesa de cabeceira. Minha escrivaninha está vazia. Nunca a usei. Preferia trabalhar esparramado no piso de madeira da sala de jantar, onde os vitrais nas janelas formavam poças de luz colorida no chão.

De súbito, vejo Ba como costumava vê-lo aqui, depois de Ma ter lido para mim e me colocado na cama, as luzes apagadas. Às vezes, ele entrava e ficava parado neste exato lugar. Apenas me ouvindo respirar. Em certa ocasião, se aproximou e colocou a mão na minha testa. Forcei minha respiração a permanecer constante, fingindo estar adormecido para que ele não fosse embora tão rápido, mas eu estava secretamente observando sua figura escura, os amassados na bainha da camisa para fora da calça. Depois de um minuto, ele se esgueirou para fora do quarto, deixando o calor da sua mão na minha testa.

A lembrança é chocante. Pertence a outro Xavier e outro Ba de muito tempo atrás. Eu a afasto e vou até a escrivaninha, onde abro uma gaveta que guarda uma estranha mistura de coisas: moedas ovais de museus, brinquedos de madeira, ouro. Minhas tias sempre me presenteavam com ouro: broches, colares e anéis, riqueza sólida que não desapareceria em uma queda do mercado de ações — todas coisas que enfiei aqui dentro e esqueci no segundo seguinte.

Retiro um colar de dentro de uma bolsinha de veludo e deslizo o relógio para dentro dela. É uma peça elegante, mas moderna — será que Ye-Ye vai gostar? Quero que ele aprecie o presente, mas talvez meu primo conte a ele que teve que me resgatar outra vez.

Ao seguir para a porta, meus olhos encontram uma longa caixa retangular encostada a um canto. O contorno branco de um adesivo descolado me encara de volta como um olho opaco. Carreguei aquela mesma caixa para dentro do Teatro Nacional no verão.

Meu coração quase para.

Comprei para nos poupar da vergonha.

A criatura esguia ondeando ao longo do palco. Ele a comprou e depois a enfiou aqui, fora da vista de todos aqueles olhos.

Vergonha escalda meu peito. Eu me expus naquele leilão. Expus a família inteira. E, quando Ba comprou meu mural, me senti tão... *inflado.* Tinha algo para jogar na cara dele, pensei. Quando, aquele tempo todo, ele estava apenas fazendo controle de danos. Deletando o filme.

Vou até a caixa e arranco a tampa. Quero atear fogo ao pedaço de papel de arroz enrolado e vê-lo virar farelo de carvão preto.

Mas, no lugar do mural, fito a base da caixa vazia, pontinhos verde-escuros ainda salpicando o papelão.

Ba, sempre um passo à frente, já se adiantou e o fez por mim.

31

SOPHIE

Entramos em um terraço, com o formato moderno do Taipei 101 rasgando o céu bem diante dos nossos olhos — incrível. Esta deve ser uma das vistas mais impressionantes em toda a Ásia. A fila para cumprimentar o avô de Xavier se alonga pelo espaço inteiro, até uma treliça coberta de vinhas à beira do telhado.

— Aqueles são os irmãos Lee, perto da parede de plantas — aponta Victor.

— Quem? — pergunto.

— Os YouTubers famosos com mais de dez milhões de inscritos. E aquele cara coçando o nariz ali é praticamente o dono da cena de startups de Taipei, mas você jamais diria só de olhar para ele.

— Ah, uau.

— A família de Xavier não é do tipo exibicionista, em geral — comenta Lulu. — Nada de vasos sanitários folheados a ouro, como na casa de Victor.

— Só no banheiro de visitas — rebate ele.

— Mas eles conhecem muita gente importante — termina Lulu.

— Aquela que acabou de descer é a princesa Asuka.

— Uau, uma *princesa*. — Eu estava admirando seu vestido prateado simples.

— Lembra como ela ficava correndo atrás de Xavier, tentando roubar um beijo, até ele se esconder no meio das árvores? — pergunta Lulu. — Superirritante.

— Bom, errar é humano — responde Victor de maneira diplomática.

Ainda é inacreditável para mim que esta seja mesmo a vida de Xavier. Todos os convidados espremidos neste terraço estão vestidos adequadamente para uma coroação. Garçons equilibrando bandejas de ostras deslizam em meio à multidão. E a cobertura de Xavier, de dez quartos e mais este terraço, é mais espaçosa do que a maioria das casas em Nova Jersey.

Tudo isto era o que eu achava que queria quando entrei para o programa de imersão cultural. Mas de tudo que vem no pacote, a parte que mais importa nada tem a ver com a vista: é a família, qualquer que seja a sua configuração.

E, para Xavier, é ainda mais complicado. É o pai que o arrasta por aí pela orelha. A tia com mãos quentes e farinha no nariz. Ele vai mesmo conseguir sobreviver a um e crescer com a outra? É possível? Espero que sim. Para o bem dele, pelo *coração* que ele mantém trancado a sete chaves, espero que sim.

— Meu pai está ali conversando com a editora da *Vogue Ásia*. — Victor gesticula para o dono da Ferrari amarela frágil, um homem pesado com rosto de lua. Também está impecavelmente vestido com um terno violeta e gravata dourada, lembrando as cores da Folha de Dragão.

— Não devia ser sua mãe lá falando com ela? — pergunto a Lulu.

— Só os pais de Xavier e Victor têm permissão para falar com a imprensa.

Franzo a testa.

— Mas não é ela a especialista em moda?

— É assim que a nossa família é. As mulheres mantêm a cabeça baixa. Mesmo eu... minha mãe nunca nem contou para Ye-Ye que sou faixa preta, muito menos que estive em campeonatos mundiais.

— Uau.

— Ye-Ye não aprovaria. — Ela fecha a cara. — Todos nós sabemos quais são as fraquezas dos nossos pais, né? É sempre chocante para mim vir para casa e ver como minha mãe ainda abaixa a cabeça diante do patriarcado.

Penso na minha própria mãe e na tia Claire.

— Você acha que a gente devia ajudar elas a mudar?

— Não é nossa função. — Victor me lança o mesmo olhar de quando sugeri desafiar Horvath. O que, estou pronta para admitir, é exatamente o que estou fazendo. Então devo dar o meu melhor. Pego o celular e, enquanto os primos conversam, começo um rascunho sobre o Espelho Mágico que mais tarde vou enviar ao professor.

— O que você está achando de Dartmouth? — pergunta Lulu enquanto finalizo o arquivo. — Vou tentar entrar para lá.

— Ah, legal. É difícil, mas tenho esperanças de melhorar. Posso dar uma olhada nos seus documentos de inscrição, se você quiser.

— Ah, obrigada. Seria ótimo.

— É o mínimo que posso fazer depois da ajuda da sua mãe.

— Você também está ajudando ela, Sophie.

A família Yeh inteira gosta mesmo de dizer o nome das pessoas, como se estivessem fazendo uma chamada infinita.

— Bom, ela está à frente do seu tempo. A tecnologia que sua mãe criou poderia impulsionar a Folha de Dragão direto para o próximo século. Poderia mudar a maneira como as pessoas fazem compras para sempre. — Escrevo o mesmo no meu rascunho enquanto o digo. — Falando nisso, melhor eu olhar a quantas anda a divulgação do Espelho Mágico, para ter certeza de que as pessoas vão ficar sabendo.

Abro o grupo do Barco do Amor e checo o post a respeito da invenção — quatrocentas curtidas e subindo! E uma mensagem da tia Claire: a equipe do jardim zoológico concordou em levar os filhotes de panda para a festa hoje!

Para nossa festa!

Não tinha nem sido minha intenção ficar a cargo de todos os detalhes, e olha só para mim, organizando tudo de olhos fechados.

Mal posso esperar para contar a Xavier.

Dou instruções a alguns recém-chegados, esclareço que não há taxa de entrada, adiciono outras vinte pessoas à reserva e depois envio uma mensagem de texto ao restaurante: os pandas vão acontecer! Passo o contato ao pessoal do zoológico para fazer os arranjos necessários.

Dou uma olhada na página dos posts com a *hashtag* #ReuniãodoBarcodoAmor no Instagram — pessoas andando no teleférico de Maokong, fazendo trilha na Montanha do Elefante, comendo caranguejo frito no porto. Fotos da lua em Paris, Singapura, Moscou, San Francisco, Melbourne, Joanesburgo.

Sorrio, adorando a sensação de que o mundo inteiro está junto, de mãos dadas. Os ex-alunos do Barco do Amor estão, literalmente, por toda a parte.

A única ponta solta é encontrar uma maneira de voltarmos para casa.

— Como anda a proposta para Horvath? — pergunta Victor.

— Estou bem confiante, na verdade. Você pode dar uma olhada antes de eu mandar?

— Claro.

Entrego o celular e explico enquanto ele passa os olhos pelo texto.

— Ele queria um projeto com mais ênfase nos dados. Então, estou coletando dados sobre estilos de roupa, biotipos, sensações. Além disso, se você gostar de um certo estilo, a interface de inteligência artificial pode pegar suas medidas e fazer ajustes para garantir que a peça tenha o melhor caimento possível. — Estou tagarelando sem parar, mas, para minha surpresa, Victor está fazendo que sim com a cabeça.

— Parece ótimo. — Ele me devolve o celular. — Não achei que os algoritmos fossem rigorosos assim. A Tia Três nunca conversa sobre tecnologia.

— E quem ia querer escutar? — indaga Lulu.

— Acrescenta mais detalhes sobre como isso pode ser usado — aconselha Victor.

— Vou fazer isso à noite. Vamos mostrar o Espelho Mágico para os convidados da festa.

— Legal. E bom trabalho.

O selo de aprovação do monitor! O projeto não pode ficar muito mais forte do que isso.

Victor olha por cima do meu ombro.

— Tudo pronto?

Xavier mostra uma bolsinha de veludo vermelho.

— Tudo. Valeu — responde ele, breve. Seu punho na lateral do corpo está branco e cerrado. Uma camada fina de suor brilha no pescoço dele.

Franzo a testa.

— Tudo bem?

— Tudo. — Ele desvia os olhos. — É. Tudo.

Ele assiste enquanto Victor se aproxima do avô, um homem de cabelos brancos e smoking preto, com o mesmo rosto estreito de suas irmãs e do pai de Xavier. Está sentado em uma poltrona de veludo, com o Taipei 101 aos fundos. Na mesa coberta à sua esquerda, um bolo de aniversário do tamanho de um pneu está aguardando com um zilhão de velas.

Victor toma a mão nodosa e recurvada do avô.

— Ye-Ye, é uma honra para mim fazer o discurso da família amanhã. Obrigado por esse privilégio.

— É hora de passar o bastão da liderança — diz o avô. — O festival é a noite em que nos conectamos com Taipei. Uma reputação forte leva a parcerias de negócios fortes também.

— Deixarei a família orgulhosa. — Victor coloca a caixa branca sobre o colo do homem e puxa a fita vermelha para desfazê-la. — Ye-Ye, apresento ao senhor a cabeça de proa original do seu lendário barco de dragão, restaurada para exibir as cores vibrantes originais.

Ye-Ye levanta a cabeça verde de um dragão entalhado toscamente em madeira, pintado com esmero. O olho dourado brilha, e a língua bifurcada prova o ar.

— Me lembra do seu mural — comento com Xavier, que não responde.

— Que maravilha! — O idoso passa a mão retorcida por cima da crista na cabeça do dragão. — Tudo que eu queria era que esse focinho cruzasse a linha de chegada em primeiro lugar.

— O senhor me contou, Ye-Ye. Eu me lembro.

— Fico profundamente tocado pelo gesto tão atencioso.

— Vamos tirar uma foto. — Victor coloca um braço ao redor dos ombros do avô e tira uma selfie, depois pede a Lulu que tire outra foto com o arranha-céu ao fundo. — Panoramica, por favor.

Os dois pintam um belo retrato juntos: o smoking preto e o branco, o idoso reverenciado que é história e tradição encarnadas ao lado da ousada nova geração. Victor é muitas coisas, mas com certeza tem um dom para criar e exibir uma imagem forte.

Meu celular toca com uma notificação. Emma enviou uma foto sua em um carro com poltronas de couro bege. Os cabelos estão presos na nuca, mostrando os brincos de flor de cerejeira balançando à altura das bochechas. Ela é adorável, mesmo após dez horas de voo.

> Sophie, já pousei. Acabei de ler/ver o que aconteceu entre você e o Xavier no jatinho. Por que não me contou que vocês tinham namorado no Barco do Amor? Achei que você estava tentando me juntar com ele.

Ah, não, era exatamente disso que eu tinha medo. É claro que ela ficou sabendo. Respondo:

> Emma, me desculpa, eu devia ter te contado.

> E a gente só namorou por, tipo, duas semanas.

Marc posta uma foto de grupo dentro de um táxi com karaokê, cantando a plenos pulmões.

Um momento mais tarde, outra mensagem de Emma.

De volta a Taipei 315

> Eu estava tão animada. Sinceramente, a Priscilla me avisou que ouviu por aí que você era do tipo que apunhala os amigos pelas costas, mas achei que ela estava errada.

> Agora não sei mais o que pensar.

Espera, espera, espera. O quê? Não.

Meu Deus. Não posso, *não vou*, perder uma amiga por causa de Xavier. Especialmente não Emma. Preferiria enfiar uma faca nas minhas próprias costelas a isso.

Escrevo:

> Você tá certa. Devia ter sido sincera com você, e estou aqui para te apoiar. O que aconteceu no avião foi um grande erro, mas me mostrou que já superei o Xavier de verdade.

> Estou indo até o apartamento da minha família para deixar minhas coisas e fazer uma limpeza de pele. A gente conversa na festa.

> Claro. Desculpa ter deixado tudo confuso assim.

Ela não responde depois disso. A conversa está terminada até mais tarde. Mas como vou consertar a situação? Faço a única coisa em que consigo pensar — empurro a foto dela para debaixo do nariz de Xavier.

— Emma já chegou.

— Legal. — Ele levanta a câmera para o ombro. — Estou animado para falar com ela de novo.

Está? Não sei dizer. Mas preciso me esforçar ao máximo para garantir que os dois tenham a noite perfeita, ainda que eu tenha que fazer uma serenata para eles eu mesma.

— Wai Gong. — Lulu está ajoelhada diante do avô. — Um presente dos Estados Unidos. — Ele desfaz o embrulho de papel para revelar uma barra de chocolate amargo do supermercado Trader Joe's.

— É um produto de comércio justo. — Ela sorri, radiante.

— *Adoro* o Trader Joe's. — Ye-Ye também sorri, ostentando dentes perfeitos. — Que companhiazinha fantástica a deles. Essa foi uma das que me escaparam.

Lulu ri.

— Aqui tem várias outras lojas que o senhor pode comprar.

— Nenhuma como a deles.

— Já vi de onde vem o charme dos Yeh — comento com Xavier.

O sorriso dele não alcança seus olhos. Ye-Ye dá tapinhas na mão de Lulu. Quando ela se afasta, o idoso estende a mão para Xavier.

— Xiang-Ping — diz. — Você passou tanto tempo longe.

— Deixa eu filmar vocês — ofereço baixinho.

Xavier faz uma careta, mas me entrega a câmera. Consigo sentir a tensão nervosa nele ao se adiantar e tomar a mão estendida do avô.

Levanto a câmera à altura dos olhos e começo a filmar.

32

XAVIER

— **Ah, Xiang-Ping.** — Ye-Ye massageia minha mão entre as retorcidas dele. A pele amarronzada é áspera e fina, e me faz lembrar de todos os muitos anos que tem a mais do que eu. São estranhamente reconfortantes. Como se eu ainda tivesse tempo para colocar minha vida nos trilhos. — Xiang-Ping, Yeh significa "folha". É um bom nome para a nossa família. É o seu nome. Nunca se esqueça disso.

Ye-Ye me diz isso com frequência, como um ritual. Em geral, assinto e sigo em frente. Mas, desta vez, não posso deixar de notar que ele não disse o mesmo para nenhum dos meus primos.

— Por que é bom? — Sinto como se tivesse três anos de idade. — As folhas não são frágeis?

— As folhas são numerosas. Sempre crescendo. Estão em toda parte. Como os Yeh.

Ele está tentando ser profundo ou engraçado?

— Entendi.

— Você não nos visita com frequência, Xiang-Ping. — Ye-Ye continua segurando minha mão. — Não gosta de nós?

318 Abigail Hing Wen

Eu me desvencilho dele.

— Estou aqui agora.

— Eu tinha a sua idade quando fundei a Folha de Dragão. Você não é mais uma criança.

— Não é o que Ba acha. Enfim, trouxe um presente.

— Xiang-Ping, obrigado. — O sorriso dele se alarga com gratidão genuína. — Que surpresa.

Entrego a ele o saquinho com o relógio do meu primo dentro. Me sinto uma fraude.

Os olhos de Ye-Ye estão inesperadamente marejados enquanto desfaz o nó nos cordões. Ele está mais frágil do que me recordava, mais para marrom do que a folha ainda fresca de outono que era há alguns anos. Sinto uma onda de culpa. Talvez estivesse errado em forçar aquela distância entre nós. Ele costumava levar a mim e Lulu para passear de barco. Uma vez, quando fiquei doente, preparou mingau de arroz com carne de porco para mim, que é o equivalente a *mac and cheese* para a maioria das crianças estadunidenses. Comida que conforta. Mesmo que ele não cozinhasse com frequência. Tem empregados para cozinhar para os empregados.

Ye-Ye deixa o relógio de prata cair na palma da mão nodosa.

Seu corpo fica rígido. A mão dele tem um espasmo, derrubando o relógio no chão de concreto com um baque. Ele se machucou? Está doente? Um grito alarmado sobe aos meus lábios, mas no segundo seguinte o rosto do idoso se afia como o de uma raposa.

— Edward — chama com rispidez.

A mão gorda de alguém agarra meu braço.

— Como você *se atreve* — tio Edward rosna no meu ouvido. Ele sopra o hálito de café em mim enquanto me arrasta para longe. De maneira discreta, de modo que ninguém note, exceto Sophie, que abaixou a câmera, os olhos arregalados de confusão.

Ninguém exceto Sophie... e o lorde Babaca, cujo sorriso predatório é a última coisa que vejo antes de meu tio me puxar para o andar de baixo.

O que quer que tenha sido que o lorde Babaca fez, fui estúpido o bastante para cair como um patinho.

Meu tio me arrasta para dentro do banheiro de visitas de papel de parede azul-turquesa e bate a porta. Ele me empurra contra a pia, e um pote de pot-pourri que minha mãe tinha pessoalmente preparado cai no chão e se quebra, fazendo o aroma do conteúdo subir para o ar.

— Está tentando fazer o velho ter um ataque do coração? — pergunta ele.

— Não sei nem o que foi que eu fiz!

Seu punho faz minha cabeça voar para o lado. Coloco o pé na barriga gorda dele e empurro, fazendo meu tio se estatelar contra o vaso sanitário. O gosto salgado de sangue invade minha boca. Flexiono a mandíbula, tateando, avaliando o estrago. Minha bochecha parece ter sido cortada, e meus olhos encontram o anel de platina no dedo dele.

Estamos em um local fechado, não diante dos meus amigos. Mas este ataque é pior. Ninguém em Harvard-Westlake ou na minha antiga escola em Manhattan teria levantado um dedo para mim. Mas, na minha própria família, tenho tão pouca importância que qualquer um poderia quebrar minha mandíbula. Melhor ainda, seriam aplaudidos de pé por isso.

— Preciso ir falar com ele — digo, rouco. — Posso explicar!

Tio Edward se levanta, ofegante.

— Você pode fazer as suas palhaçadas fora daqui, nas horas vagas. Não quando coloca a saúde dele em risco. Eu disse para me dar uma razão para chutar você daqui.

— Você acha mesmo que eu ia querer fazer mal ao meu próprio avô?

Pior, *Ye-Ye* acha isso?

— Vou lhe dar exatamente dois minutos para pegar sua namoradinha e ir embora daqui antes de mandar os seguranças colocarem vocês para fora à força.

— Não precisa nem se dar ao trabalho — digo enquanto ele gira a maçaneta. — Já estou de saída.

Então ele sai.

— Você — ele chama alguém do lado de fora. — Encontre uma vassoura e vá limpar lá dentro. Está uma pocilga.

Massageio os arranhões das unhas dele no meu braço. No espelho, um corte vermelho está sangrando na minha bochecha. A esta altura, nada do que minha família faz deveria me ferir. Da mesma maneira como uma armadilha do lorde Babaca não deveria ter me pegado desprevenido.

Mas foi o que aconteceu.

Porque deixei que ele se aproximasse. Eles. Todos eles. No fundo, ainda pensava neles como minha família, e permiti que criassem uma rachadura, por menor que fosse, na minha armadura.

E, através dela, eles jogaram uma caixa de explosivos para dentro.

Limpo o sangue do meu rosto. Preciso encontrar Sophie e dar o fora daqui.

— Um relógio, Xavier? — Lulu agarra meu braço assim que dou um passo para fora do banheiro. Seus olhos estão luminosos e furiosos. — O que você estava pensando?

Meu maxilar trinca enquanto caminho na direção da escada para o terraço.

— Qual é o significado do relógio?

— Significa que o tempo dele está correndo. Que você quer que ele morra o mais rápido possível. É má sorte presentear alguém com isso.

O filho da puta do meu primo. A situação é pior do que eu imaginava.

— Ye-Ye acredita nisso?

— Tá brincando? *Todos* acreditam. — Ela gesticula para todas as luminárias espalhadas pelo cômodo. — Nada pode tocar um bilionário, *exceto* a má sorte.

Ela tem razão. O apartamento inteiro está decorado com talismãs de todas as culturas para atrair boa fortuna, inclusive ferraduras douradas e até um crucifixo de cristal, embora ninguém na família seja cristão. Anos antes, quando o apartamento estava sendo construído, Ye-Ye trouxe um especialista em Feng Shui para avaliar onde as portas deveriam ficar e outras coisas afins, o tipo de detalhe a que não presto atenção.

E meu Ye-Ye, que acreditou que eu estava tentando amaldiçoá-lo. Ye-Ye, que preparou mingau de arroz para mim...

Meu próprio avô não sabe quem sou.

— Achei que você não tinha trazido presente! — exclama Lulu.

— Foi você-sabe-quem que me deu o relógio.

— Você é mesmo... muito ingênuo, Xavier. — Ela franze a testa. — Por que ele está sempre querendo tanto te ferrar?

— Vai perguntar para ele. Me avisa quando você descobrir. — Começo a subir a escada, que não está mais ocupada por convidados. — Eu precisava entrevistar Ye-Ye, mas tudo que consegui filmar foi o seu chocolate e uma história sobre *folhas*.

— Xavier. — Sophie está vindo na minha direção, a bolsa da câmera pendendo do ombro. Ela hesita. — Sua bochecha.

Toco a bochecha com o dorso da mão, que volta com outra mancha de sangue.

— Quando foi que você *não* me viu sangrando nesta viagem?

— Não dá para acreditar no Victor. No seu tio. Não acredito que ele tenha...

— É por isso que seu pai te mandou para os Estados Unidos — diz Lulu sombriamente. — Era mais seguro.

Franzo a testa.

— Nunca ouvi isso. Foi porque Ma morreu. Ba não me queria por perto sem supervisão. Se eu tivesse ido estudar em Kang Chiao que nem o resto da família, todo mundo em Taipei teria ficado sabendo que sou um idiota.

— Você *não é* um idiota — diz Sophie. Seus olhos brilham com ferocidade. — Tentei pegar o Victor, mas ele se mandou. O que ele fez foi mais do que uma sacanagem. Não tem desculpa que possa inventar para justificar aquilo. A gente ainda precisa da entrevista com seu avô...

— Está acabado. — Sigo para a porta da frente. — Meu avô não vai querer falar comigo. E eu basicamente jurei que ia colocar a ênfase do documentário nele. Então meu projeto já era.

E agora? Paro ao notar dois seguranças da Folha de Dragão vindo na minha direção, as armas balançando de maneira discreta nos coldres. Lulu me empurra na direção da ala oeste.

— Vai pela porta dos fundos. Não dá ao tio Edward a satisfação de te jogar para fora na frente da festa inteira.

Parte de mim quer vê-los tentar. Fazer uma cena; enfim, o Yeh Enterrado. Mas os guardas vindo na minha direção não são os mesmos que costumo ver com Ba. É como se tio Edward não estivesse apenas me punindo, mas punindo o irmão também.

Algo parece errado, e não vou ser um peão no jogo de ninguém.

Pego a mão de Sophie e me apresso a seguir para longe deles. Driblamos um embaixador do Japão e o CEO da maior loja de eletrônicos taiwanesa.

— Mas e sua poupança? — indaga Sophie.

— Não tem mais poupança — digo com rispidez. — Já cansei de ficar desviando dos obstáculos que Ba coloca no meu caminho. Que seja.

Viro em um corredor. Ao final dele, um dos seguranças pessoais de Ba está a postos do lado de fora das portas entalhadas do escritório. Haru. Uniforme azul-marinho simples. Ba sempre mantém um guarda ali, desde que um convidado tentou arrombar o cofre dele. Haru sempre foi amigável comigo, mas se tio Edward lhe deu instruções para me expulsar... Ele pode até tentar, mas só saio daqui nos meus próprios termos.

— Não entendo — diz Sophie. — Como seu pai pode bloquear sua poupança se foi sua mãe quem te deu? Tem alguma coisa errada.

— Tem várias coisas erradas com a minha família.

Não posso voltar pela sala de estar, então continuo caminhando na direção de Haru.

Nesse momento, a porta do escritório de Ba se abre. Para minha surpresa, Tia Três sai de lá.

— Não é um *hobby*. — Ela puxa o lenço de estampa caxemira e deixa os cabelos caírem ao redor do rosto furioso. — Lucrei mais do que o departamento de saúde no ano passado, mesmo com você fazendo meus funcionários passarem fome. Tente enxugar a gordura lá primeiro.

Puxo Sophie para dentro da reentrância de uma porta na parede, apenas o suficiente para ficarmos fora de vista.

— Os protestos públicos estão comprometendo a Folha de Dragão. — A porta aberta emoldura tio Edward sentado na grande cadeira roxa de Ba como se fosse dele: os pés envolvidos por meias pretas com pontas douradas apoiados sobre a escrivaninha. — Precisamos mandar uma mensagem forte aos nossos investidores de que estamos levando esses acontecimentos muito a sério.

Dois homens de terno, com topetes penteados em direções opostas, estão parados ao lado do meu tio com os braços cruzados.

— Quem são aqueles? — sussurra Sophie. Está pressionada contra mim, seu calor reconfortante. Coloco um braço ao redor dos ombros dela, precisando de sua presença para me estabilizar. Como teria sido esta visita se ela não estivesse aqui? Eu não teria tido qualquer chance de sobreviver.

— São primos de Ba. De Singapura. Gêmeos. São donos de uma boa porção da empresa. — Franzo a testa. — Estranho que eles estejam fazendo uma reunião sem Ba com ele ainda no hospital.

— Então é a minha equipe que leva a pior? Você já demitiu três quartos do meu pessoal — rebate Tia Três. — Trabalharam comigo por mais de uma década; parte deles, duas.

— Duas mil mulheres sem instrução em paisinhos de merda mandam panos para você por *navio*. Não é esse tipo de mão de obra que deveríamos estar empregando no século XXI. E você paga demais a elas!

— Pago o que a mão de obra delas vale! Meu departamento de moda já tem o orçamento mais baixo entre todos os outros... por que você não pode deixar o resto da minha unidade em paz? — Ela bate com um punho contra a porta. — Sinceramente, não culpo aquelas pessoas na rua. Eu mesma iria protestar com elas se pudesse.

— Não queremos os recursos da empresa sendo desperdiçados em coisas como o seu projeto Frankenstein. Victor me disse que você vai fazer uma demonstração dele no Taipei 101 hoje à noite. Ridículo.

Sophie xinga entredentes.

— Traidor.

— Vender a Folha de Dragão para os Cruzados pode ser a decisão mais responsável que faremos como uma geração — diz um dos gêmeos. — Às vezes, empresas familiares precisam de sangue novo.

— Se a nossa precisa, é porque vocês todos envenenaram a empresa. Se o corpo está morto, então não precisa de sangue novo.

Tia Três bate a porta e sai marchando pelo corredor, furiosa. Puxo Sophie para trás. Quando minha tia passa por nós, a raiva rígida em seu rosto esfarela. Ela cobre um soluço engasgado com a mão. Depois, desaparece.

— É tão injusto! — sussurra Sophie.

Aperto a mão dela. Sophie se importa. Tanto.

— A gente vai salvar o negócio dela — digo. — Vamos salvar o Espelho Mágico hoje.

Ela morde o lábio inferior.

— A gente *tem* que salvar.

A porta do escritório se abre mais uma vez. Tio Edward sai de lá com os primos de Ba e um homem de terno de tweed que mais parece um garotinho de doze anos com bigode. Franzo a testa. Quem é? Já é ruim o suficiente que membros da nossa família estivessem no escritório de Ba na ausência dele, e aquela pessoa nem parente é.

— Vamos anunciar a venda no pavilhão de bolos lunares durante o festival de amanhã — diz meu tio. — Meu filho vai discursar. Está se formando em Dartmouth este ano e vai retornar para Taipei.

— É uma oportunidade fantástica — diz um dos primos. — Milhares de pessoas e influencers. Pintura bacana esta, aliás.

— A sua emissora pode fazer a cobertura? — pergunta tio Edward ao desconhecido.

— Sim, podemos transmitir ao vivo.

Quer dizer que é da imprensa. Meu tio está se rebelando e agindo sozinho, se preparando para vender a Folha de Dragão? Ba devotou a vida à empresa. É triste que, no instante em que está sendo aberto por um bisturi na sala de cirurgia, o próprio irmão comece a tramar por suas costas. Se continuar assim, ele vai acordar da operação e descobrir que perdeu a empresa.

Enquanto o grupo vai embora, Haru fecha a porta do escritório. Mas, por um instante, tenho vista livre para o armário onde fica o cofre de Ba. Uma lembrança retorna: eu quando criança, ajoelhado ao lado de Ba enquanto ele deixava o carimbo cair do saquinho para a palma da mão. Eu pressionando o carimbo no caderno, deixando sua marca para trás...

E uma ideia se forma. O carimbo de Ba. O selo de poder do imperador.

É disso que precisarei... para receber minha poupança do banco.

Faço minha escolha. Uma que deveria ter feito no instante em que Ba me forçou a estudar em Harvard-Westlake.

Vou recuperar minha poupança. Do meu jeito.

Agarro o braço de Sophie e pulo para a frente.

— Vem.

Haru se vira, sobressaltado ao nos ver.

— Haru, preciso pegar uma coisa lá dentro. Foi Jane quem me mandou. — Tudo verdade.

— Sim, mestre Yeh. — Haru abre a porta. Sophie desliza para dentro depois de mim. Vitrais banham de cor uma escrivaninha de madeira escura entalhada que pertenceu ao príncipe Gong, sexto filho do imperador Dao Guang. Canetas luxuosas estão enfileiradas sobre o tampo de vidro.

Atrás da cadeira que parece um trono está pendurado o retrato de Ma: os cabelos pretos retorcidos em um coque que expõe seu pescoço, as mãos entrelaçadas no colo do suntuoso vestido roxo. Uma pequena concha em um cordão vermelho brilha contra sua garganta, destoando do restante da pintura encomendada — o colar amador que eu fizera para ela. Mas minha Ma era assim; lembro a expressão de puro amor em seu rosto quando lhe dei o presente.

Sophie solta um assovio suave.

— Seu pai idolatrava ela.

Não quero ouvir isso. Dou as costas para o olhar observador de Ma. Ba marcou um pacote embrulhado com papel pardo sobre a escrivaninha com a letra X. É pesado, como um grande livro. Não estou nem um pouco curioso a respeito do que pode ser, mas enfio dentro da minha mochila ainda assim.

Sophie coloca a mão sobre uma garrafa térmica de prata com café sobre a mesa, gravada com o emblema de espada e escudo dos Cruzados.

— Ainda está quente.

— Pode ser que o meu tio volte para buscar. Temos que ser rápidos.

Afasto a cadeira para o lado e tateio a parte de baixo do tampo da escrivaninha, procurando a área oca escondida. Minha mão volta segurando a pequena chave preta.

— O que você está fazendo? — sussurra Sophie.

— O cofre do meu pai fica aqui. — Destranco o armário, depois me ajoelho ao lado da caixa de metal cinza no chão. É do tamanho de uma geladeira pequena. E pesada: seriam necessários alguns bastões de dinamite para abri-la. Tem proteção dupla: um scanner de digitais e um cadeado com segredo acoplado à porta.

O cadeado chato e arrogante me lança um sorriso zombeteiro, mas luto contra minha usual sensação de pânico.

— Sophie, preciso da sua ajuda.

Ela se agacha ao meu lado.

— Qual é a senha?

— Meu aniversário. Nove de setembro. — Também lhe dou o ano. — Se ele não mudou. — O que significa o fato de que a senha é (ou era) meu aniversário? Ele pensa em mim sempre que o abre? Duvido. — Minha digital também serve para o scanner.

Os dedos de Sophie são ágeis. Aperto meu polegar contra o vidro escuro do scanner. Somos como as duas lâminas de uma tesoura, em sincronia... então ela abre a porta com um clique suave.

Então ainda *é* meu aniversário. Isso reforça algo em que não gosto de pensar. Se Ba quer passar seu legado para alguém do seu sangue, ele só tem a mim. E, até onde sei, apenas eu e ele temos acesso a este cofre. E talvez isso de fato signifique algo para ele.

Duas caixas de papelão estão amontoadas lá dentro, recobertas por uma pilha de saquinhos de veludo com cordões. Puxo uma bolsinha amarela familiar e deixo o bloco retangular cair na minha palma. Uma simples videira verde adorna a superfície.

— O carimbo dele? — Sophie arregala os olhos.

— É. — Esfrego o dedo nos caracteres gravados na base, manchando minha pele com resquícios de tinta vermelha. Mesmo não podendo ler, sei que diz Yeh Ja-Ben. — O banco vai precisar.

Enfio o carimbo e o saquinho dentro do bolso, depois retiro a caderneta desgastada, o caderninho onde são registradas todas as transações da conta.

— Você vai carimbar pelo seu pai?

— Isso. — Afasto uma ponta de culpa. Não faço ideia de qual é a punição para o uso indevido do carimbo de alguém, mas aposto que não serei o primeiro a fazer isso. — Vou recuperar minha poupança.

Começo a fechar a porta, mas Sophie agarra minha mão.

— Espera. Os documentos da sua poupança devem estar aqui dentro. — Ela puxa as caixas de papelão para fora. — Podem ser úteis.

Suspiro.

— Documentos. Eu não...

— Também não consigo ler. Olha, estão em chinês. — Ela pega o celular e tira uma foto do primeiro papel. — Google Tradutor.

Brilhante novamente. Mas precisamos sair daqui antes que meu tio volte para pegar a garrafa térmica. E chegar ao banco antes que outro obstáculo se coloque entre mim e minha poupança. Mas ela tem razão. Vamos precisar daquela papelada. Abro a segunda caixa e tiro de lá mais documentos grampeados escritos em chinês e alguns em inglês.

Pego minha caneta leitora e passo por cima das primeiras linhas de texto de um deles.

— Registro requerido pelo Estado da Califórnia — lê a caneta. Sigo adiante e começo a entender do que se trata: são escrituras do prédio onde moro em Los Angeles. Leio o restante dos papéis: são todos escrituras de imóveis ao redor dos Estados Unidos e da Europa.

— Acho que é isso aqui! — sussurra Sophie com animação. Está na metade da sua pilha de papéis. — Sua poupança. Seu nome está aqui, e o da sua mãe também. Lynn Yeh.

Ela me entrega a grossa papelada em chinês e folheio as páginas rapidamente até chegar a uma assinatura delicada como a minha: um pouco rabiscada, mas balanceada. O quadrado vermelho esmaecido do carimbo dela.

É como um pequeno aceno gentil de Ma, que ainda está nos vigiando da parede. Aprovando? Reprovando? Se estivesse aqui... não consigo nem imaginar como minha vida seria.

Viro para a última página do documento. Um carimbo. Uma assinatura.

— Tem mais alguma coisa além disto? — pergunto para Sophie.

— Não, só isso aí.

— Mas Ba disse que os advogados alteraram para cortar meu acesso. Não devia ter alguma informação mais recente, assinada por ele?

Ela expressa em voz alta meu pensamento seguinte:

— Vai ver ele achou que você nunca tentaria ler?

O som de passos no corredor alcança meus ouvidos.

— Merda. A gente tem que se mandar. — Enfio os papéis da poupança dentro da mochila, e Sophie retorna as caixas às pressas ao seu lugar dentro do cofre enquanto eu deixo a chave de volta no buraco sob a mesa.

Os passos se aproximam. Seguro a porta fechada do escritório, prendendo o fôlego. Aperto o saquinho dentro do meu bolso, a única coisa que não posso perder, não importa quem entre por esta porta.

Mas então os passos seguem adiante e somem.

— Anda — sussurro e abro a porta.

Um enorme dragão emoldurado me enche os olhos, pendurado na parede oposta. É tão longo que ocupa toda a extensão do corredor.

— Mas o quê?

Paro de supetão, e Sophie acaba esbarrando em mim.

Na pressa de entrar, eu nem o notei: uma longa criatura verde que não ocupava aquele lugar antes. As garras nos pés e a crista escamosa nas quais passei horas trabalhando.

— É o *seu* dragão — diz Sophie, confusa.

As escamas de todos os tons de folha e musgo. Todos aqueles dias e noites ajoelhado no chão, recurvado por cima delas.

— Ele me disse que era uma merda. — Minha voz falha.

— E depois pendurou ele aí?

Ele o pendurou aqui. Ele pendurou a aberração da família por onde todos os convidados majestosos passariam para entrar e sair do escritório dele, e aquele tempo inteiro me fez pensar que era apenas mais uma mácula vergonhosa no altar da família.

Por que cacete ele me disse aquilo?

Algo oleoso, escuro e letal é detonado dentro do meu peito. A explosão me empurra na direção da moldura e a arranco da parede, deixando-a cair no chão. Pego a pintura outra vez e a levanto bem alto, pronto para soltar, destruir a moldura, o vidro... tudo.

— Mestre Xiang-Ping! — Haru se aproxima depressa. — Senhor!

— Não! — Sophie agarra meu braço, me detendo. — Você vai se arrepender depois.

Por um momento, os olhos escuros e firmes de Sophie são tudo que vejo e reconheço.

— Por favor, não faz isso. Eu amo esse dragão.

Mais um momento se passa e deixo a pintura deslizar dos meus dedos. Há apenas um caminho a seguir daqui. Sempre houve apenas um.

Minha voz está tensa como arame.

— Vamos recuperar minha poupança.

33

XAVIER

O sol está baixo quando chegamos ao banco. Três dos caixas estão fechados. Um deles conta notas azuis de novos dólares taiwaneses. Um homem de terno azul-marinho, broche dourado brilhando na lapela, vem nos encontrar.

— Sinto muito, estamos para fechar daqui a cinco minutos. Podem, por favor, voltar na segunda-feira?

Não, meu senhor, não podemos.

Estendo a mão, no mesmo estilo de Ba.

— Sou Xiang-Ping Yeh, filho do presidente Yeh. Passei anos estudando nos Estados Unidos, então é por isso que não nos conhecemos antes. Fico agradecido por todas as maneiras como o senhor serviu minha família.

Posso sentir Sophie rindo em silêncio. Parte da rigidez nos meus ombros se dissipa.

Ok, talvez seja um pouco Príncipe Xavier demais.

— Ah, sim! Nós nos conhecemos. — O homem segura minha mão entre as suas. — Um prazer. Sou Chin Pei-Wan. Presidente desta sucursal. Me lembro de quando você vinha acompanhando seu pai, você era deste tamanho. — Ele flexiona a palma da mão à altura da cintura. — Como posso ajudar?

O lado bom de ser o Yeh Enterrado é que ninguém sabe o quão pouco influente sou.

Tiro o carimbo de Ba do bolso.

— Vim a negócios de família.

O sr. Chin se empertiga, atento.

— A seu serviço, mestre Yeh.

— Esta é a minha associada, Sophie.

— Olá, sr. Chin.

— É um prazer conhecê-la também. — Ele aperta a mão dela de maneira igualmente calorosa. Está evidente que tem muita prática. Já deve ter lidado com uma centena de lordes Babacas ansiosos por tomar o lugar dos pais.

— Por favor, vamos conversar no meu escritório. — O sr. Chin gesticula para uma das salas de vidro nos fundos. — É sempre um prazer trabalhar com sua família. Seu tio mesmo esteve aqui hoje pela manhã.

Tio Edward? Sophie e eu nos entreolhamos enquanto seguimos o homem. Ela se inclina para mim.

— Por causa da sua poupança? — sussurra.

— Não sei. Mas ele trata de alguns negócios no lugar de Ba. É por isso que preciso pegar o que é meu agora.

— Pode ser por causa da venda da Folha de Dragão também.

Talvez. Franzo a testa, mas então entramos na sala do sr. Chin, e uma onda de lembranças me ataca.

— Me lembro deste lugar — digo, esquecendo a encenação por um momento. — Sempre comia caramelos aqui. Os móveis eram diferentes, mas ficavam nos mesmos lugares.

— Não tem como ser muito criativo na decoração de um escritório de banqueiro — comenta o sr. Chin.

Quer dizer que ele tem senso de humor. Esta é a mesma mesa de centro sobre a qual carimbei a caderneta de Ba. Tinha me sentido tão responsável e adulto na ocasião.

Agora me sinto apenas inconsequente.

— Por favor, sentem-se. — O homem gesticula para um sofá azul-claro. — Chá?

— Não, obrigado. Estamos com um pouco de pressa. — Cruzo as pernas, descansando o tornozelo contra o joelho, imitando Ba outra vez. — Sr. Chin, moro em Los Angeles agora. Quero levar minha poupança para um banco de lá.

— Ah, quer fazer uma transferência então?

— Exato. — Entrego a ele meu passaporte, identidade, número da conta em Los Angeles e a caderneta de Ba.

— Em geral, esse tipo de movimentação em Taipei só se dá depois do beneficiário ter completado vinte anos. Às vezes trinta.

Sério? Sinto um buraco se abrir no estômago. Faz sentido pelos padrões de Taipei, mas me lembro de Ma sempre dizer que teria direito a minha poupança quando fizesse dezoito anos. Olho para Sophie em busca de ajuda. Ela desliza o documento sobre a mesa na direção do banqueiro.

— Xavier conversou com o pai faz algumas semanas.

O sr. Chin folheia as páginas, a testa franzida.

— Que atípico. Esta poupança *está* de fato disponível ao beneficiário a partir dos dezoito anos. Não é muito comum por aqui, e presumi... Bem, sua mãe sempre teve enorme confiança em você, meu jovem.

Não consigo de fato compreender o que ele quer dizer com isso. Mas está tudo lá, preto no branco, com a assinatura e o carimbo dela. Nada sobre esperar até eu ter completado vinte anos, ou trinta, ou até Ba dar sua permissão, nem mesmo

336   Abigail Hing Wen

até eu ter aprendido a ler. Ma decidiu que eu o adquiriria aos dezoito anos, sem precisar cumprir quaisquer condições.

— Um valor alto assim... isto terá que ser reportado aos Estados Unidos. Levará alguns dias para ser completado.

— Alguns dias? — Hoje à noite, quando os efeitos da anestesia tiverem passado, Ba vai cancelar tudo. Não posso demonstrar fraqueza. Tenho que encarnar meu pai. — Receio que essa não seja uma opção. Preciso deste capital antes disso.

Hum, certo. Quer comprar a torre Eiffel hoje?

O sr. Chin retorce as mãos.

— Se tivéssemos sido notificados com um pouco mais de antecedência... Mil perdões, mas é um requisito regulamentar para valores altos assim. — Ele não está questionando o fato de eu precisar do dinheiro imediatamente. — Disse a mesma coisa ao seu tio mais cedo.

Então tio Edward *também* estava tentando transferir uma quantidade grande de dinheiro?

Meu? Ou dele? E para quê?

Preciso agir rápido, antes que me passem a perna. Eu me inclino para a frente.

— Sr. Chin, tenho certeza absoluta de que é por conta de situações urgentes como esta que minha família continua fiel a você e a seu banco. — Deixo a mensagem no ar. Sou a próxima geração. E se ele quiser manter nossos negócios, precisa me manter feliz.

O homem folheia a papelada outra vez, mais devagar, como se estivesse tentando encontrar instruções nela. Depois, ele se levanta, juntando os documentos.

— Me dê alguns minutos.

Depois que ele sair, não há como saber o que fará — se vai telefonar para Ba, chamar a segurança, os militares. Quero

De volta a Taipei   337

meus papéis de volta. Mas Sophie pigarreia. Ela entrelaça as mãos calmamente sobre o colo. Mensagem recebida.

O sr. Chin sai da sala, e Sophie solta o ar.

— Você foi um verdadeiro profissional. — Ela sorri. — Tipo...

— Príncipe Xavier? — digo ao mesmo tempo que ela.

Solto um grunhido.

— Sei como minha família funciona, só isso. Bem melhor do que entendo a Harvard-Westlake ou minha ex-escola em Manhattan. — Meu sorriso desaparece. — Espero que ele não esteja ligando para o meu tio.

— Bom, ele está cooperando até agora. — Ela tamborila os dedos no joelho, seu nervosismo tão grande quanto o meu.

— É engraçado. É *este* o cara que eu pensei que você fosse quando fiquei sabendo da sua existência.

— Um riquinho babaca?

— Bem o meu tipo.

Sorrio.

— Ainda bem que você descobriu que não sou assim. — Meu sorriso se apaga outra vez. — Só quero minha liberdade.

— Mas você tem uma ideia diferente da sua família agora, não tem? Quer dizer, suas tias te adoram. Não é algo que uma poupança possa substituir... você mesmo disse que não dá para pagar as pessoas para se importarem com você.

— Mas você pode não estar nem aí para o fato de se importarem ou não — rebato, mas sinto uma pontada de ansiedade. Ela tem razão, estou apenas começando a me reconectar com minhas tias e tias-avós. Quero mesmo cortá-las da minha vida outra vez? Balanço a cabeça. — Por que Ba simplesmente não me disse que ficou orgulhoso do meu dragão?

— O que você teria respondido?

Giro os números no cadeado em meu bolso.

— Alguma coisa sarcástica — admito.

— Vai ver ele não sabe como expressar o que sente. Ou não pode. É... vulnerável demais? Tipo, o sistema de RP inteiro da sua família está centrado na missão de fazer a Folha de Dragão parecer o mais perfeita possível. Indestrutível. Quem sabe depois que sua mãe morreu, ele...

Não quero sentir pena dele.

— Sophie, eu...

— Não fala meu nome — estoura ela.

— Qual é o seu problema com isso? Por que não posso te chamar pelo seu nome?

— É a primeira regra de uma liderança carismática.

— Não sei do que você tá falando.

— Foi Victor quem me disse. Está escrito em algum livro. E sua família inteira fala o nome de todo mundo o tempo inteiro. Andei notando isso durante a viagem! É manipulativo. Vocês estão *deliberadamente* seduzindo as pessoas.

— Meu avô sempre diz o nome de todo mundo. Duvido que tenha lido em algum livro que era para fazer isso. É só o jeito dele. Vai ver o resto só acabou pegando o costume.

Ela franze a testa.

— Humm.

Arqueio as sobrancelhas.

— Quer dizer que estou te seduzindo?

— Não! — Ela estapeia meu braço, fazendo cara feia. — Só estou dizendo que... não quero que você seja falso.

— Não acho que consigo ser falso com você. — Eu me deito, deixando as pernas ficarem penduradas para fora do braço do sofá. Apoio a cabeça no colo de Sophie, e os dedos dela se fecham em meus cabelos. Ela solta um fôlego suave, mas não volta a falar. É tranquilo. Só quero ficar deste jeito, eu e Sophie juntos, o resto do mundo bem longe.

Olho para ela de ponta-cabeça.

— O que aconteceu no avião — digo. — Acho... acho que foi porque eu estava sentindo sua falta. E acho que você, tipo, conseguiu passar pela minha armadura.

Ela cora até as bochechas ficarem da cor de cereja. Eu a estou pressionando. Mas quero insistir nisso. Quero conversar sobre nós e sobre o que podemos nos tornar depois deste fim de semana terrível e mágico. Percebo ela engolir em seco.

— Por que a gente nunca... foi além, então? Por que você sempre parou antes?

Franzo a testa.

— O que quer que eu responda não vai deixar uma boa impressão de mim.

— Você não... me queria?

Está falando sério?

— É com isso que você está preocupada? Se sexo fosse tudo que eu quisesse, já teria acontecido. Eu... magoei muitas garotas. Não me orgulho disso.

— Você está me dizendo que dormiu com um monte de gente. Isso eu já imaginava.

Ela está me julgando? Eu queria que ela soubesse a verdade. Nada de mentiras ou desculpas.

— Não quero te machucar *nunca* mais.

Os dedos de Sophie brincam com meus cachos, alisando-os. Fecho os olhos, saboreando seu toque, mas então ela se afasta. Quero pegar sua mão e colocá-la de novo no meu cabelo, pedir que continue.

Ela toca meu punho.

— Por que você está sempre com isso?

Levanto o cadeado. Estava mexendo nele. Volto a me sentar, e noto o alívio que cruza o rosto de Sophie. Ela se afasta um pouco no sofá. Ai. Não devia tê-la pressionado.

— Um cadeado?

Giro os números.

— Quando eu tinha nove anos, o lorde Babaca me trancou na garagem atrás do nosso condomínio com um cadeado igual a este. Ele deixou a senha nele, e eu conseguia alcançar a tranca. Era a ideia dele de uma piada, saber que eu não ia conseguir abrir mesmo assim.

Ela inspira.

— O que aconteceu?

— Fiquei gritando e batendo na porta, e quando Bernard me encontrou, horas depois, eu estava tão perturbado que não dava nem para explicar. Tinha até molhado as calças.

— Não me espanta você odiar tanto o Victor.

— É claramente recíproco. — Giro a combinação, depois estendo o cadeado para ela. — Me mostra como se faz?

Ela franze a testa.

— Como assim?

— Como você consegue seguir o disco girando tantas vezes sem se perder. Por que os números não ficam confusos para você? — Faço uma careta. — Minha família está construindo tecnologias que fazem o inacreditável, mas as coisas mais simples na vida já são impossíveis para mim.

— Você também está fazendo o impossível. — Ela pega o cadeado. É um alívio passar o peso dele para ela. — E não é só a sua cabeça que é uma confusão. Já te disse. Nunca sei quando o furacão vai atacar e fazer tudo sair voando dentro do meu cérebro. É por isso que preciso estar hiperfocada quando quero fazer alguma coisa.

— Bom, o que quer que você esteja fazendo, está funcionando. — Pego o papel amassado em que o código está escrito do bolso e ela o alisa.

— O código é bem simples. Nove, vinte e sete, trinta e seis.

— Por que é simples? É uma pergunta séria.

— Os números estão em ordem crescente. São todos fatores de nove.

— Sinceramente? Não consigo lembrar a ordem. Não consigo lembrar se é direita-esquerda-direita, ou esquerda-direita-esquerda. Mesmo que conseguisse, não consigo diferenciar a esquerda da direita.

Já vinha suspeitando há algum tempo que minha dislexia é pior do que a de outros disléxicos. Nunca deixei ninguém ter um vislumbre de como meu cérebro funciona e não funciona. Mas quero que ela entenda. Quero que esta parte de mim seja conhecida por ela.

A bochecha de Sophie estremece, e ela a aperta com um dedo.

— Se fosse uma música, ou cores, você lembraria.

— O quê? Nunca ouvi falar nisso. Isso não existe.

— Bom, por que não *poderia* existir uma senha baseada em cores? Ou tons? Por que não fazem mais carteiras e maçanetas especificamente para canhotos? Por que os canhotos não podem escrever da direita para a esquerda para não manchar o papel de tinta? É a mesma coisa. E se os cadeados fossem feitos de nuances complexas que só pessoas com os seus olhos conseguissem distinguir?

Franzo a testa, considerando as palavras.

— Um cadeado em que tudo que eu precisasse fazer fosse escolher os tons certos? Eu seria capaz disso. Mas não parece justo forçar todo mundo a usar uma coisa assim.

— Também não é justo obrigar *você* a usar um cadeado com segredo. Por que não criar cadeados diferentes para pessoas diferentes?

Sim, como seriam as coisas se o mundo funcionasse da mesma maneira como você funciona? Ou se pelo menos não fosse feito para jogar contra você? Um conjunto inteiro de regras e resistência... desfeito.

— Seria uma revolução — admito. — A minha vida inteira, tive que me resignar a encontrar jeitos de contornar cadeados. Pagar outras pessoas para fazerem coisas por mim. SparkNotes. Memorizar marcos e monumentos em vez de nomes de ruas.

Ela coloca o cadeado de volta na minha mão.

— Tenta.

Giro o disco.

— No outro sentido. Se você conseguir lembrar em que sentido você começou, talvez você possa tentar de novo do outro jeito se não funcionar da primeira vez?

Passo a passo, ela vai me guiando. O perfume de seus cabelos quando se inclina na minha direção é reconfortante. Sua voz me dá uma direção a qual me agarrar. Após três tentativas, o cadeado destrava.

— Não acredito! É a primeira vez na minha vida!

— Você não se importa que eu esteja te ensinando?

— Por que ia me importar? Você me ajudou a abrir.

Ela franze os lábios.

— Posso ser um pouco demais.

— Gosto quando você é demais comigo.

— Ha. Tá bom.

— Não, é sério. Sua energia inspira as pessoas. Foi assim que você convenceu cinquenta pessoas a virem para Taiwan em um piscar de olhos.

— *Cento* e cinquenta, na verdade. — Ela sorri, convencida.

Uma batida à porta nos sobressalta.

— Perdão pela demora — diz o sr. Chin.

Eu e Sophie tínhamos nos aproximado, o joelho dela pressionado contra minha perna. Agora me recosto enquanto o banqueiro se senta diante de nós. Um filete de suor brilha em sua testa. O sr. Chin começa a digitar furiosamente no notebook enquanto fecho o cadeado e volto a girar os números com nervosismo.

— Há uma taxa para realizar a transferência internacional — anuncia ele, enfim. — Precisarei que você me autorize a ignorar os protocolos. Normalmente, eles existem para proteger contas grandes como a da sua família. — Ele olha para a tela. — Ah, muito bem.

Tiro o carimbo de Ba do saquinho. Todas aquelas vezes em que carimbei a caderneta com ele... mas agora ele não está sentado na cadeira atrás de mim. Se estivesse, mudaria todas as senhas possíveis para impedir que eu fizesse isto.

Mas tomar posse da minha própria poupança é completamente legítimo. Se Ba tentasse me deter, *ele* estaria errado. Não que isso já o tenha parado antes.

Entrego o carimbo para que o banqueiro o inspecione.

— Ah, mestre Yeh, não precisamos do carimbo do seu pai. É do seu que precisamos.

— Do meu? — Olho para ele sem entender.

— Sim. Esta poupança está totalmente sob seu controle, como disse. A marca do seu pai não é mais necessária. Registraremos a sua.

A minha.

Fico sentado ali, congelado, por um instante. Depois procuro dentro da mochila pelo carimbo que entalhei em pedra-sabão durante o verão. Sinto os olhos de Sophie em mim enquanto cubro a base com a tinta vermelha do estojo, encaixo o selo na página em branco que o sr. Chin me estende e pressiono.

E, quando o levanto, meu dragão reluz para mim.

Carimbo alguns outros papéis para registro do banco. Peço dinheiro suficiente para cobrir dez passagens de avião de volta para os Estados Unidos, e é tudo tão fácil. Ele me entrega um envelope gordo contendo o que requisitei.

— A transferência está sendo realizada agora para sua conta em Los Angeles. Como lhe disse, levará alguns dias.

Ele empurra um papel fino na minha direção. Não preciso ser capaz de ler para entender que há muitos números escritos ali. Eu o entrego a Sophie. Ela arregala os olhos e assente para mim.

Minha voz treme.

— Terminado?

— Sim — responde o funcionário. — Esperamos vê-lo com mais frequência para cuidar de outros assuntos da família, sr. Yeh!

Meu celular vibra. É Jane, provavelmente com alguma emergência de Relações Públicas. Ignoro, ainda perplexo demais para responder. Sophie parece igualmente atordoada, como se tivesse girado uma centena de vezes no gelo e só agora parado.

E é então que me dou conta. Ma deixou aquilo tudo para mim; confiava em mim. Ela não tinha qualquer expectativa, não queria que eu atingisse um certo nível de realização primeiro. Já acreditava que eu seria capaz. Ela me amava de maneira incondicional.

E, por causa dela, é assim que viverei a partir de agora — sem condições dos Yeh tentando me puxar como uma marionete em todas as direções. Da maneira como ela queria.

Xeque-mate, Ba.

34

SOPHIE

Ele conseguiu. Xavier decidiu que recuperaria sua poupança, e foi o que fez. Uma quantia absurda de dinheiro.

E quer saber? Não é o que importa para mim.

Vi quando o pai lhe deu um puxão de orelha e quando a tia-avó apertou sua bochecha. Vi seu primo derrubá-lo com uma humilhação da qual ele jamais vai se recuperar e o vi tornar a se levantar e tomar controle do seu futuro.

Vi como as pessoas que o conhecem desde pequeno têm afeto e respeito por ele.

Assisti enquanto lutava contra sua dislexia e a vergonha da família.

Eu o vi brilhar ao capturar o mundo do jeito como o enxerga, em desenhos, fotografias ou filme, daquela maneira que só ele é capaz de fazer.

E amo tudo isso a respeito de Xavier.

Mas agora... como posso dizer isso a ele?

Ei, Xavier, agora que fiz o tour completo por seu museu e sua mansão e vi os muitos milhões na sua conta bancária, mudei de ideia. Quero que você deite sua cabeça no meu colo e olhe para mim daquele jeito todos os dias.

Como ele poderia confiar em mim? Como eu *mesma* poderia confiar em mim? Ele nunca esteve tão próximo. Nunca esteve tão fora do meu alcance.

— Senhora? — A recepcionista toca meu braço de maneira respeitosa, me arrancando do meu devaneio. Estou parada diante de uma das largas janelas que circundam o octogésimo oitavo andar do Taipei 101, a razão pela qual a Ásia inteira está celebrando neste fim de semana à altura dos meus olhos. Mas o que deveria ter sido uma vista fantástica para a maior lua do ano é uma cortina enfumaçada de nuvens.

Que adequado.

— Senhora, devemos servir os aperitivos? — pergunta a moça pelo que pode ter sido a terceira vez.

— Er, sim. Por favor. Obrigada.

Um relógio na parede marca 19h01. Atrás dela, ex-alunos do Barco do Amor estão pulando para fora dos elevadores, todos vestidos com pompa e circunstância e glamour iridescente. Spencer e Priscilla tentam se livrar de salpicos de tinta fluorescente dos cabelos. Debra se encarregou de cuidar da chegada dos bolos lunares trazidos pelos convidados, desembrulhando caixas e outras lembrancinhas de festa: leques com laços vermelhos, mini-*bubble teas* com canudos largos de bambu. Lanternas de papel brancas dobradas — as pequenas que sobraram do Ano-Novo Lunar, mas é a intenção que conta. Estão todas desaparecendo depressa, então pego uma para Xavier. Nós nos separamos uma hora atrás para trocarmos de roupa, e não o vejo desde então.

Ao redor do cômodo, casais estão se formando nas mesas altas, compartilhando bebidas em cálices de cristal gigantes. Outros estão aconchegados em sofás verde-limão cheios de almofadas vermelhas, posicionados na esperança

De volta a Taipei 347

de conseguirem um vislumbre da lua encoberta. Debra está dançando com outros convidados ao som de um grupo de K--pop, os alto-falantes retumbando. Duas meninas estão aos amassos em um canto.

Aliso o vestido turquesa, que me cabe perfeitamente, como prometido pelo Espelho Mágico. Os dragões pintados à mão são icônicos, e as botas de cobra não são apenas deslumbrantes, mas também uma carícia para os meus pés cansados. Esta é uma das qualidades que amo nas roupas — como a combinação certa pode transformar alguém em sua melhor versão. E hoje esta melhor versão de mim tem uma tarefa a cumprir: administrar todas as pessoas experimentando o Espelho Mágico, dar conta da tv Taipei e fazer com que os seguidores da #ReuniãodoBarcodoAmor apoiem o projeto.

Foco, Sophie. Nada de furacão hoje.

Tia Três disse que cinco vendas já a ajudariam a justificar a tecnologia para o Espelho — quero *dez,* para fazer desta uma vitória esmagadora. A Folha de Dragão será *obrigada* a reconhecer o potencial. E ainda tem a própria reunião — comida simples: bolinhos como aperitivo, sopa clássica de macarrão com carne e uma sobremesa típica do Festival da Lua, *mochi* de gergelim e arroz doce aromatizado com jasmim-do-imperador, mas o menu é complicado pelo fato de termos cento e cinquenta convidados a serem servidos... e, por fim, o objetivo mais importante da noite: juntar Xavier e Emma.

— Festa incrível, Sophie! — grita Debra. — Você conseguiu de novo.

— Não foi minha ideia fazer nada disto — admito. — Mas que bom que está todo mundo feliz.

Começo a fazer uma gravação ao vivo no celular que é transmitida em várias telonas nas paredes.

— Muito bem, galera do Barco do Amor, temos grandes acontecimentos rolando aqui no Taipei 101: música, paquera e uma demonstração muito especial do Espelho Mágico, sem mencionar os filhotes de panda!

Uau, duzentas pessoas já entraram na live.

— Formamos noventa pares on-line e temos mais cinquenta ao vivo e a cores bem aqui... para um total de trezentos participantes hoje.

— Trezentos? — repete Rick, se engasgando.

— Essa é a Sophie que nós conhecemos e amamos! — grita Ever.

Onde está Xavier? Não o vejo em canto nenhum. Eu me forço a me concentrar na energia vibrante de todas essas pessoas. De fato, me sinto em casa em momentos como este, fazendo com que tudo e todos se movam no mesmo ritmo.

Comentários começam a pipocar.

Posso me inscrever também?

Como me inscrevo?

Olha a lua aqui em Madri!

Sorrio e respondo:

Sophie Postei um link para um app de namoro no canal do Barco do Amor hoje de manhã. Todo mundo foi direcionado para uma mesa aqui, ou para uma sala de chat virtual. Se vocês não se inscreveram, encontrem as pessoas no chat e vão conversando por lá. Vamos começar daqui a dez minutos, então vão entrando!

— Ei, não tenho uma mesa. — Bert tira os olhos do celular para me encarar.

— Ops. — Abro um sorriso doce. — Depois da ter mostrado uma animação de pênis e a sua bunda para centenas de pessoas, além de ter tentado abrir a porta de um avião a milhares de metros acima do chão... vai ver o aplicativo achou que você não estava pronto para um relacionamento maduro.

— Srta. Sophie? — A equipe da TV Taipei está caminhando na minha direção, carregando câmeras de vídeo do tamanho de canhões nos ombros. Estão levando a coisa toda a sério... fantástico! Uma mulher magra e baixinha de blazer azul-claro me estende a mão. — Quanta gente! Sou a Sheryl. Rose Chan nos enviou...

— Sim, que bom que vocês vieram! — Eu me abaixo para abraçá-la, depois entrelaço o braço no dela e a puxo na direção do Espelho Mágico, que a equipe da Tia Três instalou sobre um estrado próximo a uma das janelas. Lulu está encarregada do scanner digital, ensinando a todos como criar seus próprios avatares. Uma segunda fila se formou diante do Espelho.

— Sophie! — chama Ever. — Este negócio é incrível! — No palanque, a Ever de saia carmesim está dançando com outras três Ever Wong nos painéis, rodopiando em um vestido de baile perolado que brilha mais do que a lua tímida logo atrás dela. Ela arrasou no teste hoje mais cedo, mas só vai saber dos resultados bem mais tarde.

Rick está um pouco afastado, os braços musculosos cruzados. O único rosto descontente, até onde consigo ver.

— Não gostou do vestido? — pergunto.

Os olhos dele estão fixos na namorada.

— Não me parece certo que duas pessoas que finalmente se encontraram não possam ficar juntas.

Um nó se forma na minha garganta.

— Não. Não é certo. Se Ever acabar mesmo indo para Londres, também vou sentir saudades. Mas o futuro é dela.

Ele olha para mim. Depois, descruza os braços.

— É, não quero que ela se arrependa de não ter se esforçado ao máximo nas inscrições por minha causa. Porque eu estava segurando ela.

— Ela não veria dessa forma.

— É. Mas *eu* posso acabar vendo. — Ele me entrega uma taça de vinho branco quando um garçom passa com a bandeja cheia. — E com você... tentei te impedir, no avião com Xavier, mas aí percebi a mesma coisa. Não é da minha conta. Vocês duas vão tomar as suas decisões, e só estou aqui para dar meu apoio. Mesmo que isso signifique ter que esperar quatro anos por ela. Ou te enfiar dentro daquela mala e acabar com uma hérnia de disco de ter te carregado de volta para casa.

— Ha! — Envolvo as costas dele e aperto. — Você faz cara de mau, mas no fundo é um ursinho de pelúcia.

— Que nem você. — Ele sorri. — Só espero que vocês duas não acabem me deixando para trás.

— Nunca.

Três Evers fazem uma pirueta em um vestido metálico ao mesmo tempo bonito e bizarro, o colar de espinhos voando em um círculo. Eu a gravo enquanto o vestido se transforma em um terno rígido, todo fechado, estampado com a bandeira dos Estados Unidos.

— Sério mesmo? — geme ela.

Rindo, posto a roupa de bandeira no Instagram e imediatamente ganho algumas centenas de curtidas, depois mais. Vibro e mostro a Rick.

— Que tal isto?

— George, filma aquela fila comprida — instrui a repórter. O câmera aponta o equipamento para Ever e depois para as pessoas esperando sua vez no Espelho; em seguida, para a segunda fila, com Lulu ajudando os ex-alunos com seus avatares.

No Instagram, mais comentários chegam dos telespectadores marcados na #ReuniãodoBarcodoAmor.

Amei o look!

Eu quero, eu quero.

Queria poder experimentar esse espelho. Alguém me leva para Taipei?

Digito na seção de comentários:

Sophie Se vocês gostaram do que viram, façam seus pedidos direto pela loja e digam que foi no Espelho Mágico que acharam!

Não saberei quantas vendas foram feitas até falar com Tia Três mais tarde, mas já estou morrendo de curiosidade.

Ever desce do estrado e me empurra na direção dele.

— Vai você agora.

— Mas já experimentei — protesto.

— É, mas agora tem a gente para ficar te zoando.

— Ha! Tá bom, conselho de moda nunca é demais. — Deixo minha taça de vinho de lado e subo no palanque. Minha imagem pisca enquanto o Espelho registra meu avatar. Tia Três deve ter feito alguns ajustes por trás dos panos, pois ele começa a fazer recomendações automaticamente.

Minhas roupas se alternam em rápida sucessão: um *cropped* com estampa inspirada naquelas balas em forma de bengala, brancas e vermelhas, e calça com listras verticais, exibindo um pouco de barriga e umbigo que — para ser muito honesta — não são tão bons quanto os meus de verdade. Uma calça azul com uma listra vermelha na lateral de cada perna e jaqueta vermelha explodindo com grandes círculos azuis e chapéu Fedora amarrado com uma fita. Depois, um vestido preto com um grande zíper dourado correndo por toda a frente de maneira sugestiva, como um eixo simétrico. Definitivamente nada adequado a uma aula de ciência da computação em Dartmouth.

Marc assovia da multidão.

— *Gata,* hein, Sophie!

Levo a mão à cabeça e faço uma pose. Vários gritos enchem o salão.

— Vai, Sophie! — encoraja Debra. Meu rosto no Espelho permanece radiante, mas, enquanto um vestido de babados no estilo vitoriano se materializa no lado de fora de meu corpo, o de dentro está em guerra.

Quem sou eu de verdade?

Sou mesmo essa garota sexy que, admito, gosta de virar cabeças — ou a mulher forte e poderosa que quer conquistar o mundo? A verdade é que gosto de me sentir bonita e ousada vestindo roupas empolgantes. Adoro fazer coisas como este evento de hoje, convencer pessoas e fazer com que se unam em prol de um objetivo. Adoro pensar em uma grande ideia, explorá-la, fazer tudo dar certo. Mostrar que tenho visão — uma que não deveria ser ignorada.

Posso ser todas essas coisas? Ter todas essas coisas?

— Sophie! — Emma vem vindo na minha direção, acenando. Cabelos lisos emolduram seu rosto, e um raminho de flor de cerejeira projeta-se para fora dos fios. O vestido de alcinha cor-de-rosa envolve sua cintura, acentuando sua figura esbelta,

a bainha chegando ao topo das sandálias delicadas, também cor-
-de-rosa. Ela brilha como se estivesse coberta de pó de estrelas.

— Que festa! — Emma é a própria definição da graciosi-
dade. Mas os olhos azuis são frios.

— Emma! — Saio do Espelho para encontrá-la, segurando seu braço. Minhas palavras atropelam-se umas às outras.

— É tão incrível que seus pais tenham concordado em patrocinar a gente hoje. Estou muito feliz que você veio mesmo
assim. Quer dizer, sabia que você vinha para se reconectar
com Xavier. Esse continua sendo o plano, eu *juro*.

— Sim, a gente devia conversar. — Ela franze a testa.
Mesmo brava, continua calma e eloquente, perfumada com
uma fragrância cara da marca Jean Patou. — Por que você
não me disse que tinham namorado? Eu te dei todas as
oportunidades.

Olho para o chão, para minhas botas de cobra.

— Não queria ter que falar sobre nossa história toda
complicada. E, depois de um tempo, achei que ia ser estranho mencionar.

O peito dela sobe e desce com uma longa respiração.

— Mas enfim, tenho a experiência do século para oferecer a vocês dois. O jardim zoológico vai trazer os filhotinhos de panda para a festa, e consegui autorização para
você e Xavier poderem segurar eles e tirar uma foto... Vai
ser tão legal!

— Que incrível. — Os braços dela se descruzam, e a testa relaxa um pouco. — Bom, acho que também não te contei
do Miles imediatamente. — Ela solta um suspiro. — Não
sou a *dona* do Xavier. É só que... não queria pensar que você
tinha me apunhalado pelas costas. Eu acredito que não fez
de propósito.

Fico aliviada que ela tenha ficado mais tranquila, embora uma partezinha mínima de mim não possa deixar de se sentir... bem, *agradecida*. Porque ela tem razão. Emma *não* é dona de Xavier...

Meu celular toca com a notificação de outro comentário no *feed*:

@Sophie, acabei de comprar aquele vestido preto! O de zíper dourado! Uau!

— Ei, alguém comprou através do Espelho! — exclamo. — Está funcionando!

— Já? Que fantástico. Você falou dele para Horvath? — pergunta Emma.

— Ainda não. Escrevi um e-mail e terminei minha proposta pouco antes da festa. Mas fiquei ocupada demais para enviar.

— Faz isso! Mal posso esperar para saber o que ele vai dizer.

— No meio de uma festa?

Ela ri.

— Por que não? Quer que eu dê uma revisada para você?

— Sim, por favor!

Emma lê por cima do meu ombro quando abro o e-mail no celular:

Prezado professor Horvath,

Tive a oportunidade de entrevistar os inventores de um estilista digital em Taipei. Eles criaram um sistema de avatares virtuais que poderia mudar a maneira como as pessoas compram roupas em uma indústria que movimenta mais de dois trilhões de dólares. Meu plano é implementar uma base de dados enriquecida para ajudar o sistema a fazer recomendações mais especializadas, baseando-se em fatores como tamanho, cor, modelo, ocasião e até humor e sensações. Meu objetivo futuro é expandir esse conjunto para englobar características de personalidade mais difíceis de quantificar, de modo que as roupas não apenas sejam um reflexo do usuário, mas que valorizem a própria pessoa em toda a sua complexidade. O projeto incorpora aprendizagem profunda e aprendizagem por reforço, e, como o senhor mencionou no primeiro dia de aula, é na interseção dos dois que se encontram vários projetos interessantes.

Anexei minha proposta revisada ao e-mail.

Obrigada pela segunda chance.

Atenciosamente,
Sophie Ha

— Gostei — declara Emma. — Por que você não inclui um vídeo das pessoas usando o Espelho?

— Ótima ideia. — Acrescento uma frase: "aqui está um vídeo mostrando clientes satisfeitos". Anexo Ever fazendo sua pirueta com o vestido metálico, a multidão vibrando.

Com um tremor nervoso, aperto enviar.

— Você vai arrasar — diz Emma. — Horvath não tem nenhuma ideia parecida no curso. Um dia ele vai se gabar de você ter sido aluna dele.

— Espero que você esteja certa.

— Selfie?

— Por que não? — Seguro o celular longe de nós, e Emma se inclina para perto. Ela de cor-de-rosa, eu de turquesa.

— Ficamos bem. — Sorri.

Abro o Instagram e posto a foto. Um comentário no meu discurso a respeito das regras do evento salta aos meus olhos:

Ela é mandona para caramba.

ARGH!

Com cinco palavrinhas, despenco lá do alto para as trevas da depressão.

Abaixo o telefone.

— Eu devia deletar a minha conta. Todo mundo me odeia. — Viro o celular para ela.

— Tá brincando? É um palhaço no meio de centenas de pessoas. Você pode trazer essa pessoa para o seu lado ou só ignorar ela. De um jeito ou de outro, não deixa isso te abalar.

Um garçom nos entrega taças de champanhe borbulhante. Minha taça de vinho se perdeu por aí, então sigo o exemplo de Emma e pego uma.

— Saúde — diz ela, e brindamos. Neste momento, não me importo que champanhe me dê dores de cabeça. Quero acreditar em Emma. Mas tenho quase certeza de que ela poderia governar o mundo e ninguém a acusaria de ser mandona.

— Eu voto em ignorar. Valeu, Emma. — Eu a abraço. — E olha Xavier ali. — Enfim o avisto no bar, quase imperceptível atrás de todos os corpos em movimento na pista de dança. Sua nuca, com todo aquele volume de cachos, está virada para nós. O casaco de cetim cintila sob as luzes.

Emma toma um enorme gole da taça, depois entrelaça o braço no meu.

— Ok, vamos lá! — Seguimos para o bar. — Estou tremendo — comenta ela.

Também estou.

— Vocês são velhos conhecidos — tranquilizo tanto a ela quanto a mim. — Depois que começarem a conversar, aquela conexão que vocês sempre tiveram vai ficar evidente.

— Emma, você também veio? — Uma menina de vestido tomara-que-caia joga os braços ao redor de Emma, que ri e me lança um sorriso de desculpas.

— Vai indo — diz. — Já, já te encontro.

Ela parece aliviada pela desculpa para adiar o encontro.

Sinceramente, também estou.

A câmera de vídeo preta de Xavier está pendurada em um ângulo casual em seu ombro. Ele está no bar, cercado por Bert, Joella, Jasmine, Rick e Ever — todos que estavam no jatinho. Ele entrega o celular a Joella, que recita o número de seu passaporte para uma mulher de cabelos cacheados em uma videochamada, depois repassa o aparelho para Rick. Xavier levanta a câmera e aponta para o bartender, que chacoalha uma coqueteleira de metal gelada. Uma tela acima deles transmite uma partida de futebol com jogadores correndo por um campo de grama artificial.

Não vejo Xavier relaxado assim faz muito tempo. As roupas de um lilás-prateado suave lhe dão uma aparência elegante e artística que é cem por cento *ele*.

Eu me aproximo pelo lado de Priscilla, que atira os cabelos para trás. Ela me lança um olhar ácido.

— Você sabe mesmo como gastar o dinheiro dos outros, hein?

Mais uma vez minha amiga Priscilla.

— Desculpa, é o quê? — pergunto, desconfiada.

— Esta festa inteira... você não gastou um centavo com ela, mas está recebendo todos os holofotes. E uma viagem de graça... Quer dizer, é verdade que todo mundo aqui pegou carona, mas você... você veio por causa de um projeto da universidade. É bem generoso da parte de Xavier te ajudar. Diz um bocado sobre ele.

— É verdade. E sou muito grata.

Para meu alarme, a mão de Xavier aperta meu ombro. Ele olha feio para Priscilla.

— O projeto da minha tia passou vinte anos esquecido debaixo dos panos até Sophie vir e colocar tudo nos trilhos. Então se alguém aqui saiu ganhando, foi minha família.

— Claro, Xavier. Claro. — Priscilla não se convence, mas vai embora.

— Oi. — Xavier se vira para mim.

Não consigo encontrar seu olhar. Priscilla sabe que não estou à altura dele, e não consigo suportar ver aquela mesma certeza nos olhos de Xavier.

— Ei. — Ele segura meu queixo e me força a encará-lo. Quando nossos olhares se cruzam e vejo preocupação no dele, tenho a sensação súbita de que minha âncora foi cortada, de que sou um barquinho à mercê das ondas no mar aberto. — Tudo bem?

— Tudo. — Luto para recuperar a calma e o controle. Fico melhor quando ele me libera. — Valeu... por aquilo.

— Era tudo verdade. Mal consigo ajudar a mim mesmo sob circunstâncias normais. Você me fez agir. Isso diz muito sobre *você*.

De onde veio este cara? Sorrio em meio à dor no peito.

— Como você está se sentindo agora?

Os olhos dele reluzem.

— Livre. Finalmente me livrei da pior parte.

Os cachos pretos sopram com uma brisa. A sensação da mão dele ainda está no meu queixo, quente e tranquilizadora. Será que vou continuar sempre sentindo esta atração por ele, que me puxa em sua direção? Talvez eu tenha apenas que aceitar que meu coração nunca vai cooperar com minha cabeça.

Empurro a lanterna de papel para ele.

— A melhor lembrancinha daqui.

Ele examina a vela pequenina.

— Legal, valeu. — Ele olha de canto de olho para mim. — O vestido ficou incrível em você, aliás.

— Obrigada. — Com elogios às minhas roupas eu consigo lidar.

— Sabia que você ia escolher esse.

— O quê? Como?

— Só sabia. — Ele abre um sorriso torto. — Se bem que te faz parecer mais com uma Yeh do que eu mesmo pareço.

— Que seja. É por causa dos dragões. — Percorro uma linha pintada delicadamente com o dedo. — Agora que tem sua poupança, você… acha que vai falar com seu pai alguma hora dessas?

Os olhos dele ficam afiados.

— Por enquanto, não. Se é que vou mesmo um dia. Ele não merece o meu tempo.

— É só que… não consigo te imaginar cortando o restante da sua família da sua vida.

Ele fica em silêncio. Após um longo instante, toco a câmera de vídeo.

— Você continua filmando.

— Não é para o projeto. É só para mim mesmo.

Sorrio.

— Posso dar uma olhada?

Ele pega a câmera com as duas mãos, mas não me mostra de imediato.

— Minha mãe costumava ler para mim uma história sobre um pincel mágico, e tudo que ele pintava se tornava real. Eu ficava imaginando que eu pintava um jardim zoológico inteiro de animais e deixava todos ficarem correndo pelo meu quarto.

— Queria um pincel desses.

— Você e todo mundo na história. Especialmente o rei malvado. Então o pintor tomava muito cuidado para não deixar que os poderes mágicos fossem descobertos.

— Como?

— Ele nunca terminava as pinturas. Sempre deixava uma pincelada por fazer. Até que, um dia, um pingo de tinta acidentalmente caiu da pontinha do pincel, criando o olho de um galo. A ave saiu voando da página, e o pintor foi pego.

— Não seria incrível se uma pintura pudesse mesmo ganhar vida desse jeito?

— Meio que cheguei à conclusão de que, mesmo que não possa fazer um pássaro literalmente voar da minha folha de papel, o objetivo deveria ser esse. Pintar tão bem ou tirar uma foto tão real que parece que ganhou vida. — Ele ri.

— Tá, agora coloquei todas as expectativas lá no céu.

Ele me entrega a câmera. Enquanto vou deixando a filmagem rolar, ele gira os números no cadeado. Conseguiu sua poupança e tem mais talento do que qualquer outra pessoa que conheço — e ainda assim continua nervoso ao me mostrar o que filmou.

— As cores são tão vibrantes que dá vontade de comer — comento. No showroom, o cereja do carro de aparência antiga, a cor de mirtilo da camisa de Victor e o roxo da minha calça colocam em destaque as cores da aeronave que o pai dele inventou. Minha cabeça está virada no mesmo ângulo que a de Victor, a boca aberta e aos risos, meu cabelo caindo como uma cortina preta pesada por cima do meu ombro. Xavier capturou um momento de deslumbramento... e o que é ainda mais incrível: injetou o seu próprio nele.

— Como você faz isto? Tudo é mais real do que a realidade.

— É a realidade. Eu só gravei.

Avanço para um clipe do horizonte denteado de Taipei contra o céu da tarde. Aponto para as nuvens.

— Tipo aqui. Elas não são brancas. São azuis, roxas, lavanda, rosadas. Como você fez isso?

— É como vejo as coisas. Tudo em cores.

Olho para cima e nossos narizes roçam um no outro.

— Ah, desculpa — balbucio. Meu rosto fica quente, e desvio o olhar daqueles cílios injustamente longos. — Eu sou de quais cores?

— Laranja e roxo.

— Tipo um hematoma? — Franzo a testa.

— Não, boba. — A risada dele me aquece. — Tipo um alvorecer.

Olho para as nuvens outra vez. Ele vê tudo, *todos,* com tanta clareza. Mas, em vez de sentir temor, desta vez não posso deixar de notar como é muito mais fácil ser eu mesma *porque* ele me vê tão claramente. Um alvorecer.

— O que é isto tudo? — Victor abre caminho em meio às pessoas na pista de dança, vindo na nossa direção. Ele trocou de roupa e agora veste um blazer com listras azuis por cima de uma calça marrom-avermelhada. Sinceramente, para quem sempre virou o nariz para o Espelho Mágico, nunca conheci um cara tão bem-vestido. Eu deveria estar caidinha por ele, mas, por muitas razões... não estou.

Xavier guarda a câmera de vídeo e pressiona os lábios até se tornarem uma linha fina.

— Xavier está comprando passagens de avião pra gente. — Priscilla mostra o celular dele, toda sorrisos largos. — Estamos na linha com a agência.

— Não, de onde veio essa gente toda da imprensa? Só pessoas autorizadas...

— Você parece um disco arranhado. — Xavier toma o celular de volta. — E tem muita cara de pau para vir até aqui.

— O truque do relógio foi bem baixo, Victor — digo. — Não achei que você fosse assim.

— E eu não achei que meu primo fosse burro o suficiente para cair nele — retruca.

— Alô, Xiang-Ping? — A agente de cabelos cacheados está de volta ao telefone. Ela recita um orçamento enorme por todas as passagens de avião.

— Ótimo. O dinheiro está aqui comigo. Pode vir pegar a qualquer hora.

— Xavier, a gente devia te pagar de volta — digo, mas Priscilla atira os braços ao redor dele.

— Valeu, Xavier! Que alívio! Agora a gente pode festejar em paz!

— A gente te deve uma — diz Ever.

— Nada disso. É meu presente.

— Onde foi que você conseguiu esse dinheiro todo? — pergunta Victor, desconfiado.

Xavier abre um sorriso torto.

— É meu.

— Era para você estar sendo vigiado. Para o bem de todos.

Xavier se empertiga.

— Sabe, eu admirava você quando a gente era peque-no. Mesmo depois de você ter rido de mim porque só vendi uma foto durante o festival ou porque não sabia diferenciar a esquerda da direita... ainda assim, eu te admirava. E você continua atirando pedra em mim sempre que pode... até que finalmente me dei conta de que não preciso ficar parado e deixar que me acerte.

O rosto de Victor fica pálido.

— Não tenho irmãos nem irmãs, igual a você — continua Xavier. — Você deveria ter sido a coisa mais próxima de um ir-mão para mim. Mas, em vez disso, sempre me odiou. Por quê?

O punho de Victor se fecha. Temo que vá socar Xavier bem aqui, na frente de todos.

— Victor, estamos em uma festa — lembro a ele.

Ele olha para mim de relance e volta a relaxar a mão. Mas seus olhos se acendem, e ele diz entredentes:

— Meu pai sempre deixou muito claro para mim que, não importava o quanto eu me destacasse, seria sempre só o seu lacaio.

— Eu nunca pedi isso.

— Vou dar o discurso da minha vida amanhã. Preciso me preparar. Preciso estar com a cabeça limpa. Mas aterrisso em Taipei e a primeira coisa que recebo é uma mensagem do seu pai dizendo que tenho que esperar você chegar. Sou monitor do professor mais cobiçado de Dartmouth. Você não consegue nem sair do ensino médio. Você ferra tudo e não está nem aí para quem acaba machucando no caminho.

— Mas que caralho...

— De repente, é MEU TRABALHO fazer VOCÊ aparecer bem na fita? Seu pai não pensou duas vezes antes de me pedir para ficar de babá do seu projetinho. Jane me mandou te ensinar *de bandeja* o que dizer para o embaixador Chiu. E, caso você não tenha notado, foi isso que meu pai fez para o idiota do *seu* pai durante trinta anos. Depois que seu pai forçou o meu a sair da Folha de Dragão.

— O quê? — Xavier está genuinamente perplexo. — Seu pai é a mão direita de Ba. Ele chefia um departamento.

— É o que parece, não é? O departamento do meu pai é um dos menores agora. Mal tem expressão. O retrato dele não está na sede. Ele não é um fator nessa equação.

— Por que Ba faria isso?

— Para mostrar como tratar a família? As razões insípidas de sempre? Dinheiro e poder? — Victor fecha o punho outra vez. — Mas tudo isso... vai acabar. Em breve. — Ele lança o copo para a pia do bartender, bem mais à frente no bar, e este se quebra lá dentro com o som de vidro estilhaçado.

— Ei! — reclama o barman.

O círculo ao nosso redor fica em silêncio. Victor marcha para a saída, furioso. Ele topa com uma garçonete pequenina, fazendo-a se chocar contra Debra, mas sequer para a fim de se desculpar.

— Melhor ele não criar problema — diz Xavier, sombrio.

— Me dá um segundo. — Corro atrás de Victor e agarro seu braço.

Ele se vira com uma carranca.

— O quê? Você está do lado dele. Já saquei.

— Qual é o seu problema? Você não é assim na universidade.

— Na universidade, as pessoas sabem o meu valor e o que sou capaz de fazer. Meu papel não foi predeterminado ao nascer.

— Olha, eu entendo que seu pai tem uma rixa com o de Xavier, mas o que você fez naquela festa? Aquilo não machucou só Xavier. Machucou seu próprio avô. Por que você está deixando um rastro de desastre atrás de você só para ferrar seu primo?

A boca dele espasma.

— Tem tanta história de que você não faz nem ideia.

— Seu pai também não tem sido um exemplo de cidadão. Por que em vez de ficar no meio disso tudo você não toma controle do próprio destino? Por que não decide no que *você* acredita e age de acordo? Você *não tem* que aceitar o papel que eles te deram. Da mesma forma como eu não era obrigada a baixar a cabeça para Horvath. Lute pelo seu próprio caminho. Você é melhor do que isto.

A expressão soturna de Victor não muda.

— Tá bom — digo, resignada. — A gente se vê na faculdade.

Eu o deixo nos elevadores e costuro meu caminho de volta até o bar. Alcanço Xavier e os demais no mesmo instante em que Emma chega da direção oposta.

— Sophie! Xavier! Oi!

— Oi — cumprimenta Xavier. Ainda está perturbado com o acontecido, mas sorri. — Emma. Você veio.

Ela mostra um anelzinho de ouro e rubi na palma da mão.

— Se lembra disso?

Ele o pega, e seu sorriso se alarga.

— Minha mãe me ajudou a comprar isto para você.

Emma ri.

— A gente ficou noivo no jardim.

— Perto das orquídeas. Só que a gente também acabou descobrindo que você é alérgica a elas.

— Verdade! Mas pelo menos não ao anel. Ele ainda estava guardado na minha penteadeira aqui.

Parte do estresse deixa o corpo de Xavier. É o efeito que um bom e velho amigo pode ter em alguém. E ele deu um *anel* a ela, com a ajuda da mãe e tudo. E se lembra do acontecido. Com todos os detalhes.

Mas um vazio está se abrindo no meu estômago.

Não, não. Era exatamente isto que eu tinha planejado. Deslizo para longe para dar um pouco de privacidade aos dois. Busco refúgio no celular, verificando se as salas de chat virtuais estão funcionando corretamente. Estão. A *hashtag* #ReuniãodoBarcodoAmor está transbordando de fotos de casais. As pessoas vão se encaminhando para suas respectivas mesas, e os pares vão mudando a cada novo prato. Fui eu quem planejou tudo, claro, para que Xavier e Emma fiquem juntos em todas as rotações.

Um holofote ilumina os dois. Ela está falando, a cabeça virada na minha direção. Ele apoia um braço sobre o bar, a cabeça virada para baixo, olhando para ela. Não precisam de filtros para parecerem o casal real do século. O lilás meio prateado das roupas dele se mistura ao cor-de-rosa do vestido dela.

Todas as nuances dos dois são complementares: uma pintura tão linda que chega a doer.

— Sabia que eles iam se acertar de novo — comento com Ever, que está com os cotovelos apoiados sobre o balcão ao meu lado. Não é apenas a história que eles têm juntos, ou o fato de serem ambos taiwaneses-americanos megarricos que foram estudar nos Estados Unidos. Ou mesmo o fato de que ambos perderam alguém que amavam. É que os dois são seres humanos autênticos.

E, neste momento, estão absortos um no outro.

Ever coloca a mão ao redor do meu cotovelo e o aperta.

— Você organizou esta festa inteira pra gente. Sem pedir nada em troca. Esse é seu M.O.

— M.O?

— Modus operandi. A razão pela qual você faz as coisas. Tudo.

— Só quero que todo mundo se divirta. — É verdade. Ainda que outra parte de mim esteja sangrando. Todos estão em casais.

— É isso mesmo que eu estava querendo dizer.

Ela me abraça e, de repente, estou lutando para conter as lágrimas.

Um funcionário do jardim zoológico entra no restaurante aninhando um filhotinho de panda do tamanho de um saco de farinha nos braços. Uma mulher com macacão verde empurra um carrinho de bebê. A recepcionista está encarando, maravilhada, quando os alcanço.

— Vocês podem ficar aqui mesmo pelo restante da festa — declara a mulher, brincando. — Nem precisam entrar.

No carrinho, uma bolinha macia de pelo preto e branco sobe e desce com respiração profunda.

— AI, MEU DEUS, ELES SÃO TÃO FOFOS! — exclamo, quase guincho. Não consigo tirar os olhos de cima deles. — Queria que meus irmãos pudessem ver. Sou a Sophie. Conversamos pelo telefone.

— Aquela ali dormindo é a Lang. — O funcionário mostra o panda em seu colo. — Este é o Ling. — O bichinho solta um espirro, depois olha para mim através daquelas bolas pretas sonolentas.

— Odeio admitir, mas ele é tão fofo quanto meu priminho bebê. Quero *tanto* segurar.

— Só duas pessoas podem segurar os pandas hoje — explica o homem. — Pela segurança deles. Você é uma das pessoas?

— Ah. Não, são meus amigos, Xavier e Emma. É para uma sessão de fotos de imprensa. Estamos tentando promover o Espelho Mágico ali... vem, por aqui.

Começo a virar para chamar os outros, mas nem precisava me dar ao trabalho. Ever, Xavier, Emma, Rick — estão todos vindo apressados na minha direção, e, em questão de segundos, os funcionários do jardim zoológico estão cercados.

— Filhotes de panda no Taipei 101? — pergunta Rick.

Sorrio.

— Como não consegui os ingressos para a exibição, tive que trazer a exibição até nós!

— Ouvi que só em Chengdu é permitido segurar os filhotes.

— Como você conseguiu isto? — indaga Ever. — Deve ter um monte de regras...

— Que decepção, vocês dois — repreendo meus amigos. — Não aprenderam nada no Barco do Amor? Consigo qualquer coisa quando quero.

— Você é inacreditável. — Xavier ri. — Só você mesmo, Sophie Ha.

— Vou deixar você dizer meu nome desta vez, *Xavier Yeh* — brinco. — Vamos lá para perto do Espelho. Vai ficar de pano de fundo para as fotos.

Ao lado do estrado, o funcionário do jardim zoológico entrega a Emma um avental para colocar por cima do vestido, luvas, uma máscara e uma porção enorme de álcool em gel.

O Espelho reflete as costas de Emma enquanto a garota toma o filhotinho do homem e o aninha em seus braços, fazendo vozinha de bebê. A tv Taipei está filmando tudo ao vivo, deslizando por entre os dedos de Jane. Fico mais para trás com Xavier, minha mão descansando sobre o peito, implorando que meu coração se acalme.

— Não é perfeito demais? Depois de todos esses anos, sua poupança e agora vocês dois juntos de novo?

Ele me olha de canto de olho.

— Por que você está se esforçando tanto para juntar a gente?

Engulo em seco.

— Ela veio do seu mundo. — Fixo o olhar em Emma enquanto ela se derrete pelo filhotinho de panda como se fosse sua verdadeira mãe.

— Quando foi que eu quis o *meu* mundo? Você não me conhece?

Mesmo no meio desta multidão, uma bolha de silêncio e suspensão nos circunda.

— Xavier? — chama Emma. — Tem um panda aqui ronronando seu nome.

— Você devia ir lá com ela.

— É. — Mas os olhos dele, fixos em mim, fazem uma pergunta.

— Vai — insisto. Quando ele começa a se mover, digo:
— Xavier?

Ele se vira.

— Oi?

Nem sei por que o chamei. Deve ser para poder tê-lo comigo por mais um instante antes que vá para Emma. Porque não importa o que ele diga sobre querer se rebelar contra a família e virar as costas para aquele mundo para sempre, não acredito que ele o fará.

— Nada, não.

— A gente conversa mais tarde — promete ele, então se junta a Emma diante do espelho. O funcionário lhe dá os mesmos avental, luvas e máscara, depois coloca o segundo filhotinho em seus braços. Xavier levanta o panda um pouco mais, todo desajeitado e adorável. Emma se aproxima dele, e os pandas começam a brincar e a tocar nas patas um do outro.

Um suspiro coletivo é ouvido.

— Tão fofo!

— Rei e rainha do Barco do Amor! Vamos coroar os dois!

Flashes de câmeras estouram. Atrás deles, o Espelho veste os dois de preto e branco. No Instagram, dezenas de pandas bicolores inundam meu *feed*.

Junto com uma longa lista de reclamações:

Não me colocaram em uma sala.

Nosso link está quebrado. Alô? Alguém aí?

Por que me colocaram junto com pessoas do meu verão? Faria mais sentido me colocar com pessoas de outro semestre.

Essa reunião parece desorganizada.

Me barraram na porta! Disseram que já tava cheio, filhos da puta!

Não dá nem para ver a lua de lá kkkk

Quem é a #garotamandona?

Que vaca. Comeu xiao long bao demais kkkk

Os comentários continuam. Centenas deles.

Que diabos? Uma festa de última hora, comida gratuita, filhotes de pandas e pelo menos uma *chance* de ter a melhor vista da grande lua da noite... sério, não consigo agradar essas pessoas.

Sophie Gente, TÁ BOM.

Sophie Por favor, cresçam, tomem iniciativa e façam sua própria festa.

Desligo o celular. Maravilha. Acabei de criar mais duas mil inimizades para mim.

Ever e Rick, abraçados, estão balançando lentamente na pista de dança. Xavier, aninhando seu panda, está inclinado para Emma, também abraçada ao panda dela, formando uma bolha protetiva que os fecha dentro de seu mundinho particular. A equipe de filmagem se aproxima, o flash das câmeras ofuscantes, brincando com ângulos.

Emma se aproxima um pouco mais de Xavier, conversando, rindo.

Meu coração quase para.

Não é apenas que Xavier me enlouquece. Ele também me torna maior. A expansão me desequilibra, é verdade, mas também me tira do chão. E quando penso em retornar ao campus, em continuar meus dias sem ele, a vida me parece... sem graça. Mas talvez esta seja a realidade, apesar das fotografias românticas que estamos tirando de Emma e Xavier. Talvez a vida não seja um romance de filme e corações correndo a mil. Talvez a vida seja apenas o que é: trabalhar, ver os amigos, comer, brincar. Acordar todos os dias e seguir adiante.

Seguir adiante com coisas como meu projeto de ciência da computação.

Abro meu e-mail como se estivesse tentando encontrar respostas ali. Talvez possa enviar a Horvath uma foto dos pandas no Espelho.

O assunto do e-mail na minha caixa de entrada está em negrito: Horvath me respondeu! Uau, ele é rápido. Ansiosa, abro.

Srta. Ha,

Avatares virtuais existem há décadas e nunca deslancharam.

Acho que seria melhor para você procurar outra turma. Temos disciplinas sobre startups e design que talvez sejam mais adequadas aos seus interesses.

H

Procurar outra turma?

Procurar outra turma...

Mas avatares virtuais sequer são a ênfase... Então estou fora?

Olho para cima no instante em que os funcionários do zoológico retiram os filhotes dos braços de Emma e Xavier. Ela oferece a Xavier um gole do seu chá de jasmim. O anel de rubi brilha em seu dedo mindinho. Ele remove a máscara e se inclina para beber — um gesto tão simples, mas tão íntimo.

Meu Deus. Cometi um erro terrível!

Dois pensamentos me acertam ao mesmo tempo.

Primeiro, também quero ser Cinderela.

O segundo é uma pergunta: foi por isso que vim até aqui?

Passei esse tempo inteiro me enganando, me convencendo de que vim pelo Espelho Mágico, a nova Sophie Ha correndo atrás de seu futuro MBA... quando, na verdade, não havia nada a perseguir...

Depois de afirmar que tinha riscado namoro da minha vida... depois de dizer que era minha ambição me fazendo voar até quase o outro lado do mundo, vim até aqui por... por causa de um GAROTO?

Os funcionários, Xavier e Emma estão se dirigindo a uma das salas privativas. Pandas, equipe de filmagem e o restante da multidão: todos seguem atrás deles. Então me dou conta...

Sou incapaz de manter uma amizade com Xavier. Não se eu quiser ter a chance de construir uma vida normal, saudável e feliz em Dartmouth. Porque estou envolvida demais. Meu coração, conectado demais. Amizade é uma caixinha muito apertada para o que sinto, espreme o que é impossível de se confinar em um espaço pequeno demais.

Rick passa por mim, a caminho do bar.

— Rick, espera um segundo? — Pego um guardanapo e escrevo uma nota rápida para Xavier, depois dobro o papel e o entrego a meu primo. Estou lutando contra lágrimas. — Você pode dar isto aqui para Xavier quando ele... tiver acabado?

— Posso, mas o que foi? Aonde você vai?

Estou me contendo para não implodir na frente do meu pobre primo — que me advertiu, não advertiu?

— Só preciso de um tempo. Dá isso para ele por mim, tá?

Rick guarda a nota no bolsinho da camisa.

— Claro — diz ele, e fico tão grata por poder confiar que meu primo vai fazer isso por mim... Ainda que não possa confiar em mim mesma.

Começo a me virar para ir embora, mas congelo quando meus olhos encontram Bert marchando na direção do Espelho Mágico, um copo de cerveja em mãos.

— Quando foi que fiquei tão bonitão? — brinca ele, as palavras arrastadas. Aproxima-se para enxergar melhor seu reflexo melhorado. Uma camiseta familiar surge em seu corpo: VOCÊ E EU COMBINAMOS COMO BOLINHOS E MOLHO DE SOJA.

— Quero saber o que esse espelho vestiria no pequeno Bert.

Meu Deus, ele está completamente bêbado.

Ele começa a puxar e mexer na calça, e as pessoas gritam:

— Não! Ninguém aqui quer ver isso!

A TV Taipei está parada lá perto, as câmeras abaixadas. A âncora parece horrorizada. Pênis no Espelho — não era esta a cobertura que estavam querendo!

E pior.

Corro para lá quando me dou conta do que está para acontecer, como um trem descarrilado. Álcool, jovens imaturos e tecnologia frágil no mesmo cômodo sem supervisão adulta. Aquele tempo todo, meu furacão estava girando, e apenas agora estou enxergando a devastação que está prestes a causar.

Bert solta um arroto enorme.

E então perde o equilíbrio e cai para a frente.

— Cuidado! — grito.

No instante seguinte, ele topa de frente com o espelho triplo, e, junto com ele, o aparato inteiro tomba da plataforma.

35

XAVIER

A funcionária do jardim zoológico deita o peso quente de Lang outra vez dentro do carrinho enquanto aponto a câmera para o pelo preto e branco, capturando o subir e descer rápido da respiração dela. O carrinho está parado à janela, que dá vista para o pedaço pálido de céu onde a lua especial de hoje deveria estar.

No canto mais distante da sala, Emma e Ling estão cercados por fotógrafos para as últimas fotos antes da partida dos pandas.

Um braço roça o meu. Descubro que pertence a Ever Wong, que tenta tirar uma foto sorrateira do panda. Está vestida como uma bailarina, abraçando por completo sua identidade como dançarina: meia-calça, saia de tule carmesim, um suéter da mesma cor envelopando a cintura.

— Oi, Ever.

— Ah. — Ela se sobressalta. — Oi, Xavier. Como você está?

— Tudo ótimo.

— Que bom. — Sua expressão é cuidadosamente neutra.

Ela se vira para ir embora, mas a chamo:

— Ever?

— Oi?

— Eu e Sophie estamos ficando mais próximos. — Quero que ela saiba. Não por conta da nossa história, mas porque ela é a melhor amiga de Sophie, e quero que saiba a importância que Sophie tem para mim.

Ever sorri.

— Eu sei. Fico feliz.

Fico feliz que ela fique feliz.

— Ela é... Ela encara a vida sem medo. De frente. — Estou mesmo tentando explicar o que faz de Sophie tão... ela? As palavras continuam querendo escapar. — Por muito tempo, fiquei me escondendo da vida.

Ever pousa a mão hesitante sobre meu ombro.

— Todo mundo está crescendo mesmo, hein?

— É — concordo, e ela se esgueira para fora. Eu a assisto partir, balançando levemente ao som daquela trilha sonora interna dela. Fico feliz que nossas vidas tenham se cruzado no Barco do Amor, ainda que tenha sido por um período tão curto. Ainda que eu deseje que tivéssemos feito tudo diferente, porque sei que ela nunca mais vai olhar para mim com uma expressão que não seja aquela tão cuidadosa e artificialmente neutra de agora há pouco. Mas ela abriu uma porta para as artes que sempre esteve fechada e soldada para mim antes, e por isso serei eternamente grato.

Afundo no sofá azul, filmando o brilho da lua, na esperança de um vislumbre de verdade, mas ela continua teimosamente se escondendo. O cadeado pressiona minha bunda, e o tiro do bolso para girar o disco. Mesmo enquanto brincava com os filhotes de panda, eu estava tentando entender aquela explosão do meu primo. Ba forçando tio Edward para fora, sem nunca ter feito qualquer declaração a respeito... é bem a cara de Ba mesmo. Queria poder sentir pena do meu tio. Mas ele é uma versão mais velha e ainda mais pestilenta do lorde Babaca. Tirar tio Edward de cena foi uma decisão mais esperta do que eu teria esperado de Ba.

Giro os números, tentando lembrar os passos que Sophie me ensinou... mas o cadeado continua firmemente fechado.

Então Emma afunda ao meu lado, removendo a máscara.

— Aqueles pandas eram *de matar* de tão lindinhos! Não queria largar nunca mais.

Ao lado dela, o funcionário do jardim zoológico abraça Ling e sorri.

— Ele também gostou de você.

— Obrigada por confiar em nós. — Guardo o cadeado por ora.

— Vocês dois foram ótimos. Fiquem bem. — Ele recoloca Ling no carrinho ao lado da irmã. A multidão os segue para fora, ainda encantados com a aparição, tirando fotos. Procuro por Sophie entre eles, mas ela não está lá. Deve estar colocando a conversa em dia com todos os amigos.

— Que noite. — Emma levanta os braços, se espreguiçando, e alonga o pescoço. Ela sorri para mim. — Me surpreendeu como foi fácil conversar de novo. Eu e você.

— É. Foi muito legal. — Condensamos dez anos em uma hora: minha mãe, nossas mudanças para os Estados Unidos, a morte do namorado dela, minhas dificuldades com Ba e ela tentando compreender o sentido da vida. Nós dois passamos por tantos traumas e mágoa, quase jornadas paralelas. Cheguei até a contar sobre minha dislexia. "As coisas fazem *tão mais sentido* agora", ela disse, ao que respondi: "Sério?", me perguntando o que ela teria notado.

Mas foi como encontrar aquela última peça do quebra--cabeça que estava perdida há algum tempo. Ela é minha amiga mais antiga e viu aquelas partes de mim que nunca chegavam a se encaixar direito. Ouvi-la validar aquilo tudo é a ponte final entre meu eu do passado e o atual.

Emma cruza as pernas, deixando a sandália de salto alto balançar, presa apenas pela tira nos dedos.

— Lembra como a gente se escondeu do cozinheiro debaixo dos arbustos? Você ficou tão arranhado que sua mãe achou que a gente tinha brigado. Que tinha sido eu quem te arranhou! Imagina só!

— E você ficou toda empolada...

— Continuo sendo alérgica a tudo. — Ela ri.

Eu me recosto, apoiado nos cotovelos, e olho para o pedaço cheio de nuvens de céu onde a lua está escondida. Pela primeira vez na vida, não estou lutando para permanecer à tona, flutuando; estou nadando a toda na direção certa. Minha poupança. Esta festa incrível. Uma amiga de verdade. Amigos, no plural.

— Então, você ainda quer ser astronauta? — pergunto.

— Achei *tão* impressionante você lembrar. — Ela olha para a lua comigo. — Acho que, no meu coração, o que quero é tocar o céu. Mas, na realidade, não me importo de manter os pés em terra firme.

Sorrio.

— Tem vários jeitos de voar.

— Verdade. — A mão dela recai sobre meu braço, quente e firme. — Estou feliz que a gente tenha voltado a se falar.

— Eu também. — Tão sólida: esta é Emma. Fico grato que Sophie tenha nos reaproximado. Não tenho jeito para manter as pessoas na minha vida. Mas Sophie... ela arrasta todo mundo com ela.

— Possa te fazer uma pergunta séria? — pede Emma.

— Isso tudo já não é sério?

— É. — Ela sorri outra vez, mas suas mãos se retorcem sobre o colo. — Quanto tempo demorou para você... quando a sua mãe morreu...? Desculpa. Nem sei bem o que estou querendo perguntar.

— Quando tempo demorou para eu aceitar?

— É. É isso.

Volto a fitar a lua. Se as nuvens saíssem da frente, conseguiria enxergar o coelho que minha mãe me disse que morava lá. Quando era pequeno, achava que Emma iria conhecê-lo se acabasse se tornando astronauta.

— Para ser sincero, parte de mim ainda não aceitou. Talvez nunca aceite. Mas eu tinha que continuar vivendo, só isso.

— Você não pode trazer eles de volta. Não pode ir correndo até o quarto deles quando alguma coisa te faz pensar neles.

— Nem ligar.

— Mas o planeta continua girando.

— Tudo muda quando você perde alguém. E nada muda. No pior sentido, dos dois jeitos.

Ficamos em silêncio por um instante.

— Então, o que você vai fazer agora que tem controle da sua poupança?

— *Tudo*. — Alongo braços e pernas. — Ajudar minha Tia Três com o Espelho dela. Desenhar e pintar. Comprar um museu, se quiser ser ousado.

— Ter algumas princesas nos seus braços — brinca Emma.

— Ou só uma. — Sorrio e olho por cima do ombro para as portas fechadas. Sophie deve estar levando os funcionários do jardim zoológico até a saída, dando a eles um monte de comida extra. Sempre dois passos à frente de todos. Admiro isso nela, e queria poder ao menos acompanhá-la, ainda que seja apenas para fazer companhia.

Viro para a frente outra vez.

— Na verdade, pode soar clichê, mas estava pensando em como ajudar outras crianças e jovens com dislexia. Tipo, talvez eu pudesse dar mais dinheiro para as escolas comprarem mais canetas leitoras, ou coisa do tipo.

— É uma ótima ideia, Xavier.

Sophie terá ideias melhores. É algo que ela faria, acho. E quero fazer também.

O brilho do luar reflete no zíper da minha mochila. Está parcialmente aberta, e avisto o pacote que peguei na escrivaninha de Ba. Um livro? Um álbum de fotografias? Sequer tive a chance de ficar curioso até este momento.

— O que é isso aí? — pergunta Emma enquanto o retiro da bolsa. A lanterna de papel de Sophie vem junto, e a empurro de volta para o lugar.

Retiro o embrulho de papel pardo e encontro um livro flexível, com costura e amarras de cordões de seda.

— É um... livro de recortes — digo, surpreso. — Foi meu pai quem me deu. — Ela se inclina para perto enquanto folheio as páginas grossas repletas de fotos minhas quando bebê com molduras bonitinhas. — Deve ter sido minha mãe quem fez tudo. — Sophie me disse certa vez que eu tinha herdado meu olho de Ma... estava certa. Algo nas cores, a disposição das imagens em cada folha. É ela, mas também sou eu. Há fotos minhas com ela e Ba. Lembranças: minha primeira pegada, marca de mão, desenhos com giz de cera. Mesmo aos cinco anos de idade,meus desenhos já tinham estilo próprio e uma noção de proporção.

Então Ba queria me dar aquilo... para o curta-metragem? A gola da camisa me parece subitamente apertada demais. Eu a puxo enquanto viro a página para uma coleção de fotos familiares.

— Não acredito — digo. — Estas são as fotos que tentei vender no pavilhão de bolos lunares da família anos atrás. — O grande fracasso que muniu o lorde Babaca de mais pedras para atirar em mim. Um homem fritando polvo na rua. Uma mulher e a filha retirando incensos de uma urna. Todas preservadas aqui dentro deste livro.

— São fantásticas! — Emma se encosta contra meu braço para poder ver melhor.

Não são tão ruins quanto o lorde Babaca insinuou. Aos sete anos, eu já capturava imagens que, mesmo agora, me fazem sentir algo. Viro a página para outra coleção de fotos que eu havia tirado no mesmo festival a que iremos amanhã. Meu dedo adorava apertar o botão da câmera naquela época — apontar e clicar, apontar e clicar —, capturando tudo que eu gostasse de ver. Folheio as páginas: um caranguejo cheio de protuberâncias em um tanque, *mochi* de chá verde, um artista de rua cintilante.

Então meus olhos recaem sobre uma menininha de vestido laranja, a grande tenda da minha família servindo de pano de fundo para ela. Está apontando para a lua flutuando no céu, e seu rosto está cheio de assombro.

Eu me lembro dela. Mesmo que só tivesse sete anos quando tirei esta foto. "Ela é a deusa da lua?", perguntei à minha mãe, porque a garota era tão cheia de luz. Onze anos mais tarde, ainda reconheço a energia cinética irradiando de seu corpo. O entusiasmo sem limites por todas as coisas maravilhosas.

E a imagem dela agora, como naquela época, é um brilho ofuscante na noite.

É Sophie.

— São lindas — diz Emma. Ela toma meus dedos e se move para me encarar. Não está mais olhando para o álbum. Estamos completamente sozinhos aqui... todos os outros seguiram os pandas.

Emma inclina a cabeça para o lado.

Minha garganta começa a coçar. Espera. Ela quer...?

Os dedos dela amassam o vestido na altura da coxa.

— Xavier, eu queria dizer... Na verdade, preciso...

Ela se inclina para a frente. Instintivamente, movo minha cabeça para o lado, e os lábios dela encontram minha mandíbula.

Uma cortina de mágoa recai sobre o rosto de Emma, e ela solta minha mão e desliza para fora do sofá. Então segue para as portas.

Droga.

Deixo o livro de lado e me apresso para alcançá-la. Um ramo de flor de cerejeira cai do cabelo dela. Eu o resgato e ofereço de volta.

— Emma, me desculpa.

Ela não o pega.

— É Sophie, não é?

Abro minha boca para negar por reflexo. Mas seria uma mentira.

Quando foi o momento exato em que me apaixonei tão profundamente por Sophie Ha?

Emma cruza os braços e olha para a cidade do outro lado da janela. Ela esfrega a bochecha com a mão pequenina.

— Emma, desculpa...

— Ei, uh, Xavier? — A porta se abre. É Rick, que nunca fala comigo se puder evitar. Algo está errado. Seus olhos passam pelo raminho na minha mão, depois para Emma, e depois voltam a mim.

— Sophie me pediu para te entregar isto. — Ele estende um pedaço de papel dobrado.

— Sophie? — Por que ela me mandaria um *recado*? — Por que ela não veio falar comigo pessoalmente?

Ele franze a testa.

— Ela foi embora já faz um tempo.

— Embora?

— O Espelho quebrou.

— É sério? Como?

— Bert ataca novamente. A gente está cuidando de tudo. — Ele olha para Emma, com a impressão errada. — Você não precisa sair ainda.

Abro o papel. Sophie escreveu de modo que a caneta leitora pudesse ler. Sua letra é graciosa e forte. É tão parecida com ela que, se tivesse que apontar qual era a dela entre várias amostras, teria advinhado na mesma hora.

Quero acreditar que ela está apenas chateada pelo acontecido com o Espelho, mas minha intuição me diz que não teria fugido apenas por isso. Ela teria se sentido responsável, não que eu a culpe pelo desvairado do Bert.

— Ela não disse aonde ia?

— Só que queria ficar sozinha. — A careta de Rick me faz lembrar que ele nunca gostou de Sophie e eu como casal. Mas algo não está certo. Preciso descobrir o que e por quê. Preciso falar com ela.

Estendo a flor de cerejeira para Emma novamente.

— A gente pode conversar daqui a pouco? Preciso fazer uma ligação.

Ela alisa a saia e aceita o ramo.

— Podemos. Vou esperar na outra sala.

Os dois saem e ligo para o celular de Sophie. A ligação cai na caixa postal.

— Sophie, sou eu. A gente já terminou a sessão de fotos. Me liga.

Procuro minha caneta na mochila.

Querido Xavier,

Teria dito tudo isto pessoalmente se conseguisse. Em um fim de semana só, tive a chance de ver tantos lados seus. Com a sua família, especialmente. Fico feliz que eu tenha podido te ver tão alegre e amado e no topo do seu mundo.

Vou encontrar um jeito de voltar para casa sozinha, e preciso de um pouco de tempo e espaço para focar em Dartmouth. Obrigada por tudo que você compartilhou comigo. Vou continuar torcendo por você.

Sua amiga,
Sophie

Ela foi embora? Pânico puro começa a correr por minhas veias. Ligo outra vez, mas caio direto na caixa postal. Xingo e desligo. Por que ela o chamou de meu mundo, quando se encaixa nele melhor do eu? Sophie acha que eu só precisava dela para recuperar minha poupança? Porque está errada — e sequer me deu a chance de me despedir.

Cruzo o corredor às pressas para chegar ao salão principal. Ex-alunos do Barco do Amor estão dançando diante do bar, nenhum sinal de que a festa de Sophie esteja para acabar tão cedo. Mas também não vejo Sophie.

Meu celular toca na minha mão. Meu coração começa a acelerar, desvairado — mas é apenas Jane. Estou prestes a recusar a ligação quando, na tela acima do bar, vislumbro as notícias com uma imagem de…

Ba.

Aquele corte de cabelo denteado, a cabeça repousando sobre o travesseiro branco de uma cama de hospital, um tubo sob o nariz.

Marcho na direção da tela com o telefone ao ouvido.

— Jane, o que está acontecendo com Ba?

— Xiang-Ping, houve complicações durante a cirurgia. Seu pai não acordou.

— Era para ele ter acordado quando?

— Várias horas atrás.

Franzo o cenho.

— Então o que isso quer dizer?

— A diretoria terá que votar em um plano de sucessão, mas pode ser que nunca cheguem a este ponto se os investidores decidirem vender a Folha de Dragão aos Cruzados.

— Não. Quer dizer… por que ele não está acordando?

— Os médicos não têm certeza. Estão tentando descobrir.

— Ele vai acordar. Ele… tem que acordar. — Ba é invencível. Ninguém sabe disso melhor do que eu. Queria matá-lo com minhas próprias mãos, e sabia que era impossível.

Dois âncoras estão dialogando: uma mulher de blusa amarelo-canário e cabelos presos em um coque apertado e o cara de bigode que parece ter doze anos com terno de tweed. O mesmo que estivera no escritório de Ba mais cedo.

Ele olha diretamente para mim da tela.

— O presidente e CEO da Folha de Dragão, Jasper Yeh, está no hospital em condição crítica — anuncia ele. — Seus representantes não estão disponíveis para dar uma declaração. Acha que eles vão vender a empresa agora?

— Sim, eles não têm escolha — responde a mulher. — A Folha de Dragão vem enfrentando dificuldades para se modernizar e acompanhar o mundo de hoje. A oferta de sair com dinheiro vivo na mão agora é sedutora demais para os investidores.

— Quem vota pelo CEO se ele está incapacitado de tomar decisões pela companhia?

— O irmão dele, Edward Yeh.

— Ele apoia a venda?

— Minhas fontes dizem que sim.

— Parece que a decisão está tomada, então.

Mas que cacete?

— Xiang-Ping, qual é a sua opinião? — A âncora da TV Taipei empurra o microfone para mim. O material gradeado arranha meu nariz.

— Eu?

— Você não é o único filho de Jasper? A Folha de Dragão sempre manteve seus planos de sucessão em segredo e você nunca esteve sob as luzes dos holofotes, mas não foi educado e preparado para um momento como este a sua vida inteira?

Não, não fui, na verdade.

— Os Cruzados vão derrubar o emblema da Folha de Dragão do prédio da sua família. O império que seu bisavô fundou e que seu pai e avô construíram pode acabar enquanto seu pai está em coma... Pode fazer uma declaração?

Meu Deus, ela não me dá uma brecha. Dou as costas para a mulher e abro caminho pela multidão, desviando dos convidados, mas ela continua em meu encalço. Na tela, o âncora juvenil continua com seus comentários:

— Essas empresas familiares precisam de sangue novo. Com tantas pessoas protestando, está bem claro que os funcionários e o público em geral concordam.

— Xiang-Ping? — A âncora da TV Taipei pula na minha frente. — Eles afundaram a minha cobertura da noite de hoje com essa notícia. O que você tem a dizer?

— Não tenho nada a declarar — respondo e passo por ela, a caminho da saída.

36
SOPHIE

As celebrações para o Festival da Lua continuam a toda, apesar de um leve chuvisco. Já passa de nove horas da noite, mas, nas calçadas, famílias se agrupam ao redor de churrasqueiras escaldantes, virando peças de carne de porco e fileiras de camarões pálidos ganhando uma coloração laranja.

Mal os enxergo enquanto corro. Já faz uma hora que estou correndo, mas parece que não sou capaz de fugir de mim mesma. Uma lágrima pesada bate no meu celular quando o pego para ligar para Ever.

Tenho duas mensagens e uma ligação perdida de Xavier.

> Já terminamos com as fotos, aonde você foi?

> Recebi seu recado me liga

Coração partido não é uma metáfora. É real.

Outra mensagem dele soa com uma notificação:

> Sophie, por favor me liga.

Em vez disso, telefono para Ever.

— Sophie, aonde você foi? — pergunta ela. — O restaurante acabou de limpar os cacos do espelho.

Nunca, *nunca* mais vou poder encarar Tia Três novamente.

— Você pode vir me encontrar no Boba Guys? Só você? Por favor, não fala nada para Xav… para ninguém que vou estar lá.

— Tá. Um segundo. — Ela fica em silêncio, e depois: — Te encontro em cinco minutos.

Desligamos. Minha cabeça lateja por conta do champanhe. Com um pequeno soluço, abro minha conversa com Xavier — milhares de palavras ali — e o número dele.

E aperto "deletar", apagando-o da minha vida.

Na lojinha de *bubble tea,* não tenho escolha senão me sentar sob uma lanterna feita de centenas de botões de rosa, cada um brilhando com uma luzinha diminuta no interior. Símbolos de amor e alegria estão em todos os cantos.

Abro meu e-mail, mas não consigo sequer começar a redigir uma mensagem para Tia Três. O que posso dizer? Então, em vez disso, escrevo:

Caro professor Horvath,

Segui seu conselho e mudei meu projeto para um que tem o objetivo de transformar imagens gráficas para fazê-las parecerem reais.

Nos vemos na aula segunda-feira. Ainda gostaria de tentar entrar no seu curso.

Eu me recosto e releio o e-mail. É trabalho útil. E a vida não é um conto de fadas. É acordar todos os dias e trabalhar. Não é ficar ansiando por um ridículo "e viveram felizes para sempre".

Mas não quero acreditar nisso.

Não quero.

Quero sentir que estou voando. Quero que a vida faça meu coração correr, de tão incrível que é.

Quero o príncipe. Quero a carreira de IA que vai mudar o mundo.

Quero tudo.

Gananciosa Sophie Ha. Sou eu. Um furacão ganancioso que suga tudo e todos.

— Sophie! — Ever bate com as duas mãos sobre o tampo da mesa, fazendo com que chacoalhe. — Você não vai acreditar. Ganhei a bolsa de dança! Vão pagar todas as despesas para qualquer universidade em que eu for aceita!

— EVER!!! Estou tão feliz por você! — Atiro os braços ao redor da minha melhor amiga. A própria Cinderela encarnada. — Você merece!

Depois, caio no choro. Lágrimas feias de meia-irmã.

— Sophie! — Quando enterro o rosto nas mãos, os braços dela me envolvem. — O que foi?

— Perdi… tudo. — Engulo o ar enquanto explico. — O Espelho é o trabalho de uma vida inteira da tia de Xavier, e ele a convenceu a falar comigo, e eu a convenci a me deixar mostrar o Espelho na festa hoje e prometi que ia cuidar bem dele…

— Sei que não é ótimo que Bert tenha quebrado o Espelho. Mas, pelo que entendi, ele estava para ser cancelado. A tia do Xavier se arriscou para ver se ainda podia salvar o projeto.

Esfrego o rosto molhado.

— As pessoas me *odeiam*, Ever. Você já olhou as *hashtags* do Barco do Amor? Talvez a razão para só acontecer desgraça ao meu redor seja porque... *eu* sou um desastre. *Eu.*

— Você é uma pioneira. Sério, Sophie. Olha para tudo que você fez! Todas as pessoas que vieram para Taipei por um fim de semana atrás de você! No meio do semestre! Você inspirou Emma a patrocinar um jantar enorme. Inspirou tia Rose a apostar em si mesma e mostrar o trabalho dela para a imprensa, indo contra o departamento de RP da própria empresa. E conseguiu levar *filhotes de panda* para o Taipei 101... quem mais faz essas coisas? Ninguém.

Sorrio em meio às lágrimas.

— Eles eram mesmo as coisas mais fofas do mundo.

— E você faz todo mundo se sentir bem... isso é um dom de verdade! Nunca me sinto bonita e não entendo nada de roupa e maquiagem, mas você me mostra como fazer as melhores partes de mim brilharem, e me faz acreditar que eu *sou* bonita... e isso é importante.

— Era para isso que o Espelho Mágico existia.

— Isso. Você está fazendo coisas que ninguém fez antes, então é claro que vai encontrar pessoas que não vão te entender. Que nem o professor Horvath. Mas você está quilômetros à frente deles. Essa gente nunca vai conseguir te alcançar.

Balanço a cabeça.

— Quero acreditar em você. Mas o que eu tinha que ter feito neste fim de semana era o meu projeto! E dar um show com ele. Não ser... idiota a respeito de Xavier.

— Idiota? — Os lábios de Ever se retorcem em um sorriso torto. — Idiota porque você não estava só pensando no seu projeto...

Fecho os olhos com força, me escondendo dela.

— Eu sabia! — Ela suspira, surpresa. — Você está apaixonada pelo Xavier. Tipo, apaixonada de verdade!

— Não. — Balanço a cabeça. — Não, não, não, não, *não*. Risquei os homens da minha vida!

Ela fica em silêncio, segurando minha mão. Minha amiga que é minha rocha. Seu olhar é firme. Enxerga a verdade contra a qual tentei lutar.

— TÁ BOM — admito, enfim. — Sim, estou apaixonada por ele. Ugh! Por que sou tão *menininha*?

— Porque você é humana? É real, não um robô. Prefiro uma amiga humana, sem dúvidas. E ele se importa com você.

— Eu disse a mim mesma que nós éramos pessoas diferentes das do verão passado. Disse isso para *Xavier*. Mas era mentira. Continuo que nem um furacão atrás dele... SOPHIE-FICA-COMIGO... que nem da última vez.

— Não, não é verdade. — Ela coloca uma mecha de cabelo atrás da minha orelha. — Naquela época, tudo o que você via era o Xavier Yeh das revistas da sua tia. O que sua família queria para você. Por todos os motivos errados. Mas você acha que conhece o Xavier de verdade agora? O que você ama nele?

Meu coração perde o ritmo. Sim. Porque ele confiou em mim o suficiente para me deixar chegar perto e compartilhar comigo seu verdadeiro eu.

Ever escuta pacientemente enquanto tento explicar: ele diz os nomes das pessoas porque as enxerga de verdade. Conseguiu crescer, em grande parte, sem virar um garoto mimado e arrogante, apesar do mundo em que vive... e ainda assim consegue ver as pessoas nele. E, quando estou com Xavier, me sinto tão *certa*... esta é a parte mais difícil de elaborar.

De volta a Taipei 393

— Ele traduz meus sentimentos em palavras. "Você devia postar mais! Não deixa eles te dizerem como você tem que ser!", ou mesmo só "que decepção", porque, meu *Deus*, foi mesmo! E na maioria das vezes nem eu mesma entendo como estou me sentindo. Às vezes, é uma foto que ele tirou. Dá ao caos que estou sentindo alguma... estrutura? E aí eu consigo encontrar algum apoio para dar o próximo passo. Não sei nem o que estou tentando dizer.

Ela franze a testa, refletindo.

— Ele é seu escape emocional?

— Parcialmente. Mas não é bem isso.

— Ele te ajuda a dar um nome aos sentimentos e a acalmar eles? Foi mal, é besteira. É o que meu professor de aprendizagem socioemocional costumava dizer.

— É mais por aí. Sou uma confusão tão grande que ninguém nunca... conseguiu me entender antes.

Ela sorri.

— Você é única, Sophie. Acho que a maioria das pessoas não consegue acompanhar o seu ritmo.

— Sou uma aberração?

— Não. Sei que você esquece, mas você é... — Ela procura pela palavra. — Indomável. Qualquer cara que seja forte o bastante para ficar do seu lado teria muita sorte. Mas você sempre quer *fazer* coisas pelos outros. Nós todos nos beneficiamos com isso. Às vezes, quando você fica toda distante, me pergunto se pode ser só fachada para esconder como você se sente de verdade. Uma armadura.

— *Eu* tenho uma armadura? — Rio, perplexa. — Eu disse para Xavier que ele tinha uma.

— Talvez a dele seja mais óbvia? Mas a sua... se você não fizesse nada, se simplesmente... *fosse* você, a gente continuaria te amando. Acho que você superestima o número de pessoas que desgostam de você e subestima o número de pessoas que se apaixonam por você sem você sequer se esforçar. Dá para acreditar nisso? Dá para confiar nesse julgamento seu?

Rio.

— Acho que você tem poderes mágicos de persuasão.

Porque estou escutando o que ela está dizendo. Aquele furacão contra o qual estou sempre batalhando causa destruição, mas também faz bem ao mundo. Eu perderia um para me livrar do outro?

E o que isso significa para mim e Xavier? Disse a mim mesma que não podia ser amiga dele. Porque meu furacão não me deixaria, não quando estou apaixonada por ele. Mas isso não é o mesmo que deixar o furacão vencer? Se ele é de fato tão importante para mim quanto acabei de explicar a Ever, como poderia abrir mão da nossa amizade, ainda que ele não me ame de volta?

Como poderia fazer isso com Xavier?

Não tenho as respostas, mas os nós complicados no meu coração estão começando a se desfazer. Abraço minha melhor amiga e a aperto, tão agradecida por sua existência.

— E você e Rick? Vocês parecem melhor... mas como vai ser no ano que vem?

— A gente vai ter que esperar para ver. — Ela suspira. — Este fim de semana juntos foi... tudo. Pensar em ficar quatro anos separados um do outro... — Ela massageia a mão com o dedo polegar. — Não vai ser fácil.

— Vocês vão se acertar. — E de fato acredito nisso. — Vocês dois se amam. O que vão fazer hoje?

Ela fica da mesma cor da lanterna de botões de rosa.

— Precisa mesmo perguntar?

— Ops. — Sorrio. — Melhor eu te liberar então. Estou arruinando a noite de vocês. Aqui, vou mandar uma mensagem para ele dizendo que você está voltando e que é tudo culpa minha.

Pego o celular.

— Ai, de novo não.

Fui marcada em uma centena de posts na *hashtag* do Barco do Amor.

E então algumas frases me chamam a atenção.

Galera, a gente precisa parar de reclamar.

Ela não precisava ter feito nada disso pra gente.

Não é fácil ser líder.

Não acredito. Eu me empertigo na cadeira e leio com mais cuidado.

Foi a gente que fez o espelho quebrar?

Eu coloquei um pouco de pilha no Bert — tô mal :/

A gente devia ajudar!

Por que a gente não tenta promover maioooooooooooooooooooooooooooo ooooooooos o Espelho Mágico? Era o que ela queria!

Isso, @Sophie, como a gente pode ajudar a promover?

Tem 2000 pessoas aqui. Estudando em 1500 universidade em 23 países...

Verdade, olha a lua aqui em Londres!

Bom, ao menos estão tentando. Já não estou mais com raiva quando respondo:

Sophie Valeu, gente. Infelizmente, o Espelho quebrou.

Desligo o celular, sorrindo pela primeira vez desde a festa. Nunca vou conseguir alcançar o mesmo nível de Xavier quando se trata de não se importar com o que as pessoas pensam dele. Talvez sempre machuque quando as pessoas resolvam me chicotear, meu cérebro ativando a reação de luta ou fuga porque os tubarões estão nadando... mas isso é porque nunca vou deixar de mergulhar nessas águas.

Não vou parar por causa de algumas inimizades.

E agora quero ligar para Xavier. Mas primeiro preciso pensar no que vou dizer, para não o levar para um passeio de montanha-russa. Acho que isso também é progresso.

Aperto a mão de Ever.

— Vai se divertir. Vou falar com a Tia Três. E me desculpar.

Os seguranças da Folha de Dragão me deixam entrar na sede com facilidade surpreendente. A multidão protestando já foi embora, e com sorte estão celebrando o Festival da Lua com suas famílias agora. Lá dentro, encontro Tia Três vestindo a mesma calça de botões de rosa, os cabelos pretos brilhantes presos por uma presilha, costurando um botão em um casaco de lã.

— Sophie, você voltou mais cedo do que eu esperava.

— Quebrei o Espelho — digo depressa. — Ele caiu e o vidro se estilhaçou todo... me desculpa. Todo o seu trabalho...

— Você não se machucou, certo? — Ela corta o fio com os dentes.

— Não, er, não. Foi outra pessoa, na verdade. Mas ele também está bem.

— Que bom. Obrigada por colocar toda a sua energia em nos ajudar. Você me estimulou muito. — Ela se levanta e vai mais para dentro do armazém. Eu a sigo na direção de uma porta na parede. — Espero que a moldura em si ainda esteja intacta. As coisas eram bem-feitas nos tempos da minha avó, de qualidade.

— Está. — Meus olhos se arregalam. — Dá para reconstruir?

— Certamente. O software está todo salvo na nuvem.

Ela abre a porta para revelar... um espelho triplo. Não com a moldura ornamentada do espelho da mãe de Xavier, mas uma simples, cromada, exibindo quatro câmeras pequeninas, uma em cada coordenada. Minhas três imagens em azul-turquesa se embaçam, e, em seguida, um vestido fúcsia envolve meu corpo, com fitas da mesma cor cascateando das laterais.

— É o Espelho!

Ela sorri.

— Você achou mesmo que só teríamos um? E claro, a magia de verdade está toda no software que você passou o dia treinando. — O sorriso dela se alarga. — Da sua festa apenas, recebemos mais de cem pedidos.

— Cem! — Meus joelhos ficam fracos. Caio em um sofá atrás de mim. — Cem pedidos!

— Você está bem mesmo?

Estou, mas minha cabeça está girando.

— Tia Rose, tenho tantas *ideias!* De como criar uma versão portátil do Espelho com um app, para qualquer um, em qualquer lugar, poder usar. — Posso não conseguir uma vaga na turma de Horvath, mas ainda acredito no Espelho Mágico. — E ele precisa de mais variedade, não só das roupas da Seda

Mágica... Desculpa, mas a maioria das pessoas não tem verba para comprar esses vestidos de designers de luxo. Abra o seu catálogo para outras lojas, marcas novas, para também poderem vender através do Espelho. Poderia ser *tão* fantástico...

O celular de Tia Três toca.

— Um momento, querida. Quero ouvir mais sobre isso tudo, mas preciso atender esta ligação.

Volto ao Espelho. Quero provar a mim mesma que é o mesmo. Ele me coloca em um vestido de festa pêssego de manga bufante, todo bordado com pérolas. Enfim, Cinderela Sophie. Sim, é o mesmo Espelho.

— Mas você não me entende de verdade. — Suspiro. Eu devia estar vestida de preto, de luto. — Só consegue ver o que está do lado de fora.

Minha imagem muda para mostrar um vestido, uma meia-calça e sapatos de salto alto pretos, com óculos escuros da mesma cor escondendo metade do meu rosto.

O quê? Já está aprendendo?

Meu reflexo volta a mudar. Mas, desta vez, o Espelho faz algo que nunca tinha feito antes. Em vez de três Sophies idênticas, a da esquerda é uma Sophie estudiosa vestindo um discreto suéter de tricô trançado e calça jeans; a do meio, de vestido longo em um tom tempestuoso de laranja, meu favorito, é a Sophie sexy; e a da direita, vestindo um terninho de risca-de-giz, é a Sophie poderosa.

— O que você está querendo me dizer? — pergunto. — Que deveria escolher?

— Angie, obrigado por vir me encontrar tão tarde. — A voz de tio Ted, vinda de um canto, me sobressalta. O que ele está fazendo aqui? E a uma hora dessas de uma sexta-feira à noite?

Uma nuvem cinzenta de temor obscurece meu momento de luz. Espio pela quina da parede. Os cabelos grisalhos de Tio Ted estão perfeitamente penteados. O casaco leve com as mangas desgastadas, seu favorito, está aberto. Uma faixa de chiffon amarelo dependurado de um varal bloqueia minha visão do rosto dele e da mulher com que está falando.

— O aniversário da Claire é amanhã — continua ele. — Queria que os vestidos estivessem prontos até lá, mas, com tudo o que está acontecendo com a Folha de Dragão, não sabia se você conseguiria terminar a tempo.

Franzo a testa. Se tio Ted está traindo tia Claire, comprar vestidos para ela seria a última coisa em que estaria pensando.

O que ele está tramando?

— Acho que você vai ficar feliz com o resultado. — Angie o leva para longe de onde estou. — Acabamos de costurar as camadas no vestido Bella. Está tudo prontinho.

Corro atrás deles na ponta dos pés e afasto o pano amarelo — e acabo topando com um carrinho, que se choca contra um manequim nu. O ruído de metal domina o espaço.

— Sophie? O que você está fazendo aqui? — Tio Ted está parado com a moça de cabelos roxos curtinhos. Ela tirou um qipao azul-esverdeado da arara, idêntico ao que tia Claire estava usando durante o verão. — Sophie? — Meu tio está surpreso, mas não espantado como estaria se tivesse sido pego traindo a esposa.

— Hum, tenho um compromisso aqui. — Meus olhos passeiam pela arara, abarrotada de cetins nas cores ricas de gemas preciosas, organza delicada, drapeados suaves e sedas tailandesas românticas. Vestidos audaciosamente elegantes feitos para rodopiarem com seu corpo. O tipo que tia Claire sempre teve no armário.

— Por favor, não conte nada para a sua tia. — Ele franze o cenho. — Não quero estragar a surpresa.

Eu me aproximo.

— Mas qual é a surpresa?

— É para o aniversário dela. Ela vem se sentindo muito abatida desde que Finn nasceu. Quero fazer alguma coisa para alegrá-la.

— O senhor escolheu tudo isso?

— Tenho péssimo gosto para roupas, mas, por sorte, a Angie, não.

Seguro um dos vestidos de seda contra a luz.

— Ela vai se sentir muito à vontade com todos esses. — Puxo a cintura para esticar o tecido. — São de tamanhos maiores?

— Seu tio pediu para fazermos as roupas sob medida especialmente para ela... assim sua tia vai se sentir mais confortável com seu novo corpo.

— Acha que ela vai gostar? — Tio Ted está tão nervoso quanto um menininho que não sabe se o bolo de aniversário que preparou será aceito pelo aniversariante ou não.

— Meu Deus. — Levo a mão à boca. — O senhor mediu a *cintura* dela.

Aquele tempo todo, tia Claire vinha achando que o fato de ter ganhado peso estava fazendo com que o marido procurasse outras mulheres pelas costas dela. E estava certa.

— Quando o senhor vai mostrar tudo a ela?

— Amanhã? — Ele parece aterrorizado.

— Ah, tio Ted. — Atiro os braços ao redor dele, depois de Angie. — Obrigada por restaurar a minha fé no universo. — Empilho as sedas dentro de seus braços perplexos. — Leva tudo para casa *agora*. Tem que mostrar isso para tia Claire já! Ela vai ficar nas nuvens!

Tio Ted parece confuso, mas feliz.

— Bom, me alegra que você ache isso.

Eu estava errada ao achar que todos os homens eram babacas. Tiro uma foto para compartilhar com minha tia mais tarde, depois volto para onde Tia Três estava, agora com muito mais leveza nos passos. Quase colido com ela perto do Espelho.

— Sophie! Já ia procurar por você.

Avisto minha figura no Espelho.

—Ah, olha!

Três Sophies diferentes surgiram outra vez.

Tia Três inspira, surpresa.

— O que é isso?

— Aconteceu a mesma coisa mais cedo também! — Sophie Estudiosa e Sophie Sexy novamente. Mas, desta vez, a da direita veste uma suntuosa jaqueta de camurça verde listrada por cima de uma calça cuja estampa lembra uma armadura de metal. A jaqueta está deslizando de um ombro e é espetacular, pulsa com a energia de um cometa. O avatar pode apenas ser descrito como Sophie Fodona.

— Ah. — Tia Três se aproxima. — Fiz alguns ajustes mais cedo, depois que você me falou sobre lados diferentes de personalidade. Não era bem isto que eu tinha em mente, mas gostei.

Minhas três imagens se recurvam e riem comigo.

— Nem sei qual é a Sophie real.

— Por que não podem ser todas você?

Sorrio.

— Estou começando a sentir que podem. — E Tia Três só pode ser de fato minha fada madrinha. Digo isso a ela, que sorri.

— É como me sinto também, querida. Você é uma visionária romântica e esperançosa... exatamente o tipo de pessoa de que precisamos por aqui. Você vê potencial onde os outros só enxergam obstáculos e barreiras. É por isso que vai tocar as estrelas um dia.

Impulsivamente, eu a abraço, e, desta vez, os braços dela se fecham ao meu redor em resposta. Eu tinha colocado todos os Yeh sobre um pedestal — Victor, Xavier, as tias, os pais e o avô, até mesmo Emma. Mas são pessoas também, com inseguranças e falhas e temores e pontos fortes e esperanças e sonhos.

E descobri que posso me misturar em meio a eles de cabeça erguida.

Me afasto de Tia Três, mas não a solto.

— A gente não pode deixar os Cruzados destruírem a Folha de Dragão.

— Os investidores querem ver um caminho para o futuro da Folha de Dragão. Como podemos nos recuperar e sair por cima?

— O Espelho Mágico — digo. — Vai ser a volta por cima da Folha de Dragão. Tenho uma ideia, mas preciso de Xavier. — Pego o celular para fazer a ligação... mas está sem bateria. Claro que está. E ainda que eu o carregue... deletei Xavier.

— Não sei se você ficou sabendo, mas o pai de Xavier não acordou da cirurgia ainda — revela Tia Três. — É mais um motivo pelo qual os investidores estão amedrontados.

—Ah, não! Eu não sabia. — Como Xavier está se sentindo? Eu devia procurá-lo. Já não é mais uma decisão difícil, se vou permanecer distante ou não. Apoiá-lo é o que uma boa amiga faria. — A senhora, er, tem o número de Xavier? Eu perdi.

Ela franze a testa.

— Não, mas posso pedir a Lulu.

Enquanto ela tenta se comunicar com a filha, uso meu notebook para visitar o Instagram de Xavier. Não sei se ele checa as mensagens lá, mas posso tentar.

Ele adicionou algumas fotos desde que entrei pela última vez. Uma vista panorâmica da festa no Taipei 101. O funcionário do jardim zoológico com os incrivelmente adoráveis Ling e Lang sob os braços.

E uma imagem que nunca vi antes. Uma menininha de sete anos em um festival, apontando para a lua refulgente.

Nem sei como isso poderia ser possível, mas… ela sou eu!

Como Xavier conseguiu aquela foto? Ele sabe que sou eu?

E então leio a legenda, e sei que sabe.

Ela diz:

Me liga.

37
XAVIER

Meu táxi para diante do hospital que Ba fundou faz quase uma década. Tentei falar com Sophie de todas as maneiras possíveis. Ela me prometeu que estaria comigo, por perto, e vou cobrar sua promessa. Porque ela faria o mesmo comigo, e é o que eu gostaria que fizesse mesmo.

Mas agora estou aqui. Por quê, exatamente, não sei bem. Só sei que preciso ver Ba eu mesmo.

Uma mulher de jaleco branco, falando com uma enfermeira no balcão da recepção, faz contato visual comigo.

— Senhor, seu pai está ao final daquele corredor, à direita. Sou a dra. Lu, uma das médicas que está cuidando dele.

Então ela me reconhece?

— Ele vai acordar? — pergunto enquanto ela aperta minha mão.

A expressão da médica é séria.

—A situação dele é estável. Mas pode levar semanas, meses. *Ou nunca.* Ela não o diz, mas está no ar.

— Posso te levar até o quarto. Ele estava me contando sobre você logo antes da cirurgia.

Sobre mim. Antes de ser operado.

Um nó se aperta dentro de mim.

— Obrigado, mas queria ver meu pai sozinho.

Ela faz uma curta mesura e gesticula para o corredor. Sigo por ele, tentando me ancorar com o cheiro pungente de antisséptico. Funcionários usando luvas de borracha azuis passam na direção oposta, e, quando desaparecem, avisto Ken-Tek e Ken-Wei ao final do corredor, junto com um terceiro guarda de uniforme. Guarda-costas outra vez. Achei que a primeira coisa que faria com o dinheiro da minha poupança seria contratar os meus próprios para afastarem os de Ba; agora, não preciso de um — o inimigo contra o qual lutei a vida inteira está repentinamente nocauteado e fora de jogo.

Ken-Tek gesticula com dois dedos para que os outros dois permitam minha passagem.

— É o filho — diz, e assinto em agradecimento.

O quarto de Ba é um estúdio com uma saleta vazia. Um programa noturno está passando na televisão, o volume baixo. Caso Ba possa ouvir o que acontece nos arredores, presumo.

Porque lá está ele.

Camisola de hospital azul, olhos fechados. Um tubo serpenteia para dentro de seu braço, e outro está preso sob seu nariz. Uma enfermeira se levanta de onde estava ao lado da cama com uma seringa em mãos. Ela me cumprimenta, depois sai, me deixando a sós com Ba e as milhares de máquinas conectadas a ele, controlando se ele respira ou se seu coração continua a bombear. Ele governa um império de máquinas, e agora são elas que o governam.

Este não é o Ba que conheço. As gravatas dele são organizadas por cor. Seus motoristas ajustam os espelhos e os assentos do carro para ele. Ele tentou arrancar minha orelha fora hoje de manhã mesmo. Ele é o tigre rondando a tela, e o mundo é uma gaiola pequena demais.

Mas este homem é frágil. Mal se agarra à vida.

Refletindo agora, não consigo lembrar qual foi a última vez que o vi deitado.

Puxo uma cadeira até a lateral da cama e afundo nela. O retrato de Ma está sobre a mesa de cabeceira, ela com um vestido laranja com estampa alegre de que Sophie iria gostar. Ela sorri para Ba, um pouco virada de lado, de modo que, se ele inclinasse a cabeça, poderia fitá-la nos olhos. É o único item pessoal no quarto, e me surpreende o quanto Ba ainda precisa dela. Foi especial para nós dois, e talvez também não haja mais ninguém para ele neste mundo.

A pele da bolsa sob um olho dele espasma. Mas como alguém pode sentir pena de uma pessoa que durante anos foi como um punhal cravado em seu coração? Como se lamenta alguém que nunca planejou voltar a ver por escolha?

— Por que você mentiu para mim sobre a pintura? — me escuto perguntar.

Não há resposta.

— Você gostou da minha arte. Mas não podia admitir. Tinha que fazer eu me sentir um merda. Você apoiou meu projeto de curta-metragem, mas só me ameaçou dizendo que era melhor eu não ferrar com ele. Nunca me disse que me mandou para os Estados Unidos para me proteger do tio Edward. Me deu o livro de recortes de Ma…

Por quê? Por que tenho que sentir agora — agora, dentre todos os momentos — que talvez ele se importe?

Talvez Sophie tenha razão. Talvez, depois de todos esses anos afastando as pessoas, ele tenha se fechado com uma armadura ainda mais espessa do que a minha. Por várias razões, Ba teve que esconder todas aquelas partes de si que o tornam humano.

Eu me levanto, fitando o rosto estranhamente relaxado do meu pai.

— É tarde demais. — Minha voz é afiada. Ela ecoa e ricocheteia nas paredes, ficando mais aguda. — É tarde demais para nós dois. Está me ouvido?

Veias azuis pulsam sob a pele fina de suas mãos enquanto sobem e descem sobre seu peito.

Pode me ouvir?

Alguma vez já me ouviu?

— Você me disse que eu era uma desgraça para nove gerações! — grito. — Disse que devia ter me surrado com mais força para me fazer diferente! — Levanto a cadeira e bato com ela no chão, fazendo com que um pedaço saia voando para debaixo da cama.

Os guardas colocam as cabeças para dentro do quarto, depois voltam a se afastar. A porta se fecha. Cerro os punhos.

— Mas hoje, Ba, adquiri minha poupança. E consegui fazer tudo sozinho... falei com o banqueiro, o convenci a fazer o que eu precisava. Comprei passagens para todos os meus amigos depois que você deixou todo mundo na mão. E fiz tudo isso sem você... e agora não tenho mais que ficar aqui e aguentar toda essa merda disfuncional! Está me ouvindo?

Chuto a cadeira para o lado.

— Parece que o estúpido aqui era *você,* Ba. Porque *me subestimou.*

Uma batida à porta me sobressalta. Minha garganta está rouca de tanto gritar. O lorde Babaca entra no quarto, ainda de blazer azul.

— Er, tudo bem?

Por algum motivo, estou coberto de suor. Olho feio para meu primo.

— Dá o fora daqui antes que eu te coloque em coma também.

Victor olha para Ba. Seu rosto fica pálido, mas ele levanta o queixo.

— A gente tem que conversar. Você estava certo. — Ele fecha a porta atrás de si.

As palavras vindas do lorde Babaca não fazem sentido.

— O quê?

Ele gesticula para Ba na cama.

— Meu pai sempre fala da importância da família... e bem no instante em que o irmão está em uma situação dessas, ele começa a tramar para trair a família inteira. Ele faria isso com o próprio irmão. Bom, eu tomei minha decisão. Não quero participar de nada disso.

Mais palavras que não fazem sentido.

— Descobri que meu pai estava desviando fundos da Folha de Dragão. Para pagar dívidas de jogo. Seu Ba não queria que a informação vazasse, então pagou tudo. E puniu ele mesmo o meu pai. Foi por isso que o forçou para fora da empresa. Mas nunca explicou o porquê. Ele estava protegendo meu pai todos esses anos. Nem *eu* sabia.

Todo o som e fúria se esvaíram dele, como um balão esvaziado. Fico surpreso ao descobrir que sinto pena do lorde Babaca, que só queria ser um filho leal. Deve ser horrível descobrir que a pessoa que sempre idolatrou como um herói era, na verdade, o vilão da história.

— As coisas que ele disse para Tia Três... — Ele estremece. — A maneira como ele trata os empregados... Nós não temos que ser como eles, Xavier. Podemos escolher nosso próprio caminho. Eu... Me desculpa.

Estou estarrecido demais para responder. Dou a volta na cama e recupero o pé quebrado da cadeira do outro lado. Depois volto e a deixo sobre a mesa de cabeceira.

— Ok. — Continuo encarando meu primo, desconfiado.

— Você já disse tudo o que tinha para dizer, então... — Gesticulo para a porta. — Tchau.

— Tem mais.

— Como?

— A venda da empresa. Os Cruzados prometeram tornar o meu pai CEO em troca de ajuda interna. É por isso que ele tem criado encrenca. Que nem as demissões em massa dos funcionários da Tia Três.

— Exatamente o tipo de drama familiar em que eu não quero me envolver.

Meu primo puxa o lençol de Ba para cobrir mais o peito dele.

— Esta era a chance do meu pai de tomar o controle. Mas eu tenho uma amiga que trabalha para os Cruzados. Falei com ela hoje. Ela disse que eles querem passar a perna no meu pai. Cortá-lo do plano. Vão dividir a Folha de Dragão em cinco empresas diferentes e vender todas. Vai tudo por água abaixo. — Ele olha para a televisão. — Caramba, já estamos de novo nos jornais.

O âncora juvenil olha direto para nós, deleitando-se com toda a desgraça. Há um quadrado na tela com a imagem do edifício histórico da Folha de Dragão — o emblema da empresa entalhado nas portas.

— Aqui comigo está o CEO dos Cruzados, Morris Lin, que fez uma oferta de compra que lhe dará controle acionário sobre a Folha de Dragão.

— Odeio esse moleque — digo.

— Ele não é um moleque. Tem trinta e cinco anos.

— Parece até que tem doze.

— Ele molda a opinião de metade de Taipei.

A tela se divide para mostrar um empresário taiwanês em seu escritório de casa, uma estante de livros de madeira como pano de fundo. O logotipo dos Cruzados, espada e escudo, está pendurado na parede.

— A Folha de Dragão teve seus dias de glória — declara Morris Lin —, mas não acompanha a realidade dos dias de hoje. A empresa continua sediada perto do porto, e a família continua agarrada aos métodos de seus ancestrais. O negócio é insular demais. Muitos departamentos chefiados por membros da família, todos pendurados na barra da saia do passado. É hora de dar fim a uma dinastia que viveu além de seu tempo e já perdeu sua relevância.

A tela fica preta quando o lorde Babaca desliga a televisão.

— Eles não sabem nada sobre a nossa família. — Caminho até a porta e volto. — Ba não deixa ninguém ficar pendurado na barra da saia de ninguém. Sei disso melhor do que qualquer um.

— Queria que tivesse um jeito da gente ajudar.

Pego o retrato de Ma. O sorriso dela é torto, como o meu. O que pensaria disto tudo? O que teria feito? Duas horas atrás, eu não teria cogitado fazer coisa nenhuma — eu, o Yeh Enterrado. Ninguém jamais me pediu para tomar a frente de nada. Mesmo agora, ninguém na família pensaria em dizer, *Xavier, por que você não impediu que seu pai perdesse a empresa?*

Esta não é minha praia.

Posso dar as costas e deixar que as coisas aconteçam da maneira que tiverem que acontecer.

Mas a questão é: se insisto em dizer que não sou como meu pai, então tenho que ser diferente dele. Tenho que permitir que as pessoas sejam quem são de verdade. Tenho que enxergá-las da maneira como são. *Todas* elas.

Porque por mais que eu não *queira* enxergar Ba como ele é — uma fortaleza resguardada, ignorante a respeito da dislexia, impaciente, um escroto... mas, ao mesmo tempo, um homem que protege seus funcionários, se importa com sua família, apoia minhas tias, que será eternamente apaixonado por minha mãe e talvez eternamente destroçado por tê-la perdido... e, no final das contas, humano...

Vejo tudo. Com a ajuda de Sophie, agora vejo tudo.

E posso dar as costas a isso.

Ou posso ser diferente.

Viro para meu primo, que está fitando a figura imóvel de Ba. Podemos os dois escolher nossos caminhos.

— Seu discurso no festival. Vai ser televisionado, não vai?

— Vai. Jane planejou tudo.

— Então os investidores também vão ouvir?

— Não me surpreenderia se eles estivessem lá pessoalmente. Meu pai convidou todos eles. Vai estar todo mundo presente... inclusive Ye-Ye.

— Preciso que você me deixe usar o tempo do discurso.

Ele deve ter passado meses se preparando para essa oportunidade. É a estreia dele. Sua chance de mostrar a Taipei como é capaz. Mas tudo que ele faz é arquear uma sobrancelha.

— Você vai fazer um discurso?

— Palavras não são minha praia, você sabe disso.

— Não sei, não. — Ele bufa. — Você é o maior fala mansa da família.

Outra surpresa. E pode ser que seja verdade. Tive que me virar falando em vez de lendo ou escrevendo. Talvez eu precise rever isso.

— Bom, tenho outra coisa em mente.

— O quê?

Coloco a alça da bolsa da câmera no ombro.

— Quero mostrar meu filme. É a última coisa que vou fazer pelos Yeh.

— Seu projeto escolar? Jane não vai concordar com essa ideia nunca.

— Você pode convencer ela.

Ele balança a cabeça em negativa.

— Este evento é a assinatura da família. Milhares de pessoas vão comparecer. Mesmo que eu quisesse, nunca conseguiria fazer isso passar pelo RP.

Fizemos algum progresso hoje, mas posso aceitar que ele já chegou ao seu limite.

— Tudo bem. — Passo por ele na direção da porta.

— Espera. Xiang-Ping. Eu nunca entendi. Por que esse lance todo do pobre menino rico? Por que tanta raiva? Por que arranjar tanta confusão e fazer tudo errado? Tudo podia ser tão fácil para você. Por que dificultar as coisas?

Balanço a cabeça, espantado com o fato de sabermos tão pouco uns sobre os outros. Por escolha própria. Tamborilo os dedos na lateral da minha cabeça.

— Não fui eu quem dificultou. Foi meu cérebro. Seu pai queria me lobotomizar. Mas tenho quase certeza de que isso não ajuda com a dislexia.

— Então você realmente não consegue...? — Ele não soa zombeteiro, apenas curioso. Mais progresso.

— Ler? Não. — Já não é mais difícil compartilhar. — Vai ver somos todos párias de maneiras diferentes, Victor.

Esta deve ser a primeira vez que digo seu nome em mais de uma década.

Ele balança a cabeça.

— Uau.

Isso não apaga anos de tortura. Mas é alguma coisa.

— O que você vai fazer agora? — pergunta ele enquanto abro a porta.

— Encontrar outra maneira de abrir o cadeado. É o que sempre fiz.

Estaciono a scooter em frente ao portão que leva ao mausoléu da família. Os túmulos dos Yeh ficam no terraço mais alto de uma cidade de outros túmulos, na parede da montanha de Yangmingshan.

Os leões de mármore que guardam a entrada olham de maneira ameaçadora para mim quando passo por entre os dois e sob o teto reto. Uso a lanterna do celular para iluminar sarcófagos de mármore pretos inscritos com letras douradas. Plantas verdejantes e volumosas abraçam os túmulos de todos os lados, folhas de bananeira e aves-do-paraíso. As cores sob o luar anuviado não podem ser capturadas, mas levanto a câmera para tentar mesmo assim.

Victor não concordou a respeito de me dar seu tempo de discurso, mas também não negou. Espero que ele concorde. Mas, de um jeito ou de outro, como disse a ele, esta é a última vez que ajo em favor da família Yeh. É um pouco amargo, pois estou apenas redescobrindo minhas tias e tias-avós, mas tudo o que vem com elas... Estou aqui para finalizar meu filme e dizer adeus.

Adeus aos Yeh.

Tateio a parede em busca de um interruptor, mas não encontro um. Então me lembro da lanterna de papel de Sophie. Eu a retiro da mochila e a agito para abrir. Acendo a velinha com o isqueiro e a coloco na base.

Depois eu a solto e a sigo com a câmera enquanto flutua na direção do teto, iluminando os túmulos enquanto sobe: os blocos de mármore trapezoidais que abrigam meus bisavós, os da minha avó com uma moldura oval vazia aguardando o retrato do meu avô quando ele finalmente for se juntar a ela. Mais sepulturas de mármore jazem nas duas laterais. Caminho pelo corredor entre elas, filmando meus dedos percorrendo os caracteres dourados. As nove gerações. As seis primeiras foram transferidas para cá do leste e enterradas uma segunda vez quando minha avó morreu.

Meus amigos asiático-americanos comentaram que não têm uma grande percepção das suas raízes. Que, sendo imigrantes, às vezes sentem como se tivessem espontaneamente surgido como uma família no meio do país. Sem herança, sem histórico familiar. Já eu sempre soube que venho de uma longa linhagem de pessoas cujas vidas começaram e terminaram muito antes de eu ter tomado meu primeiro fôlego nesta terra. Sempre foi um peso.

Mas, ao que parece, foi meu tio quem desgraçou nove gerações. Não eu.

Dou meia-volta depois da minha avó, passando por um altar de mármore para os ancestrais e chegando ao túmulo de Ma.

Lynn Noel Yeh.

E em chinês: Chun-Hwa. Glória do amanhecer.

Nem parece que tanto tempo se passou desde que a trouxemos para cá.

— Ma? — Minha voz é engolida pela noite. — Consegui o que você queria para mim. Só queria que você soubesse.

Uma carriça pula para a frente, piando. Ela me fita com um olho redondo.

Ela teria ficado orgulhosa de mim. Era isso que a poupança significava. Uma maneira de ela me dizer isso. E muito mais do que o dinheiro, é a fé dela que me liberta.

— Xavier? Você está aí?

— Sophie? — Aqui? Viro na direção da porta. Mas como foi que ela me encontrou? Deixo a câmera sobre a sepultura dos meus bisavós e sigo para a entrada. Chuva começou a cair.

Sophie irrompe para fora da noite escura em uma explosão de cabelos iluminados pelo luar e cetim turquesa. Seu rosto reluz enquanto seca gotas de chuva das bochechas com mãos impacientes. Os saltos ecoam no piso de mármore enquanto corre para mim.

— Você está mesmo aqui! — Os olhos dela brilham com intensidade âmbar.

Em três passadas, cubro a distância entre nós, a agarro pelos braços e…

E a beijo.

A boca de Sophie é voraz e ávida, com gosto de limão e açúcar. Minhas mãos escorregam para dentro do calor dos cabelos volumosos, trazendo a cabeça dela mais para perto. A calidez de seu corpo passa através da minha camisa. Não consigo parar de saboreá-la, de absorvê-la, todos os meus sentimentos enterrados emergindo com ferocidade.

Uma espécie de farfalhar entre as árvores nos traz de volta à realidade.

— Um leão da montanha? — Ela ri, trêmula. Os olhos dela passam pelo mausoléu. —Acho que isto é um sacrilégio.

— Não estou nem aí. — Beijo a boca dela, o nariz, a bochecha, o queixo, mas então ela coloca a mão no meu peito, me detendo. Estamos os dois molhados da chuva agora. Gotinhas reluzem nos seus cílios ao me fitar. Maquiagem preta está borrada sob seus olhos, mas sua aparência nunca foi tão luminosa para mim.

— Seu coração — murmura. Ela ainda está com a mão sobre meu peito. — Está... está batendo tão forte.

Envolvo a mão dela com as minhas, segurando-a contra meu peito.

— Como você me encontrou?

— Fiquei sabendo sobre seu pai... sinto muito. Passei no hospital, e Victor me disse que você tinha acabado de sair. Concluí que você viria para cá depois.

— Nem *eu* sabia que viria para cá.

Sophie abre um sorriso torto.

— Você comentou hoje de manhã que queria vir. — Ela fica mais séria. — Como você está?

Minha mão aperta mais a dela.

— Como se estivesse olhando para uma foto no escuro. Tudo que consigo enxergar são sombras e formas. Mas o sol está começando a nascer.

— Sinto a mesma coisa.

— Você viu sua foto no meu Instagram?

— Vi, no Festival da Lua! De onde veio aquilo?

— Acredite ou não, fui eu quem tirei. Lá atrás, há vários anos.

— Aquele foi o último festival a que fui com meu pai. — Os olhos dela se enchem de assombro. — Devia ter centenas de pessoas lá, mas você me viu? E tirou uma foto minha? — Ela balança a cabeça. — Também comprei uma foto naquele dia.

Ela me mostra a tela inicial do celular: as lanternas brancas resplandecentes subindo ao céu.

— Espera, foi *você* quem comprou isso?

— Em uma das tendas. Tinha cartões postais à venda em todos os cantos, mas esta foto... para mim, ela capturava a magia de Taipei. — Ela a toca com um dedo. — Mesmo agora, quando olho para ela, eu me sinto...

— Mais leve? — digo junto com ela. Rimos.

— Então, você não vai nem acreditar, mas... é minha. Quer dizer, eu a tirei em Pingxi durante o festival das lanternas e deixei na tenda da família. Victor comentou que eu só tinha vendido uma foto, e foi essa. — Todos aqueles anos antes. — Sempre me perguntei quem tinha sido o idiota que a havia comprado.

Ela segura o celular contra o peito.

— Fui *eu* quem comprou a *sua* foto? A gente tinha sete anos.

— O que foi? Te deixei chateada de alguma forma?

— *Eu* vi você — sussurra. — Antes de saber quem você era.

Antes de saber qualquer coisa sobre poupanças e impérios, é o que ela quer dizer.

— Não importa...

— Para mim importa.

— Se você *estivesse* mesmo atrás do meu dinheiro, eu gastaria tudo com prazer só para você ficar comigo.

Ela ri.

— É essa a questão. *Eu* precisava saber.

A pele dela é fria e sedosa sob meus dedos. Pêssego e ouro. Passo a mão por sua maçã do rosto, o maxilar, a curva do pescoço. Sophie estremece e fecha os olhos. Não é possível capturar as cores do mundo real com uma câmera ou pintura. Jamais vou ser capaz de capturar as dela.

Mas posso me imaginar tentando pelo resto da vida.

Inclino a cabeça em sua direção... e seus olhos se abrem de repente.

— E Emma?

Eu a encaro de maneira firme.

— Acho que você me conhece o suficiente para saber, não conhece?

Ela engole em seco.

— É só que... sou um furacão.

Retiro os cabelos da frente de seu rosto.

— Você não sabe o seu próprio valor. E quero que saiba. Quero que saiba como você é importante. Para todo mundo. Para mim.

Ela treme.

— Por que eu...

— *Só você.*

Nossas bocas se encontram outra vez. Os lábios dela se abrem sob os meus, e meu corpo a pressiona contra a parede de mármore. As mãos de Sophie em mim são febris. O som que ela deixa escapar faz algo em mim se libertar. Quero que ela solte aquela tempestade dentro dela em cima de mim, com mais nada a segurando.

Mas a necessidade de oxigênio nos força a nos separarmos.

— Aff — diz Sophie, e rio. Estamos os dois ofegantes. Seus lábios estão tão brilhantes quanto seus olhos. Eu a quero mais do que já quis qualquer outra pessoa, eu a quero. Meu corpo está traindo meu desejo, e os olhos dela me dizem que ela pode senti-lo.

Mas me forço a permanecer firme.

— Tem uma coisa boa acontecendo aqui — digo. — Não vamos foder com ela. — Abro um sorriso. — Literalmente.

Ela alisa o desastre que tornei seus cabelos.

— Esta viagem… pode ser uma ilusão, só a gente se deixando levar.

Não é uma ilusão. *Não estou* me deixando levar. Mas tenho que ser cuidadoso com ela. O risco é alto.

— A gente volta para casa e aí, bom, se você ainda… me… quiser…

— Se *você* quiser…

— Aí a gente decide. Como ficar junto.

Ela deixa a cabeça pender para o lado.

— Acho que a gente acabou de decidir não transar. Por enquanto.

Meu corpo se rebela.

— Outro pacto brilhante.

— O furacão Sophie domado.

— O furacão Xavier domado.

Após uma pausa perplexa, ela ri.

— Talvez um furacão não seja sempre ruim?

— Com certeza. — Sophie puxa a gola da minha camisa, me trazendo de volta para ela, e, alguns minutos mais tarde, já estamos a ponto de renegar o combinado.

Então meu celular toca. Os olhos dela são travessos quando nos separamos outra vez.

— Ah, merda, é o… Victor — digo. — Alô?

— Me encontra do lado do palco antes da hora do discurso. Achei uma maneira de te colocar lá — diz.

Solto a respiração, lutando para controlar meu corpo.

— Quer dizer que agora você acha que eu sei o que estou fazendo?

Ele ri de maneira pesarosa.

— Não. Mas sei que meu pai pisou na bola, e o mundo sabe que você é o herdeiro. A gente precisa salvar a Folha de

Dragão. Então, se estamos fazendo uma aposta, que seja uma das grandes. Relações Públicas que se fodam.

A voz dele fica mais alta e próxima. Os dedos de Sophie voam por cima dos botões abertos no vestido. Então meu primo passa pela entrada, secando água da chuva do rosto.

— As ações do meu pai mais as do seu não bastam para dar aos Cruzados cinquenta e um por cento da empresa. — Victor abaixa o telefone. Ele olha curiosamente para nós dois.

— Desculpa, Sophie me disse que você estaria aqui. Estou interrompendo?

Solto um fôlego. Sophie diz:

— Continua.

— Se a gente conseguir convencer os gêmeos ou algum outro investidor a não vender, a Folha de Dragão ainda pode ser salva.

— E o Espelho Mágico também — lembra Sophie. — A Tia Três merece ter a chance dela.

— Sim — concordo.

Victor estende o braço, deixando que a luz reflita no Apple Watch.

— Liguei para o nosso avô e contei toda a verdade. Eu te devo... um pedido de desculpas.

Depois de tantos anos de desavença entre nós, parece uma vitória impossível.

A carriça inclina a cabeça para o lado, nos encarando. Talvez esteja encarando a estranheza de três seres humanos fazendo barulho demais na morada dos mortos. Eu me pergunto há quanto tempo ela visita este lugar, se os seus ancestrais também vinham, uma companhia constante para os Yeh ao longo dos anos. Se seus descendentes também virão um dia fazer companhia ao túmulo de Victor, e ao meu, outra longa geração dos Yeh.

Porque esta é a verdade. Não importa quanto eu tenha tentado escapar dela...

Sou um Yeh.

E ainda não estou pronto para ser enterrado.

Tomo a mão do meu primo, que tem o mesmo tamanho e formato da minha. Apertá-la me faz bem.

— Vamos salvar a Folha de Dragão — afirmo. — Se teve uma coisa que ser filho do Ba me ensinou, é que ninguém diz a um Yeh o que fazer.

O sorriso de Victor reflete o meu.

— Amém.

Uma última coisa a fazer. Giro para encarar o local de descanso eterno dos meus ancestrais.

— Se vocês precisarem de alguma coisa para se lembrar de mim...

Dando um sorriso na direção de Sophie, pego o cadeado do bolso.

E o deixo sobre o altar para que se entendam com ele.

38
SOPHIE

Xavier e eu chegamos à casa da tia Claire depois da meia-noite. Foi um dia impossivelmente cheio, adrenalina ainda correndo, e só agora o *jet lag* está começando a bater. Com o sono errático de Finn, chegamos bem a tempo de pegar minha tia maravilhada com o presente de aniversário do marido. Ela não consegue parar de beijar o rosto timidamente sorridente dele nos intervalos em que não está experimentando e modelando os vestidos mais amplos diante do espelho do quarto.

— Você parece um poema! — exclamo, admirada.

O sorriso dela é travesso.

— Da próxima vez, Sophiling, vamos usar aquele seu Espelho especial para isto.

Rio e me debruço por cima do berço do meu primo para beijar sua cabecinha adormecida.

— É, vamos facilitar a vida do tio Ted da próxima vez.

Durmo profundamente no quarto de hóspedes, sem ser interrompida por sonhos. Pela manhã, Xavier e eu seguimos para a Seda Mágica a fim de trabalhar no filme dele para o festival de hoje à noite. O céu vai ficando cor-de-rosa enquanto aceleramos e passamos por homens e mulheres lavando grandes baldes de frango cru, gengibre, brotos de bambu, cebolinha e pepino. Mas todos os estabelecimentos da Dihua Street estão fechados, a rua ainda adormecida enquanto nos apressamos para chegar à sede da empresa.

Lulu nos encontra dentro do armazém com uma travessa de bolos de abacaxi.

— Obrigada por tudo que vocês estão fazendo pela minha mãe. Nunca pensei que fosse ver uma coisa dessas acontecer.

— É por todos nós — responde Xavier. — Inclusive por Sophie. — Ele sorri para mim, ruguinhas se formando nas laterais dos olhos, e a coisa legal a respeito de um cara que nunca mente é saber que não está mentindo agora.

— Achei que Xavier estava só tentando impressionar uma garota. — Lulu pega um bule de porcelana para colocar água quente dentro das xícaras, depois me entrega uma. — Funcionou. *Eu* estou impressionada. — Ela entrega uma segunda xícara a Xavier. Seu sorriso se torna ao mesmo tempo arrependido e bem-humorado. — Bem melhor que no Club Pub.

Ele ri.

— Chega de socos e agressão?

Ela ri também.

— Chega.

Durante as horas seguintes trabalhamos com Tia Três e sua equipe para substituir os painéis quebrados do Espelho e filmar mais momentos importantes ao redor do armazém. Xavier se esparrama em um sofá laranja com o notebook conectado a algumas telas maiores. Ele o encara com concentração feroz, ardorosamente costurando fragmentos de vídeo.

Victor, acabamos descobrindo, tem acesso aos arquivos da Folha de Dragão onde guardam as fotos e registros da família — há até fotografias em preto e branco do bisavô materno de Xavier, chapéu de palha na cabeça, granjeando o solo que hoje forma o distrito de Zhongshan.

— Agora entendi por que Ba queria que você me ajudasse. — Xavier esfrega os olhos.

Victor desvia o olhar dos créditos que está editando. Franze a testa.

— Meu pai não vai ser um bom perdedor, sabe. Se a oferta dos Cruzados não colar, ele vai tentar fazer os investidores o apoiarem.

— Tia Três, por que a *senhora* não faz um bando de investidores comprar a empresa? — pergunto.

Ela está estendendo uma fita métrica ao longo da lateral do Espelho.

— Agradeço pela fé que você tem em mim, querida, mas sou uma desconhecida. Nenhum investidor ia querer me apoiar.

— Você recebeu uma resposta de Horvath, Sophie? — indaga Victor.

— Vou retirar meu nome da lista de espera — respondo.

— O quê? Por quê?

— Entendi que nunca vou conseguir convencer ele. Mas quero fazer este projeto. Então, vou encontrar meu próprio caminho. Ele mencionou uma disciplina sobre startups.

— Não joga a toalha ainda. Me deixa conversar com ele. Todo mundo precisa de alguém para defender o seu lado às vezes.

De certa forma, seria mais fácil abandonar tudo e não passar mais uma vez pelo processo de tentar convencer Horvath. Mas Victor tem razão.

— Tá bom — concordo.

Ele já está pegando o celular enquanto sai da sala.

— Sophie, tem uma parte aqui sobre o Espelho. Preciso da sua permissão — diz Xavier.

— Permissão? — pergunto, indo me juntar a ele em sua área de trabalho. — Por quê...

— O segredo é esfumar bem — diz minha voz no notebook dele. Um pincel familiar espalha sombra azul-celeste na minha pálpebra. — Vai com calma. Tem que ser paciente para deixar os tons equilibrados.

— Espera, o que isso tem a ver com o seu...

A imagem corta para outra do aplicador de máscara de cílios penteando a extensão dos meus cílios curvados. Depois, se distancia para mostrar meus dois olhos, nariz, boca, meu rosto inteiro. E mais um pouco, para mostrar meu reflexo de macacão roxo dentro da moldura de aço do Espelho Mágico; depois, eu triplicada, e em seguida minha pessoa de verdade parada diante dele, as mãos nos quadris. Ele juntou os segmentos de vídeo de maneira tão fluida que, mesmo sabendo de onde vieram, não consigo acreditar que foram criados em lugares e momentos distintos.

Não consigo respirar. Coloco a mão no estômago. Modelos do Espelho Mágico envolvem o reflexo do meu corpo, um atrás do outro, tão depressa que os tons *de fato* se misturam e se equilibram, até pararem no vestido azul-turquesa com dragões.

E aí o vestido está no meu corpo, diante de três imagens minhas idênticas.

A Sophie do vídeo faz uma pose sensual.

— Não sabia que você estava assistindo naquela hora — murmuro.

Um corte para outro close do meu rosto: piscadela e beijo soprado.

— Não vão conseguir ree-sis-tirrr a você. — Só que, desta vez, no sonho de filme que ele criou, estou dizendo as palavras ao Espelho Mágico.

É uma fatia de perfeição de quinze segundos.

Encontro os olhos sorridentes de Xavier.

— Como você pensou nisso?

— Você aprova?

— É *genial*... mas você não pode me colocar no seu filme!

— Por que não?

Sinceramente, ele às vezes é tão avoado.

— Porque é sobre sua *família*.

— O filme é o que eu quiser que seja. E o Espelho Mágico é *da* minha família, e é por causa de *você* que ele está bem na fita assim. Ou, melhor, *ir-ree-sis-tí-vel*.

— Cala a boca! — Bato no ombro dele, mas meu rosto queima com um sorriso de mil watts.

Victor retorna nesse momento, guardando o celular no bolso.

— Más notícias, Sophie. Acabei de falar com o monitor-chefe. Horvath já aceitou uma pessoa da lista de espera. Oliver Brooks.

— Oliver? Ele se sentava comigo. Se ferrou na proposta dele. Ia até sair da aula.

Victor franze mais a testa.

— O pai dele trabalha na Microsoft e acabou de concordar em financiar o laboratório do Horvath em Yale.

Demoro alguns segundos para processar a informação.

— Eu nunca tive chance, né?

É a mesma sensação que tive quando descobri que Emma era uma herdeira. Mas agora já não me sinto mais impotente. Não importa o que aconteça, ainda sei que posso apostar em mim mesma.

— Acho que a intenção dele era te dar uma chance, mas também não podia recusar a oportunidade de criar o próximo laboratório particular de inteligência artificial de um bilhão de dólares — explica Victor. — Mas também não é certo. A gente está confabulando. Fica ligada.

Emma aparece no armazém por volta de meio-dia, um frasco preto com xarope fitoterápico em mãos. Xavier e eu estamos sentados, costas com costas, no sofá, trabalhando cada um em seu notebook.

— Oi, Emma. — Descruzo as pernas e me levanto.

— Oi — cumprimenta Xavier.

Fito a garrafa com um olhar confuso.

— É para as minhas alergias — explica ela. — Nunca mais vou dar outro espirro na vida.

Deixando Xavier sozinho no sofá, sigo com ela mais para o interior do armazém, onde teremos privacidade.

— Então você e Xavier estão juntos de novo?

Não há mais como negar.

— Estamos. Eu queria acreditar que estava tudo acabado. *Estava* acabado. Mas aí alguma coisa especial aconteceu no fim de semana. A magia de Taipei. — Tomo a mão dela. — Me desculpa.

— Você não tem que se desculpar. — Ela aperta minha mão. — Eu *fiquei* chateada no começo, mas também fui eu quem insisti para que você juntasse a gente. E este fim de semana... ainda que as coisas não tenham acontecido do jeito que eu tinha esperado, era o que eu precisava. Conversar sobre Miles com Xavier, estar perto dele, tudo me ajudou a entender que não tem problema querer seguir em frente. Mas também... não tem problema se eu não estiver namorando.

— E eu cheguei à conclusão oposta. Riscar os homens da minha vida também não era o caminho certo. — Eu a abraço.
— Que bom que está tudo certo entre a gente. Aprecio muito a nossa amizade.

Entro no grupo do Barco do Amor e posto uma foto do novo Espelho Mágico.

> Galera, vocês disseram que iam ajudar a promover.

> Vamos exibir um filme especial durante o Festival da Lua.

> Vai ajudar o Espelho Mágico e a família do Xavier também.

> E precisamos da ajuda de vocês

> No mundo inteiro.

> **Priscilla**
> Quem te colocou no comando?

> Eu mesma, mas valeu por perguntar.

> **Joella**
> Uau, menina

> **Joella**
> #VaiFundo

Sorrio. Não vou agradar a tudo e a todos. Mas esse não é objetivo, é?

> Certo. O plano é o seguinte, time.

Explico o passo a passo, ignoro o próximo comentário ácido de Priscilla.

E assino:

> #MandonaMesmo

O festival de comida internacional se estende por um gramado na parte externa do Centro de Exposições de Taipei Nangang. Uma fileira de tendas quadradas brilha com luzes, muita comida, artesanato e amostras de tecnologia de dezenas de países. Famílias se reúnem ao redor de mesas de madeira áspera, criando nós chineses de cordões de seda e fazendo origami.

Uma enormidade de câmeras equilibradas em tripés está apontada para o brilho pálido no céu noturno, aguardando pela cooperação da lua.

— Espero conseguir ver ela antes da gente ir embora de Taipei — comenta Xavier.

— O que é um Festival da Lua sem a lua?

— Né? — Xavier entrelaça os dedos nos meus. Por algum motivo, ainda é inesperado. — Sophie. — Ele sorri. — Posso dizer seu nome?

Sorrio de volta.

— Vai fundo.

— Sophie Ha. O que você precisa que eu faça para saber que estou aqui para ficar de verdade?

Ele está falando sobre a vida pós-Taipei. Apenas Xavier pensaria em perguntar.

— Se você me disser, vou acreditar por um dia ou dois. E aí as minhas inseguranças vão voltar e vou começar a duvidar de você.

— Como posso te provar?

— Não sei — confesso. — Não diz nada? Faça em vez de falar?

Os olhos dele ficam reflexivos.

— E você? — pergunto.

Os dedos dele contornam meu queixo, depois seus lábios roçam nos meus.

— Eu já sei — responde.

Uma longa fila já se formou diante do pavilhão da Folha de Dragão, à espera dos bolos lunares carimbados pelos Yeh que serão doados. As pilhas douradas, formando pirâmides geométricas, ocupam quatro mesas. Lá perto, árvores reluzem com globos brancos, e tudo parece festivo.

Mas, balançando por cima da multidão, estão aqueles cartazes com o rosto riscado do pai de Xavier.

Seguimos na direção do palco, onde dançarinos estão terminando uma coreografia moderna. Parte dos espectadores está sentada em um semicírculo no gramado, enquanto outros permanecem de pé, comendo espetinhos de fruta. Duas telonas de cada lado mostram os dançarinos, ampliados para o triplo do tamanho real.

Victor já está nos aguardando ao lado do palco. Não está de smoking. Veste apenas uma camisa vermelha solta por cima da calça branca. Menos refinado. Mais genuíno. Está muito bem.

— Pronto? — pergunta ele ao primo.

— Não, mas não tenho escolha. — Xavier está nervoso. O Espelho Mágico já está nos fundos do palco, coberto por um pano. Ainda temos quinze minutos até o suposto discurso de Victor, mas é parte do plano: ter acabado tudo antes mesmo da chegada do tio Edward e Ye-Ye. As tias e tias-avós de Xavier já estão sentadas com Lulu do outro lado, todas resguardadas por seguranças.

Xavier coloca um pé na escadinha que leva ao palco.

— Xiang-Ping! — Chegando por trás de nós, Jane me empurra para o lado. Ela agarra o braço de Xavier. — O que você está fazendo? — repreende em voz baixa. — Este é o discurso do Victor.

— Está tudo sob controle, Jane — digo.

— Jane, espera — diz Victor. Quando ela se vira, liberando Xavier, ele grita: — Xavier, vai! Agora!

Mas ele permanece parado no degrau. Depois, vira-se para Jane, cujo rosto é uma máscara de pânico.

— Jane, Ba está em coma e nossa família está prestes a perder a empresa. Não sei quanto disso tudo você está sabendo. Mas estou aqui agora porque não vou deixar isso acontecer. Eu, Victor, Sophie e minhas tias trabalhamos nisso juntos. Então gostaria de seguir com sua permissão, mas vou continuar sem ela também.

Jane inspira um fôlego trêmulo. Depois, abaixa a cabeça em uma mesura.

— Você é o herdeiro.

— Obrigado, Jane, mas você não tem que fazer reverência nenhuma para mim. Sério. — Xavier sustenta meu olhar por um momento. — Vou fazer isto. E vai fazer alguma diferença. Não vai?

— Existe uma palavra que seja o oposto de destruição? — pergunto. — Para o conceito de infligir, *liberar*, um grande bem pelo mundo em uma explosão poderosa de energia?

Xavier sorri.

— Você está *me* perguntando sobre palavras?

— Não acho que exista, mas é isso que você está prestes a fazer. — Devolvo o sorriso de orgulho dele com o meu. Penso no conto do pincel mágico. — Está na hora de colocar aquele último pingo de tinta no galo.

Xavier sobe ao palco e toma o microfone.

— Boa noite. Meu nome é Xiang-Ping Yeh, filho do presidente Yeh, da Folha de Dragão.

Sua voz reverbera pelo gramado, falando um mandarim perfeito. Mais pessoas começam a vir na direção do palco.

— É o filho — diz um homem.

— A gente nunca ouve falar dele — comenta uma mulher.

— Muitas coisas ruins foram ditas sobre minha família nos jornais recentemente — continua Xavier. — Algumas são verdade. Meu pai está em coma no hospital. A Folha de Dragão demitiu quinhentas pessoas na semana passada e os Cruzados estão tentando comprar a empresa. — Uma onda de vozes se eleva da multidão.

— Quanto a mim — os ombros de Xavier ficam tensos. —, estou morando nos Estados Unidos, repetindo o terceiro ano do ensino médio. Não sei ler quase nada, e o motivo é porque tenho dislexia. Um caso bastante severo, parece.

A plateia cai em silêncio. Ele limpa as palmas suadas na calça e olha de relance para mim, depois para a audiência. Um sorriso repuxa seus lábios.

— Ainda estou tentando dar sentido às coisas, mas mesmo que eu nunca tenha sido bom em colocar palavras em uma página escrita, sou um excelente criador de imagens.

Ele puxa o pano do Espelho Mágico. Salvo por um pequeno amassado na lateral, está novinho em folha. As câmeras de vídeo projetam o Espelho nas duas telonas de cada lado de Xavier, e meu celular, em um tripé, está gravando tudo ao vivo para mostrar ao mundo.

— Minha professora de artes tem uma citação na parede dela que diz: "Uma imagem vale mil palavras, e um vídeo vale um milhão". Esta é minha tentativa de dizer algumas centenas de milhares de palavras.

A plateia fica em silêncio absoluto enquanto o logotipo da Folha de Dragão surge no painel central do Espelho: primeiro, o caractere dourado Yeh, depois o dragão roxo, da cabeça à cauda, se enroscando ao redor dele. Xavier desce a escada, ainda segurando o microfone.

— Estes... estes são os Yeh.

39

XAVIER

O filme começa com uma explosão de cores, como uma miragem ondeante e onírica. As cores vão ficando mais definidas e se cristalizam até darem forma a minha mão, minha mão de verdade, segurando um giz pastel. Ela desenha um esboço em uma página de cor creme, o vídeo correndo em *fastforward*. Um bolo lunar dourado surge. Idêntico aos que estão agora em tantas mãos neste gramado.

Estes são os Yeh. A família Yeh com a casca perfeitamente dourada. Como o cartão-postal dos Rockfeller: elegante, abastada, refinada. Os Yeh que Jane, Ba e até meu professor querem que o mundo veja. Mas isso é só a superfície.

Minha mão pinta o caractere Yeh no topo da massa. Pincelada a pincelada. É o pincel mágico. Com o último traço para baixo...

Tudo ganha vida.

O bolo lunar dança para fora da página e flutua para dentro de um céu de um roxo-escuro profundo. Brilha, dourado e laranja. Roxo e ouro e luz — as cores dos Yeh.

Uma faca afiada corta o bolo pela metade. Quando se abre, revelando luas gêmeas, uma folhinha verde voa para fora dele. Ela dança em uma espiral na tela, depois se agita para longe — um pouco de animação que Sophie obrigou Bert a fazer; trabalhar nela o dia inteiro foi sua punição por ter quebrado o Espelho.

Mais do que falar em público, mostrar meu trabalho desta forma é aterrorizante. É como deixar minha alma nua para o ataque das flechas de um exército. É difícil produzir um filme. Não se trata apenas de capturar imagens incríveis ou selecionar os melhores cortes. Trata-se de organizar tudo para criar uma história coesa com início, meio e fim. De fazer com que a audiência se conecte e se importe. Não sei se vou conseguir realizar nada disso.

Mas o que sei é que aquelas caixas infinitas que desenhei no começo do ano letivo já não são mais vazio dentro do vazio; agora estão cheias de coisas importantes para mim. Todas as que coloquei no vasto retângulo deste filme.

A folhinha voeja por uma página preta com palavras brancas, que Sophie lê em voz alta:

— Conheçam os Yeh.

Música começa a tocar. Agora, a folha passa por cima de uma foto em preto e branco de duas irmãzinhas que vão ficando cada vez maiores na tela. Têm estilo, mas se vestem de maneira confortável. As duas meninas poderiam ser amigas de qualquer um: dos ricos, dos jovens, dos idosos, dos necessitados.

A voz de Sophie narra:

— Há dois séculos, a família Yeh abriu uma pequena confecção perto do porto.

Mais fotografias em preto e branco surgem no filme: do porto de Dadaocheng a uma estradinha de terra. Do interior de uma construção de madeira a um cômodo pequeno onde estão suas máquinas de costura antiquadas e vários tecidos.

— Ao longo dos cem anos seguintes, o negócio cresceu e se tornou uma butique de moda.

Tia Um à mesa, fazendo um esboço do logotipo arrepiado dos Yeh com carvão. Tia Dois desenhando o espelho de mão que se tornou o símbolo icônico da Seda Mágica.

O vídeo volta a enquadrar Sophie, o armazém moderno como pano de fundo para ela. — Estas mulheres transformaram um armazém antigo no lar de uma linha de moda que foi capa de grandes revistas, tudo com base em seu amor por tecidos, cores e estilo... e, acima de tudo, o amor que sentem umas pelas outras.

Sophie se agita ao meu lado.

— Tem dezenas de milhares de pessoas assistindo — sussurra.

É inacreditável. Tudo que estava dentro da minha cabeça agora emoldurado pela noite de Taipei.

O filme corta para a Tia-Avó Dois dos tempos modernos, cobrindo a irmã adormecida com a manta branca. Existe apenas doçura daquele ângulo. A plateia suspira.

— Estas mulheres são as formadoras de opinião por trás de todos os grandes projetos da Folha de Dragão. E enquanto a Folha de Dragão se tornava o império que todos conhecem hoje, estas mulheres nunca pararam de criar.

Corte para uma cena recriada de Sophie dentro da caixa de cromo enquanto os scanners infravermelhos medem seu corpo. Seu avatar, depois o clipe com o vídeo de maquiagem, sua silhueta no Espelho enquanto uma série de roupas da Seda Mágica se materializam em seu corpo.

Depois, as filas enormes na reunião dos ex-alunos, todos os nossos amigos posando com seus avatares e experimentando as roupas no Espelho.

Um suspiro invejoso sobe da multidão.

— Que incrível. Dá pra gente experimentar também?

— Este é o futuro do mercado de moda e de como fazemos compras... e temos grandes planos! — diz Tia Três.

— Você não vai mais ter que procurar pelas roupas — complementa Sophie. — São as roupas que vão encontrar *você*.

A folha viaja para além da histórica interseção da Dihua Street.

Minha voz narra:

— A empresa da família está sediada neste porto há duzentos anos, e planeja continuar aqui por mais duzentos, no mínimo. Espero que este filme dê a vocês um gostinho das maravilhas que ainda estão por vir. E, agora, gostaria de apresentar a parte mais importante da Folha de Dragão... na minha humilde opinião.

A folha rodopia por uma montagem de imagens. Coisas humildes demais para Jane ou o departamento de Relações Públicas sequer cogitar destacar:

Tia Quatro sovando a massa dos bolos lunares, um risco de farinha no nariz.

A barra de chocolate de comércio justo de Lulu.

A neta de Kai-Fong acenando da sala de aula de Kyoto.

Bernard na Disneylândia, com Alison nos ombros.

O túmulo de Ma e as sepulturas dos meus ancestrais sob o céu enevoado, sem lua.

Depois, o Espelho vazio. Ele cresce até encher a tela por completo. Cada um dos três painéis mostra: Tia-Avó Um, Tia-Avó Dois, Tia Três. Os três segmentos se duplicam, um acima do outro, depois triplicam, quadriplicam, cada painel da grade abrigando uma mulher Yeh diferente: Tia Quatro e minhas primas Gloria e Lulu.

Os homens da família surgem a seguir na fileira abaixo, suas imagens públicas refinadas que é tudo que permitem ser mostrado ao mundo.

Então todas elas viram como se fossem moedas, como se o Espelho Mágico tivesse feito uma varredura por toda a grade de fotografias.

Agora ninguém mais está representado da maneira como o público está acostumado a ver. Tia-Avó Um, de cabelos brancos, se arrumando diante de um espelho. Tia-Avó Dois rindo tanto que o rosto vermelho infla como uma maçã. Lulu com sua faixa preta, descalça e voando para cima do rosto da oponente.

Ba diante do túmulo de Ma, a mão na têmpora e a cabeça abaixada, chorando.

Victor enlouquecido quando avista seu avatar, acidentalmente criado, na tela atrás dele. O verdadeiro Victor, ao meu lado, se remexe, desconfortável. Mas quando uma risadinha de encorajamento corre pela audiência, um sorriso toca o seu rosto.

Um clipe de Victor no showroom, com dois dedos levantados.

— Estarei de volta depois que me formar em Dartmouth em junho. Estou ansioso por poder trabalhar com todos vocês.

A imagem corta para Ye-Ye, que dá tapinhas na minha mão com as dele, todas retorcidas.

— Yeh significa "folha". É um bom nome para nossa família. Folhas são numerosas. Sempre crescendo. Estão em toda a parte. Como os Yeh.

— Por que você está fazendo isto? — pergunta Jane ao meu lado, engasgada.

— São as melhores partes da minha família — respondo.

— Ainda que eles não saibam disso.

O brasão da família faz sentido para mim agora. Folhas frágeis. Dragões de poder. Mesmo na fraqueza há força. Para mim, ter que lidar com o fato de não ser capaz de ler, sempre me sentindo como um forasteiro, um pária — isso também me dá os olhos para enxergar os outros.

No filme, minha narração:

— As folhas de uma árvore... são tantas porque elas precisam trabalhar para sustentar algo maior. Como a própria árvore.

Na tela aparecem imagens de todas as pessoas que fazem parte do nosso mundo: Kai-Fong aproveitando a feira noturna, Bernard e Alison, Haru, Angie, os guardas da empresa e até Jane, que inspira, surpresa, ao meu lado. Depois, as centenas de funcionários que, até uma semana atrás, eram parte da Seda Mágica. Burburinho sobe em meio à plateia quando pessoas se reconhecem no filme. Por fim, fotos de milhares de tecelãs ao redor do mundo, algumas com bodes, outras com teares, enviadas a Tia Três a pedido dela.

A Folha de Dragão não é apenas Ba ou tio Edward ou Ye-Ye. É uma comunidade viva de pessoas que trabalharam com afinco e amaram com fervor.

— Todas essas pessoas fazem parte da família Yeh.

As imagens se sobrepõem e criam um mosaico que mergulha para dentro do bolo lunar da tomada inicial. De fotografias pixeladas, o interior dele volta a se tornar recheio de pasta de feijão-mungo e semente de lótus. O bolo se fecha. Uma costura de luz brilha com mais intensidade, depois desaparece, deixando em seu lugar o bolo lunar perfeito com o brasão dos Yeh.

— Esta é a família Yeh que vocês nunca veem — diz minha voz de narrador. — Mas estes somos nós. Isto é o mais importante. E é o futuro da Folha de Dragão.

A tela vai escurecendo.

Silêncio recaiu sobre a plateia, que agora já se estende para além da área do gramado. Percebo que estou abraçando o livro de recortes de Ma contra o peito.

Tudo que consigo escutar são as batidas desenfreadas do meu coração.

40

XAVIER

Quando os aplausos explodem pela área, tio Edward abre caminho por entre a multidão até nós. Uma veia azul pulsa em sua testa. O rosto de lua inteiro está vermelho-escuro.

— Mas que merda você acha que está fazendo? — rosna.

— Ninguém quer ver as tias-avós! Ninguém quer ver aquele mordomo velho e o *piloto!* De férias! Você desperdiçou o tempo de todos e fez parecer como se estivéssemos esbanjando os recursos da empresa. Como você se atreve?!

O braço dele vai para trás na intenção de me golpear. Mas Victor segura o pulso do pai com o que agora reconheço como os reflexos de um Yeh.

— Na verdade, Ba, eu dei minha vez para ele.

Meu tio arregala os olhos, em choque.

— Por que você faria uma coisa dessas?

— Era minha e podia fazer o que eu quisesse com ela. — Victor o solta. — Achei que o que Xavier tinha a dizer era a mensagem certa.

— E você tinha razão. — Sophie gesticula para a plateia, ainda vibrando. Lulu, como planejado, guia minhas tias e tias-avós para cima do palco. Seus rostos lindos brilham sob as luzes.

— E isto é o que eu quero para a Folha de Dragão — afirmo. — É o futuro dela.

— *Báichī*! — As veias na testa do tio Edward ameaçam se romper. — Sempre soubemos que você não tinha bom senso nenhum. É exatamente por isso que eu precisava salvar a empresa da sua estupidez. Vocês dois, *já para fora deste pavilhão!* Hoje, tomei controle da Folha de Dragão. Não quero ver vocês colocando um pé dentro dela outra vez.

— Foi mal, tio. Mas não é isso que eu quero para a Folha de Dragão.

— Você não tem o direito de querer nada. — Uma satisfação sombria se instala nas linhas de sua testa. — Acabei de obter controle acionário. Salvei a Folha de Dragão dos Cruzados.

— Não, não obteve. Eu obtive. — Tia Três se junta a nós. — E ela só precisou ser salva depois de você a implodir.

— Meus advogados estão fechando o acordo agora mesmo. Os gêmeos querem sair. Vão vender.

— Já venderam. — Tia Três mostra o celular. — Para mim.

— Você? — Pela primeira vez, incerteza se insinua nos olhos do meu tio. — Está mentindo! — Ele arranca o aparelho dela, seu rosto escurecendo. — Não tem dinheiro para comprar a parte deles. O seu negócio não passa de um hobby.

— Já lhe disse que não é um hobby. E você tem razão, eu não tinha dinheiro para bancar tudo. Xiang-Ping contribuiu.

— Xiang-Ping? — Meu tio se vira para mim, e abro um sorriso.

— Contribuiu bastante, até — diz Tia Três. — Ele agora é dono de uma parcela maior da empresa do que você jamais teve, sem contar as ações que o pai dele controla, claro. De modo que ele tinha mais direito de dar o discurso de hoje do que qualquer outra pessoa aqui, e, se quiser saber minha opinião, ele... como vocês, jovens, dizem hoje em dia mesmo? Ele arrasou.

— Mas ele é... você... — A expressão de tio Edward é de desvario, como se tivesse olhado para baixo e encontrado apenas ar sob os pés.

— Um idiota? — ofereço. — É verdade que não entendo de muita coisa. Mas vou aprender com o tempo. O que sei é que Ba confia na Tia Três. E eu também confio.

— Obrigada, Xiang-Ping. — Tia Três retira com firmeza o celular das mãos do irmão.

— Vamos implementar o avatar digital da Tia Três no resto da Folha de Dragão — digo.

— O departamento de saúde pode usá-lo para fitness e cirurgia remota — explica Victor. — O de eletrônicos, para jogos de realidade virtual.

— E isso é só o começo — complementa Sophie.

Tia Três sorri.

— Então, como você pode ver, temos grandes planos, e precisarei de cada uma das pessoas que você demitiu de volta, e vou contratar mais ainda. — O sorriso dela se desfaz. — É você que tem que ir embora do nosso pavilhão agora. Não quero voltar a ver *você* depois do que fez com nossa família.

Tio Edward olha feio para o filho.

— Nós dois temos que conversar.

Victor se retrai. É a única vez que o vi com dificuldades para saber o que dizer. Mas levanta o queixo em desafio.

— Não temos nada para conversar.

É a vez do meu tio se retrair. Uma sombra passa pelos olhos dele: choque, incerteza, derrota. Depois, ele cospe no chão e marcha para longe.

Tia Quatro abre um sorriso radiante para mim.

— Seu filme deve ter sido a declaração mais memorável que a Folha de Dragão já fez ao mundo. Nosso RP, aqueles artigos totalmente sépticos, horas de posts imaculados... não poderiam jamais ter realizado o que você conseguiu em seis minutos. Você nos deu um coração.

Sorrio para Sophie e tomo a mão dela.

— Fizemos tudo juntos.

Ma tinha razão. Não podemos viver isolados. E não quero.

— Xiang-Ping... junte-se a nós — chama Tia-Avó Um do palco. As duas irmãs gesticulam para mim, os sorrisos marcando os rostos. Para além delas, na plateia, sentado ao lado das cadeiras das irmãs, Ye-Ye levanta a mão e acena na minha direção.

E, lá em cima, os fios brilhantes das nuvens se afastam para revelar a lua mais cheia e redonda que já sorriu para Taipei.

— Até que enfim! — exclama Sophie.

A plateia bate palmas ritmicamente. Seu coro mudou.

— Yeh Xiang-Ping. Yeh Xiang-Ping. Yeh Xiang-Ping.

— Vai lá. — Sophie me empurra com delicadeza. — Você é o diretor do filme.

— Vem comigo. — Agarro a mão dela. — Não poderia ter feito nada disso sem você. Nunca teria feito.

— Sou o cérebro por trás da tecnologia. Ou vou ser. Isto aqui é para você. — Ela se desvencilha, sorrindo.

— Yeh Xiang-Ping. Yeh Xiang-Ping. Yeh Xiang-Ping.

Esta deveria ter sido a viagem que daria fim a todas as viagens. Minha última vez pisando no território dos Yeh. Em vez disso, pela primeira vez, sinto orgulho do que minha família fez com sua pequena fatia da história. E, pela primeira vez, tenho um lugar em meio a eles. Hoje, em vez de arruinar a reputação da família, fiz o oposto.

As pessoas se apaixonaram por ela... por minha causa.

Entregando o livro de recortes para Sophie, subo ao palco com minha família, para a luz dos holofotes.

41

SOPHIE
UNIVERSIDADE DE DARTMOUTH
1º DE DEZEMBRO

O funcionário na Gráfica & Copiadora Jones empurra um grande envelope na minha direção. É o mesmo garoto que estava desfazendo as caixas quando estive aqui pela última vez para uma entrevista de emprego, parecendo um rato afogado. O mesmo gerente acorcundado de camisa polo está passando esfregão no chão atrás dele. Fico me perguntando se me reconhecem.

Eu mesma mal me reconheço.

Entrego meu cartão de débito ao menino e escrevo o endereço da minha família no envelope. Depois, coloco lá dentro uma cópia da revista *Vogue* e outra do nosso jornal da universidade, *Dartmouth*. Uma rajada de vento frio sopra meus cabelos quando a porta se abre atrás de mim.

— Sophie? Sophie Ha?

Viro.

— Ah, oi, professor Horvath. — Ele agita o cachecol xadrez para se livrar da neve que se acumulou ali. O casaco

446   Abigail Hing Wen

azul-marinho é incrível: gola alta e botões dourados reluzentes. Estonteante. O meu casaco está aberto, e visto um cardigã vermelho listrado por cima de uma saia de cetim rodada e minhas botas de cobra espetaculares... porque é assim que me sinto hoje.

— Vi seu perfil no jornal do campus — comenta ele. — Parabéns pelo reconhecimento merecido.

Sorrio.

— Obrigada. Vim aqui justamente para mandar uma cópia para meus irmãos e minha mãe. Ela me pediu. — Tiro o jornalzinho do envelope e mostro a ele.

— Sinto muito que as coisas não tenham conspirado para você entrar no meu curso.

É um eufemismo. A situação toda acabou sendo bastante delicada. O monitor-chefe disse a Horvath que deixar Oliver entrar em meu lugar poderia colocar a integridade dele em xeque e ainda arriscar seu laboratório de um bilhão de dólares caso a história vazasse. E, claro, Victor conhece a reitora. Então acabei entrando. Foi bom sentir que não estava sozinha naquela briga, pois sempre haverá mais Horvaths e tios Edwards pelo caminho.

Mas, depois de muito refletir, decidi rejeitar a oferta para ficar no curso de Horvath e me inscrevi em outro, de empreendedorismo. O Professor Grieg ficou entusiasmadíssimo com minha ideia de trabalhar no aplicativo do Espelho, Espelho Meu como projeto. Ele veste uma *camiseta branca* por cima da barriga digna de Hagrid dele. Na maior parte dos dias, ela está manchada do café da manhã ou do jantar da noite anterior. Com certeza não está entre os professores mais populares da universidade, mas, depois que assisti a uma aula e falei com ele, decidi lhe dar uma chance, e ele acabou concordando em ter reuniões semanais comigo para me orientar.

— O senhor tinha razão quando me sugeriu aquela aula de empreendedorismo — digo a Horvath agora.

— Falei com o professor Grieg. Ele foi muito elogioso e compartilhou comigo um pouco do seu trabalho. Queria lhe dizer pessoalmente que fiquei muito impressionado. Você atribuiu rótulos às roupas com a contribuição da sua rede de contatos do... o que foi mesmo? Seu programa de verão?

— Isso.

— Muito engenhoso. E os seus *insights* de como a ferramenta pode ser traduzida para tantas outras indústrias... é esse o tipo de pensamento criativo que pode elevar ou destruir uma invenção.

— Obrigada. Vou fazer uma aula de Inteligência Artificial Aplicada na primavera e continuar a trabalhar no meu app.

— Outro curso excelente. Quanto ao verão, já avisei aos meus amigos no Vale do Silício que temos a estagiária dos sonhos bem aqui em Dartmouth. Alguns deles virão visitar no mês que vem. — Ele sorri. — Vou oferecer um jantar privado e convidar meus alunos de destaque, e gostaria de estender o convite a você também. — O sorriso dele se alarga. — Meus alunos são meu maior trunfo... ter acesso ao talento deles é o motivo pelo qual essas pessoas mantêm contato comigo.

— Obrigada, e, por favor, pode reservar um lugar para mim no jantar. Quero conhecer o maior número possível de gente influente na área. Mas, para o próximo verão, já me comprometi com outra oportunidade de estágio.

— Já? — Horvath pisca.

— E também consegui estágios para alguns outros alunos do seu curso. Owen, Trinity e Natalie. — Os alunos do topo da classe, que recrutei para começar um clube de IA comigo quando retornei de Taipei.

— Três! — Ele franze a testa. Seu maior trunfo... mas não os roubei dele. Foram eles mesmos que me procuraram.

— Posso perguntar onde... vocês todos... vão estagiar?

— Na Seda Mágica. — Retiro a *Vogue* do envelope e mostro a matéria que fizeram sobre a tia e as tias-avós de Xavier, todas sentadas ao redor do Espelho. A manchete diz: *Magia do século XXI.* — Vamos aprimorar o algoritmo e trabalhar em novas capacidades. Estamos em busca do nosso Santo Graal.

O professor cruza os braços.

— Meu plano era indicar vocês todos aos meus colegas do Vale do Silício.

— Indica o Oliver — sugiro. — Sei que ele ainda está procurando um trabalho. Talvez você consiga arranjar uma boa posição para ele.

Com um sorriso, entrego meu envelope ao funcionário e vou embora da loja.

42

XAVIER
21 DE DEZEMBRO

Quando me sento diante do reitor Ramchandran, não sinto aquele mesmo abismo entre nós que senti no primeiro dia de aula. A escrivaninha parece menor por alguma razão. Ele parece menor. Mais benevolente, com mais cor nas bochechas, fazendo contraste com a camisa xadrez azul. Ou talvez sejam meus olhos que mudaram, e agora posso enxergar os tons de cinza e as sombras cheias de nuance que fazem dele um ser humano complexo.

— Como andam as coisas? — pergunta ele.

— Ótimas. Meu projeto de curta ganhou nota máxima nas três aulas, então estou bem encaminhado. Obrigado pelo seu apoio. — Até o sr. Abadi, o único que eu temera que não fosse aprovar, adorou o que chamou de história *delas*. Está tentando fazer arranjos para exibirem meu filme em um festival local, e, como já o mostrei no pavilhão de bolos lunares da família, Jane se resignou a permitir, pelo menos para este projeto, que eu o libere para o restante do mundo.

— Fico feliz em saber. Foi um projeto ambicioso em que você embarcou. — Ele pigarreia. — Já, er, temos os resultados das avaliações diagnósticas adicionais que seu especialista recomendou. Acho que ficamos todos surpresos com o diagnóstico de disgrafia... embora seja muito menos conhecido ou entendido. Que você tenha tanto dislexia quanto disgrafia ajuda a explicar a extensão das suas dificuldades esses anos todos.

Sim, isso foi uma grande surpresa, junto com a curva em ziguezague das minhas habilidades. Disgrafia — eu nunca sequer ouvira falar nela, e tenho certeza de que Ba também não. É por isso que escrever sempre foi tão difícil para mim. E também aprender chinês — pessoas com disgrafia podem não ver o ponto ou a pincelada extras que transformam um caractere complicado em outro. Músicos podem deixar notas presentes em suas partituras passarem despercebidas.

Mas, por outro lado, de alguma forma, consigo ver o mundo mais ampliado do que as outras pessoas. É da minha cabeça que saem as minhas pinturas e os meus desenhos. É ela quem guia as imagens que capturo com a câmera. Então, se tivesse a chance de trocar meu cérebro por outro capaz de ler como o restante das pessoas... da mesma forma como Sophie com o furacão dela... eu não trocaria.

O reitor empurra um gráfico do formato de um sino para mim.

— Quanto aos testes de QI, esta é uma distribuição normal das notas. Esta é a sua. — Ele marca a direita com um X, onde a curva fica mais chata. — Você está lá no topo. O que chamamos de "dupla excepcionalidade".

— "Dupla excepcionalidade"?

— Isso, 2e. Aptidão extrema combinada com uma diferença de aprendizagem. Pessoas como você acabam passando despercebidas porque sabem compensar e esconder suas dificuldades muito bem. Mas vocês trabalham três vezes mais do que o restante das pessoas para conseguir alcançar o mesmo objetivo.

É exatamente como minha vida sempre foi. E há um termo para isso.

— Então, do que preciso?

— Para quê?

— Para me formar. Quer dizer, me formar *de verdade*. Para aprender tudo e ganhar meu diploma de maneira legítima, merecida. Sem truques ou viradas de cara, sem fingir que sou qualificado para estar no terceiro ano.

O reitor Ramchandran entrelaça as mãos sobre a escrivaninha.

— Você é brilhante. Não poderia ter chegado onde chegou se não fosse o caso. Mas está atrasado no currículo. Com toda a informação disponível na internet, isso já não é mais tão importante hoje em dia, é verdade, mas o ensino médio lhe dá uma base crítica. Com seu progresso atual, diria que... em três anos você deve ser capaz de atingir as metas necessárias para se formar.

— E vou conseguir aprender a ler até lá? — Eu me recosto. — Por favor, seja sincero.

— Existe uma escola de pensamento que fala da idade crítica para neuroplasticidade. É similar à aprendizagem de uma língua estrangeira: é mais difícil para um adulto aprender do que para uma criança. Pode ser semelhante para a leitura. Há estudos, mas nada muito conclusivo até o momento — admite ele.

— Então, depois desses três anos, pode ser que eu ainda não seja capaz de ler?

— Acredito que determinação e tenacidade são capazes de conquistar tudo.

Era o que eu já esperava, mas ainda assim é decepcionante. Um coro de poderia-ter-sido passa pela minha cabeça. Se eu tivesse compreendido o problema mais cedo, se tivesse tido os professores certos desde o início, se não tivesse sido parte da minha própria farsa, ou mesmo se eu tivesse vindo para esta escola e encontrado estas pessoas mais cedo... Talvez então esta habilidade mágica que tantas outras pessoas têm poderia simplesmente ter sido minha também.

Eu me levanto e estendo a mão. Diplomacia *à la* Xavier.

— Obrigado, reitor Ramchandran. Agradeço sua honestidade.

No dia 24 de dezembro, Tia Três liga para me avisar que Ba está acordado. Bernard vem me pegar, e embarco no *Lynn* para retornar a Taipei.

Quando entro no quarto de hospital, Ba está alerta e empertigado na cama, estranhamente magro em sua camisola azul. Os cabelos cinza-prateados estão perfeitamente repartidos como sempre, lutando contra os cachos, e ele mantém o olhar em mim enquanto me aproximo. Se o médico dele não tivesse me contado a verdade, ou se eu mesmo não tivesse passado a vida inteira escondendo quem *eu* sou, jamais teria suspeitado.

Pós-cirurgia, pós-coma, meu pai mal consegue enxergar. Seu mundo é agora águas turvas, cores e borrões.

— Xiang-Ping, o que está acontecendo? — Ba exige saber. — Não consigo uma resposta honesta a respeito de coisa nenhuma. Você passou a perna nos meus banqueiros e resgatou a poupança. Meu irmão deixou o continente, desgraçado. O que foi que você fez? O que fez com a reputação da nossa família?

Afundo na cadeira ao lado da cama. O retrato de Ma está mais próximo dele do que estava da última vez que o visitei. Em outros tempos e lugar, eu não ia querer ser o responsável por contar a Ba o que o próprio irmão fez a ele. Mas, embora talvez nunca me sinta preparado para este papel, sou seu filho, então serei o que tiver que ser.

— Tio Edward estava tentando te colocar para fora da Folha de Dragão.

Ba olha para as mãos enquanto explico como meu tio instigou os protestos e conspirou com os Cruzados. A expressão de Ba permanece a mesma, mas, à medida que prossigo, ele vai se encolhendo.

— E quanto a minha poupança, só tomei o que Ma deixou para mim. E quanto à família... o que venho fazendo é salvar nossa reputação.

Ele fica em silêncio depois que termino. Um bipe soa do corredor, do outro lado da porta fechada, onde os seguranças estão parados.

— Encobri as ações do meu irmão por tempo demais — diz, enfim. — Talvez tenha sido esse o meu erro.

É meu momento de vingança. Poderia apontar todas as suas falhas. Como ele me feriu. Meu corpo e meu coração. Ele seria obrigado a ouvir e aceitar, porque sabe que não mereceu qualquer direito sobre mim ou minha lealdade.

Mas isso só me tornaria igual a ele.

Então tomo sua mão, que está mais quente do que o usual. A pele está mais áspera do que esperaria de alguém que tem empregados para carregar as bolsas dos empregados.

— Fico feliz que você tenha acordado — digo, e é verdade.

A mão de Ba aperta a minha com hesitação. Ele desvia os olhos para o lençol, mas não retira a mão.

— Estarei de volta na minha mesa semana que vem. Tenho muita coisa para pôr em dia.

Coloco uma caneta leitora de texto nova e meu celular sobre o colo dele.

— Vou te mostrar como se faz.

— Como se faz o quê? — A voz de Ba torna-se afiada. — Não preciso de nada.

— Como se virar sem poder ler.

Pela meia hora seguinte, mostro a ele como usar a caneta. Como fazer ajustes no celular para ler mensagens de texto e e-mails em voz alta com um simples clique. Guardo a caneta em seu bolso. Já doei mil canetas leitoras como aquela para a Harvard-Westlake, para eles distribuírem às outras escolas — e prometi que doaria mil todos os anos, como os mil bolos lunares da família. Tenho esperança de que vá ajudar mais pessoas como eu.

— Se existe um século ideal para alguém nascer com dislexia e disgrafia, é este. — É uma piada, mas fico espantado ao ver a umidade nos olhos de Ba.

— Foi difícil para você, não foi? — pergunta ele.

Seria um enorme eufemismo vindo de qualquer outra pessoa, mas, vindo de Ba, é um progresso tremendo. Minha garganta arde. Assinto, mas ele não consegue me ver, então respondo:

— Foi.

Sua mão treme quando a estende para a mesa de cabeceira, parando vários centímetros longe do retrato de Ma. Eu o coloco nas mãos dele. Meu pai se retrai, compreendendo

De volta a Taipei 455

que o vi tentar e falhar. Mas ele ainda se agarra ao porta-
-retrato como se sua vida dependesse daquilo.

— Odiava sempre que alguém criticava você, então sempre fiz questão de falar mais alto do que todo o resto. Achei
que era um favor que eu estava lhe fazendo.

Segundas chances. Não acreditava nelas, mas agora acredito. Porque, às vezes, é necessário ter a tenacidade de passar
pela tempestade.

Além disso, não é por ele que estou perdoando. É por mim.

— Eu entendo, Ba.

— Ouvi dizer que Edward tentou comprar a Folha de
Dragão. Mesmo depois que os Cruzados fracassaram.

— Foi Tia Três quem acabou comprando.

— Também ouvi dizer, mas não sabia que ela tinha acesso a tanto dinheiro.

— Emprestei o dinheiro da minha poupança.

Ele estremece.

— Não há maneira maior de você se amarrar a nós outra vez.

Há maneiras maiores, mas, sim, foi um grande passo. A
poupança deveria ter significado a minha libertação dele e
da família. Em vez disso, tomei a frente daquela tempestade
com tudo o que tinha.

— Ma confiou que eu faria o que achasse que devia fazer com aquele dinheiro. E foi o que fiz. — Inclusive, como
planejado, contratei meus próprios guarda-costas, que estão
do lado de fora da porta neste mesmo instante. Ba e os seguranças dele nunca mais voltarão a me tocar.

Ainda que, com tempo, eu tenha esperança de não precisar mais deles para afastar meu pai.

Ba vira o rosto na direção da janela, da luz do sol que mal
consegue enxergar.

Inspiro fundo.

— Nada mais de joguinhos entre nós, certo? Não vou fingir que vou passar de ano na escola. E você não vai fingir que não vê valor nenhum na minha arte.

— Tia Quatro me mostrou seu filme. Você tem uma habilidade que o restante de nós não tem. Nem Victor, nem Edward, nem eu. — Os olhos de Ba estão fixos nas mãos entrelaçadas. — Eu deveria ter sido mais honesto com as suas escolas desde o começo. Devia ter confiado que elas fariam o que era melhor para você.

— Não tenho mais vergonha da maneira como meu cérebro funciona, Ba. Tenho orgulho.

Uma lágrima escapa e cai na mão dele.

— Eu estava certo sobre uma coisa: seu futuro não está atado à Folha de Dragão. Seu futuro não tem limites.

— Obrigado, Ba. — Aperto aquelas mãos. — Espero que esteja certo.

Dois dias mais tarde, entro no saguão do apartamento com Ba segurando meu braço. Quase toda a família Yeh que mora em Taipei está presente para lhe dar as boas-vindas — Tia Três, Tia Quatro, Ye-Ye e as irmãs e, claro, Haru, Kai-Fong e Jessica (de visita da Universidade de Kyoto), Bernard e Alison. Não correm para abraçá-lo. Não trouxeram balões. Mas estão aqui.

No corredor diante do escritório de Ba, Haru e Kai-Fong me ajudam a retirar o mural de dragão da moldura. Foi ideia minha, e Ba não a rejeitou. Entrego a meu pai seu carimbo, que ele usa no mural, a tinta vermelha como um símbolo de propriedade.

Logo acima do selo dele, como o artista, pressiono meu carimbo: o dragão, em tinta roxa, dos Yeh.

EPÍLOGO
SOPHIE
4 DE ABRIL

— **New England lembra Taiwan** — comenta Xavier. — Verde por todos os cantos.

— Com telhadinhos brancos no lugar de pagodes — digo. Montanhas verdejantes nos cercam por todos os lados. New Hampshire ao leste, Vermont a oeste. Estamos deitados sobre um lençol azul em um gramado, nossos dedos mindinhos entrelaçados, fitando as nuvens lá no alto. Apenas o pio dos pássaros e o zumbido dos insetos quebram o casulo ao nosso redor. — Vamos passar um verão maravilhoso em Taipei.

— O resto da nossa vida vai ser maravilhoso também — rebate ele.

Viro a cabeça para encontrar seus olhos.

— Parece que meu verão no Barco do Amor não foi um desastre, no fim das contas. Porque conheci você.

— O que significa que foi a melhor coisa que já me aconteceu.

Meu celular toca com uma notificação de mensagem de Ever no chat do grupo. Vou lendo a conversa para Xavier enquanto se desenrola.

Ever
Gente, entrei para a Tisch de novo!

Rick
UHUUUUUU!!! Ela está vindo para essas bandas, galera!

Debra
Isso aí, Ever!

Emma
Parabéns!

Parabéns, meus e do Xavier!

Marc
Você e Xavier?

A gente tá na fronteira de Vermont com New Hampshire.

— Conta para eles por que estou aqui. — Xavier afasta uma mecha de cabelos do meu rosto. Seus dedos se demoram no meu braço.

Xavier entrou para o curso de cinema da Faculdade de Vermont.

A uma hora só de mim!!!

Debra
Isso aí, Xavier! Beijos meus e do Spencer #reunião #desucesso!

> Hahaha que incrível! Quem ia imaginar?

> **Debra**
> 💗

> Tá certo, galera. Sigam em frente e conquistem o mundo.

> **Ever**
> Vocês também!

— Barco do Amor para sempre — diz Xavier.

> BARCO DO AMOR PARA SEMPRE

> **Ever**
> BARCO DO AMOR PARA SEMPRE

Xavier retira o celular da minha mão, se apoia no cotovelo e olha de cima para mim.

— Eu te vejo.

— Também te vejo.

— Vamos fazer um furacão juntos.

Depois, ele dá um beijo muito sério na minha boca, então rio e fecho os braços ao redor do pescoço dele para puxá-lo até mim.

FERRAMENTAS DE APOIO PARA DISLEXIA E DISGRAFIA

Como a tecnologia muda tão depressa, os exemplos a seguir têm como objetivo ajudar a identificar ferramentas semelhantes, mas é possível que não estejam mais disponíveis no mercado.

Escrita softwares de digitalização e conversão de voz em texto/transcrição de áudio (ex. Dragon Naturally Speaking, iPhone)

Caligrafia aplicativos que minimizem a necessidade de escrever à mão (ex. SnapType, Notability)

Leitura fontes que sejam adequadas aos disléxicos; arquivos de conversão de texto para áudio (ex. Voice Dream Reader, Audible)

Matemática aplicativos para digitação que reduzam a necessidade de escrever à mão (ex. Mod-Math, EquatIO, GeoGebra)

Anotações canetas leitoras de texto (Livescribe ECHO); aplicativos de anotações (ex. GoodNotes, Notability)

Organização ferramentas que façam uso de mapas mentais para pessoas cuja compreensão é facilitada pela visualização (ex. Ayoa)

AGRADECIMENTOS

Obrigada a todos que me ajudaram a dar vida a este romance. Cada um de vocês deixou uma marca em mim, e sou grata pela sua generosidade, expertise e paixão. Todos os erros são meus. A minha agente, Joanna Volpe, e sua equipe incrível na New Leaf. A minha editora, Kristen Pettit — este livro não seria o que é sem os seus *insights* brilhantes. A minha família na HarperCollins. Às talentosas Janice Sung e Jennet Liaw por outra capa original maravilhosa.

A minha comunidade de escrita e meus leitores beta: Sabaa Tahir, Stacey Lee, IW Gregorio, Kelly Loy Gilbert, Sonya Mukherjee, Stephanie Garber, Chienlan Hsu, Amanda Jenkins, Judy Hung Liang, Anne Ursu, Noa Wheeler, Lyn Miller-Lachmann, Lianna McSwain, Suma Subramanian, Sam Marsden. A Charlie Oh, por discutir comigo sobre as personagens que você conhece tão bem quanto eu. A Stephanie Sher, Lisha Li, Clare Chi e Jen Rankine. A meus colegas de tour, Adam Silvera e Farah Naz Rishi.

Pela ajuda com e durante minha viagem de pesquisa a Taipei no meio de uma pandemia: Shannon Shiau, da TECO,

Elisa Chiu, JD Chang. A Dave Tsai e Randy Tsai, da firma de advocacia Tsar and Tsai (pela ajuda com fundos e propriedades, *merges and acquisitions*), Joan/Hungry in Taipei, Anita Guo. A Phoebe Chen e Natalie Scheidel, da Taipei American School. A Gabriel Ellsworth, Rick Yu e Jessica Chen, do TG3D Studio Inc., por compartilharem sua tecnologia incrível comigo — vocês estão à frente do seu tempo!

Por conversarem comigo sobre este romance ainda em seu início: Carey Lai, Dave Lu, Hanlin Tang, Amir Khosrowshahi, Kelvin Au. Sam Liu, por inspirar os cabelos de Xavier. Boba Guys.

Pela sabedoria, pelo apoio e por me estabilizarem: Kavitha Ramchandran, Jennifer Wu, Tony Wang. Os Harman, Itoi/Voth, Hessler/Sunwoo, Kim.

A minha família: Ray e Barbara Hing, Byron e Liza Hing, meus maravilhosos primos, tias, tios e aqueles anônimos.

A meus filhos, que são parte de tudo que sou e faço.

Ao meu melhor amigo e parceiro de vida, Andy.

E a Ele, que guia o meu caminho.

Este livro, composto na fonte Fairfield,
foi impresso em papel pólen soft 70 g/m² na gráfica Corprint.
São Paulo, Brasil, outubro de 2022.